WARRIOR OF ROME
罗马战士

KING OF KINGS
诸王之王

[英] 哈里·西德博特姆 著　毛伟 译

时代文艺出版社

图书在版编目（CIP）数据

罗马战士.诸王之王 / （英）西德博特姆 著；毛伟 译. 一长春：时代文艺出版社，2015.4
书名原文：Warrior of Rome

ISBN 978-7-5387-4160-5

Ⅰ. ①罗… Ⅱ. ①西… ②毛… Ⅲ. ①长篇小说－英国－现代 Ⅳ. ①I561.45

中国版本图书馆CIP数据核字（2015）第012800号

出品人　陈　琛　杨海峰
产品总监　郭力家
选题策划　路佳瑄　张　雁
责任编辑　姜程程
装帧设计　孙　利
排版制作　李玉龙

罗马战士：诸王之王

[英]哈里·西德博特姆 著　毛伟 译

出版发行 / 时代文艺出版社
地址 / 长春市泰来街1825号　时代文艺出版社　邮编 / 130011
总编办 / 0431-86012927　发行部 / 0431-86012957　北京开发部 / 010-63108163
网址 / www.shidaicn.com　印刷 / 北京同文印刷有限责任公司
开本 / 880mm × 1230mm　1 / 32　字数 / 298千字　印张 / 12.5
版次 / 2015年4月第1版　印次 / 2015年4月第1次印刷　定价 / 39.00元

图书如有印装错误　请寄回印厂调换

致母亲弗朗西丝

缅怀父亲休·西德博特姆

另一面岩壁低矮，你将会看见，奥德修斯，

二者相去不远，只隔一箭之地，

上面长着棵巨大的无花果树，枝叶繁茂，

树下栖居着卡律布狄斯，吞吸黑水的神怪。

——选自荷马《奥德赛》

目　录

序　幕

（公元256年秋）

幼发拉底河和帕米拉城之间的叙利亚沙漠

他们疲于奔命。进入沙漠的第一天，只要他们的马还走得动，行军就没有停下来。沙漠中的这支孤军看不到任何敌人的踪迹。那天晚上在军营里，疲惫的他们温和地交谈着，谈话里透着星星点点的乐观，但是这点仅有的乐观在第二天早上就被粉碎得一干二净。

他们在爬上一个小沙丘时，指挥官马库斯·克洛迪乌斯·巴利斯塔将自己的马拽到一边去，让其他十三名骑兵和一匹驮运物资的马先走。他回头望了望身后走过的路。这时太阳还没有出来，但阳光已经开始驱逐漆黑的夜，慢慢地太阳升起来，在光芒四射的半个太阳的照耀下，远方出现了一柱尘埃。

巴利斯塔注视着这一景象，那柱灰尘浓密且孤单。它径直地升腾上去，直到上面的一股微风将它往南吹，尘埃就随之消散了。在平坦而单调的沙漠里，判断距离总是很难。那柱灰尘应该有四五英里远，远到看不清楚是由什么扬起来的。巴利斯塔心里清楚地知道，那是一支军队。能进到这么深的沙漠，肯定是一支骑兵；骑着马或者骆驼，或者马和骆驼兼而有之。距离还是太远，无法估计出对方的人数，但是能扬起那么大片灰尘的一支军队，人数肯定不止巴利斯塔队伍的四五倍。那柱灰尘没有偏向左边，也没有偏向右边，而是笔直地升起，这就说明这支军队在跟着他们。巴利斯塔的心悬在半空，但他还是接受了这个事实：敌人正在追赶他们，一支人数众多的萨珊王朝的骑兵正在慢慢逼近。

巴利斯塔环顾四周，发现手下都停了下来。有的盯着巴利斯塔，有的盯着那片灰尘形成的云。巴利斯塔不去理会他们，看到开阔的沙漠有着略微起伏的沙丘，沙子上密密麻麻地分布着锐利的、暗褐色的小石子。这些石子背后很可能藏着无数的蝎子和蛇，就连一个人都无法藏身，更别提十四个骑兵和十五匹马了。

巴利斯塔骑着马转身，走向队伍中央的那两个阿拉伯人。

“快马加鞭地走，要多久才能骑到山里？”

“要两天。”女孩芭思希芭毫不迟疑地答道。芭思希芭的父亲是一个商队的护商使者。在世时，带她走过这条路。巴利斯塔信任芭思希芭的判断，他随后又看了一眼另一个阿拉伯人。

“今天或明天。”雇佣兵哈杜达说道。

图皮奥是巴利斯塔之前率领的军队里唯一一个幸存下来的罗马军官。他骑着马慢慢来到了他们旁边。图皮奥的马具挂满了铃铛，叮当作响。

“要两天才能进山？”巴利斯塔问道。

图皮奥夸张地耸了耸肩。“这还得看马的脚力、敌军的状态和神的意愿。”

巴利斯塔点了点头，手扶着马鞍，脚踏着马镫站了起来。他从左到右扫了一眼这队骑兵。这次，所有人的目光都落到了巴利斯塔身上。

“那些畜生在跟着我们，他们人多势众，但是别以为光凭人多就能追上我们。他们离我们至少有五英里远，再有两天，我们就进山了，进山之后我们就安全了。”巴利斯塔不用看都能感觉到，图皮奥和那两个阿拉伯人的不以为然。他冷冷地看了一眼，示意他们闭上嘴。“再有两天我们就安全了。”巴利斯塔重复道。他又从左到右看了一眼这队人马，这次再没有人说话。

谨慎且平静的巴利斯塔慢慢地骑着马走到队列最前面，他举起手，示意部队继续往前走，很快他们又骑着马跑了起来。

在身后，太阳从地平线上升了起来。起伏的沙丘被阳光镀上了一层金色，而沙丘之间的点点阴影却如墨汁一般黑暗。骑行时，人和马的影子被太阳拉得很长，仿佛在徒劳无功地试图超赶他们。

身后，敌人扬起的灰尘还未散尽，巴利斯塔自己的队伍就出事了，马匹的嘶吼声、石头的撞击声接连传出。马鞍上的巴利斯塔转身向后看：一个骑兵人仰马翻，地上胡乱散落着马具，骑兵滚向一旁，马一动不动。骑兵一只手扶着脑袋，跪在地上。马努力地想站起来，因为疼痛，发出像人一般的吼叫声，之后又倒下去了。它的前腿断了。

巴利斯塔努力控制着自己不去看追兵扬起的灰尘，向军队迅速地发出了号令。他从马身上跳了下来，看到那匹受伤的马，决定先把马背上的东西卸下来。过去十五年来一直是巴利斯塔侍卫的希伯尼安人马克西姆斯温柔地哄诱着马，让它站起来。他一边讲着自己故乡的岛屿方言，和蔼地对马说着话，一边解下了马鞍，引着马走到路边去。这匹可怜的马用三条腿跳着，信任地跟着他走。

巴利斯塔转过头去，仆人卡尔加库斯正在将粮食和补给从一匹马身上卸下来。这个上了年纪的喀里多尼亚人过去一直是巴利斯塔的父亲的奴隶。从巴利斯塔在北方丛林里度过的童年时代起，卡尔加库斯就一直陪在他的身边。现在，他丑陋的脸上带着恶狠狠的表情，正在把粮食平均地分到其他骑兵的马上。他嘴里嘟囔着，把带不走的粮食整齐地放在地上，带着欣赏的神情打量了一会儿，然后把上衣拉起来、裤子脱下去，在那堆粮食上撒了一泡长长的尿。“希望那帮萨珊杂种会觉得好吃。”他说道。虽然大家处于极度疲惫和惊恐的状态，但也许正因为这样，几个骑兵笑了起来。

马克西姆斯回来了，他看上去很干净，表情也很镇静。他捡起马鞍，放在那匹驮货的马上，然后小心翼翼地把带子绑紧。

巴利斯塔走到摔倒的骑兵身边，他正在努力地坐起来。那个叫作德米特里厄斯的奴隶男孩正在处理骑兵额头上的伤口。巴利斯塔心想，如果这个骑兵不是这么英俊的话，年轻的德米特里厄斯肯定不会这么热心的，然后巴利斯塔对自己的这一想法感到生气，他强迫自己不去想这件事。巴利斯塔和德米特里厄斯一起把那个骑兵扶了起来。“没事，我没事”，尽管骑兵一直这样说，他们依然坚持把他扶到了之前那匹驮货的马上。

巴利斯塔和其他人都重新上马了。这次他一定要看下追兵扬起的灰尘了。那柱灰尘明显更近了。巴利斯塔打了个手势，大家动身前行，在经过那匹马躺着的地方，漫延开的深红色动脉血形成的血泊上面有一层淡粉色的泡沫，那是处在气管被割开的绝望之中的那匹马想要去呼吸而留下来的痕迹。

大多数情况下，他们都在贴着地面慢跑，马开始大口喘气的时候，巴利斯塔会下令停下来，给马喝一点水，再喂它们吃些东西，比如浸泡在酒里的面包，而这酒也是掺了水的。然后他们会牵着马步行一会儿，马歇够了，他们再疲惫地跨上马鞍。就这么重复着，这一天很快就过去了。他们尽可能快地赶路，将马的体力逼到了极限，已经透支的马总会惹出一些意外。然而每一次巴利斯塔回头看时，尚未谋面的敌人扬起的那柱灰尘总是又逼近了一点点。

在一次牵着马步行中，芭思希芭牵着马走到了巴利斯塔旁边。当哈杜达立刻出现在巴利斯塔的另一边时，巴利斯塔并不感到意外。这个阿拉伯雇佣兵脸上有着神秘莫测的表情。巴利斯塔心想，真是个善妒的杂种。

他们一言不发地步行了一会儿。巴利斯塔看着芭思希芭，她长长的黑发上有尘土，高高的颧骨上也蒙着一层灰。巴利斯塔用余光注视着芭思希芭的一举一动，最后目光落在了她起伏的胸部。芭思希芭身上的男式行军外套并没有遮住坚挺的胸部。这使得巴利斯塔不禁想起了上次看到芭思希芭双乳时的情景：浑圆的橄榄色的双乳，黑黑的乳头。巴利斯塔心想，神啊，我肯定是疯了，我们现在是在地狱般的沙漠上被敌军追赶，而我心里惦记的却是这个姑娘的奶子。但是神啊，欲望之主啊，她那对奶子真是漂亮。

"啊，你说什么？"巴利斯塔突然意识到芭思希芭在对他说话。

"我说，你为什么要对大家撒谎？"芭思希芭压低了声音。马具咯吱作响，脚步声沉重，人和马都在吃力地呼吸，其他人无从听到她说的话。"你来过这里的，你知道，即使我们进到山里也不会安全，山里只有一条路。如果我们在身后留下走过的痕迹，他们还是能够继续追赶我们。"

"有时候，谎言之后就是真相。"巴利斯塔笑了。他觉得头晕乎乎的，这感觉很奇怪。"忒修斯从阿里阿德涅手里拿到了一个线团，这帮助他在杀死人身牛头怪弥诺陶洛斯之后，走出迷宫。忒修斯许诺会娶她，但是后来在纳克索斯岛却抛弃了她。如果忒修斯没有撒谎的话，阿里阿德涅就不会嫁给酒神狄俄尼索斯了，那么忒修斯就不会有一个叫作希波吕托斯的儿子，而欧里庇得斯就写不出那个人的悲剧了。"

芭思希芭和哈杜达都没有说话。他们俩都带着古怪的神色看着巴利斯塔。巴利斯塔叹了口气，然后开始解释道："如果我告诉了他们实话，就是那些波斯人可能会在我们进山之前追上并杀死我们，而即使我们进山，他们还是可能会杀死我们，那么他们可能就放弃了，一切都终结了。我骗了他们，是给了他们继续前进的希望，如果我们进到山里找到了藏身之处呢？这都是说不准的事。"

巴利斯塔盯着哈杜达。"我记得这条路会经过好几个峡谷。"雇佣兵只点了点头，“有哪个峡谷适合设埋伏吗？”

哈杜达仔细考虑着这个问题。巴利斯塔和芭思希芭保持沉默。这个阿拉伯雇佣兵曾为巴利斯塔的父亲效力过很长时间。他们都知道，他的判断一般很准。

“进山后不远有个阿蒙神之角，那个地方是个不错的选择。”

巴利斯塔示意，该骑上马继续赶路了。拖着疲惫的身体上马时，他斜着身子轻声对哈杜达说：“快到阿蒙神之角时告诉我——如果我们能走那么远的话。”

沙漠里的夜幕降临得很快。之前太阳还高挂在天上，很快就消失不见了。突然之间，巴利斯塔的同伴都变成了幽暗的阴影，而黑暗笼罩在四周。月亮还没有升起来，虽然马还没有累趴下，但是在星光下继续赶路还是很不安全的。

他们在路边搭起了帐篷，而周围是一片黑暗。巴利斯塔下令，只许点三个灯笼。灯笼面朝西边，这样追杀他们的人就看不到光了，当马休息够了，他们就把灯笼熄灭。巴利斯塔跳下马，柔声对这匹阉割过的灰白色的马低语了一些安抚的话。这匹灰马是他去年在安条克时买下来的。马很温顺，而他也很喜欢这头洒脱的牲畜。对巴利斯塔来说，马散发出的热烘烘的气味，就像雨后的青草一样美好，而马结实的肌肉带来的触感令他觉得很安心。

“神啊。”一名牵着马的骑兵的声音打破了巴利斯塔的思绪。那骑兵没说别的，也没必要说别的了。他的马就像一只猫那样有气无力。像往常一样，马克西姆斯和卡尔加库斯在被需要的时候，从黑暗中现身了。这位年老的喀里多尼亚人不发一言地开始检查灰马，而马克西姆斯同巴利斯塔一起检查另一匹马。他们牵着马转圈、慢跑，然后检查马蹄。但是没办法，马无法再赶路了。巴利斯塔的下巴抽搐了一下，他示意马克西姆斯将马牵走。

那名骑兵笔直地站着，等待巴利斯塔发话，但是他的眼神流露出了恐惧。

“我们遵循沙漠里的习俗。”听到巴利斯塔这么说，骑兵长出了一口气。“集合。”

巴利斯塔把他的头盔和陶制的葡萄酒罐放在一个灯笼旁边的地上，他把灯笼拨亮。这一小群人在灯光下围成一圈，蹲在尘土里。灯笼发出无情的光，照在他们紧张的脸上，令他们的容貌特征更清晰了。不远处，一只沙漠狐狸叫了一声，随后就是一片死寂。

巴利斯塔拿起酒罐，拔下塞子，狠狠地喝了一口，他的喉咙感觉到了酒的粗暴。他把酒罐递给旁边的人，那人也喝了一口，接着又传给下一个人。马克西姆斯回来了，他蹲了下去。

“女人不算数。”巴利斯塔高声说道。

“为什么？”

巴利斯塔看着发问的这名骑兵说道：“我是指挥官，这里我说了算。”

“时刻准备，听命行事。”那名骑兵平静地说完口号，就低下了头。芭思希芭站起来，走开了。

当空酒罐传回到巴利斯塔手上时，他把酒罐扔在脚下，抬起右脚，用力地踩在酒罐上，酒罐碎了，发出巨大的噼啪声和几声刺耳的碎裂声。巴利斯塔看着破碎的酒罐，又踩了三四次，直至将酒罐踩成了小碎片。他蹲下来，捡了十三个相似的碎片，把它们排成一排。他从中拿起两个碎片，用其中的一个碎片在另一个碎片上写下了希腊字“八”，然后将这十三个碎片都放进他那倒置的头盔里，摇了起来。

巴利斯塔站在那里，手上拿着头盔。大家都盯着头盔看，仿佛里面有毒蛇似的。从某种意义上来说，里面确实有毒蛇。巴利斯塔转过身，把头盔递给他左边的骑兵，此时他觉得自己的心跳得很快，手心都出汗了。

站在他左边的是来自北非的簿记官，他们叫他“汉尼拔”。他没有犹豫，一面跟巴利斯塔四目相对，一面将手伸进头盔里。他抓到了一个碎片，伸出手，手心向上展开，是一个空白的碎片。他面无表情地将碎片扔在了地上。

下一个是德米特里厄斯。这个希腊男孩在颤抖，他眼睛里流露出绝望的神色。巴利斯塔想安慰他，但是他知道他不能这么做。德米特里厄斯看了一眼天空，双唇轻启，祈祷了一句，笨拙地将手伸进头盔里，差点儿把头盔从巴利斯塔手中拉扯下来。那十二个碎片被男孩的手搅动得发出了清脆的声响，突然，他做出了决定，拿出了一个碎片，依旧是空白的。德米特里厄斯长出了一口气，几乎变成了一声抽泣，泪水含在眼中。

德米特里厄斯左边的那名士兵叫作提图斯。他在巴利斯塔的骑兵卫队——独行骑兵团里干了差不多一年了。巴利斯塔一直觉得他是个沉着、镇定的男人。他径直地取出了他选定的碎片，摊开手，是有字的那块。提图斯闭上双眼，用力地咽下唾沫，睁开眼，努力地控制着自己。

叹息声在人群中传了一圈，就像和煦的微风吹过一片成熟的玉米地。其他人在努力地不显示出解脱了的样子，他们消失在夜色里。提图斯留下来，跟巴利斯塔、马克西姆斯和卡尔加库斯站在一起。

提图斯挤出了稍纵即逝的微笑，说道：“真是漫长的一天啊，任务终于结束了，可以卸掉装备了。”他脱下头盔，又将肩带提过头顶，卸下了佩剑的带子，将这些都扔在地上。他的手指摸索着护肩的系带。马克西姆斯和卡尔加库斯沉默地上前，去帮他把笨重的铠甲脱了下来。

卸下了武装的提图斯站了一会儿，弯腰捡起他的剑并将它拔出剑鞘。他轻抚了一下剑刃，然后用剑指着自己的拇指。

“没必要这样的。”巴利斯塔说道。

提图斯苦涩地一笑。“我别无选择。如果我逃跑，我会渴死。如果我藏起来，那些波斯杂种会抓住我，而我见过他们是怎么对待囚犯的——我可不想屁股开花。要死，也要死得像个罗马人。”

巴利斯塔点了点头。

“你能帮帮我吗？”

巴利斯塔又点了点头。“在这里？”

提图斯摇头。“我们能走一段路吗？”

他俩离开了灯笼照着的区域。走了一会儿，提图斯停了下来，他接过巴利斯塔递来的酒囊，坐了下来。他猛地喝了一大口，把酒囊还给巴利斯塔，巴利斯塔在他旁边坐下。营地那边的灯笼一盏一盏地熄灭了。

“命运女神，是个妓女。”提图斯说道，他又喝了一口酒，“城池陷落的时候我以为我快死了，可是我又觉得我能逃跑。该死的妓女。”

巴利斯塔一言不发。

“我在城里有个女人。现在她可能已经死了，或者沦为奴隶。”提图斯把钱包从腰带上解下来，递给巴利斯塔，“按规矩来，跟他们把钱分了吧。”

他们沉默地坐在一起，喝光了酒囊中的酒，提图斯抬头看了一眼星空。“去他妈的，动手吧。”

提图斯站了起来，把剑递给巴利斯塔，然后把上衣掀起来，露出了肚子和胸膛。巴利斯塔站在他前面，他们离得很近。提图斯把双手搭在巴利斯塔的肩膀上。巴利斯塔右手抓着剑柄，剑平放在他的左手手心中。他温柔地提起剑，用剑梢触摸着提图斯胸膛下面的皮肤，左手抱住这个战士的后背。

巴利斯塔直视着对方的双目，鼻孔里都是汗水的味道。他俩急促地呼吸着，仿佛这呼吸是来自同一个人的身体。

提图斯的手指陷进了巴利斯塔的肩膀，他轻微地点了点头，试图向前走几步。巴利斯塔用左手将这个战士拉近，重力都压在了拿剑的右手上。提图斯几乎没有反抗，剑就这样轻轻松松地插进了提图斯的肚子里。提图斯痛苦地喘息着，他的手不由自主地握着剑刃。仅一秒，巴利斯塔感觉到一股血喷涌而出，他闻到了血的刺鼻味道，其中还夹杂着屎尿味。提图斯失禁了。

“好，干得漂亮。”提图斯用希腊语呻吟道，“结果了我吧！”

巴利斯塔转动剑柄，拔出来，再插进去。提图斯的身体开始抽搐，他的头颅向背后扭去，眼睛变得呆滞，腿也失去了力气。渐渐地，他的抽搐停滞了，慢慢地倒在巴利斯塔面前。巴利斯塔松开了拿剑的手，用双手慢慢将提图斯放平在地面上。

巴利斯塔跪着把剑从尸体上拔出来，带出来了几圈肠子。肠子发出令人作呕的白光，看上去并且闻起来就像没洗过的内脏。巴利斯塔把剑扔在地上，用浸满鲜血的手，合上了提图斯的眼睛。

“愿泥土轻压在你身上。”

巴利斯塔站着不动，他浑身上下都是这个被他杀死的男人的鲜血。马克西姆斯带着其他几个人过来了，他们拿着挖掘工具，开始掘墓。卡尔加库斯用胳膊搂着巴利斯塔，引着他走开，静静地安抚他。在巴利斯塔小的时候，卡尔加库斯经常这样做。

四个小时之后，月亮升起来了，他们开始赶路。令巴利斯塔感到惊讶的是，在卡尔加库斯脱掉了他的衣服，给他擦拭完了身子时，他居然沉沉地、毫无惊扰地睡了一觉。现在他穿着新衣服，穿戴着铮亮的盔甲，骑着灰马，带领着这支越来越单薄的人马，一路向西行去。

星星一个个消失了。当太阳再次出现时，前方的山脉仍然是模糊的蓝色，而身后敌人扬起的灰尘却近多了，只有不到两英里远。

“最后一段路。”巴利斯塔喊出这句话时，他意识到了这句话所隐含的不祥之兆。他飞快地向主神沃登献上一句祷告："神啊，至高无上的神啊，不要让我的无心之语报应在我和我的人身上，帮我们走出困境吧。"他又高喊道，"最后一段路，大家坚持下，前面就安全了。"

在纵队的最前面，巴利斯塔以平稳的速度向前慢跑。和昨天不同，今天没时间下马，没时间步行，也没时间让马喘口气了。太阳越升越高，他们不顾一切地向西飞奔。

很快，马就扛不住了：鼻孔灼热，嘴巴大张，唾沫星儿飞溅到骑手的大腿上。骑行了一个上午，距山脉更近了，一路如此顺利，肯定有神灵在伸手帮助他们。这条路很难走，坑坑洼洼而且石子很多，但是路上没有危险的东西。没有一匹马掉队，也没有一匹马累得瘫倒在尘土和碎石里。不知不觉间，他们到了丘陵地带，路开始走上坡，路边的石头也变成了岩石。

在转弯上坡被面前横着的山挡住视线之前，巴利斯塔拉紧缰绳，放慢了速度，他向后看去。身后一英里远，就是那队黑压压的正在逼近的萨珊兵。阳光垂直照在他们的头盔或者武器上，时不时反射着光。距离只有一千三百步那么远了，巴利斯塔可以清楚地看到，这是一队骑兵，而不是步兵，他之前已经料到了。他估计这支队伍大概有五十人，甚至更多。他们看上去很古怪，但时间已经不允许让他多想，巴利斯塔赶着灰马继续前进。

他们爬山时，放慢了速度，战马也精疲力竭。然而在山区里还没走多久，哈杜达就说道："这里就是阿蒙神之角。"

他们左转，进入峡谷。这里的路很狭窄，没有一处地方超过二十步宽。路在被称为阿蒙神之角的岩层间延伸了大概两百步，左边是陡峭的悬崖；右边没那么陡峭，有一个堆满了碎石的斜坡，人可以爬上去，也能牵马上去，甚至还可以骑着马上去。

“在路的尽头右拐，那是视线不及的地方，路在山背后对折回来。”哈杜达说道，“让弓箭手在右上方守着。那个地方很适合埋伏，如果敌众我寡的程度不那么严重的话，我们有胜算。”

在他们往峡谷上面骑行时，巴利斯塔又开始了思考，他在做计划，布置战场。当他们距离路的尽头还有五十步远的时候，巴利斯塔停了下来，开始发号令：“我带上马克西姆斯、卡尔加库斯和那姑娘上山，她射箭的技术跟男人一样好。你，”他指着队伍里剩下的两个平民中的一个（不是那个北非簿记官）说道，“来给我传话。”他顿了顿，看着哈杜达和图皮奥，“你们两个，跟其他五个人一起守住路，在角落里等着，别让敌人发现，我的命令一下达，你们就冲过去干掉那帮畜生，我们四个会冲下斜坡从侧面进攻。”

哈杜达点了点头，而图皮奥露出了讥讽的微笑。其他人精疲力竭，双眼空洞，只是盯着巴利斯塔。

巴利斯塔脱下了黑色斗篷，之前他一直穿着斗篷，来遮挡照在他武器上的阳光。他把斗篷扔在地上，在路中央扬起一阵灰尘。接下来，他把可怜的提图斯的钱包从腰带上解下来，打开钱包，里面有很多硬币，这是一名士兵一生的积蓄。他把硬币散落在斗篷后面的地上，想了想，把头盔也摘了下来，扔在了地上。他的头盔和其他人的不同，上面有羽毛顶饰。

哈杜达露齿一笑，说道：“像蛇一样狡猾。”

“在阿拉伯语里，这可以算是一句恭维的话了。”巴利斯塔回答道。

“不一定。”这个阿拉伯人说道。

巴利斯塔提高了声音对所有人喊道：“你们准备好战斗了吗？”

“准备好了！”

就这样问答了三次，但是声音疲倦且细长，几乎要被群山淹没了。

图皮奥骑着马来到巴利斯塔身旁，他轻声地背诵了一首希腊诗歌：

> 不要为快乐的亡者悲痛，
>
> 为那些惧怕死亡的人哭泣吧！

巴利斯塔微微一笑，挥手让他们各就各位。

“时刻准备，听命行事。”

巴利斯塔俯身平躺在山脊的顶上，肩膀上盖着一条灰棕色的毯子。他一把一把地抓起暗褐色的沙子，撒进头发里，抹在脸上。他旁边的土里，倒插着二十支箭，看上去就像一丛沙漠里的草，或者吉腊夫相思木。他身边的几个人躺在山背后休息。

在刺眼的阳光下，长时间地盯着一件东西，便会产生催眠的效应。四周的一切似乎都在移动和摇摆，静物也开始动了起来。有那么两次，巴利斯塔紧张起来，觉得时候到了，但是随后又意识到，是他的眼睛看错了。此时刚过正午，他们选的时间不错，萨珊人这时候肯定在丘陵地带休息。他们肯定很有信心，觉得猎物逃不出自己的手掌心了。

巴利斯塔使劲儿眨着眼睛，把滴到眼睛里的汗水挤出去，然后轻轻地在身下的空间里扭动着身体，这片空间是他在布满石子的土地上挤出来的。他觉得这么干很悬：十个男人和一个女人，要对抗至少五十个骑兵。奇怪的是，他并不感到害怕。只是在想起妻儿时，心里会涌上一股难以抑制的悲哀。因为害怕再也见不到他们了，他想象着妻儿一直在四处打听着他的下落，这是一种永远都不会知道真相的痛苦。

终于，该来的来了。萨珊骑兵队拐了个弯，进入这个峡谷，巴利斯塔心跳加速。他知道这个纵队的古怪之处了：每一个萨珊兵都牵着两匹备用马，这就是为什么他们这么快就能追上来。六十匹马，但是只有二十名骑兵。巴利斯塔的人只是以一敌二，而不必应付更多的人。感谢上帝，他相信可以取胜。

领头的那个萨珊兵指了指前面，回头说了一句什么，然后往前慢跑。他跑到路中央那堆东西前面，下了马，很勉强地牵着三匹马的缰绳，蹲下来捡地上的东西。

巴利斯塔的脸上露出野蛮人一般的笑容。其他人没有停下来，他们慢跑过来，聚在那个骑兵身后。蠢货！巴利斯塔心想，你们该死。

巴利斯塔耸了一下肩膀，把毯子抖掉，抓起弓，站了起来。在他往弓上装箭时，听见其他人在往山脊顶上爬。他拉开弓，弓弦陷进了手指里，他能清楚地感觉到，紧绷的弓弦使木头上的压力在逐渐变大。萨珊兵正专注地盯着那堆东西，并没有注意到他的存在。他选择了那个看上去像是头领的骑兵，对准了那人明亮的红色裤子之上、黄色帽子之下的黑白条纹的外衣，射出了第一箭。几秒以后，那个人从马上跌落下来。巴利斯塔听到了惊讶和恐惧的叫声，也听到了自己同伴射箭的声音。他熟练地给弓又上了一箭，向那群骑兵射去，他往低瞄准，希望即使没有射中骑兵，也能射中他们的马。他都没有看箭射到了哪里，又连续朝着那群人射了四五箭。

峡谷的地面上一片混乱，人仰马翻，松了缰绳的马朝那些还未失控的马冲过去。巴利斯塔又瞄准了纵队的后方，射出的第一箭偏了，第二箭射中了一名骑兵的马的侧身，这头牲畜跳了起来，将身上的战士往后甩了出去，与此同时，他牵着的其他两匹马脱缰了。

“哈杜达，图皮奥，快！德米特里厄斯，把马牵过来！”巴利斯塔转过头叫道。他又射了几箭，身后的石头滚落的吱吱呀呀的声音变大了。当那个希腊男孩把他的马牵过来时，巴利斯塔扔下弓箭，跨到马上。他双腿夹住马，让灰马下坡。从高处往下看，这个坡要比从下往上看陡峭得多，灰色和棕色的赭石块形成的丑陋表面上散落着看上去不牢靠的碎石子。

巴利斯塔向后倒，靠着马鞍的后部，松开了缰绳，让灰马自己找下坡的路。他能听到其他人也在跟着他下坡，而他右下方的那七名罗马骑兵，在哈杜达和图皮奥带领下冲进了峡谷里。

就在巴利斯塔拔剑时，灰马打了个趔趄，这柄长长的骑兵佩剑差点儿掉在地上。他随口骂了句脏话，又握紧剑柄，将剑从腰上皮带系着的剑鞘里拔出来。哈杜达和另外一名骑兵已经冲进萨珊兵的纵队里了，他们击倒了三四名萨珊兵，但是峡谷里空间不足，并且敌众我寡，他们不得不停下来。到处都是松了缰绳的萨珊兵的马。遮天的尘土翻腾起来，盖住了对面凹凸不平的悬崖。

虽然遭到埋伏并且群龙无首，但是这些萨珊王朝的骑兵都是有着一定经验的战士，他们不准备逃跑。哈杜达身边的一名罗马骑兵从马上跌落下去了。敌人射出的箭，有一支从巴利斯塔耳边呼啸而过，另一支射在了他前面，折断并弹了出去。这场战斗，远没有结束。

就在巴利斯塔下到坡底时，离他最近的两名萨珊兵将弓放回盒子里，拔出了剑。他们停顿在那里，巴利斯塔朝他们飞奔过去，想利用速度上的优势打他们个措手不及。灰马转了个弯，向它右边的战士冲去，这匹勇敢的马没有退缩，直接撞到了对方的马上。撞击令坐在马鞍上的巴利斯塔向前倾倒，而敌人的马几乎是四脚朝天，上面的骑兵抓住马的鬃毛，努力不让自己从马鞍上掉下去。巴利斯塔很快掌握了平衡，他手持利剑向灰马脖子旁的那个士兵凶狠地刺下去。这群萨珊兵是装甲兵，他们中有几个穿着盔甲，而这个士兵就是其中一个，可是这也无法阻挡巴利斯塔的剑深深刺入他的肩膀。

巴利斯塔把剑拔出来，骑着灰马绕到受伤的那个波斯骑兵的后面，去袭击另一个波斯骑兵。他还没来得及偷袭，第三个波斯骑兵便从右侧逼近了他。巴利斯塔握紧手中的剑，转动手腕，剑把那个骑兵的武器挡开了，他顺势用剑从下方刺向对方的脸，可那个骑兵向后打了个趔趄，巴利斯塔的剑挥了个空，就在这时，他的左臂感到一阵灼热的刺痛。

现在他被夹在两个波斯人中间。他没有盾牌，甚至连遮住身体左侧的斗篷都没有，他不得不用剑挡开来自两边的攻击，就像一只熊被猎狗逼到了墙角，巧妙地来回晃动。刀光剑影中闪着火花。铁锤一般的重击从右侧击中了巴利斯塔的胸口。波斯兵这一刺，让巴利斯塔盔甲上的铁环断开了一两个，锯齿尖直接刺进了他的肉里。还好，盔甲挡住了剑梢。

巴利斯塔忍着疼痛，强迫自己站直，水平地挥舞着自己的剑，他没有刺向右侧那个波斯兵，而是刺向了他坐骑的头部。没有刺中，不过那匹马惊得跳了起来。巴利斯塔感到吸进肺里的空气都带有刺痛感。他在马鞍上转动身体，用剑将来自左侧的一击挡开了，然后用穿着靴子的脚猛踢这个波斯兵的马的肚子，使他不得不向后退了几步。巴利斯塔又一次给自己赢来了几秒的时间，可以缓口气了。

巴利斯塔往上看，没有地方可以逃跑，灰马的面前，四五匹松开了缰绳的马在乱转，把路都堵死了。那两张凶恶黝黑的脸再次逼近，巴利斯塔不得不像一头被困的野兽那样迂回躲避，但是由于左臂的伤势隐隐作痛，他的动作慢了下来，受伤的肋骨随着他的动作而疼痛不已，就连呼吸都是痛的。

正当情况看上去只可能以一种方式结束时，马克西姆斯出现了。他机敏地一刺，这一刺的速度快得连眼睛都跟不上。瞬间一股鲜血喷涌而出，巴利斯塔左侧的那个士兵就从马上跌了下去。马克西姆斯没等巴利斯塔感谢他，就飞驰而去，留下巴利斯塔思考该怎样对付剩下的那个对手。

过了一会儿，就像约定好了似的，巴利斯塔和他的对手都拉着马向后退了一两步。两人都大口喘着气，等待对方先出手。战斗的喧嚣声从岩石斜坡那边传了过来，扬起的灰尘之多就像他们正在打谷场上打谷。在巴利斯塔和这个波斯兵四周，战斗热火朝天，声音震耳欲聋，但是他俩的注意力却都集中在对方身上。巴利斯塔的左臂僵硬，几乎抬不起来了，呼吸的每一口气也在灼烧着他的胸腔。他注意到在他对手的身后，有一个穿着东方衣服的骑兵正在靠近，巴利斯塔认出了他。

“阿纳穆！”

巴利斯塔前几天还见过他，当时他在家乡阿瑞忒的护卫队里担任临时军官。

“阿纳穆，你这个叛徒！”

这个来自阿瑞忒的男人，他狭长瘦削的脸转向巴利斯塔。他的双眼间距很宽，眼中没有一丝惊讶。“这不是我的错。”他用希腊语朝巴利斯塔喊道，“我家人在他们手上，我不得不带领他们追逐你。”

看到巴利斯塔分心了，那个波斯骑兵发起了进攻。巴利斯塔的本能和肌肉的反应令他马上挥剑挡开了对方。

阿纳穆仰起头，用波斯语大喊道：“人不为已，天诛地灭！跑吧！自救吧！”他踢了一下他的马，马开始狂奔。他回头用希腊语对巴利斯塔说道：“这不能怪我。”

面对着巴利斯塔的那个波斯骑兵拉着马后退了四五步，然后拽着缰绳将马转向，跟着阿纳穆跑了。一瞬间，到处都是波斯兵的高声叫喊。马蹄声回响在阿蒙神之角。最后一个波斯人不顾一切地挣脱出来，踢着马狂奔而去。这场战斗结束了。

巴利斯塔看着那个萨珊王朝的骑兵消失在峡谷里。他自己的人还在忙碌着，他们下马，割断伤者的喉咙，把他们的衣服扒下来，在里面寻找着钱币，传说波斯人身上总是带着钱。

“留一个活口。”巴利斯塔喊道，但是太迟了。

哈杜达和图皮奥走了过来，平静地宣布这场战斗的结果：两名骑兵战死了，两名受伤了，包括图皮奥在内，他的左腿上有一个很深的伤口。巴利斯塔谢过了他们，然后三个人跳到峡谷的地面上。

巴利斯塔检查灰马的伤势：马的左肩上有轻微擦伤，右侧有一个小伤口，除此以外，这匹公马几乎毫发无损。卡尔加库斯拿着水和干净的布条走了过来，他一面为巴利斯塔的手臂缠绷带，一面喋喋不休地咒骂，巴利斯塔却在不停地拍打着自己的马。

芭思希芭慢跑过来，巴利斯塔都把这姑娘给忘了。她跳下马，跑到哈杜达身边，伸开双臂抱住了哈杜达的脖子。巴利斯塔扭过头去不看他们。地上的一个闪闪发亮的东西吸引了他的注意力，那是他之前扔掉的头盔。他走过去，把它捡起来。头盔是扣在地上的，一匹马的蹄子踩过了它，使头盔上的羽毛顶饰弯曲变形了，不过并无大碍，可以修补。

第一部

河岸指挥官

（公元256年秋—257年春）

唉，大地将那么多人的暗红鲜血一饮而尽。
此时，活着的人会觉得死去的人才是幸福的。
他们会说，死是一件好事，
但是他们求死不得。
而你，可怜的叙利亚，我为你哭泣。

——选自《西比拉神谕》

第一章

巴利斯塔想做个好罗马人，沃登神都知道他是认真的，但这太难了，很多时候这是一件根本不可能的事情。他们怎么可能忍受这种愚蠢的规矩和荒谬的仪式？这真是文明所带来的令人窒息的障碍。如果一个受伤的男人，风尘仆仆地赶了十九天路，马不停蹄地赶到了安条克的皇宫，蹒跚着下马，喊着说有要事禀告皇帝，关于可怕的波斯敌军的，你肯定会觉得，这些侍臣会毫不迟疑地把他引到皇帝奥古斯都的面前。

“实在太抱歉了，神啊，只有那些受到皇帝瓦勒良奥古斯都的议会邀请的人才能进去。”这个肥硕的宦官很固执。

“我是马库斯·克洛迪乌斯·巴利斯塔，河岸指挥官，罗马帝国骑士，罗马骑士。我马不停蹄地从幼发拉底河骑马过来，我有萨珊王朝波斯敌人的消息，皇帝需要知道这些。”从巴利斯塔的声音可以清楚地感觉到，他快要爆发了。

“我实在是太抱歉了，尊贵的指挥官，但是你不能进去。”这宦官汗如雨下，但是他也并不是孬种，他坚持着自己的立场。

巴利斯塔感到自己的愤怒正在升腾，他深吸了一口气，说道：“那传话给皇帝，就说我在外面，需要同他和他的顾问一起谈谈。”

宦官摊开手，表示无能为力。“这可不是由我说了算的。只有引见官有权决定这类事。”金戒指、紫水晶和石榴石戒指，在他圆圆胖胖的手指上闪着光芒。

“那就让引见官给皇帝瓦勒良传个话。”

这张满是赘肉的脸上流露出毫不做作的恐惧，因为宫里的人做梦都不敢直呼皇帝的名字。“哦，不，引见官不在这里。”

巴利斯塔看了看这个庭院，空气中飘着一层厚厚的砖灰，从什么地方不时传来修建宫殿的击打声。台阶下面站着四名肃静官，他们的头衔具有意味深长的意义：任何人都不能破坏帝国会议的神圣宁静。他们身后是十二名禁卫队的守卫，这些守卫站在台阶的大门口处，巴利斯塔根本不可能硬闯进去。他聆听着击打的声音，尽管巴利斯塔上次来到安条克的新皇宫，已经是一年前的事情了，但是宫殿还没有修建完，很多地方都有了变化。他在这些新建筑里找不到一条不设防的路线。他知道，疲倦已经让他的脾气濒临爆发了。就在他巡视四周、看着那些挡住路的官员时，那宦官开口了：

“并不是所有的会中成员都会过来。引见官马上就来了，神啊，也许你能问问他。”宦官微笑着安慰巴利斯塔，他的表情就像一只怕挨打的狗露齿而笑的样子。

巴利斯塔点了点头，宦官马上转身，蹒跚着离开了。

巴利斯塔看着天空，然后闭上了眼睛，他的疲惫唤起了一阵恶心。“去他妈的。”他用他的母语日耳曼尼亚语说道。

巴利斯塔睁开眼睛，又看了看庭院。这个巨大的、满是尘土的广场上挤满了罗马帝国的人。罗马人穿着长袍，希腊人穿着束腰外衣和斗篷，高卢人和凯尔特人穿着裤子。很明显，其他的人都来自国界以外的地方。有包着头巾的印度人，有戴着高高的尖顶帽的塞西亚人，有穿着五颜六色袍子的非洲人。无论皇帝去哪，都有各种的帝国事务需要皇帝处理，所以皇帝大多时间都在各个使馆里。帝国使馆里形形色色的人员等待着向皇帝提出要求，有的要求直接明了：免除课税或者要求不再驻军；有的要求则只是象征性的：要求给予尊贵的封号，或者要求拥有扩大市议会的权力。还有远道而来的，那些所谓的“友好的皇帝”派遣来的使臣，他们要求协助对抗邻国，或者给予财政救助。他们总是想要财政救助。现在帝国摇摇欲坠，每一个边境都在遭受邻国的攻击，一个省接一个省地爆发出叛乱，而那些较近的邻国还能拿得到财政救助，因为它们近到随时可以越境突袭。

“你好。”巴利斯塔累坏了，他都没有注意到这个人靠近他。

“我听到你在说我们的母语。”这个男人露出了微笑，就是那种在异乡遇到了故人的微笑。他的口音指明了他来自德国南部的一个部落，位置在多瑙河下游，或者黑海。巴利斯塔警觉起来。

“我是韦德里克，博拉尼国王菲列迪根的儿子。我是我父亲派到罗马的大使。”

沉默了一阵子后，巴利斯塔站直了身子。

“我是德海姆，伊桑格瑞姆的儿子，盎格鲁人的领袖。罗马人叫我马库斯·克洛迪乌斯·巴利斯塔。”

韦德里克脸上神色大变，他的手不由自主地伸向腰间摸索剑柄，可是剑不在那里。就像巴利斯塔的剑一样，其他所有人的武器，都被前门禁卫队收缴走了。

另外两个博拉尼人走到了韦德里克旁边，这三名战士对巴利斯塔怒目而视，他们长得很像：结实的大块头，长发披肩，手臂上套着太多金环。

“你这个杂种。”韦德里克吐着口水。

巴利斯塔没有退缩，回应道：“你才是个该死的杂种。”

巴利斯塔看着这三个愤怒的男人。他把所有的自己人，包括侍卫马克西姆斯他们，都派到兵营去了，他现在独自一人。然而这不是紧急情况，没必要担心，禁卫队是不会允许这些抱着希望、等待见到皇帝的人相互打斗的。

“去年，在爱琴海上有博拉尼的两船战士，而你们只留下了十来个活口，还把他们当作奴隶卖掉了。”韦德里克面色惨白。

“有战争就会死人，这很正常。”巴利斯塔不带感情地说。

“你们在他们没有反抗能力的时候将船打沉了。”

“谁让他们不投降。”

韦德里克向前逼近，其他两个博拉尼人中的一个拉住了他的胳膊，让他不要冲动。韦德里克非常轻蔑地看着巴利斯塔。“我们博拉尼人到这里来是向罗马人要贡品的，而你……”他一时半会儿想不到该说什么，然后他笑了，鼻子哼了一声，“而你像个奴隶一样在此等候命令。也许你的罗马主子把金子给我们以后，就会见你的。”

“我期待那一刻。”巴利斯塔回答道。

“总有一天，我们会再见的，到时候就没有罗马守卫保护你了。我们血债血偿。”

“我说过了，我对此很是期待呢。”巴利斯塔转过身去，背对着他们，然后往广场的中心走去。无论你去哪儿，都能碰到过去的敌人。

大门里突然传出剧烈的金属碰撞的声音，巴利斯塔转身。他四周的所有人都闭了嘴，朝门那边看。第二个台阶上是一个裸体男人的镀金雕塑，他右手握着一根长棍，长棍顶部悬挂着九个大金球，棍子底部则挂着三个。虽然巴利斯塔非常疲倦，但他还是注意到这是个机械卒然水钟。很明显，每一个金球都随着白天的每个小时的到来而下滑，现在是三点。按照惯例，现在是会见结束的时间，不再接见来访者了。很久之前，这些皇帝的专制大权就令这样的规定变得模棱两可了。

水钟的回声渐渐小了，人们又开始嗡嗡低语起来。这个水钟是新的，去年这个时候，它还没出现在这里。巴利斯塔这个机械爱好者在心里记下了水钟的样子，他想知道它是如何运行的。他往旁边看，扫视着这个广场，高耸的城堡一般的墙镶嵌着科林斯式的圆柱，人群在它们面前显得如此渺小。那三个博拉尼人站在内门附近，仍然张着嘴巴瞪着这边。巴利斯塔往外门那边挪了挪。

几个瘦削的农民，穿着到处都是补丁的外衣，他们在巴利斯塔坐在地上时，不由地往旁边让了让。大块头的北方人巴利斯塔开始耐心等待，他把肘部搭在膝盖上，用手撑着头，闭上了眼睛，太阳暖洋洋地照着他的后背。那几个农民开始用巴利斯塔听不懂的语言柔声交谈着，他觉得那是叙利亚语。

他的思绪在飘浮。他仿佛又一次看到火焰吞没了城池，强劲的南风将火扇了起来，映亮了夜空，火苗升腾，一片屋顶倒塌了。他又一次看到阿瑞忒城的灭亡，这座他负责保卫的城池。

巴利斯塔的思绪冷冷地从阿瑞忒城的梦魇里转到了沙漠里那场地狱般的无情追杀中。他的剑插进了提图斯的腹部，提图斯呼出了最后一口气，阿蒙神之角的那场凶狠的厮杀，然后是两天的翻山越岭。坐在马鞍上颠簸着，强烈的、痛苦的饥饿将其他的思绪都清扫一空，他们一路风尘仆仆地越过一个又一个盐水地。

巴利斯塔的思绪继续蔓延着：终于从山上下来了，来到了第一座罗马人的村庄。他们终于见到了干净的水和食物，洗了澡，听到了皇帝瓦勒良将宫廷搬到安条克的消息。随后他们沿着一条宽阔的罗马大道往商城帕米拉走。他把芭思希芭留在那里，同哈杜达一起。对于他们三人来说，这是一次仓促的、紧张不安的告别，太多的话来不及说出口。当时，没时间说太多了，并且巴利斯塔开不了口，他也不知道该说些什么。

剩下的旅程还算轻松，一路都是好走的罗马大道。帕米拉的西面是商队城市埃美萨，继续向北便是奥龙特斯河的郁郁葱葱的峡谷。当他们穿过泛洪草原，朝安条克的方向走去时，巴利斯塔又一次觉得自己骑着的马每走一步都是在逼近帝王的宫廷，他距他必须汇报的消息又近了一点点。城池沦陷了，萨珊王朝的波斯人占领了那座城，他失败了。

嗒，拖拉声，脚步声。嗒，拖拉声，脚步声。

这声响惊醒了巴利斯塔。

马克利亚努斯从拱形的外门走了进来。他的拐杖击打地面，发出嗒的响声，他跛了的那条腿往前拖一步，然后那条完好的腿向前迈一步。嗒，拖拉声，脚步声。他走进来，人群自动让出了一条路。他身后几步远，跟着两个穿长袍的男人，这两个男人是年轻版的马克利亚努斯，都长着长长的、笔直的鼻子，下巴往回凹着，眼睛下面都有眼袋。但是马克利亚努斯的这两个儿子腿脚没什么毛病，脚步轻盈、自信。巴利斯塔从没见过马克利亚努斯的两个儿子，倒是见过马克利亚努斯一两次。

马库斯·富尔维乌斯·马克利亚努斯已经又老又跛了，他虽出身低微，但是人们可不敢小瞧他。作为皇帝亲自封赐的伯爵，他管理着法庭、军队和行政机构的服装——帝国的染坊。他控制着帝国的税务机构、金矿和银矿、铸造钱币的造币厂，更重要的是，他还负责给士兵和官员开饷钱以及为军队拨放钱款。作为粮食供应长官，他为罗马和宫廷分配粮食，在帝国的每一个省，他都有代管人和粮仓。总而言之，他是皇帝的亲信。

马克利亚努斯登上了台阶，现在他整个人沐浴在阳光里。他的长袍微微泛着白光，拐杖顶端的亚历山大大帝的金头像光芒四射。嗒，拖拉声，脚步声。他同他的两个儿子目不斜视地向内门的帝国政务室走去。

巴利斯塔笨拙地站了起来。

“喂喂，马库斯·富尔维乌斯·马克利亚努斯。”

腿脚不便的马克利亚努斯继续往前走着，根本没理他。

“马克利亚努斯。”巴利斯塔向前走去。

“滚一边儿去，你这个脏兮兮的野蛮人。你好大胆子，竟敢直呼伯爵的名字。”马克利亚努斯的儿子的声音里充满了毫不掩饰的鄙夷。

巴利斯塔没理他。“马克利亚努斯，我需要跟你谈谈。”

“他问起你时，你才能说话，你这个该死的野蛮人。”马克利亚努斯的儿子逼近巴利斯塔。

“马克利亚努斯，是我啊。”

那个腿脚不便的人并没有慢下来，但是他瞅了一眼对他叫喊的这个长发、肮脏的野蛮人。

“马克利亚努斯，是我啊，巴利斯塔，河岸指挥官。我有萨珊人的消息……”巴利斯塔挨了一拳，往右打了个趔趄。

“让我来教训教训你。”马克利亚努斯的儿子继续逼近，准备再给巴利斯塔一拳。巴利斯塔蹲下了，揉着自己的太阳穴。他慢慢站起身来，直视着马克利亚努斯的儿子。

当那孩子同巴利斯塔的距离够近时，巴利斯塔一记右勾拳，又狠又快地击中了那孩子的裆部。那孩子马上弯下了身子，双手捂着下身，向后踉跄了三步。他身上的袍子是举办仪式时穿的那种，拖拖拉拉地往下垂着。罗马人只在特殊的正式活动上穿这种袍子，因为这样的服装不适合做体力活，更不适合打斗。现在，这孩子的袍子缠住了他的腿，绊得他一屁股坐在了地上。

巴利斯塔整理了一下自己的衣服，然后转向马克利亚努斯。

“马克利亚努斯，是我啊，马库斯·克洛迪乌斯·巴利斯塔，河岸指挥官。你得带着我一起进宫去。”

马克利亚努斯停住了脚步。他盯着巴利斯塔的眼睛，脸上的表情比认出巴利斯塔复杂得多，眼神中透着一种谨慎的算计，好像他没想到会再次见到巴利斯塔一样。

“事关重大，我得同皇帝谈谈。”巴利斯塔听到有人跑过来的脚步声，靴子底下的铁钉与地面接触的时候，当当作响，其他人闪出了一条路。他盯着马克利亚努斯身后的人。马克利亚努斯脸上开始浮现出模糊不清的微笑。

巴利斯塔被禁卫队的士兵狠狠地按倒在地上。守卫把巴利斯塔的手臂背过去，提起了他。另一个守卫走过来，他用长矛的另一头戳巴利斯塔的背，虽然巴利斯塔感到一阵剧痛，但还是努力地站直了。

巴利斯塔的头部挨了一拳，胃部挨了另一拳。他双膝跪地，用手护住头部，而长矛的柄像雨点般击中他的手臂和肩膀。

“很好，揍死这个该死的野蛮人。他威胁到了皇帝封赐的伯爵的安全，还袭击了我的兄弟奎伊图斯，把他揍晕，然后像扔狗一样扔到大街上去。”马克利亚努斯的另一个儿子叫道。

巴利斯塔的身体缩成了一团，脸贴着地面，想要这样保护自己。过了一会儿，他们停手了，巴利斯塔听到了马克利亚努斯的声音。

“我儿子说得对，现在把这家伙扔到街上去吧。”

几只强壮的手把巴利斯塔提了起来，往外门拖去。巴利斯塔扭了扭头，耳边感到一阵火辣辣的疼痛，但是他看到马克利亚努斯和他的两个儿子没有受到打扰，继续往宫里走。

“马克利亚努斯，你这个杂种，你知道我是河岸指挥官。”尽管马克利亚努斯肯定听到了，但是他并没有停下来。嗒，拖拉声，脚步声。他消失在台阶上，进入了内门。

其中一个守卫轻柔地敲了敲巴利斯塔的头侧。

“对贵族说话时要彬彬有礼，你这个该死的野蛮人。”

巴利斯塔停止了挣扎。他垂下了头，看着靴子的顶部在地上拖着。这双靴子很贵，这么拖着会坏的，他冒出这么个漫不经心的想法来。

“慢着，”这个声音听上去像是习惯了对别人发号施令。守卫停下了，“让我看看他。”

守卫放开了巴利斯塔，失去外力拖着的巴利斯塔倒在了石板上。

“把他弄起来，让我好好看看他。”

几只粗糙的手毫不费力地将巴利斯塔揪了起来，让他站直了。看到巴利斯塔摇摇晃晃的，两名守卫扶着他的胳膊。

巴利斯塔面前出现了一张狭长的脸，这张脸距离他非常近，正眯着眼睛看他。巴利斯塔有种奇怪的感觉，他因为疲劳而头重脚轻，都感觉不到真正的疼痛了。他的额头有些痒，血从发髻线处的一个伤口慢慢流出。他想用左手擦一把血，却把血涂得满脸都是。

“神啊，真的是你。巴利斯塔，你怎么脏兮兮的？”

巴利斯塔盯着这个男人看。这张狭长的脸很古怪，不太对称，看上去有些熟悉。

“克勒图尼乌斯，好久不见啊。”巴利斯塔微笑道。他几乎感觉不到疼痛了。尽管他同此人并不是很熟，但是身为引见官的克勒图尼乌斯也算是巴利斯塔在帝国里的一个同盟。

“你这是怎么了？”克勒图尼乌斯的声音听上去带着真切的关心。

“你是指在守卫揍我之前发生了什么吗？”

克勒图尼乌斯看着这几个守卫。“谁让你们这么做的？”

守卫立正后答道：“命令是皇帝封赐的伯爵下的。”

克勒图尼乌斯面部一点儿表情都没有。在宫廷里做事的人不会把一切想法都写在脸上。他转向巴利斯塔。

“上次我听到你的消息，得知你是河岸指挥官了。”克勒图尼乌斯张了张嘴，想说些什么，但是又把话吞了下去。巴利斯塔能猜到克勒图尼乌斯此刻的想法：你被任命为河岸指挥官，你被派去保卫阿瑞忒城，赶走萨珊王朝的波斯人；而现在你伤痕累累、风尘仆仆地站在几百英里外的安条克。城池沦陷了，你失败了！

“我们最好先把你弄干净，然后你可以告诉皇帝发生的一切。”此刻克勒图尼乌斯脸上的表情同之前马克利亚努斯的表情没什么太大的区别，都是一种沉默的、小心翼翼的算计。在一个独裁者统治的帝国里，带来最新战报是一件好事，但是同传递战报的人太过密切也可能是很危险的。

克勒图尼乌斯用手臂打了一个很正式的手势，两个守卫放开了巴利斯塔。巴利斯塔同克勒图尼乌斯一起穿过庭院，人群闪出一条路来。尽管巴利斯塔头痛欲裂，肩背僵硬，但是他发现自己还能正常走路。进内门时，他看到那三个博拉尼战士愁眉不展。台阶上的肃静官让到一边去，守卫行礼，大门关上。

克勒图尼乌斯和巴利斯塔一起穿过门，来到另一个庭院。这个院子同之前的相比，显得更狭长。两边的石拱连接着一条柱廊，柱廊是独立的科林斯式柱子。这里很安静，几乎带着与世隔绝的感觉，因为走廊里只能听到他俩的脚步声，仰头还可以看到被神化了的先皇雕塑。最里面是第三道门，这道门并不怎么富丽堂皇，建在四根科林斯式柱子之间，高度只有正常人身高的三四倍。

另一队守卫向他们行礼，打开了门。克勒图尼乌斯和巴利斯塔从阳光下走进了几乎完全黑暗的帝国前厅。他们顿了一顿，让自己的眼睛慢慢适应这样的黑暗。阴暗、华丽的紫色门帘，似乎吸收了两排金色的灯散发出的仅有的光线。空气里弥漫着很浓的熏香味道。

一个肥胖的宦官走近了他们，双手很优雅地藏在袍子里。巴利斯塔不能确定这位就是之前见过的那个宦官。克勒图尼乌斯轻声说了句什么，那宦官慢悠悠地走开了。

“在这里等着。”克勒图尼乌斯说道，“那个宦官会给你一些水和毛巾，把你脸上的血迹洗干净。我待会儿回来找你。”克勒图尼乌斯没再说别的，径直走进了门帘里，留下巴利斯塔独自一人。

那个宦官回来了。巴利斯塔洗了把脸，又用手沾了些水，将他长长的金发往后抹平，头发平直地垂在肩膀上。他拍打着袍子和裤子上的土。这时他几乎全身都痛，骨头就像散架了一样，非常需要休息。前厅里非常安静，四名守卫站得笔直，偶尔有一些官员脚步无声地穿过前厅。

巴利斯塔在想，他隐隐约约听到的那个声音是不是远处的钟声？最终，在似乎漫无止境的跋涉以后，他还是来到了这里，是时候报告一切了：城池沦陷了，萨珊王朝的波斯人占领了它，我失败了。他心里起了一丝怀疑，我失败了，就像你预料到的那样，去执行自杀式任务的人是不可能如英雄般凯旋的。

巴利斯塔知道，他完成了这次的使命。帝国的每一处边境都在遭到袭击，形势十分严峻。在北非，有一个叫法拉森的战士极具号召力，他发起了原住民的一场造反运动；帝国西部，瓦勒良的儿子和共治皇帝加里恩努斯在费米拉孔城建立了基地，他迫切想要躲在莱茵河和多瑙河以西，以避开那些北方的游牧部落，法兰克人、阿勒曼尼人、卡普里人、伊午萨几人、多瑙河流域的哥特人还有其他民族。瓦勒良自己将朝廷往东迁至安条克，想要击退黑海两岸的野蛮人，包括赫卢利人、博拉尼人、黑海哥特人以及被大家都当作是头号威胁的幼发拉底河对岸的萨珊王朝的波斯人。是的，巴利斯塔拖着波斯的诸王之王沙普尔，拖了整整一个年头。春天、夏天和秋天，萨珊王朝的战士驻扎在阿瑞忒城外，他们汗流浃背地发起凶猛的进攻，几千个波斯人战死沙场，他们每一次强攻都以血流成河的失败结束。巴利斯塔成功地拖住了他们，带给了罗马人一年的和平时光。

但是如果巴利斯塔也手握宝剑、战死在阿瑞忒的废墟里的话，帝国就不会感到脸面无光了。如果他战死，那么他就是个英雄，而活着的他，就是帝国表里不一的见证人，不断地提醒着人们，皇帝不顾罗马两个部队战士的死活，也不管整座城市的安危，为了城里人的安宁，不惜牺牲他们。你这个杂种，你欺骗了我，根本就没有后援部队，你就是让我去送死！

门帘掀开，克勒图尼乌斯回来了。他打了个手势，示意巴利斯塔跟他走。这张不对称的脸仿佛一张面具，没有流露出一丝情感。巴利斯塔想到了胡须修剪得短且整洁、头发向前梳得一丝不乱的克勒图尼乌斯，和他自己一头肮脏的长发以及多日未打理的胡须对比，不禁苦笑了起来。

门帘在他们身后合上了，他们陷入了似乎是伸手不见五指的黑暗里。他们站着不动，听着自己呼吸的声音。

里面的门帘毫无预兆地被掀开了，一瞬间，巴利斯塔被忽然袭来的光束晃得眼前一片模糊。他眯着眼睛，盯着这个接见室里的罗马皇帝恺撒·普布里乌斯·利奇尼乌斯·瓦勒良努斯·奥古斯都，最高祭祀，伟大国父，日耳曼征服者，举世无双的勇者，世界的重建者。

皇帝瓦勒良曾声称自己是人类和神灵之间的传话人，此时，他坐在半空中。他沐浴在半圆窗口洒进来的明亮的阳光里，长袍闪着刺目的白光，头上的皇冠金光四射。他的表情很平静，目光越过这些凡人，凝视着皇宫以外的远方。就像那些罗马人说的那样，这位皇帝看起来就像一尊雕塑。

巴利斯塔的眼睛适应了一会儿，他看见通向王座的台阶底部有一个矮矮的祭坛，里面燃烧着圣火。他认出了站在皇帝右侧的禁卫队长官苏克西阿努斯，皇帝左侧则站着一排大臣。

克勒图尼乌斯碰了碰巴利斯塔的手肘，他们慢慢地朝这个狭长的接见室的前方走去。两侧柱子前面坐着议会的成员，这十来位大臣是全帝国最伟大的人才，此刻却安静得像受到恐吓的小男孩。巴利斯塔的眼角瞥到了马克利亚努斯的两个儿子正冲着他怒目而视，而他们的父亲那经历了多年宫廷风雨的脸上没有一丝表情。巴利斯塔觉得自己认识坐在他们附近的那个人，可那精心打理过的卷曲的头发和胡须，那目空一切的表情却让巴利斯塔想起了另一个人，可疲惫不堪的他却怎么都想不起来是谁。

他们在圣火前面不远处停了下来。

“马库斯·克洛迪乌斯·巴利斯塔，河岸指挥官，罗马帝国骑士。”克勒图尼乌斯的声音很恭敬，但是又不显得谄媚。

瓦勒良一动不动，他仍在眺望远方。

克勒图尼乌斯叹了一口气。巴利斯塔向前跨出一步，在台阶底下行礼。为了不被人看出他的不情愿，他俯身鞠躬至膝盖，拜倒在地板上。

瓦勒良还是没有看他一眼，但是过了一会儿，皇帝伸出了一只手。巴利斯塔起身，鞠躬，亲吻皇帝手上沉重的金戒指，戒指上镶嵌着一块鹰形的宝石。

最终，皇帝低下头，看了看站在他面前的这个男人。他的纯金皇冠上镶嵌着的纤薄、精美的树叶，在沙沙作响。

“哦，马库斯·克洛迪乌斯·巴利斯塔，我亲爱的河岸指挥官。”

巴利斯塔抬头看皇帝，看他那凸出的下巴、肥胖的脸颊和脖子，还有围绕着紧闭嘴唇的稀少但是精心修剪过的胡须和腮须，以及那双毫无暖意的眼睛。那句“亲爱的”只不过是句客套话罢了。

皇帝看着巴利斯塔，巴利斯塔望着皇帝。对于一个罗马人来说，肯定会避开皇帝的目光，或者恭敬地低下头，绝不敢跟皇帝对视，而巴利斯塔才不愿意这样呢。就在他们对视的时候，灰尘的微粒在阳光下懒洋洋地起舞。

最终，年老的皇帝点了点头，好像是在对自己确定什么似的，然后开口说道：“马库斯·克洛迪乌斯·巴利斯塔，把你的所有经历和所作所为告诉议会。下到台阶下面去吧。”

巴利斯塔小心翼翼地倒退了几步，在圣火祭坛后面停住了。克勒图尼乌斯和其他十几个人坐到一起，留巴利斯塔独自一人站在房间的正中央。他知道两侧坐着议会的成员，但是他仍然集中所有的注意力盯着坐在王座上的那个老人。

我经历的一切！没人比你更清楚了。你和你儿子背叛了我，给了我虚空的承诺，其实就是送我去死。你这个杂种！巴利斯塔的身体轻微地摇晃着，他觉得头重脚轻，但努力控制住自己，开始了讲述：

“去年秋天，我听从皇帝瓦勒良和加里恩努斯的命令，来到了幼发拉底河边的阿瑞忒城。我到达的那天，比预定的十二月初一提早了十三天。第二天就开始下季雨。整个冬季我都在和全城一起准备防御工事。萨珊王朝的波斯人四月来袭，当时青草刚刚没过马蹄，天空不再下大雨。敌方的军队是由诸王之王沙普尔亲自领导。”

沙普尔是一个狂妄的东方野蛮人，他曾经妄自尊大地要求同罗马皇帝平起平坐。议会成员听到了这个名字，不禁起了小小的骚动，有的甚至打了个冷战。

“萨珊人一开始用攻城塔袭击城墙，后来用的是巨大的撞锤。这两次，我们都击退了他们。沙普尔的人死了很多，城前的尸体堆积如山。”

巴利斯塔顿了顿，强忍着疲劳，把记忆理顺。

“萨珊人建造了一个攻城斜坡，比城墙还高，我们把那斜坡击垮了。他们挖了一条通向城墙内和其中一座塔楼的地道，但是我们用垂直的路堤挡住了他们的进攻。”

巴利斯塔深吸了一口气。

“沙普尔下令进行的最后一次进攻也失败了。然后……然后，城里出了叛徒。”

议会的成员都倒吸了一口气，不禁发出了声音，甚至连皇帝都不由自主地往前倾了倾身子。巴利斯塔没有等待别人问出这个无法回避的问题，就说道：“基督徒，是那些基督徒背叛了我们。”

议论声此起彼伏。瓦勒良郑重地看了一眼他的大臣，也许看的是马克利亚努斯？接着他点了点头，仿佛终于确认了什么。

逐渐升高的议论声突然像被熄灭的灯那样戛然而止，一名肃静官出现在大家的视线中。

“城池沦陷了，而你在这里。”这个威严的声音不带感情。

巴利斯塔感到一阵怒火升腾而起。“我带着几个同伴杀出了城。我接到的命令并没说我必须死在那里。”

瓦勒良没有回应，但是两边的议会成员变得更安静了。巴利斯塔疲惫不堪，怒气冲冲，但是他知道，他说话必须很小心，失言会让他送命的。每个人都等着皇帝发话，皇帝的意志就是法律。如果皇帝要他死，他连上诉的机会都没有。作为一名罗马公民，巴利斯塔可以享受砍头的待遇，而不必被钉死在十字架上。

“我们很仁慈，我们宽宏大量，我们绝对不会让自己人去送死。我们并不是暴君，像沙普尔那样妄图想征服世界。我们是自由的保卫者和化身。”议会成员们纷纷喃喃地附和。“谁有问题想问河岸指挥官？”瓦勒良打了个手势。

巴利斯塔转了半圈，看到有个男人站起来说话，而这个男人就是巴利斯塔进来时觉得眼熟的那个。精心打理过的长长的、卷曲的头发，和修剪得很整齐的短胡须，胡须最下面系着一个环。神啊，如果我不是这么累的话，我就能认出来这个男人。

“我弟弟呢？”

巴利斯塔傻傻地盯着他，脑海里一片空白。

“我弟弟，阿瑞忒城的分遣队指挥官，我弟弟，马库斯·阿奇利乌斯·格拉布里奥。”

巴利斯塔的回忆像洪水一样涌了出来，他在想应该怎么表达。

“我弟弟？”这声音很紧张且不耐烦。

“你弟弟……你的英雄弟弟战死了。波斯人在追赶我们，你弟弟同另一个同伴一起去拖住他们。他说，像贺雷修斯[①]那样，他要守住大桥。没有他的牺牲，我们根本脱不了身。他的英雄举动和他的贵族出身很匹配，配得上他的贵族姓氏。他是一位英雄。”

对方顿了顿。

“你让他留下送死。”这位贵族的声音里有毫无掩饰的愤怒，“你一个野蛮人、暴发户，留下一位罗马贵族去送死。你留下他，他被砍死了，而你逃掉了。”怒气让这个年轻贵族说的话变得语无伦次。

“那是他自己选的，他主动要求的，我并没有命令他这么做。”巴利斯塔是不会让自己被这个乳臭未干、被宠坏了的罗马贵族侮辱的。

“你这个野蛮人、杂种。我会让你为我弟弟的死付出代价的。我，盖乌斯·阿奇利乌斯·格拉布里奥对天发誓。”

这个年轻的贵族还想说些别的，他甚至都朝巴利斯塔逼近了，此时两个肃静官出现了，他们一言不发地把他按回到座位上。

“如果没别的问题的话，”皇帝的声音打断了大家的思绪，“阿瑞忒沦陷了，意味着波斯人，北方的美索不达米亚和卡帕多西亚到这里的路打开了。麻烦又回来了，像三年前一样，沙普尔到叙利亚、到安条克、到我们帝国的心脏之地的这条路打开了。残酷的战争一触即发。我们每个人回去后都仔细考虑一下河岸指挥官带来的这个消息的隐含意义，四天

---

① 罗马传说中的一名英雄。——译者注

后，下午十点在这里会面。议会到此结束。”

皇帝起身离开，其他所有人都拜倒在地。

巴利斯塔心想，残酷的战争一触即发。下一次，当他再遇到沙普尔时，他不会战败，他不会再让自己遭到背叛。

他们刚起身，克勒图尼乌斯很快抓住了巴利斯塔的胳膊，将他带出了接见室。

走进外面的阳光里，克勒图尼乌斯冲着正门走得飞快。

“太精彩了，巴利斯塔，实在是太精彩了。你回到宫廷还不到一个早上的时间，可是却已经树起了两个极其危险的新敌人。”克勒图尼乌斯捏了捏巴利斯塔的胳膊。

“你先是同马克利亚努斯为敌，他可是这个帝国里最富裕也最强大的人物之一，他还有两个不安分的、危险的儿子。然而，你对此还不满意，又想法子让盖乌斯·阿奇利乌斯·格拉布里奥，这个来自帝国最古老的家族里的一个顽固贵族发誓要报复你。实在是太精彩了。”

巴利斯塔耸了耸肩。他决定，现在不是一个好时机去告诉克勒图尼乌斯关于韦德里克和博拉尼人的事情。反正，他们又不是新敌人。

“幸运的是，”克勒图尼乌斯说着，带着巴利斯塔穿过巨大的庭院，“对你来说，绝对值得庆祝，我的几个仆人就在外面，还牵着马。”

“什么？”令他惊讶的是，巴利斯塔停住了，“你是说，要我外逃？去躲起来或者出境吗？”

克勒图尼乌斯露齿大笑，长长的脸看起来裂成了两截。“不是，我只是想，以你现在的情况，骑我的马可以更快地穿过城市去见你的妻子。你不知道她在安条克吧？”

第二章

“那就是溺死驴子了。”克勒图尼乌斯的话，巴利斯塔听而不闻。其实自从克勒图尼乌斯说他的妻子也在城里，巴利斯塔就听不进去任何其他的事情了。

“雨季时，安条克的洪灾是个很大的问题。从十一月起，一直到第二年三月，西尔皮乌斯山都下着猛烈的大暴雨，有些年份，甚至暴雨会下到四月。而雨水冲进城里，每一条水沟都变成了洪水，帕莫尼奥斯河的情况最严重，这就是为什么当地人管这叫作溺死驴子了。”

他干吗跟我扯这些？巴利斯塔心想。他去年在安条克待过一周，妻子朱莉娅在这里，伊桑格瑞姆——他那英俊的儿子，也在这里。巴利斯塔突然闪了个趔趄，他意识到他刚刚只是假设伊桑格瑞姆和朱莉娅在一起，他没问克勒图尼乌斯，神啊、欲望之主啊，让我儿子也在这里吧。

“在提比略皇帝执政的时候，有个叫作阿布拉肯的巫师，为安条克城下了一道抵抗洪水的符。人们都为这道符骄傲，尽管它没什么效果。”

当然了，克勒图尼乌斯没必要知道巴利斯塔去年在安条克待过一周。伊桑格瑞姆现在长什么样子？多高了呢？自从上次巴利斯塔见到他，已经过去了十三个月零二十二天了。他现在应该是四岁半了。神啊，保佑儿子还能认识我吧。

克勒图尼乌斯继续说着：“你可以看见，上面……”

而朱莉娅……她变了吗？巴利斯塔回忆着她那幽黑的眼睛、橄榄色的皮肤、黑色的披肩发。朱莉娅是德高望重的罗马元老院议员的女儿，下嫁一个当上了罗马军官的野蛮人，这野蛮人还曾是外交人质。她会怎样欢迎丈夫呢？巴利斯塔回忆她那高挑丰满的身体、结实的胸部和圆润的臀部。一年多没有女人的安慰，神啊，他需要她。

“……铁门，水闸的复杂系统。”克勒图尼乌斯察觉到了巴利斯塔心不在焉，他的热情有些被浇灭了，“我以为作为一个军事工程师，你会对此感兴趣。”

“哦，不好意思，你说得很有趣。”如果皇帝同意，我可以研究一下水利工程和宫里的那个水钟，巴利斯塔悲伤地想着。

他们骑马走过了宙斯神殿，走出了城市中心，进入了主街。提比略和希律王建造的带有柱廊的宽阔街道一直延伸了两英里，贯穿了这座城市。不出所料，这个有着二十五万人口的城市人头攒动。两边的柱廊里，挤着无数的小摊。售卖五花八门的商品的小摊贩：蔬菜水果商、金匠、石匠、理发师、织布工、香料商，还有售卖奶酪、醋、服装和木材的商人。巴利斯塔研究着那些茅草屋顶的小屋，他看不出这些东西的排列顺序，档次略高的银店和面包店竟然跟贫民出入的鞋店和酒馆挤在一起。

克勒图尼乌斯转身，他那长长的、不对称的脸微笑了起来。“他们说每一个摊主都坚守着自己的摊位，就像奥德修斯在妖怪卡律布狄斯的洞穴上，紧抱着那棵无花果树不放似的。”

巴利斯塔思考着这句话。荷马史诗在宫廷的精英之间很流行，能引用它就像是拥有一枚在全帝国范围内彰显地位的徽章。“这句话是在说，这些摊位是有利可图的，所以不能丢掉？还是说如果他们失去了摊位，就会陷入贫困的深渊里？”

克勒图尼乌斯的表情并没变化，依旧保持着开朗的、诚实的微笑，但是他目光炯炯地盯着巴利斯塔。像巴利斯塔这样的野蛮人很容易被人低估，尤其是现在，浑身泥泞不堪、血迹斑斑，此刻他看上去和大家心目中的大块头、愚蠢的野蛮人没什么区别，也很容易被忘记。他少年时代就被带到了罗马帝国，在宫廷里接受教育。克勒图尼乌斯认为，只有傻瓜才会无缘无故地跟这个人结仇。

“我们前面左手边是剧院，里面有一座精美的卡利俄珀神像，她是安条克的守护神、命运之神。”克勒图尼乌斯重新开始喋喋不休，“一些无知的本地人认为……”

走了一会儿，他们左转来到了一条小巷，这条小巷往上延伸，通向西尔皮乌斯山的山脚。很快他们就进入埃珀弗奈厄的居民区：两边是石灰岩和玄武岩建成的精美房屋。马伸直脖子，小心翼翼地走在变陡的街道上。远处延绵起伏的山脉若隐若现，看上去好像一个巨大的背景墙。

他们走过了酒神狄俄尼索斯的神殿，克勒图尼乌斯在一座大房子前面停了下来。这座房子长长的白墙中间是一扇由两面进口大理石做的门。一个守门人出现了。

“告诉女主人朱莉娅，她丈夫回来了。”克勒图尼乌斯说。

有那么一会儿，守门人看起来很迷惑，他盯着这队人马看。克勒图尼乌斯打了个小手势，指着巴利斯塔。守门人马上会意了，他走上前，牵着巴利斯塔的马的缰绳，巴利斯塔下马。

“欢迎回家，主人。”守门人鞠躬。巴利斯塔推测，他要么是雇来的本地人，要么是新买来的奴隶。在巴利斯塔谢过了克勒图尼乌斯并跟他告别时，守门人派一个小男孩跑进去通知了女主人这个好消息。

“请跟着我，主人。”

巴利斯塔看着克勒图尼乌斯和他的仆人骑马走远了，转身跟上守门人。

当他们进入这座房子时，经过一幅马赛克画，画上是一个裸体的驼背男子，硕大到不真实的男性生殖器正在勃起。很明显，这座租来的房子的主人有些迷信，他害怕镇上有邪恶的东西作祟。巴利斯塔微笑了，他见过很多更糟糕的画作，用来将邪恶的势力阻挡在门外，但是这一幅在某种程度上正好反映了巴利斯塔现在的感受。

一条长长的、阴暗的走廊尽头是一个开放的庭院。巴利斯塔走进阳光下时，停住了脚步。庭院中间有个水塘，将斑斑点点的光线反射到周围的圆柱上。他往水塘里看，水塘底部是另一幅马赛克画，上面画着简单的海洋生物：几条鱼，一只海豚和一只章鱼。

巴利斯塔有些犹豫。他靠在其中一根圆柱上，闭上眼睛，反射光照在了他的眼皮上。他有一种奇怪的紧张和不确定感。朱莉娅会欢迎他吗？已经过去这么久了，她仍然想要他回来吗？他不得不去面对这个自己一直在逃避的恐惧，而一想到这个，巴利斯塔就觉得有些眩晕。她有情人了吗？无论大城市的道德守则，还是宫廷里的道德操守，都和他成长的北方风俗毫不沾边。不能再在这浪费时间去瞎琢磨这些毫无意义的事情了，还是行动起来吧。在很多情况下，他迫使自己做过的祷告，此刻，都显得那么格格不入。

巴利斯塔睁开了眼睛，对守门人点了点头，守门人引他穿过庭院，进入房子里。

他们走过了饭厅，地板上有很多马赛克画，墙上也有很多画作，不过巴利斯塔没有注意。守门人停住了，打开了进入内室的里门。

“女主人，您的丈夫，马库斯·克洛迪乌斯·巴利斯塔到了。”守门人往后退，巴利斯塔走了进去，他身后的门关上了。

朱莉娅站在房间的最深处，一动不动。她两侧是两个侍女，都站在她背后一步远的地方。她优雅地往前走。

“神啊。”她的声音没有流露出一丝情感，谦逊地垂下目光。她是个典型的罗马主妇，欢迎自己的丈夫从战场上回家。

“夫人。”巴利斯塔弯腰。朱莉娅抬起头，他们的目光相遇了，她的眼睛还是没有透露出半点感情。他轻轻地吻了吻她的唇，她又低下了头。

“坐吧。”她指着一张沙发。巴利斯塔坐了下来。

“你想喝点儿什么吗？”

巴利斯塔点头。她告诉一个侍女，拿些酒和水来，又让另一个侍女去打一盆温水。

侍女离开了，沉默在房间里沉淀下来。朱莉娅还是低着头，巴利斯塔则一动不动地坐着，打了个哈欠。

侍女回来了。朱莉娅告诉她们，她自己来照顾主人，让她们离开，并且嘱咐她们洗澡水必须是热的。侍女又离开了。

朱莉娅把酒和水混在一起，递给巴利斯塔，他喝了一口酒水。她将水盆端过来，跪下来，手脚麻利地把他的靴子脱了下来，开始为他洗脚，水溅在了他的裤子上。

“裤子湿了，把它脱了吧。”她说道。在她低头之前，漆黑的长发是否遮住她脸上浮起的一丝笑意了呢?

巴利斯塔站起来，将内裤和长裤一起褪下，脚从裤子中挪出后，他又坐下了，朱莉娅继续为他洗脚。他变得越来越紧张，胸口很闷，手心都是汗。

朱莉娅抬起头，看着他的脸，笑了。

巴利斯塔一下子站了起来，一把将她揽过来靠着他。他吻她，她的舌头伸进了他的嘴里。

过了一会儿，她往后退了一点点，说：“在我家人把我嫁给一个野蛮人时，他们警告过我，说我会成为他可怕欲望的奴隶。”

巴利斯塔露齿一笑。“宝拉”——他叫她的闺名——“亲爱的，”他又叫了他给她起的昵称——宝露拉。她往后退，解开她的长袍，袍子落在了地板上。她的下面一丝不挂，身体看上去无比性感。他弯腰亲吻、舔着她的胸部，乳头在他的吮吸下变硬了。

他直起身子，看着她的眼睛。“已经过去很久了。”她没有回应，只是拉起他的手，将手往她的下体引去。

“是啊，很久了呢。”她说。她开始动手脱他的长袍。

去达佛涅的路上还有一些其他的赶路者，但是哪怕只有三天的时间，能够离开安条克熙熙攘攘的人群，都是一种解脱。

马克西姆斯对“去达佛涅”感到很奇怪，去年在此逗留时他就注意到这点了。因为无论当地人是从何处出发，当他们想去郊外时，总是说他们要去达佛涅。但是这趟行程绝对是令人愉快的。出了城的南门，就会看到一条河——奥龙特斯河，一直向右流去，而左边是各种各样的花园、喷泉、房屋和隐藏在小树林里的神殿。继续走，这条路会沿着河延伸，河两边都是郁郁葱葱的葡萄园和玫瑰园，而且自始至终，间隔不远就有一些可以歇脚的地方，马克西姆斯可以在这些地方洗澡或者休息，还能看到一些活泼的姑娘。

一开始他们骑行时，彼此距离很近，三个成年人骑着大马，男孩骑着小马。巴利斯塔对儿子说话，但是伊桑格瑞姆没有回答。男孩似乎心不在焉，甚至有些闷闷不乐。可别指望一个父亲从孩子的生活里消失一年之后，一回来就会受到孩子热烈的欢迎，这确实有些尴尬。马克西姆斯和那个希腊书记官德米特里厄斯让马放慢脚步，欣赏着秋日阳光下的四周美景。

中午，起了一阵令人愉悦的微风，从西南边吹来，一直往上吹进了奥龙特斯峡谷，骑手的长袍袖子在风中飘扬。男孩开口说话了，他想和父亲骑一匹马，事情进展得不错，伊桑格瑞姆上了父亲的马。巴利斯塔把那匹小马的缰绳扔给马克西姆斯，他骑着马慢跑起来。男孩紧抱着父亲的背部，笑了起来。

那匹小马很调皮。现在他们得停下来，因为小马总想着贴近马克西姆斯的马，去咬它。希伯尼安人把靴子搭在小马的背上，小马看到人腿，咧开一排黄色的牙齿，最终却没有下口咬下去。马克西姆斯弯下身子，摸了摸马的耳朵。

“嘿，希腊小鬼，过来。他们就快跑丢了。”马克西姆斯知道德米特里厄斯不喜欢被称为“希腊小鬼”，但是他现在心情不错，想逗逗德米特里厄斯。

“我跟你说，我们很快就看不到他们的踪迹了。”的确，巴利斯塔和儿子走远了，距他们有几百步。

德米特里厄斯从路边的神殿走出来。相比马克西姆斯，他看上去惊人的年轻，而且心情很好。这可是件好事，他很少显露出一副快活的模样。即使有一个方便让人上马的脚蹬子，这个希腊男孩坐上马鞍还是费了不少力气，因为他从来都不是个好骑手。

“安条克人可能是世界上最敬神的人了。”德米特里厄斯说道。

马克西姆斯看上去对这个说法持怀疑态度。本地人并不以虔诚闻名，就像刚才他们骑马路过的酒馆外的那两个姑娘，他觉得那两个姑娘只会在给男人交欢时才会跪在地上。

“你所望之处，正是上苍福祉之所在。”德米特里厄斯微笑，“你记得吗，那天我们骑马进入庇亚门时，我指给你看的那个护身符，那是很久以前，由提亚纳的圣者阿波罗尼奥斯做的，目的是阻挡北风。”

马克西姆斯哼了一声算作是回答。

“还有，在宫殿附近，那个由圣者德布利乌斯做的护身符，目的是防备地震。”

“你是说海神波塞冬的那个雕塑吗，遭闪电击打过的那个？”

“就是它。”希腊男孩笑了，“然后还有阿布拉肯做的，阻挡洪水的那个。”

“嗯。”马克西姆斯说。

“现在我又发现了一个，是由圣者阿波罗尼奥斯做的。这个护身符守护着城市不受蝎子侵害。”德米特里厄斯很高兴。

“哼，难道就没有一个无情的人，认为这一切都是最可怕的迷信吗？”希伯尼安人带着古怪的表情提出了这个问题。

希腊男孩笑了。“是啊，总得把真正的信仰同低劣的迷信区别开来。”

你应该能做得到这个吧，小子。马克西姆斯心想。

“但是这里的民众，随处可见的底层民众，都被最无知的迷信给蒙蔽了。比如说，剧院里那个卡利俄珀神像，她是安条克的守护神、命运之神。这里的民众还以为那个神像是……”

德米特里厄斯继续闲聊着，赶上了巴利斯塔和他儿子。马克西姆斯的思绪在游荡着，他觉得开心就好。在逃出阿瑞忒时他吃了不少苦：饥饿、疲惫；更重要的是恐惧。这个希腊男孩的性格不怎么适合过冒险的生活，当然更过不惯奴隶的生活了，其实他只适合做一个学者。他总是一副忧郁的样子，这令马克西姆斯很不解。如果生来就是奴隶，就像德米特里厄斯那样，很快就会习惯奴隶的生活，当然谁也不能把这种生活方式同其他的做比较。

“所以你看，最低劣的迷信就像瘟疫一样影响着民众。”德米特里厄斯滔滔不绝地说着，“我给你再举个例子……”

老实说，如果真有人觉得受奴役是件特别痛苦的事，那么这个人也应该是马克西姆斯才对。当他在老家希伯尼亚时，一次部落袭击中他被抓获了，当时他已经是名战士。他被卖给罗马人去竞技场上角斗，一开始他是个拳击手，后来是角斗士。那段日子并不美好。但是后来，巴利斯塔买了他做贴身护卫，一切才有了好转。从某种角度来看，现在的生活甚至比他没被奴役时还要好。不管怎么说，他都得战斗。这也蛮好的：战斗既是他的技能，也是他的乐趣。而且在这里，回报要大多了，因为可以享受到各种美酒和各类女人。

他们经过一个路人时，那人正在检查他的跛驴的蹄子，马克西姆斯低头看，德米特里厄斯继续喋喋不休。

马克西姆斯心想，不管怎么说，还有人情债呢。几年前，在非洲，巴利斯塔救过马克西姆斯一命。毫无疑问，一旦马克西姆斯还清了债，他就会谋求自由。巴利斯塔总是提出要放马克西姆斯走，但是这个希伯尼安人无法接受。马克西姆斯知道，他必须把人情债还清，必须毫不含糊地救巴利斯塔一命，才能考虑自由。

他们追上了巴利斯塔和伊桑格瑞姆，前面就是灰绿色的山峰。他们爬上了一个小坡，在那里右转是一个苍翠繁茂的峡谷，这片区域看上去很适合打猎。他们来到了达佛涅。

德米特里厄斯开心地拍了拍手，说他们都很幸运。这条路的两边都是小客栈和摊点，主要售卖食物和纪念品。还没到午休时间，天气很好，带些微风，小客栈外面的桌子边坐满了正在吃午饭或者赌博的男人。

他们骑马走过公共浴室和奥林匹克体育场，来到了一片高大的柏树林里，这是达佛涅的神圣中央。下马之后，他们付给几个小孩一些钱，让孩子看住他们的马。然后付了很多钱，雇了一个当地人引路参观一下。

引路人带他们走上一条阴凉的小路，鸟儿的鸣叫和柏树在微风中轻微颤动的声音飘荡在空气中。这里的气味也很香，比香料还要甜美些。

引路人先在一棵特别高大的柏树前停了下来，这棵柏树比旁边的柏树高。他告诉他们关于那个叫作库帕里索斯的亚述男孩的故事，那男孩不小心杀死了自己的宠物鹿，因为伤心过度，神怜悯他，让他变成了这棵柏树。

甚至连德米特里厄斯都对这个故事不感兴趣。引路人察觉到了听众的漫不经心，于是很快带着他们继续往前走。

引路人把他们带到一棵月桂树旁边，给他们讲太阳神阿波罗的故事：阿波罗对山神达芙妮的欲望让他无法停止追求的脚步，而达芙妮坚定果断地选择了逃离，就在快被捉住的瞬间，她绝望地向大地母亲祈祷，这祷告起作用了，她变成了这棵月桂树。就是他们现在面前的这棵。

其实这个故事比导游讲述的要精彩多了，马克西姆斯觉得自己被故事打动了。但是这个故事还是缺乏可信性，德米特里厄斯轻声指出，这个故事其实发生在希腊，不是在色萨利就是在阿卡狄亚。

最后，引路人把他们带到阿波罗之泉那里，这次得到的回应要热烈得多。瀑布流到岩石上，潺潺的水被引到一个水池里，水流向阿波罗神殿的两侧。

除了马克西姆斯以外，一行人进了神殿，去欣赏巨大的神像：头发上镀金的桂冠，巨大的紫色石头做成的眼睛。三年前，在波斯人洗劫并烧毁了安条克以后，沙普尔把神像的火炬破坏了，但是没有动达芙妮的雕塑。

马克西姆斯站在外面，这个希伯尼安人不愿意去打扰神，但是即使如此，他也觉得这个地方没什么了不起的。也许在这里，人和神的界限没那么分明。但是，这里有什么东西，让他脖子后的汗毛都竖起来了。他环顾四周，除了水声和树，还有神殿三角墙上咕咕叫的鸽子以外，什么都看不到也听不到。

巴利斯塔看到了想看的一切以后，给了神职人员一些香火钱，离开了这片树林。给他们看着马的几个小孩把他们带到了一个旅馆里，小孩说，虽然已经很晚了，但是这个旅馆还是能够提供一顿不错的午餐。巴利斯塔觉得，这几个孩子可能是旅馆老板的亲戚，或者旅馆老板付钱给他们，要他们拉顾客。但是那旅馆还不错，外面的凉棚上爬着葡萄藤，还能看到奥龙特斯平原上的美景，是个令人愉快的户外用餐的地方。问了其他人想吃什么以后，巴利斯塔点了餐，烤乳猪，还有洋蓟沙拉和血肠。

巴利斯塔觉得同儿子的重聚进展得很顺利。一开始伊桑格瑞姆有些沉默，而且怨气冲冲的。“我一直在等你。我总是坐在台阶上。我都觉得你回不来了。”但是这孩子天性亲善，很快就不把爸爸离开一年的事放在心上了。

“我喜欢香肠，爸爸。”伊桑格瑞姆两手并用，吃得很快。他们都没有指出这孩子用左手吃饭的错误，用左手吃饭是不礼貌的。马克西姆斯问他，长大了想做什么？

“当我长得跟你一样高时，我要去做守林人。”伊桑格瑞姆看着四周这片著名的柏树林，“我要把树都砍光。”他转头看他的父亲，脸上是一本正经的认真表情，“清晨我得起得很早，好做这些工作。”三个成年人笑了。

他们的笑声传到了阳台那边，传到了坐在那里的刺客耳朵里，那刺客一边吃着最廉价的豌豆炖肉汤，一边打量着他们。

刺客已经盯着他们一整天了。天刚亮，雇他行刺的人就把他引到埃珀弗奈厄区的那栋房子里。刺客给了雇主一件褴褛的斗篷和一顶破破烂烂的宽边帽子。他要雇主同他一起坐在街道尽头的屋檐下面，靠着关了门的酒铺的墙，就像个流浪汉那样，帮他指出要刺杀的目标。他们坐在那里等着，刺客偶尔会挠挠他右手背上那块凹凸不平的伤疤。

他们等了很久，久到刺客都开始有些厌烦他的雇主了。他们没有交谈，也没必要交谈。这些稳重、富裕的年轻人身上有种笃定和傲慢，是旧衣服掩盖不了的。他们对待生活的态度着实恶劣，若是那些穷困潦倒的人知道了，恨不能把他们打个半死。刺客对自己即将杀死的人没有丝毫同情。如果他是个坏人，那么当然更好，但是如果他是个好人，那么就麻烦地狱审判者将他送到天堂去吧。但是他看着这个雇主傲慢的样子，真恨不得杀了他，可对于刺客而言，他所做的一切，都得为了那点果腹的食物。

最终，目标出现了，雇主甚至还用手指了指。刺客抓住了他的手腕，把他的手按下来，他以为这个年轻的贵族要打他。即便这一刻过去了，这俩人都不会忘记这个误会。

刺客研究着他们。他们一行四人，两个很重要。雇主跟刺客描述过，目标是那个金发的高大野蛮人，其次还有那个棕发的护卫，看上去很凶悍，鼻子尖残缺了，剩下的两个无关紧要：一个是看起来弱不禁风的年轻人，另一个是漂亮的小男孩。

“你想要我把他的儿子也杀死吗？”

这个贵族的眼睛里充满着怒火。“你以为我是谁？跟他一样的野蛮人吗？”

刺客没有回答。

当马被牵出来以后，野蛮人和同伴骑上去，一路向南。过了没多久，刺客和他的雇主站起身来，走开了。在街角，刺客拿到了预付的酬金，他们便分道扬镳。

刺客走到了巷子里，他的毛驴被拴在那里。他把伪装的衣服脱掉，绑到马鞍旁边，然后出发，跟踪目标去了。因为他对这座城市的道路了如指掌，所以没必要太匆忙。他曾经做过很多坏事，也很擅长杀人，他只是需要一个机会，当那个野蛮人独自一人、护卫不在身边的时候，他就可以进攻了。这个机会不一定会出现在今天，但是总会来的。事成之后，他就可以拿到另外一半钱，这个冬天，就可以过得很安稳了。

第三章

马戏节那天，是十月的第二十五天，也是皇帝要召开议会的那天，是阿瑞忒城发生的一切过后的第四天。但是对于奥龙特斯河岸边的安条克的大多数居民来说，幼发拉底河边的任何城邦都离得很远，那些城邦的命运和他们不相干。上次波斯人洗劫安条克，距今已有三年时间，但是对于普通的安条克民众来说，那场劫难就像特洛伊战争一样遥远。

马戏节顺利开始了。日出之前，天空是一片柔和的蓝色，万里无云且明亮异常，甚至天还没有亮，通向奥龙特斯岛屿的六座桥就已经挤满了人。帝国的所有城邦里，没有哪个城邦的人像安条克人这样认真且欢快地对待这个节日。几千个安条克人全都热爱戏剧，他们都带着惊异的表情盯着舞剧演员转动的腿。还有更多的人热爱竞技场，当角斗士搏斗、血溅黄沙时，他们的心全都跳到了嗓子眼儿。而死于二轮战车竞赛的奥龙特斯河岸边的安条克人数不胜数，恐怕连神都不知道具体数字。

他们涌过去看的可不是什么一般的竞赛。这是非常规的、本地的、希腊式的聚会，这些队伍，不管情愿与否，都由城邦议会出资。这是伟大的罗马风格的比赛，规模很大，这座不朽的城市有四支出赛队伍，绿队、蓝队、红队和白队，按照帝国风格来比赛，直接由皇帝——对神最虔诚的奥古斯都瓦勒良亲自指挥。这位年迈的皇帝，吝啬的名声其实并不符合他的作风。狄俄克勒斯是个异常自信的家伙，他代表绿队，他发自肺腑地相信自己是最好的，不过，在其他人看来，他就是目中无人。白队推举的是白队竞技者，没人比他更适合竞技了。马斯克勒斯为蓝队出战，他的坐骑便是大名鼎鼎的坎迪德斯[1]，这名字暗示了它的不凡；这是一匹西班牙血统的灰马。红队派出的是来自毛里塔尼亚的战车御者红队竞技者，经过劝说，这位已退休并深受尊敬的长者决定重新出山。其实，不光只有政客们会时刻做好准备跟在皇帝的屁股后面。

天还没全亮，人们就已经蠢蠢欲动了，全世界的城邦里，也只有安条克能够在这个时间如此沸腾，人们涌进巨大的红砖竞技场。门票是免费的，没有人怀疑这座能够容纳八万人的竞技场是否能坐满。最终，当太阳出现在西尔皮乌斯山那凹凸不平的山顶时，几乎所有等待的人都向右张望。有人行礼，有人跪倒在路上，有人至少也会微微鞠躬然后飞吻。安条克的民众可能不那么敬畏神，但是他们绝对是非常迷信的。

就在太阳从山边升起来时，马克西姆斯从埃珀弗奈厄区的房子里走了出来。街道上没什么可看的，几个人赶着三匹满载货物的骆驼，另一个人在给一头驴子装货，路那边，就像昨天一样，一个流浪汉坐在关着门的酒铺门口的屋檐下面。马克西姆斯雇的那顶轿子迟到了。他从睡着的乞丐身边走过，忍住了没扔给他一把小面额的硬币，而是蹲下来，轻轻地将铜币放在这个男人的手下。男人没有动。马克西姆斯注意到男人右手背上的那道长长的、扭曲的伤疤。他站起来，转过去，看着街道尽头，等待着。

那顶浅蓝色的结实轿子出现在了街角，马克西姆斯叫家里一个打杂的男孩去告诉女主人，轿子到了。

就在轿子到达房子前面时，巴利斯塔出现了。他的仆人卡尔加库斯在为他整理衣装。巴利斯塔穿着一件雪白的袍子，狭窄紫色缎带以骑马

---

① 意指光明圣洁。——译者注

的样式绑在身上，缎带上的金环在他的手指上闪光，被他头上的金冠映照着，显得有些黯然失色。这顶金冠有三英寸高，是城墙形状的。很少有人有资格戴这样的金冠，这种城墙形状的金冠只能由那些在战斗中打头阵的人佩戴。作为一名在北非服役过的人，巴利斯塔渴望荣誉，而且他非常幸运。

朱莉娅出现了，穿着罗马主妇式披肩的她显得十分高贵、娴静。她牵着伊桑格瑞姆的手。男孩的长发仔细地梳理过，在阳光下发出耀眼的光。他严肃地看着轿子说轿子是蓝色的，这是个好兆头。巴利斯塔、卡尔加库斯和马克西姆斯相互微笑着。尽管这三个男人都追随着白队，但是他们知道，男孩支持的是蓝队。轿子是蓝色，这不是一个意外。

一家三口钻进了轿子里，轿子被抬上了八个轿夫的宽阔肩膀。马克西姆斯让两个壮实的守门人走在前面用棍子清道。他调整了一下左胯的剑和右胯的匕首。马克西姆斯站在巴利斯塔坐的一侧，卡尔加库斯站在朱莉娅坐的一侧。马克西姆斯看了看四周，仔细检查过后觉得一切都没问题，给出了出发的信号。

酒铺门口的屋檐下，那个流浪汉醒了。他捡起了硬币，挠了挠右手背上的伤疤，看着轿子出发了。过了一会儿，他站起身来，跟了上去。

从巴利斯塔家到竞技场的这条路，他们走得不算快。安条克那些自由惯了的民众从来都不把贵族放在眼里，他们不愿意让到一边去，即使是面对着手中握着棍子的高大的男人。轿子通过时，他们嘴里骂骂咧咧，有些叫骂很有趣，也有些是他们自己创造的污言秽语。巴利斯塔全家、卡尔加库斯还有轿夫们对此充耳不闻。马克西姆斯来来回回地瞪着人群。有一次，当一个平民即将为自己冒失冲撞轿子付出代价时，巴利斯塔探出身子来，把手搭在这个希伯尼亚护卫的胳膊上，让他不要冲动。安条克的人群总是这么变化无常。要在街头打一架甚至激起一场骚乱来，是很容易的。

终于，轿子停在了竞技场南部尽头的外面，这里距那座左手边的高大塔楼已经很近了，仆人忙碌着整理巴利斯塔那件沉重的正式长袍上的装饰品。轿夫将人群阻挡在外，这样他们就顺利到了大门口。只有那些有门票的人才可以进去，于是这一家三口、马克西姆斯和卡尔加库斯继续往前走。西边高高的有拱顶的通道里，人潮更汹涌了。到处都是手肘，根本不可能不被撞到。马克西姆斯把伊桑格瑞姆举起来，让他坐在自己的肩膀上。朱莉娅走在三个男人中间的空隙中。

最终，他们走到了阶梯前，这组台阶是通向为议员和马术表演者预留的座位的。他们走过了第一组台阶，阶梯曲折地往上延伸，一直到建筑背后的最高看台上。他们在下一组台阶前停了下来，这条很宽很直，通向看台的中心区域，这里的座位是为社会精英预留的。马克西姆斯轻轻地将伊桑格瑞姆放到地上，放在他父母中间。卡尔加库斯又为巴利斯塔整理了一下袍子。马克西姆斯用拇指指了一下隔壁的拱门，暗示卡尔加库斯，他们应该穿过旁边的走廊，到与地面齐平的前排看台上去。他和卡尔加库斯就座在平民坐的区域里，但又不会距巴利斯塔一家太远。

马克西姆斯站了一会儿，卡尔加库斯等着他。马克西姆斯看着巴利斯塔一家上台阶，孩子两手分别被父母牵着。马克西姆斯理解不了他的朋友巴利斯塔对这个女人的感情，他永远都不会过这种家庭生活。但是他知道，宁可自己死掉，都要保护这三个人的安全。

刺客看着马克西姆斯和卡尔加库斯转身离开，等了一会儿，跟着他们进入了与地面齐平的平民区。

议员和马术表演者就座的那个区，一片白袍子在清晨的阳光下闪闪发光，都是耀眼的白袍配着或宽或窄的紫色缎带。竞技场上到处都是人，但是已经没那么拥挤了。巴利斯塔没费多少力气就找到了座位。作为在战争中打过头阵的人，他和他家人的座位被预留好了。他们坐在了石凳上的三个凹槽上。巴利斯塔叫来一个男孩，租了几个垫子，买了一张比赛安排表、几杯饮料，还给伊桑格瑞姆买了一块儿甜饼。朱莉娅从她的披肩里拿出了一个二轮战车玩具，给伊桑格瑞姆——那玩具是蓝色的。

他们到的时间刚刚好。喇叭发出震耳欲聋的声响，竞技场北边尽头的拱门打开了。一如往常，胜利女神雕像带领着队伍。她的姿势似乎是在张开翅膀、盘旋在二轮战车的上面。观众热情地欢迎着她。紧随其后的其他乳白色的神像迎接着不同的支持者的欢迎：水手为海神鼓掌，士兵为战神鼓掌，算命者和猎人为太阳神和月神鼓掌，手工艺人为智慧女神鼓掌，醉汉和进城的乡下人为酒神和谷神鼓掌。所有人都为爱神鼓掌：谁会蠢到去否认爱情的伟大呢？当命运女神的神像进来时，掌声更大了。

当这些神像被带到中央栅栏里时，掌声渐渐低落下去了。大门那边空无一人。

喇叭声再次响起，宫廷祭司出现了，他们带着里面有皇帝圣火的小小祭坛。人群集体起立，遮阳篷上面的花童开始往下喷香水、撒花瓣。皇帝的二轮战车庄严地进入了竞技场。人群欢呼着：恺撒万岁！皇帝普布里乌斯·利奇尼乌斯·瓦勒良努斯万岁！这辆二轮战车是金色的，周身装饰着珠宝。上面画着四座雪白的房子，房子的标志是紫色和金色的。伟大的瓦勒良万岁！日耳曼征服者万岁！伟大的国父万岁！伟大的世界重建者万岁！皇帝在二轮战车里一动不动地站着，头上戴着花环。他没有左顾右盼地张望，看上去既有些遥不可及，又像那些保护他的神一样强大。

人群欢呼着：瓦勒良皇帝万岁！

巴利斯塔像其他人一样站了起来，和其他军人一样，也在行礼。他低头看着华丽战车里那个孤独的男人。皇帝穿着红色靴子和紫色的凯旋者长袍，但是跟凯旋者不同的是，战车里就他一个人，没有奴隶在他耳边低语说：“记住，你不是不死之身。”

巴利斯塔的嘴唇在动，跟着大家唱着欢迎的歌曲，但是他的思绪飘远了：卡利古拉、尼禄、图密善这么多皇帝都堕落了。康茂德、卡拉卡拉，埃拉加巴卢斯……自从瓦勒良从恺撒家族取得王位以来，除了行事卑鄙以外，没有指责这个年迈的意大利皇帝有过任何恶行。但是当他将巴利斯塔派往阿瑞忒时，他没有说出真相：根本就没有增派援军的可能。这个年老的皇帝是个无情的骗子，而且多瑙河和莱茵河畔上都流传着关于他儿子与他共同执政的皇帝加里恩努斯的恶行。巴利斯塔继续唱欢迎的歌曲，就像每个人那样，他高唱着："为好皇帝祈祷，也要为坏皇帝服务。"

皇帝的战车开到跑道的终点后停下了，仆人赶紧跑过去，让马停了下来。瓦勒良下了战车，仆人打开跑道尽头的门，皇帝慢吞吞地爬上阶梯，到皇室包厢里去。

皇帝在王座上坐定后，奇怪又低沉的交谈声重新响起。巴利斯塔已经忘记了那张比赛安排表上的大多数内容，他朝左上方瓦勒良坐的地方看。仆人铺好垫子和地毯，把食物和饮料放在皇帝触手可及的地方。几个跟班已经开始值班了。禁卫军长官、引见官克勒图尼乌斯，高级财政官员并兼职负责管理罗马城粮食供应的马克利亚努斯等人也在现场。

巴利斯塔研究着皇帝坐的包厢。那个包厢三面敞开，只有一些科林斯式柱子遮挡着视线，包厢看上去似乎很容易进去，竞技场里的八万观众都能看到皇帝。剧院、竞技场，还有马戏节里的竞赛，是民众能够看到皇帝为数不多的机会。在这些情况下，民众都期盼着皇帝参加，民众可能会提出要求，而皇帝应该聆听。然而，巴利斯塔研究这个包厢时发现，包厢在看台上面，被横墙隔开，两排禁卫队的守卫看守着包厢背后。巴利斯塔觉得，在这样森严的守卫下，民众提要求的机会是微乎其微的。在罗马帝国里沉浮了半生时间以后，巴利斯塔明白，在独裁统治下，真正的权力在独裁者的亲信手里，也就是说，权力在禁卫军长官、克勒图尼乌斯还有那个跛子马克利亚努斯等官员的手里，甚至连负责洗碗或者负责倒皇帝尿壶的那些奴才都大权在握。

“爸爸，爸爸，第一场比赛就快开始了，可是我还不知道参赛选手是谁呢。”伊桑格瑞姆拽着巴利斯塔的长袍说。

孩子说得对。人群在吹口哨，管理包厢右侧，正前排座位的南侧，竞技场的尽头，参赛的人们涌了进来。人群发出一声叹息，很明显，一些受人追捧的参赛选手被安排在不好的位置上了。

巴利斯塔对朱莉娅笑了笑，打开比赛安排表，同儿子一起研究起来。第一场比赛是团队赛，二轮战车都是由四匹马拉着的。来自蓝队的两支队伍和来自绿队的两支队伍进行比赛。代表绿队打头阵的选手是著名的狄俄克勒斯。对于蓝队，吸引人们目光的并不是打头阵的那个叫马斯克勒斯的选手，而是第一队的头马。那匹马就是马科斯莫斯马戏团的传说——灰马坎迪德斯。当竞技场里的管理人员骑着马或者徒步清理跑道时，巴利斯塔迅速地把钱压在了蓝队的两名选手上。只有赢得第一场比赛才更有机会赢得最后的胜利，而且比赛结果在第二场比赛开始时就会被人知晓，如果蓝队不在著名的第一场比赛中取胜的话，伊桑格瑞姆会失望的。

伴随着赛场启动装置的扭动，发出了砰的巨响，紧接着选手们在空洞的叮当声中从分隔栏后面冲了出来。石柱顶端有个精心雕刻的半身男人像，下体坚实挺拔。启动挡的声响让巴利斯塔突然有些激动，因为这使他想起了战场上投石兵射击的场景。

比赛的号角响起。成千上万的喊叫声震耳欲聋。“快跑！”空气中顿时弥漫开赛马奔跑掀起的尘土味，人群的汗臭味，还有廉价的香水味。

比赛选手们像闪电般从起点的分隔栏里迸出，战马和选手勾魂摄魄，他们身后尘埃四起。在到达赛程中心标志时还未见差别，三支队伍都朝着第一全力以赴。在第一个转弯处，蓝队二号选手康米尔斯前面的去路被挡得严严实实。绿队的明星选手狄俄克勒斯跟在康米尔斯后面，而他的同伴紧随其后。马斯克勒斯努力控制着灰马坎迪德斯和自己的队伍。

“坎迪德斯老是喜欢在最后冲刺。”巴利斯塔笑着安慰伊桑格瑞姆。“马斯克勒斯已经驯服它了。没必要着急，还有七圈呢。”他说得没错，但是他并没有指明狄俄克勒斯和他的队伍总是仅排在第二的事实。第四圈，蓝队的队长康米尔斯一直列居首位，各队的位置没有发生变化。

在第五圈快结束的时候，康米尔斯的马队逐渐慢了下来，即使是看台的观众也能看出蓝队的马累得快撑不住了。狄俄克勒斯突然来了个佯攻，而康米尔斯的马队再也没有力气以足够的速度超过这个从里圈领先自己扬长而去的绿队明星。在下一个拐角，康米尔斯马队彻底松懈，另两支队都超过了他们。

到了最后一圈，似乎没有什么可以再阻挡绿队的胜利。狄俄克勒斯的队伍以绝对优势跑在最前面，绿队的二号选手正在阻挡马斯克勒斯的前进。狄俄克勒斯已经开始喜形于色地向人群胜利挥手。

倒数第二个转弯处，在绿队二号选手开始左转时，马斯克勒斯开始进攻。他极力向右靠，用鞭子猛抽马肩隆，让马冒着撞翻的危险超过去。就在这样的危急时刻，灰马坎迪德斯向人们展现了它的勇敢和智慧，它是蓝队的骄傲。绿队现在已放松了警惕，正向观众们炫耀胜利。

此刻的狄俄克勒斯，由于只顾着向观众挥手、用他的皮鞭耍着把戏，竟都没发现坎迪德斯已经超越了障碍。最后，蓝队从自己对手旁边闪电般经过。狄俄克勒斯野蛮地调整着队伍，他将缰绳系在腰间，拼老命企图缩短差距。这种突发奇变的调整让他的马儿们不知所措，左手边的马被绊了一下，突然倒向旁边的马，导致其偏离了位置。顿时，四匹原本步调一致奔跑着的战马、战车还有上面的选手失去了平衡，巨大的冲击力和惯性使木制的战车变得四分五裂，人和马都受了重伤，在沙地上留下了串串血迹。

奇迹般地，身穿着布满灰尘的绿色赛袍的狄俄克勒斯从混乱中滚了出来。他手上拿着什么东西闪闪发光。很多人认为他是个傲慢的浑蛋，狄俄克勒斯没有机会赢得四百场比赛了，而留给他更多的是创伤。不知什么原因，在刚才的混乱中，他拔出了刀，割断了系在腰间的缰绳。他先是静静地躺了一会儿，然后用一只胳膊撑着坐起来，另一只手挥舞着手里的刀。人群朝他大喊着。

在他前方至少十四马远的地方，马斯克勒斯到了最后的转弯处，这次马斯克勒斯没有使用回归杆。稳稳地转完之后，他鼓励坎迪德斯和他的队伍做最后的努力。马斯克勒斯时刻注意自己的左右，以防上天给绿队二号选手插上极速翅膀超过自己。事实上，没有任何意外，蓝队冲过了终点线，人们再次咆哮起来，那是当天人们情绪最高涨的时刻。

之前就有爆料，皇帝瓦勒良支持蓝队，而皇子加里恩努斯支持绿队。瓦勒良从中突然想到一个政治声明，他决定要尝试着以一个人民，而不是一个冷漠皇帝的身份出现在公众面前。在第二场比赛中，人们看到瓦勒良和马克利亚努斯及相应官员一道起草文件。人们不但不喜欢，而且强烈反对他的做法。他们希望皇帝不光观看比赛，也能亲自感受其中的乐趣。与比赛无关的其他任何动作都是对人民的不尊重，都是对自由党的不尊重。巴利斯塔觉得任何触及自由党的行为都会使人民变得敏感。而他们的自由党都包括什么？不过就是可以自由地喊出降低税收、玉米降价、自由格斗、多举办活动罢了。巴利斯塔对这种所谓的“自由”有些蔑视。

四局比赛结束后，十二个启动挡还没有全部使用，人群中却传来了一个恶心的消息。第一场比赛中的传奇神马坎迪德斯得到了少得可怜的奖励，这把这个老皇帝的吝啬展露得一览无余。喊声和圣歌响起，吝啬的皇帝仅用一碗稀粥打发选手和战马重返赛场。

尽管到了第六场比赛，午饭前的最后一场比赛，四个派别中的三支队伍还是在免费比赛。事情接下来到了极点，因为在变道指示线前，白队选手在公然离开自己的赛道、径直超越红队选手考彭斯时，裁判居然没有视为犯规。观众们都激动地站起来，挥舞着他们的长袍和斗篷，大喊着，要求重新开始。皇帝瓦勒良继续看自己的，没有把观众的举动当回事。比赛开始变成一场闹剧，有超过一半的队伍停下来或者减速了，只有少数的队伍还在跑。七圈之后，白队的另一名选手特雷斯率先冲过终点线，却迎来了观众的嘲笑和喝倒彩。

瓦勒良把一个使者叫到他的皇室包厢前。这个使者举起手臂，于是人群安静下来。使者传陛下指令“比赛停止，午饭时间到”。民众听罢又开始咆哮。

午餐时的娱乐活动让事情变得更糟了。一些杂技演员在中央栅栏那里撑起了两根很高的杆子，杆子之间系着一根高高的线，杂技演员在线上走，激起了人群的不满。人群大声揶揄道：“角斗士！我们要看角斗士血溅黄沙！”

传令官又回来了，这一次人群没有静默下来聆听皇帝的旨意。传令官高声说道：“明年夏天你们会看到血溅黄沙，血将会是波斯人的血。你们的皇帝需要钱来准备即将到来的战争。看角斗士很贵呢！”

这句话激起了最激烈的抗议，人群咆哮起来。人们齐声高喊：“一切都可以买到，一切都很昂贵，我们要便宜的玉米！”他们说得很对，自从皇帝的宫廷和野战军搬到了安条克以来，玉米的价格飞涨，生活成本变高了。越来越多的人开始加入了呼喊这句话的行列。

巴利斯塔感到一阵突然而来的忧虑，这事态可能会很快急转直下。他看了一眼皇帝坐的包厢。皇帝依然坐着，背后的禁卫军双脚跺着，紧握着盾牌，检查自己的武器。巴利斯塔看了看四周，议员和马术表演者中间有一股不安的骚动弥漫开来。看台顶部的阶梯距离很远，他们进来时走的底部阶梯距离近一些。人群发出的噪音更响亮了。

传令官再次出现了，他举起手臂，人群安静了下来。“这就是皇帝要的——肃静。”传令官说道。慌乱中有一阵肃静，然后人群又开始骚动起来，有人向皇帝坐的包厢扔石头。暴民顿时在人群中多了起来，他们互相推搡着，叫嚷着要血溅黄沙。传令官赶紧跑开。禁卫军匆忙往前跑，在皇帝四周，用盾牌撑起了一堵墙。

巴利斯塔知道，这势态只会恶劣下去，他必须赶紧行动。石头已经开始砸向为精英预留的座位这边了。有几个暴民出现在座位底下的墙边。他们在往上爬，意图奸杀掳掠。议员、马术表演者和他们的家人正在往上面的阶梯跑，踩着座位往上跑，想从围墙顶上的阶梯离开。巴利斯塔告诉朱莉娅看好儿子，他自己则开始脱衣服。他匆忙脱掉长袍，将长袍裹在左臂上，用左手握住金冠。

“跟着我，抱着伊桑格瑞姆，跟紧些。”

朱莉娅开始往后退。

“不，我们往下走。”朱莉娅深色的眼睛里有短暂的怀疑，但是她还是跟着丈夫。他跳到了下面那层台阶上，台阶太高了，她手里抱着孩子，跳不下去。她不得不坐下来，旋转身子，摆动双腿，站起来，跨步向前，然后重复这一套动作。

他们和下面的通道隔着十排座位，通道右边大约二十步的地方，就是进入底部阶梯的入口，也就是他们进来时走的阶梯。他们只往下走了两排阶梯，就有两个暴民逼近了。他们俩都有刀，第一个暴民持刀捅向巴利斯塔，巴利斯塔用左臂上的临时盾牌挡开了这一刀。他朝外扭这个男人的手臂，右手向前掐住了这个男人的喉咙，将他举起，扔到了身后。那男人没站稳，滚到了下一排座位上，失去了平衡，往后打了个趔趄，尖叫着往下面坚硬的石头台阶上滚了下去。巴利斯塔转向另一个男人。

“你也想挑战我吗？”

那个男人彬彬有礼地回绝了，让开了路，往上面那排座位爬去，去寻找好对付的目标去了。

他们又往下爬了两排座位。他们爬得很慢，在他们右侧，上一层对面全都是暴民，传来混乱的咆哮和一阵惊声尖叫。

“跟着我！”巴利斯塔往暴民前面走了几步，停住了。他挥了挥手里的金冠，暴民也停住了。

“纯金的，国王的赎金。”他叫道，“谁要？”暴民盯着他，嘴巴贪婪地张着。在他们扑过来之前，巴利斯塔甩开手臂，将金冠高高地扔到了他们的身后。一秒之内，这排座位上就没有暴民了。

巴利斯塔转身，一把抱起儿子，喊着要朱莉娅跟着他。

他们又往下爬了几排座位。他们到通道时，距出口只有几步远了。

巴利斯塔猛地停了下来。有个持刀的男人堵住了路。朱莉娅跑到巴利斯塔背后。“我们后面！”她喘着气叫道，巴利斯塔转身。他们刚跑过的阶梯底部还有一个持刀的男人。他们被困住了。

巴利斯塔把儿子交给朱莉娅，把他们推到他背后的座位上。他面对着通道站着，用眼角看着这两个男人。巴利斯塔调整了一下左臂上绑着的长袍。他很平静，思路清晰，但是思绪翻滚着，计算着可能性和角度。

有那么一会儿，他们全一动不动，像一组雕塑：那两个持刀的男人面对着这个手中没有武器的野蛮人，他的妻儿藏在他的身后。

“慢着。”巴利斯塔用希腊语高声说道。他很快地把钱袋从他的腰带上解了下来，将钱袋高高抛起，让钱袋重重地跌落在他的掌心，这样那两个持刀的男人就能听到硬币有多重了。巴利斯塔冲着右边那个堵住他们出口的男人说：“把钱拿去吧，让我们过去。”这个男人看着另一个男人，很明显那个人是首领。巴利斯塔也转头去看另一个男人。

“我们会让你过去的。”巴利斯塔左边的男人露齿一笑，他的牙齿又黑又乱，“把这个女人留下。我们很久没尝过贵族女人的味道了。”

巴利斯塔飞快地将钱袋扔出去。持刀的男人向后退，但是没有避开，钱袋砸中了他的脸，发出牙齿和骨头碎裂的声音。巴利斯塔转身向右边那个男人扑过去。他用左臂上缠着的长袍裹住了这个男人的武器，把刀锋挡开，用右手猛击这个男人的脸。这个男人往后趔趄了一两步，但是没有倒下。刀掉落在地，在阳光下闪闪发光，这个男人捡起它又开始攻击。巴利斯塔在绝望之中用左手抓住了男人的手腕。男人左手挥拳打来，巴利斯塔用右臂挡住了这拳，紧接着掐住了对方的喉咙，开始发力。

巴利斯塔身后的声音令他回头看了一眼。另一个男人，脸上血肉模糊，正朝这边扑过来。巴利斯塔开始转动被他抓住喉咙的这个男人，把他扭过去，来抵挡攻击。这个男人试图挣扎。他太重了，巴利斯塔来不及把他扭过去，侧身和背部就受到了刀的攻击。

就在那个一脸血的男人冲过来时，朱莉娅用脚绊住了他。虽然这个男人只是滑了一下，但还是失去了平衡，双臂张开向前冲去，跑了几步，就脸朝下摔倒了。他重重地摔倒在坚硬的大理石通道上，手里的刀滑落了。就在那一瞬间，巴利斯塔放开了他抓住的那个男人，那男人倒下去，用手握住自己瘀青的喉咙。巴利斯塔迅速转身，朝地上的那个男人压下去。他的体重通过他的膝盖压在了那个男人的背部。那男人最后的一声喘息就像他是一架坏了的乐器。

巴利斯塔双膝跪地，伸手去抓那把刀，破旧的皮刀把在他的手里还残留着温度。他站了起来，那个被绊倒的男人也努力地站起来。巴利斯塔用左脚踩在对方的手上，他将全身重量都压在左腿上，又旋转了一下，伴随着骨折声的是对方歇斯底里的尖叫。

那个被他掐得近乎窒息的男人又爬了起来，踉跄了几步，身子缩成了一团，轻轻地呻吟着。巴利斯塔也向前移了几步。那个男人见状立刻吃力地举起刀乱挥舞了几下。趴在地上被踩了手的男人眼睛紧紧盯着那男人的刀。巴利斯塔带着朱莉娅和伊桑格瑞姆向后撤。

当拿刀的男人追着巴利斯塔一家到楼阶梯梯口时，有一个暴徒爬过间隔墙跳到那些名媛绅士中间，另外几个人紧跟着他。由于不知道暴徒们的动向，很多人都沿墙移动，而拿刀的那个男人已经踉跄走远了。

巴利斯塔迅速扔了手里的刀，一只手把伊桑格瑞姆抱在胸前，另一只手拥起朱莉娅，朝出口跑去。阶梯被壁龛上的灯照得灯火通明。刚刚混乱的座椅现在空空如也，通向安全出口的走廊现在已经没有了人迹。巴利斯塔轻轻抱着伊桑格瑞姆，男孩的金色卷发搭在他的肩上。巴利斯塔尽力迅速往下走，注意着不至于滑倒。

走了一阵，一个突然出现的影子让他意识到了什么。他抬头看过去，在阶梯口有个人，具体说应该是一个戴着帽子的人站立在光线之中，而他右手上的武器闪闪耀眼。那并不是一把普通的水果刀，而是一把老式的短剑，一把真正杀人的凶器。

巴利斯塔把儿子抵到妻子怀里。

“走！”

“不，我不走。”

“为了儿子，”巴利斯塔做了个手势，“赶快走。”

朱莉娅带着儿子迅速转身离开。

那个之前从容地屈膝马步，做出了准备格斗的姿势的男人现在开始下台阶。巴利斯塔一边心里暗骂自己把刀扔掉是多么的愚蠢，一边把长袍重新搭在手臂上。他开始慢慢地从阶梯向下撤，每一步都走得谨慎小心。

阶梯通道里静悄悄的，静到巴利斯塔都可以听到朱莉娅抱着儿子向后跑时沉重的脚步声，也许这辈子他再也见不到儿子了。那个男人一步迈下两个台阶，迅速朝巴利斯塔逼近，应该很快就会到他跟前。

这里实在太静了，巴利斯塔可以听到灯油燃烧的嗞嗞声。我们北方人都是用固体的火把照明的，那可是个好武器，足以把房屋化成灰烬或者把人脸猛击成肉酱，而在这里，所谓的文明把火把变成了毫无战斗用途的陶瓷灯。不过，滚烫的灯油也许可以给我的敌人一丝惊喜。想到这里，巴利斯塔在一个熊熊燃烧的壁龛灯下停了下来。

敌人现在已经离得很近了，巴利斯塔把目光锁定在他身上。他看到这个男人像武士一样移动，拿着把罗马短剑，而紧紧握着武器的那只手上有个明显的伤疤。朱莉娅的脚步已远，灯油的嘶嘶声异常响亮。巴利斯塔听到自己的呼吸声，有些沉重、有些费力。

敌人距自己仅剩下三四步的距离，巴利斯塔不断告诉自己，注意短剑，注意短剑。

突然，另一种声音分散了巴利斯塔的注意力，是一串奔跑的脚步声，某个穿着靴子的人跑了过来，但是巴利斯塔不能转身看个究竟。他的敌人从巴利斯塔的肩膀上方看过去，巴利斯塔从对方不起眼的脸上看到了一种表情，他似乎看到了某个认识的人。敌人没有犹豫，转身就逃，瞬间窜到阶梯口，收起武器跑了。

几秒钟后，马克西姆斯跑到巴利斯塔跟前。

“没事吧？”

“再好不过了，就像奴隶们在过农神节被解放时一样爽。”①

“当然，不过你能不能不老时刻提醒我的奴仆地位。”马克西姆斯龇牙笑了，“朱莉娅和你儿子现在在卡尔加库斯的保护下，很安全。需要我进去把刚才要害你那小子找出来吗？”

“不必了，他肯定已经跑远了，此地不宜久留，况且我也不想让你冒风险，咱们走吧。”

马克西姆斯转身，而巴利斯塔却停了下来。

“怎么了？”

“也没什么。”巴利斯塔道，“其他人仅仅是想趁火打劫，可是刚才那个人……我觉得他的目的不同。他想杀我。”

---

① 农神节，古罗马的狂欢节。——译者注

第四章

强烈的阳光从拱形的窗户照进来，打到议事厅的地板上，这种感觉就像是阳光直射在水中，数不清的灰尘在光线里欢蹦乱跳。巴利斯塔看着地板，陷入了沉思，他正琢磨着赫拉克利特的那句名言：一个人不可能两次踏入同一条河流。皇帝议会形式总是让人捉摸不透，禁卫军长官也没有将商议的结果透露给议员们，哪怕半点儿。

三天前马戏节的暴乱依旧是人们饭后谈论的热点，而罗马帝国的议员们，很快就将目光锁向了奥龙特斯河上的这座小岛。在马戏节那天，暴乱刚一发生，军队就迅速地封锁了城里主要的交通要塞：五座通向小城的桥和一座通向郊区的桥。事实上，动乱很快就被有效地控制在岛上很小的范围内，达尔马提亚骑兵配合着巴达维亚助卫队，进行了地毯式的搜查，仅以烧掉一间浴室和四间民宅为代价，就驱散了所有的暴民。骚乱中，禁卫军迅速加强警卫，保护皇帝和议员的安全，让他们迅速离场。就在皇帝仓皇离开之后，竞技场里上演了一幕幕让人不忍直视的暴烈行为：四个比赛选手惨遭杀害，很多人遭到殴打抢劫，六名女性被强奸。更糟糕的是，一幅画着皇室家族的木画像被石头砸碎，暴徒们边砸还边嘲笑着画上那些愚蠢的皇室成员。那座象征着百战百胜的皇帝瓦勒良的铜像也没能幸免，暴徒们把它从底座上掀翻，用脚猛踢，破碎的部分成为街头流浪孩子的玩具，在土里乱丢。

野蛮、对神灵不敬，一直以来安条克的人名声都不太好，但这次的骚乱，很明显是由一些外地人组成的土匪所为。皇帝钦点了一些士兵，去抓捕暴徒，而抓捕竟然仅仅持续了几个小时，在天黑之后就结束了。两三百暴徒被杀，这座小岛几乎被血洗，仅存的四十五名男子、七名女性和四个孩子，在等待着皇帝对他们的命运做最后的审判。

议员们所有的说辞，在巴利斯塔看来都是鬼话连篇。任何一个当时在场的、思维正常的人，都不会相信这次暴乱仅仅是一帮外国土匪所为。难道是他们人性丑恶的一面被激发了吗？而即使这样，在主神的庇护下，小孩子怎么可能加入这样的组织？任何一个在评议会听到这些的正常人，都会觉得可笑至极。在罗马人极力宣扬的自由之下、在伟大的伊鲁什利亚[①]之下、在皇帝至高无上的统领下怎会有这些暴徒的存在？皇帝作为神灵的辅助摄政体活在人间，他的职责就是设身处地为民众着想，而在这样一个和谐的社会里，暴徒岂会有容身之所？

禁卫军长官说完之后，回到了自己的座位上。沉寂笼罩着整个议政厅，所有的目光都集中在皇帝身上。坐在高处的普布里乌斯·利奇尼乌斯·瓦勒良努斯皇帝一动不动，目光掠过议员们的头顶，望向远处。最终，皇帝重重地点了点头，头饰嘶嘶作响。皇帝开始讲话了：

“我们向来以仁慈治国，但仁慈并不意味着软弱。仁慈是不可撼动的美德，同时也具有可怕的一面。我大罗马帝国可不是靠软弱取胜的。从一开始，神就指引我们的灵魂，对谦卑的人要宽恕，而对暴徒要严惩。”

皇帝说罢停了下来。议会大臣们都频频点头赞许，附和的声音像维吉尔的《埃涅阿斯纪》一样和谐。

---

① 希腊哲学。——译者注

“狂妄自大、不可一世的沙普尔，妄图发起一场战争，这一刻我们绝对不会示弱。在骚乱中，暴徒们犯下的恶行，不会给沙普尔带来任何希望，但是他会觉得很痛快，也会比以前更嚣张。我们得做出回应，杀一儆百。”

皇帝又停了下来，而大臣们再一次附和。巴利斯塔觉得自己最好也随声附和。

“我们的民族是强大的，坚不可摧的。如果队伍里出现了叛徒，那他一定会为此付出惨重的代价，同胞们不会对叛徒手下留情，要群起而攻之，不打死绝不停手。正义要求我们对待叛徒和敌人都不能心慈手软。这次骚乱查清之后，我们要在竞技场把暴徒头目的脑袋砍下来，用长矛挑着，在郊区河岸示众，让其他的暴徒都看看他们的下场。其余的人，就把他们钉在城外大门的十字架上，或者在广场上活活烧死，或者就拿去给露天竞技场的野兽当食物吧。这些事情就交给禁卫军长官好了，这就是我们的审判，永远不得上诉。”

“浑蛋，真是个冷血的老浑蛋。”巴利斯塔心里默默地咒骂着，“居然要学你那些该死的祖宗们，动用古罗马的酷刑。罗马几千年的历史，总有个先例让你仁慈点儿，至少给妇女和儿童留一条命。”

禁卫军长官立正站好，敬礼，宣誓：“时刻准备，听命行事。”

宣誓完毕，禁卫军长官仍然站着纹丝未动。他那张脸，平得就像一张铲子。在很久之前，他从一个普通的农民升为军官。评议会上所有人都觉得禁卫军长官的这张脸更像个面具，从他的脸上，你永远不知道他在想着什么。禁卫军长官清了清嗓子，继续说道：

“还有个棘手的事情。昨天，色西昔姆城的护民部队指挥官斯帕提阿努斯手下的一个探子来报，在十月十日，也就是六天前，发现了萨珊王朝骑兵的踪迹。”

巴利斯塔感到周围的气氛突然紧张起来。无论在场的人是否真的在盯着他，他都觉得，自己突然变成了焦点。更令他感到不适的是，他觉得皇帝也在看着他。

巴利斯塔打量了一圈：受神恩赐的马克利亚努斯面无表情，但是似笑非笑的神情，却在马克利亚努斯的儿子们马克利亚努斯二世和奎伊图斯的脸上流露出来；年轻贵族阿奇利乌斯·格拉布里奥更是毫不掩饰地窃喜着。巴利斯塔很清楚他们笑容背后藏着什么鬼心思："自幼发拉底河行军，从阿瑞忒城到色西昔姆城仅需三天。现在萨珊人在色西昔姆城附近游荡，他们完全可以在美索不达米亚平原燎起熊熊战火。这一切还不是因为你这个暴发户野蛮人，居然连阿瑞忒城这样防守坚固的城都给丢了吗？今天这个消息正式宣告你的好日子到头了；皇恩浩荡，真不知道你这小子使用了什么方法能够占这么久的便宜，不过可惜你将无福消受了。"

想到这些，巴利斯塔身体僵直，表情木讷地坐在那儿。他感觉有人在碰他手臂，原来是年轻的多瑙河流域指挥官奥勒良。他的头发剪得很短，虽没将头扭过来，但却拍了拍巴利斯塔的手臂，这给了巴利斯塔很大的安慰，原来议会里也不全是敌人。而房间另一头，克勒图尼乌斯是不是也向自己眨了眨眼睛呢?

斯帕提阿努斯的探子还说，沙普尔并没有亲自指挥那些萨珊人，他们也没有携带什么大规模武器。他相信这应该不是波斯的主力部队，尽管如此，这些萨珊人也会对上万罗马人民构成威胁。

"啊……"禁卫军长官停顿了一下，"从我们所掌握的现有的情报来看，斯帕提阿努斯可真是个可靠的军官，他带来的情报也侧面证实了……沙普尔将沿幼发拉底河返回南部，在自己的领地过冬。"

现有的情报？巴利斯塔想，你是在大肆夸赞弗鲁曼塔里伊的神通广大吗？皇家禁卫军能在所有人身边都安插了眼线，的确是不简单啊。这帮密探中间兴许也有一两个好人，甚至还是大有用途的人。但实际上，他们不过是压迫民众的工具，除了引发恐慌和麻烦之外还能干什么。相反，这个为我们提供敌方情报的沙普尔手下的间谍，虽然背叛了他的人民，但他还算是个真英雄。

“摆在我们面前的形势很清楚：面对这个新的威胁，我们要做何应对？本皇帝希望他的大臣们，也是他的朋友们，可以畅所欲言，给他建议。”

第一个站出来响应皇帝命令的大臣，不管说什么，都毫无疑问地表现出他的勃勃雄心。大臣盖乌斯·阿奇利乌斯·格拉布里奥优雅地站了起来。巴利斯塔不得不感叹这个年轻贵族敏捷的思维和卓越的自信。在盖乌斯·阿奇利乌斯·格拉布里奥说话时，巴利斯塔思索着禁卫军官刚才说的发现萨珊人出没的事。

“这是对罗马人民赤裸裸的挑衅，没有什么比这个更危险的了。我们不能允许任何错误发生，我们都知道那些野蛮人是什么样的。”这时，盖乌斯·阿奇利乌斯·格拉布里奥的目光离开皇帝，在议会厅里环视。他的目光在巴利斯塔身上徘徊了好久，才返回到皇帝瓦勒良身上。

“无论这个野蛮人是狡猾矮小的东方人，还是高大愚蠢的北方人，狂妄自大都是他们的典型特征。”他说着，又看了巴利斯塔一眼，“如果野蛮人的傲慢在萌芽时没有得到遏制，那接下来就会变本加厉，无法控制了。得到阿瑞忒城已经助长了他们的嚣张气焰，如果这次再不严惩，他们就会不把我们放在眼里了。他们会在征服美索不达米亚后就善罢甘休吗？他们会满足于得到叙利亚、埃及、亚细亚，或是希腊吗？他的野心是毫无止境的。如果沙普尔得逞了，那么其余所有的野蛮人，从多瑙河到莱茵河，从黑海到阿特拉斯山脉，他们都会觉得自己也有能力得到更多的城池。如果那样，我们的台伯河将会变成一条血河。我们的家园、我们的妻子、我们的孩子、我们神庙里的诸神都将受到威胁。我们必须现在就采取行动，果断行动！”

年轻的贵族趾高气扬，他环视议事厅，议员们的爱国情怀空前高涨。

“我认为只有用我们罗马的传统美德才能铲除祸患，消灭这些畜生。而我们又该去哪寻找这些古老的美德呢？在这间屋里，继我们尊贵的皇帝之后，恐怕还能拥有我们传统美德的只有……”阿奇利乌斯·格拉布里奥停了一下，突然猛回身，指向一位年老的肥胖的议员。

“那就是马库斯·波姆波尼厄斯·巴索斯。他的祖先，早在769年前，在驱逐最后一位罗马君主塔奎尼乌斯·苏培布斯之后，成为首届元老院成员之一。我认为在这个特殊时期，波姆波尼厄斯应该披上铠甲，拿起武器，率领大军去彻底消灭这些野蛮人。”

阿奇利乌斯·格拉布里奥说完，沉寂再次袭来。也许波姆波尼厄斯此刻正对突如其来的事态感到惊讶，但他并没有表现出来。他肥胖的身躯摆出一副听候施令的姿势，他声音因激动而颤抖，也不知道是真是假，声称他时刻准备着为帝国的事业贡献自己的全部。

彻底消灭？简直就是放屁！巴利斯塔心想。从罗马人第一次和帕提亚人对抗，到今天的萨珊王朝，周旋了三百多年都没能根除他们。自从罗马三执政官之一克拉苏在灾难性的卡莱战役中被杀后，这一切更成了幻想。

议会里安静得好像空气都凝结了，毫无声响。只有神才知道议会的大臣们心里都在盘算着什么，巴利斯塔是猜不透的。

最后，马克利亚努斯站了起来，他的瘸腿让行动有些笨拙。他掷地有声地说，也建议这次任务让波姆波尼厄斯去执行。他话音刚落，大臣们都竞相表示同意。马克利亚努斯两个傲慢无礼的儿子马克利亚努斯二世和奎伊图斯确信在极具影响力的父亲过后，应该轮到他们发言了。他们发了言后，一个叫美欧纽斯·阿斯提阿那克斯的中年议员也表示赞同。这位议员可是由于聪明地像奴隶一样追随马克利亚努斯而出了名的。

接下来，另一个古老的显赫贵族盖乌斯·卡尔普尔尼乌斯·庇索·弗卢基用一副高不可攀的威严神态也发了言。现在看来，波姆波尼厄斯·巴索斯是没有理由推脱了，于是表现出惯有的浅薄的自我满足。

巴利斯塔感觉他旁边有人在动，奥勒良站了起来。“你也起来赞同？”巴利斯塔心想，“你肯定知道那个老蠢货是不能胜任此次任务的。”奥勒良站了一会儿，他那颗头发和胡子被修剪得离得很近的头，转向了议员们。

“当我听到盖乌斯·阿奇利乌斯·格拉布里奥的一番话时，我无比地敬佩波姆波尼厄斯，但我并不认为他是最好的人选。”奥勒良声音轻盈，带着典型多瑙河流域口音。他没用任何古老的修辞，只是用了修辞里的直言不讳。这时，大臣们都不由自主地探了探身。

“波姆波尼厄斯年事已高，他指挥作战已是多年前的事了，这次战役需要的是一个有着近期取得作战成功的将领。塔西佗今年五十五岁，而且在多瑙河从军，他应该担负起此次重任。”

奥勒良的简洁率直让众人大吃一惊。之前塔西佗不认为他的多瑙河同伴会说这些，但是如果塔西佗被任命，他会在所不辞。塔西佗是北部来的职业军官，和其他人不一样，他并不是个有背景的精英。然而，第一个站起来支持的是意大利老贵族费边·拉贝奥。巴利斯塔清楚，拉贝奥是出于赌气，因为盖乌斯·阿奇利乌斯·格拉布里奥竟然把波姆波尼厄斯推了出来而没有推荐他。接下来年轻议员瓦伦斯也起来支持。巴利斯塔不知道具体原因，不过瓦伦斯向来是反对马克利亚努斯的。接下来站起来表示支持的是“皇帝殿下的私人骑兵”成员之一的皇家骑兵禁卫队指挥官。他也叫奥勒良，被人们称为“另一个奥勒良”，他看起来有些战战兢兢的。当议会现场似乎没有人即将要表示赞同的时候，巴利斯塔站了起来，简要地说明自己也觉得塔西佗是合适的人选。

截止到巴利斯塔坐下来为止，还有三个重要人物一言未发，他们是禁卫军长官苏克西阿努斯、引见官克勒图尼乌斯和雇佣军指挥官桑瑟瑞尼厄斯。巴利斯塔朝他们望去，看到苏克西阿努斯微微朝克勒图尼乌斯点了点头，之后克勒图尼乌斯便站了起来。

“我的主人，帝国的朋友们。大家都提供了很好的建议，并且所有的建议都遵循了罗马帝国尊贵的传统。但我觉得有些事我们可以再说说。”克勒图尼乌斯的声音圆润低沉，语调坚定稳妥。

“波姆波尼厄斯和塔西佗都是卓越的将领，在奔赴战场时，他们都有资格率领大批人马征战，但是大批人马可能是不太合适这次情况。首先，我们面对的只是波斯的不足万人的小部队，而且萨珊王并没有亲自率军；其次，按照我们大罗马帝国尊贵的传统，出征的将领会率与之身份相称的部队，但这样势必会减少安条克城的皇家警备。无论这个将领多么优秀，也没有任何人可以鲁莽地提议为了这个将领而忽视皇帝的安危。”克勒图尼乌斯停顿了一下，面无表情地看着诸位。

“此次进攻必须是快速高效的，我们需要的是一位年轻将领率一队小数量却极具战斗力的队伍去完成任务。在我们当中就有这样一位拥有近期与萨珊人作战经验的将领，他心中那团复仇的怒火正在熊熊燃烧，所以此次幼发拉底之战一定要由马库斯·克洛迪乌斯·巴利斯塔率小队人马去完成。”

就像已商量好一样，接着先后站起来的苏克西阿努斯和桑瑟瑞尼厄斯也都支持巴利斯塔。而先前的两位候选人波姆波尼厄斯·巴索斯和塔西佗争分夺秒地向皇帝表达着自己的忠贞，他们坚称为了皇帝的安危，他们心甘情愿将这次作战机会让给巴利斯塔。当然，就当前形势看，巴利斯塔必胜无疑。其余的人虽然不同程度上有些不情愿，但也都表示赞同。

皇帝瓦勒良侧了侧头，赞许了大家的发言，宣布河岸指挥官马库斯·克洛迪乌斯·巴利斯塔将率领一队人马尽快赶赴幼发拉底，消灭萨珊王朝的人。至于所带兵力多少，将在之后商议。

在巴利斯塔起身受命的时候，他突然意识到自己为罗马帝国效力了这么多年，还是看不透宫廷里的派系纷争，也不懂怎么阿谀奉承，真希望有一双朱莉娅那样的慧眼。不过好在他现在已经得到了他想要的东西：一支军队，一次去挽回自己声誉的机会。没错，他就是想报仇，报复那些折磨杀害阿瑞忒城百姓的萨珊杂种。终有一天，他要以牙还牙，把自己的一切仇恨，让不可一世的沙普尔加倍偿还。

安条克城是一个多元化的大城。从万神殿离开主街道，一直到一条叫作捷波朗的街道上，都是基督徒的聚集地。沿着这条路继续向前走，先是到陶工区，接着是制革区，然后是奥龙特斯河。如果接下来沿水滨左转，保持码头和港口仓库在身体的右侧，南行就可以到达海员大街。继续走大概十五分钟，到达公共浴场，叫利维亚，是以当地女子维利亚的名字命名的。公共浴场旁边是酒馆，这间酒馆有一个奇怪的名字——魔女岛。

这家酒馆里没有什么像样的食物和酒，但姑娘却是一个赛一个性感漂亮。这是马克西姆斯最喜欢光顾的地方。罗马日历的十一月初一那天晚上，马克西姆斯和一个男人坐在悬垂在河上摇晃的露台上。那个男人长得真是又老又丑：脑袋像被一个圆屋顶扣在了上面一样，下巴窄尖，两片薄嘴唇，嘴里散发着酸臭味，说话还很刻薄。这个男人边颤抖着肩膀，边发出刺耳的说话声。此时巴利斯塔的贴身仆人卡尔加库斯正大笑着问道：“你觉得自己被监视了吗？”

马克西姆斯停顿了一下，警惕地看了看露台上的其他顾客。不，他当然没有被监视。

“我见过像你们这样的人，”这个喀里多尼亚人面无表情地继续说，“那可是个大人物，从来天不怕地不怕，可终有一天，他一无所有了之后，只能在恐惧中度过余生。”

马克西姆斯答道：“别怪我说话难听，只有神知道巴利斯塔是多么的倒霉，有你这样的老浑蛋在身边这么久，他怎么忍得住。”

“我们刚到这里的那几年，那个大人物也就如他儿子现在这般年纪，在日耳曼尼亚欠了一屁股的风流债。他花了一些钱，补偿了那些被他糟蹋过的女孩的父亲，还要养活那个小杂种。你们这些人脑子里想的是，要让自己成为一个有用的人，而不是像一个护卫一样，惴惴不安地担心自己是否被人跟踪。一个人如果总是强迫着自己这么想事情，慢慢地，这种想法会占据他的大脑，像毒品一样，根本戒不掉，直到他再也感觉不到什么是快乐。每天都觉得自己的身后有个人拿着把血淋淋的刀逼着他，一刻都停不下来。”卡尔加库斯又倒满了一杯酒，用他那标志性的破锣嗓子说着。

“我希望德米特里厄斯能平平安安地到这里，你也知道，现在天色已晚，他经常搞不清方向。”马克西姆斯岔开了话题。

“当然不会出什么乱子，这可是安条克城，一个不夜城。夜里街上灯火通明，比白天还要安全。城里有个治安总署，这十八个治安官的任务，就是叫醒那些胆敢在夜里关闭自己家店门口灯的商户。”

“我还以为这些治安官的主要任务是调查那些无名尸体。”

“是，查尸体也是他们的任务。不过正如我所说，你们是注定要过痛苦生活的。过一段时间，荒谬的恐惧将会盘踞在你的心头，永不停止。就算是一个性感的小婊子一丝不挂地躺在你面前，也不会停止你的恐惧。到那时，你睡觉时也会抓着武器，每天都频繁警觉地观察四周。”

德米特里厄斯的到来让马克西姆斯回过神来。在德米特里厄斯穿过露台时，马克西姆斯让服务员再给他们拿些酒来。马克西姆斯心想，希腊小男孩德米特里厄斯已经长大了。可能是在阿瑞忒城饱受战斗的折磨和恐惧，把这个孩子已经磨砺成为一名真正的战士。

德米特里厄斯把一个火盆拉近桌子旁。寒风瑟瑟，带来了第一场冬雨。“一个好消息和一个坏消息。”德米特里厄斯边坐边说，“先说好消息：我们明天放假。主人将和奥勒良去山里打猎。他说如果带着书记官，会显得他并不想让自己玩得尽兴；如果带着男仆，会显得他不相信那家主人的厨子；如果他带着护卫，又会显得他不相信那家主人。”

“哪个奥勒良？”卡尔加库斯声音低哑地问道。

“多瑙河那个。”德米特里厄斯继续说，“那天当大家离开皇宫时，奥勒良特别奇怪，慌乱中竟然上错了马。关键是，他上的可是皇帝的马。在被发现之前，他仓皇地从马上下来，但有些人还是看到了。”

“这种事他自己就应该避而不谈，其他人也不该在公共场合谈起。”卡尔加库斯插嘴道，“那么坏消息呢？”

“奥勒良被任命为河岸指挥官的副官。”

“这也没什么不好的呀。”马克西姆斯说，“确实，他被称作铁人摩奴[1]，双手像兵器一般有杀伤力。他脾气急躁的像酒一样烈，奖惩分明。士兵们除了爱戴，更多的是惧怕他。不过他无疑是个好武士。据说他曾一天用自己的刀亲手杀了四十八个萨珊杂种。”马克西斯开始唱一首军歌：

成千上万的敌人死在了我的刀下，

我是所向披靡的勇士！

---

① 印度神话中的人类祖先。——译者注

一千杯酒，一千个人头。

这些酒让我所向披靡，让我无往不利！

马克西姆斯又喝了一会儿酒，魔女岛的酒保和酒客们还在喧闹不休。

一只小船驶出黑暗，停靠在摇摇欲坠的酒馆隔壁。不知什么时候，出现了一些妇女和儿童，他们来来回回卸下船舱里的鱼。

“皇帝给我们的河岸指挥官配了两个副官。除了奥勒良，另一个是盖乌斯·阿奇利乌斯·格拉布里奥。这便是坏消息。”德米特里厄斯顿了顿。

“盖乌斯·阿奇利乌斯·格拉布里奥，就是那个在阿瑞忒城有些嚣张的小子的哥哥？就是那个公开发誓要报复巴利斯塔、为他弟弟报仇的家伙？太疯狂了。这个老傻瓜皇帝葫芦里到底卖的什么药？”卡尔加库斯赶快把手搭在马克西姆斯的手臂上，打断了马克西姆斯毫无分寸的胡言乱语。

“主人们的处事方式不是我们这些仆人该讨论的。”老喀里多尼亚人假心假意地说道，“德米特里厄斯，我们现在在讨论马克西姆斯的小问题，他似乎有麻烦了。”

“够了！”马克西姆斯站起来，“你过来。”他把酒保手里的酒壶接过来，放在桌上。“想过来看看吗？”

“神哪，”卡尔加库斯叫道，“这辈子最糟糕的事莫过于看你跟婊子睡觉。”

刺客看着马克西姆斯拉着那个女孩上了楼。自从听那个喀里多尼亚人说自己被跟踪了，马克西姆斯心里就很不爽。但是他本就是个粗人，刺客就在他眼前，他也看不出来。对于刺客来说，现在护卫没在身边，正是下手的好机会。那个刺客断定自己可以动手了。

刺客示意买单，之后穿过露台离开。他的一系列动作都谦逊有礼，所以并没有引起他人的注意。走到门口时，刺客回头看了看，桌子旁，那个丑陋的老男人和英俊的男孩仍沉默地坐在桌前，他们戒心全无，正听着妇女和儿童从船上卸货时刺耳的叫喊声，喊声最终和远处河岸边的水车轮子拍打水面的哗哗声混为一团。

刺客走到外面时，天开始下雨。他把围巾蒙在头上，向北朝海员街走去。

“这招太高明了。”

“谢谢夸奖。”巴利斯塔应道。

朱莉娅笑了。“其实我夸克勒图尼乌斯的政治手腕呢。”

“这太令人失望了。”巴利斯塔赤裸着身子走了几步迈入浴盆里，坐在了温暖的洗澡水中。关了水，巴利斯塔听着外面的暴风雨，雨水奋力拍打着屋顶，屋子里的某扇窗或者门被风恶狠狠地关上了。“我已经告诉伊桑格瑞姆的保姆带孩子去你的表亲家，还给奴隶们放了假。所以现在是我们的二人世界，你可以好好服侍你的丈夫了。”

朱莉娅在房间的另一边，倒了两杯酒，把食物放到空盘里，她回头笑了笑。“等一下，我会好好服侍你的。不过我得先趁着这个难得的二人世界的时间，告诉我的野蛮老公，他接到的最新命令里隐藏的阴谋。”朱莉娅转过身来。

“作为引见官，克勒图尼乌斯是不可能偏离皇帝的意愿的。因为他不可能亲自统领幼发拉底之战，他也确定其他的政治大亨不可能亲自率兵。阿奇利乌斯·格拉布里奥的候选人波姆波尼厄斯是个自我感觉良好的蠢货，但毕竟是大贵族。马克利亚努斯说他支持波姆波尼厄斯也给克勒图尼乌斯制造了个大麻烦，特别是其他大臣都争先恐后表示支持的时候，更难办了。”

朱莉娅停下来思考时，巴利斯塔看着她。她穿着一件薄薄的白色长袍，系了根腰带。桌子上的灯从后面照到朱莉娅身上，巴利斯塔可以透过衣服看到她身体的轮廓。长袍里，朱莉娅什么都没穿。

“庇索破产了，欠了马克利亚努斯很多钱。有很多关于他们狼狈为奸的传言，但是没人确切知道马克利亚努斯对美欧纽斯·阿斯提阿那克斯是怎么安排的。”朱莉娅摇摇头，想去忘却这种令人不快的猜测。巴利斯塔一直欣赏着朱莉娅的胸，丰满而坚挺。

也许我的确是罗马人口中那所谓的北部的野蛮人，头脑不够理智。巴利斯塔心想。朱莉娅在费力地跟巴利斯塔解释事情的严重性，严重到可能会影响这次任务的成败甚至是巴利斯塔的命运，可巴利斯塔全部心思都在朱莉娅的身上。巴利斯塔笑了。他把生命的一半时间都给了帝国，他也不是完全没脑子的人。他可以一心二用，但是朱莉娅的身体实在太诱人了。

“接下来你的多瑙河朋友奥勒良又推举了塔西佗。在克勒图尼乌斯眼中，这也不是件好事。所以克勒图尼乌斯才会开始说话。他找出来那两个理由，比如之前推举的那两个大人物都得配上重兵，再比如把皇帝身边的兵抽走会影响城里的治安等，这些话没有营养，在过去的二十年间，谁都知道这个道理。所以最后他推举出在朝廷地位不是很显赫的你，抱歉亲爱的，这样迫使议会同意让你带着小部队重返战场。”

朱莉娅拿起一个大银盘子和两个装了水酒的水晶高脚杯，并把它们送到巴利斯塔这边。当蹲在他旁边时，朱莉娅的腿露了出来。在朱莉娅递给巴利斯塔酒时，长袍紧紧裹在她的胸前，巴利斯塔可以看到朱莉娅深色的乳晕。她笑了笑，走下了台阶。

“克勒图尼乌斯推举你，就这样轻松地成功了，因为没有对手敢冒着犯上的危险去争执。但是这样他自己便得罪了朝廷里重要的两队人。他该怎样重新赢得他们的好感呢？于是在下一场评议会，他推荐了阿奇利乌斯·格拉布里奥和奥勒良担任副官。这招太高明了。不过你就非得带着这两个雄心勃勃的年轻蠢货。而且你不能出任何差错，因为阿奇利乌斯·格拉布里奥恨你。本来他就鄙视你的出身，而且他弟弟马库斯跟着你出征又死了。”

她静静地站着。窗外，风肆虐地打击着房子。开着的窗户或者其他的什么东西被吹得砰砰作响。朱莉娅严肃地看着丈夫，“你的朋友奥勒良嗜酒，脾气还臭……我把话放在这，他是不会有好结果的。”巴利斯塔什么都没说。在离卧室较远的房间，狂风奋力地拉扯着开着的窗户：砰、砰、砰。

朱莉娅笑了。“这就是我来东部的原因。我相信在阿瑞忒城，波斯人拿你没办法，但回到安条克城后，你会对议会里的事束手无策。”

她解开了腰带，长袍从身上飘然滑落。“现在，我们的二人世界。”朱莉娅伸手解开头绳，她的胸部挺了起来。巴利斯塔饥渴地盯着朱莉娅又大又黑的乳头，平坦的腹部，浑圆的臀部，还有她的私处，阴毛已经刮干净了。“我觉得今天是你来满足我需要的时候了。”朱莉娅迈入水里，走到巴利斯塔身边，骑在了他的大腿上。窗户依旧在砰、砰、砰地响。“你肯定不知道我为了来找你，这一路所经历过的风险。一年多我身边都没男人的安慰，所有的医生都觉着这样有害于一个女人的身体健康。”她把头一仰，笑了，“当然我清楚，很多医生也都时刻准备着，为我们这样孤独的女人排解寂寞。”朱莉娅俯身亲吻巴利斯塔，舌头伸到了他的嘴里，而她的胸紧紧贴在了巴利斯塔的胸膛上。窗户，砰、砰、砰地继续作响。

“等一下，这声音扰得我没法集中精神。”巴利斯塔从朱莉娅身下滑出来，用手揉着朱莉娅光滑湿润的胸部，乳头在抚摸下变硬了。

“别去太久哦。”朱莉娅微笑道。

巴利斯塔用浴巾裹住身体，提起一盏小台灯。大理石地板上留下了他湿漉漉的脚印。

浴室外面，整个屋子都黑漆漆的。巴利斯塔站在客厅里听这砰砰声好像是从某个仆人的房间里传出来的。房子有些部分巴利斯塔并不太清楚，他刚回来不久，只是由管家领着在整个房子里转了一圈。房子里有一个无窗的小走廊，走廊里有个兔子窝和一些小房间。巴利斯塔顺着砰砰声走进了走廊，有时那声音一停，他就不得不往回走。最后，他找到了那个开着的窗户，是走廊尽头的一扇天窗。

当巴利斯塔伸手去关被风吹着狂乱摇摆的窗户时，雨水打在了他的脸上。狂风带来了一阵又一阵的大雨，愤怒地拍打在路面上。

在巴利斯塔关上窗户之后，他的世界突然变得死一般寂静。突然间，嘎吱一声，平静被打破了。巴利斯塔以为自己听到的是脚步声，不过后来他笑了，那只不过是这个平时被太阳暴晒的老房子在经历风雨捶打时发出的响声罢了。巴利斯塔提着灯往回走。

在进浴室之前，巴利斯塔熄灭了灯。他悄悄地从门往里看，朱莉娅面朝上躺着，用手和胳膊撑着漂浮在水里的身体。她的胸露出了水面，看起来是那么的完美。巴利斯塔在门口看了一会儿，扔掉身上的浴巾，走进了浴室。

第五章

朱莉娅已经睡熟了。巴利斯塔从温暖的被窝里爬起来，穿戴整齐向马厩走去。至少三个小时之后，黎明才会到来。他套好马鞍，牵着灰马走入茫茫夜色之中。街上空无一人，雨已经平息了些，而风依旧叫嚣着穿过陶工生活区的小巷。

有一阵，这个北方人总觉得自己听到了什么。是金属与石头碰撞发出的叮当声？还是……他放慢速度，往后移了移头巾，露出耳朵以便听得更清楚些。他一动不动地坐在那儿，手紧紧地握着刀柄。而四周，除了风在他耳边呼啸而过，在这空荡荡、被风肆掠的小巷里，鬼的影子都看不到。巴利斯塔自顾自地笑了，他觉得自己此刻就像是一只惊弓之鸟，有点儿风吹草动，精神就高度紧张，再这么下去，迟早有一天会变得跟德米特里厄斯一样敏感。这也难怪，毕竟往常来这里，巷子到处都是人和牲畜熙来攘往，不像现在这般。巴利斯塔觉得疲惫，可是一想到朱莉娅，他的笑容立刻变得温暖起来。巴利斯塔的一身疲惫，都是拜朱莉娅所赐，神灵都拿他没办法，但在她的温柔乡里，巴利斯塔每次都是筋疲力尽。能够拥有这样一位既温柔体贴又性感的妻子，他觉得很知足。

巴利斯塔骑着马继续赶路，解下了头巾，在这个有点儿寒冷的凌晨里，这样做看上去是有些神经质，但是为了能够听得更清楚，也管不了那么多了，只不过耳朵有点儿冷而已。

巴利斯塔的方向感一直不错。他在狭窄的小巷里停了下来，两边的墙似乎很久都没人打理过。由于潮湿，墙上的灰泥都剥落了。他从马上下来，砰砰地敲一扇看上去并不起眼的门。门上悬挂着一只灯笼，被风吹得左右摇摆，发出了尖锐的声响。由于下雨，地上形成了几处水洼，还有一股细流一直延伸到小巷深处。在积水的反射下，灯笼的光闪烁不定。

门开了，晕黄的灯光穿过门缝照在巴利斯塔的身上。奥勒良的男仆吉洛探出头，在漆黑的夜色中眯着眼打量着他。

“啊，马库斯·克洛迪乌斯·巴利斯塔阁下，欢迎您大驾光临。”吉洛笑着说道，随即厉声喊他身后的那个男孩去照看巴利斯塔的坐骑，并示意巴利斯塔里面请。

巴利斯塔把他的斗篷递给吉洛，吉洛赶忙挂在了破旧的走廊里。农民出身的青年将军奥勒良从不掩饰他生活上的拮据。欣赏他的人认为，奥勒良一直以来贫穷的事实正验证了他的清廉，就靠帝国发的那点儿工资，任凭哪个士兵都不可能发家致富，而在瞧不上他的人看来，奥勒良就是在招摇撞骗。哪个农民能不在乎钱？有小道消息说奥勒良将大笔的财富藏了起来。

主房房门一打开，巴利斯塔顿时感到温暖和嘈杂扑面而来。

“啊哈，他来了。来了就好！”奥勒良操着一口浓郁的多瑙河流域居民的口音，“进来，进来。都认识吗？令人敬仰的前执政官塔西佗。我的两个年轻朋友穆卡波尔和桑达瑞欧。”奥勒良脸红扑扑的，头发和胡须都剃得很短，凸起的颧骨上有颗暗红色的斑点。房间里很热，每个人却都穿好了打猎的衣服，不过巴利斯塔只注意到了这位朋友手中的酒杯。

“其实我都认识，而且我也没迟到。”巴利斯塔走上前伸出手，“马库斯·克洛迪乌斯·巴利斯塔，很高兴能再次见到你。”塔西佗那张布满皱纹的脸转向巴利斯塔，同他握手并拥抱。凑近了看，塔西佗可不止五十五岁。他鼻子很大，面容阴郁，脸上胡子刮得很干净，但是由于浓密的络腮胡聚集到一起，只能隐约看到在他下巴下面还有一簇胡须。

“很高兴见到你，巴利斯塔。”塔西佗的口音不像奥勒良那么重，他的家族在很久以前就居住在这片土地上。那两个年轻人才二十多岁，也都来自多瑙河附近，他们同巴利斯塔打招呼，露出了灿烂的笑容。桑达瑞欧的笑容更为潇洒，而穆卡波尔一笑，则给人一种很憨厚的感觉。

“喝酒！”奥勒良叫嚷着，“厄洛斯！见鬼，这个小希腊杂种跑哪去了？厄洛斯，给客人上酒。”厄洛斯是奥勒良的奴隶书记官，在斟酒的过程中他都不曾抬起过头。他递给巴利斯塔一杯酒，并把所有人的酒杯斟满，除了塔西佗。倒酒的时候塔西佗什么也没说，只是把手挡在了酒杯上。

“吃！”奥勒良表现得很暴躁，“巴利斯塔，我知道你们北方野蛮人吃饭的规矩。我告诉吉洛，食物买得越多越好。使劲儿吃，别客气。”这位年轻的将军举着酒杯，指了指屋子后面的桌子，上面好像确实放满了食物。奥勒良冲着巴利斯塔咧着嘴笑。其实所有罗马人都认为，这个多瑙河流域的人才是真正的野蛮人，基本可以与远在北部边境外的盎格鲁人相提并论。在场的每个人都明白这其中的讽刺意味。

“尊敬的塔西佗阁下，”奥勒良的话中多了些尊敬的语气，“您怎么都不多吃点儿东西呢？听说您爱吃莴苣，我特意让吉洛多买了些。”

塔西佗当时正在吃一片干面包。他边说边给面包蘸橄榄油。“我只在晚上吃莴苣，它们可以提高我的睡眠质量，减少我的性欲，昨晚我就吃了很多。其实我还有个习惯，就是每天晚上睡前都要阅读，读书可以缓解我的精神压力，让我快速入眠。不过昨天是初一，显然就不能那么干了，傻子都知道这会招来噩运的。”

巴利斯塔背过身去拿食物，以掩饰自己的笑意。他拿了一些冷盘野鸡肉、火腿、奶酪、面包，还有一些莴苣。奥勒良可不是傻子，他心里很清楚，想拿塔西佗开涮还得加小心，毕竟这个老头子也不笨。他俩真是诡异的一对搭档。年长的塔西佗谨慎仁慈，因为迷信，生活得很节制，都快达到禁欲的程度了；年轻的奥勒良骁勇善战，性子急，可能朱莉娅说得对，他甚至有时会头脑发热，做出一些莽撞的事情。总而言之这哥们最典型的特点就是爱喝酒吃肉，耽于享受。坊间流传，这对搭档关系好到可以穿同一条裤子。军队里多瑙河流域的人抱团的现象很严重，从穆卡波尔和桑达瑞欧的到场便可见一斑。巴利斯塔知道，在罗马历史中，直到上一代，多瑙河流域的人都很少有掌握军队大权的。也就是最近这二十一年来，在马克西米努斯·色雷克斯登基后，他们的势力才得以迅速崛起。

想起这位已过世多年的皇帝，巴利斯塔还是心有余悸。但在这种场合上，他不能表现出来。他在脑海中不由自主地勾勒出马克西米努斯那苍白的面庞、灰白的双眸。巴利斯塔亲手杀死了他，临死前他威胁巴利斯塔“我做鬼也不会放过你的”。不过这一切都过去了。巴利斯塔也很长时间没有因为梦到他而睡不好。马克西米努斯·色雷克斯，那个不安分的恶灵，那个无人悼念的君王。

巴利斯塔抿了一口酒，果然是奥勒良给的酒。这是一种比较烈的红酒，经过加温之后，烈性被激发得淋漓尽致，对于要在这样一个寒冷的早晨外出打猎的他们来说，再合适不过。

奥勒良回到原来的话题上，在巴利斯塔没来之时他就在说的那件事。“所以说，那个士兵跟给他提供住处的恩人的老婆偷情，最后还侥幸逃脱了？这臭不要脸的畜生，良心都让狗吃了！这下可好，又多了一个憎恶军队的混账行省长官。要是我摊上这事儿，肯定会扒了那畜生的皮。我要向亚历山大大帝学习：找两棵树苗，拉弯树枝，把他的腿绑在树上，然后剪断绳子，让绑着的树苗把他一劈两半。我要让那些猪狗不如的家伙们好好看看，这就是不守规矩的下场。”奥勒良哈哈大笑起来。巴利斯塔有时候真的很难分清他的这位朋友是在说真的，还是刻意让自己看起来更符合自己的名声。“我是搞不懂，那个杂种为什么不跟其他人一样，去妓院找个婊子呢？”奥勒良继续说着，“他那儿又不是没有妓院。”

“妓院就应该全部关掉。”塔西佗说道。奥勒良惊讶地看着他，他在开玩笑吧？虽说塔西佗的自律已名扬在外，但是妓院这个东西，已经成为日常生活的一部分了，只有最激进的哲学家才会考虑关闭妓院。哪怕严苛的加图[①]也认为年轻人可以适当地去妓院逛逛。“公共浴场、戏院、竞技场、圆形剧场等，都该关掉。经历过竞技场那次暴动之后，就该让那些不知道感恩的安条克人吃点苦头。把娱乐场所通通关闭，给那些狡诈矮小的东部人点儿教训。”这时奥勒良的另一个男仆安提斯提乌斯走了进来，他穿着一件适合打猎的刺绣外套。安提斯提乌斯告诉大家马匹已经准备妥当。他的这句话，把大家从塔西佗关于不可信东方佬观点的灌输中解救了出来。

屋外，天气变得更糟了。狂风依旧肆掠着小巷，雨又下了起来。别说到卡拉特恩区[②]，在穿过陶工区之前，这队人就已经完全湿透了，身上溅的都是泥水。风很大，很多商户挂在屋外的灯笼都被吹灭了。还好吉洛和安提斯提乌斯举着的火把没有熄灭，不过火光在风中忽明忽暗。“要是我主事的话，知道我会怎么干吗？”奥勒良将头巾向后拉了拉方便说话，他对巴利斯塔低吼着，“我要让这些部落的治安官真正地发挥作用。

① 思想家，对道德要求严格，罗马共和国时期的著名政治家。——译者注

② 达芙妮门旁边的犹太区。——译者注

在这样天气恶劣的晚上，那些该死的行政专员居然在家里烤火取暖，跟老婆上床。要是我说了算，他们的这种好日子就没有了，这些浑蛋就应该在外面淋雨干活，让这些商家遵守法律，把灯都给老子亮着。”

“这帮小兔崽子拿着鸡毛当令箭，尽不干人事，”在狂风中巴利斯塔吼道，“就应该好好惩治一下他们，最好能拉出去几个活活烧死。”

“嗯。”奥勒良笑了，把头巾拉了回去。

一行人来到了玫瑰花园，这里是埃珀弗奈厄区中的富人区。街道越发宽敞但也越发崎岖。房子也很大，庭院宽阔，有时一栋房子甚至覆盖了一整个街区还不止。这里的商店很少，相应地，灯笼也就少了很多，不过雨也小了。东南侧后门的门卫正等着他们。尽管他是一个罗马公民，尽管这样做违背了法律，他还是把城门打开了。很显然，他之前已经收了好处。大家下马，并一个一个地牵着自己的马走了出去。

在城外，他们一直步行。奥勒良指的小路并不好走。一行人牵着马，排成一列纵队前进。刚开始，他们行走在城墙和非勒米努斯河的河谷中间，城墙在左侧，河谷在右侧。拐个弯儿后，路两旁就排满了高大的树木。这些树木，大多为冷杉树，中间零星分布着一些白蜡树和野生橄榄树。道路很陡，马儿们走得都很吃力，所以他们不得不放慢前进的速度。除了男仆，队伍里的每个人手里都拿着奥勒良给的长矛当手杖。

除了自己的呼吸，巴利斯塔还能听到风吹过树梢的沙沙声，树叶的嗞嗞声，以及树枝嘎吱作响声。这些声音似乎具有魔力，将他带回了那遥远故乡的神圣树林。他注意到火把的光芒已经变成了浅黄色。早些时候雨也停了，原本漆黑的天空逐渐变为深蓝色，又从深蓝色变成了精致的湛蓝色。此刻，也只有那些残存的乌云还依稀能够证明这个城昨夜被狂风暴雨肆掠过。而散落在天空中的乌云，犹如大战过后疲惫的战士，放慢了前进的脚步。黎明前的黑暗就这样在大家眼前一点点隐去。

突然，一块平地出现在大家面前，他们终于爬到西尔皮乌斯山山顶了。此时，人和马已经累得气喘吁吁。他们在一块空地上舒展着身体，因为一直弓着身子爬山，让他们感到很不舒服。“我们就在这里等着猎人和猎犬吧。”奥勒良提议道。

太阳从地平线上缓缓升起，金色的光芒照在他们身上。奥勒良把缰绳递给安提斯提乌斯，径自匍匐在潮湿的土地上。其他人将指尖放在唇上，微微鞠躬，向太阳神致以飞吻表示敬意。巴利斯塔安静而笔直地站着，并没有任何表示。在他的信仰里，太阳从来就不是所向披靡的神灵。最终，追逐太阳的狼——斯库尔——将在铁之树林抓住它，并将它吞噬，整个仙宫和凡尘都笼罩在黑暗中。

奥勒良站了起来，拍打着身上的落叶和尘土。他冲着巴利斯塔露出了近乎带有歉意的笑容。“在我家乡那个村子里，我的母亲是太阳神的女祭司。我不喜欢她，觉得她就是个婊子，所以我十六岁就从军了。但是我想她了，我觉得她说得是对的，我之所以还活着，是因为有太阳神的守护。”

他们站在阳光下等着猎人，时间一分一秒地流逝，人和马渐渐开始烦躁起来。太阳越升越高，巴利斯塔回头望着他们来时的路，看着自己的影子在一点点变短。阳光拂过宽阔平坦的奥龙特斯平原，远远望去农民的棚屋小得就像孩子的玩具，那些炊烟则被风吹散无迹可寻；紧接着阳光又拜访了城市的郊区，掠过河流来到了战神广场；最终，普照了整座伟大的安条克城：岛上尚未完工的碉堡宫殿，主干道上宽阔的街道，护城河上的粼粼波光。巴利斯塔环顾四周：西边是他们刚爬过的山路，东北方是崖边的城堡，东面是他们要去打猎的地方。突然，这一切让他意识到，虽然这不是他第一次来安条克，但这些景象却是他第一次看到。前些年他曾在这里停留过一周，但没空出时间来爬西尔皮乌斯山，更别提攀上这座山的顶峰。从城里爬到山顶的路并不好走，很费马的脚力。要是用绞车、滑轮、棘齿这些器械将攻城的武器从城里运到山顶也肯定是难上加难。然而向东看，在防御工事之外的土地坡度却不高，大多是高地草甸和开阔的树林；而靠近堡垒的一侧，那鞍形的石块几乎比城墙还高。这个北方人默默记下了这些情况以备后用。哪怕有护城河、有坚固的城墙、有碉堡宫殿的保护，叙利亚的首府、罗马帝国东部的权力中心——奥龙特斯河上的安条克城，还是会一击即破。

“都他妈几点了！”奥勒良吼道。猎人总算出现了，他身上穿着厚实的外套，脚上蹬着结实的靴子，手上牵着六只猎犬。这些猎犬在猎人的腿边跑来跑去，它们都属于锐目猎犬。一般猎人依靠视觉捕猎，而凯尔特人则把这种猎犬当作自己的眼睛。奥勒良或许没那么多钱，但是他喜欢打猎。猎人带着他们去狩猎地点，在那儿助猎者[①]已经准备就绪。这个地方不错，是一片开阔连绵的草地，其中有一些凸起的小坡，上面是浓密的灌木丛。奥勒良又解释起他们即将进行的特殊的北方狩猎方式。是的，他们不能使用网或者木桩，猎犬也不会成群行动。当野兔突然出现时，一对猎犬就会出动，因而猎人们只能自求多福了。毕竟付钱的是多瑙河流域的人，这些北方佬可以随心所欲，不过别指望让猎人假装赞同这种方式。猎人耸了耸肩，便让助猎者行动起来。马匹不能参加狩猎，奥勒良和塔西佗只好下马，各牵一只猎犬。他们打了个赌，穆卡波尔和桑达瑞欧额外加了赌注。巴利斯塔虽说并不反感赌博，但还是保持沉默。

人和狗都等着，越发兴奋，越发期待。有时他们会看到红白相间的羽毛一晃而过，那是助猎者在灌木丛中穿行。终于一只野兔出现了，它蹦跶了几步便停了下来，放肆地环顾四周。突然它看见了狩猎的人们，

---

① 在狩猎中使猎物从掩蔽处惊起的人。——译者注

急忙加速逃窜。与此同时，奥勒良和塔西佗放开了手中的绳子。同往常一样，巴利斯塔为猎犬加速奔跑的英姿感到兴奋。奥勒良的黑狗向前飞奔，它体形很大，每迈一步都比塔西佗的斑点狗快了半步之多。黑狗靠近了那只野兔，它张开血盆大口，野兔命在旦夕。在这千钧一发之际，野兔一个急转弯躲了过去。这只猎犬本想掉转方向去追，可惜它速度太快体形太大，不能灵活地转弯，最后失去了平衡，狠狠地摔倒在地，向前翻滚了好几圈，扬起阵阵尘土。那条体形较小的斑点狗占了便宜，趁势紧跟这只野兔，野兔三次转变方向，都没有甩掉它，最终死在了斑点狗的嘴下。斑点狗一路小跑回来，摇着尾巴庆祝着自己的胜利。那只体形更大的猎犬在它旁边雀跃，不过在收到对方警告式的低吼后，自觉地保持了适当的距离。

猎人取下猎物，好好表扬了一番那条狡猾的斑点狗。塔西佗赢了，他从奥勒良那儿拿走了他应得的赌注。不过塔西佗表现得很镇定，镇定得有些诡异。他同奥勒良一样，对于这种比赛的热情，高涨得溢于言表，而另一边，赌注下定，穆卡波尔和桑达瑞欧的猎犬也已经准备就绪。

片刻的工夫，灌木丛里就传出了阵阵的叫喊声和撞击声，猎犬们兴奋地颤抖着。一只雄鹿从树林里跳了出来，它站住了，四下张望，那华丽宽大的鹿角让它的一举一动更为突出。当发现猎人们的时候，它赶紧掉转方向，往斜后方飞奔而去，横穿过这片草原。尽管出现得并不突然，但这只鹿加速得非常惊人，每一次跳跃的距离之远，都让人觉得不可思议。

此时狩猎的队伍乱成一团，所有的猎犬都出动了。奥勒良和那两个多瑙河军官连忙解开缰绳，飞身上马，向那头雄鹿的方向狂奔；巴利斯塔和塔西佗紧随其后；仆人们得在后面整理他们的衣服装备，一时半会儿是追不上了；猎人和助猎者们没有马，只能在后面步行。

巴利斯塔放慢速度，和塔西佗并齐。放眼望去，越过草场，沿着小径到更为陡峭的斜坡都是一片寂静。前面，猎犬和那三个先出发的猎人远远领先于众人，不见了踪影。而身后的其他人，更是半晌都追不上了。

这两个人沉默着来到了高地的顶端，他们停了下来，想看看远方的情况。猎犬已经到达山谷底端了，紧随其后，一袭明亮的狩猎斗篷一闪而过。巴利斯塔用余光注意到另一位骑士，他在山坡更高的位置上，与这两人同时行进。一晃人就不见了，消失在树林里。

两人继续前进，巴利斯塔开口打破了沉默，说道："请您原谅，尊敬的塔西佗阁下，不过您看上去状态不太好，似乎心情不佳。"

"抱歉，我不是个好队友。我听到了关于我同母异父的弟弟——马库斯·安尼乌斯·弗洛里安努斯的一些奇怪的消息。"说到这儿，塔西佗停了下来，他不清楚巴利斯塔是否已经知道了这个消息。他们继续前行。身处荒郊野外之中，巴利斯塔注意到右边有一片人造梯田，一缕炊烟从那里渺渺升起，有人在烧木炭。

"弗洛里安努斯和我，从小一块儿长大，关系一直很要好。不久前我们在因泰拉姆纳，一个罗马城北边六十里的地方，买了一栋庄园，用来建造家族陵墓。他还在那竖起我们的雕像，两个巨型的大理石雕像，三十英尺高。其实我觉得这有些招摇。"

塔西佗顿了顿，深深地吸了口气，接着说道："昨天我收到一封信，信上说这两个雕像被雷劈得粉碎。弗洛里安努斯便向占卜师求助，而预言家所说的才是真正让我烦闷的事情。预言家说，一个帝王将从我们的家族里诞生，他将征服波斯、法兰克、阿勒曼尼以及萨尔马提亚；他将在锡兰和希伯尼亚的岛屿上建立政权；他将海岸边的所有国家纳为己有；他将废除帝制重建自由的共和国，退而遵守上古的律法；他将活到一百二十岁，死后无子嗣。"

巴利斯塔望向塔西佗，他看上去很严肃，但并没有回头。

“上苍啊，绝望的使者啊！您可千万别把这件事告诉别人。”巴利斯塔说道，“这可是窃国大罪，要是被弗鲁曼塔里伊那些人知道了，要是风声传开了……那就不光惩治你一个人了，你的兄弟、你的妻子、你的朋友，通通都逃不了干系。”

“是不是也得考虑你？”塔西佗谦逊的脸上浮现出一丝笑意。

“嗯，我可不想因为你弟弟找的江湖骗子的胡言乱语而受牵连，更何况我连他的面都没见过。”

塔西佗笑开了。“正如你所说，他们可能就是骗子。反正，他们预言说我们家的这个皇帝，这一千年里，横竖是没戏啦。”他把头向后一仰，笑了笑，“不过，这能帮助你思考。来吧，让我们去兜兜风。”

没打声招呼，塔西佗就用脚后跟施力，让马儿加速，马儿还没走几步，塔西佗就迫使它迅速做出反应，极速飞驰，消失在巴利斯塔的视野中。落在后面的巴利斯塔也开始让灰马加速。然而正全速前进时，他感觉到有些不对劲。巴利斯塔让马缓缓停下。他下马，让马儿走了几步，看了看其中一个马蹄，仔细地检查灰马的腿，又让马儿走了两步。灰马跛了，还好只是靠近前腿的地方扭了，伤得不重，巴利斯塔放心了。

巴利斯塔现在的位置前不着村后不着店。灰马用鼻子蹭着他的胳膊。塔西佗早就走远了，仆人们还没追上来。巴利斯塔环顾四周。风减弱了，晚秋的阳光温暖舒适，林中的鸟儿正在吟唱。这景象令人心旷神怡，正如田园诗歌中描绘的那般清新，又如希腊小说开头叙述的那般迷人。可惜，巴利斯塔完全迷失了方向，身边也只有一匹瘸腿的马陪伴。此时右边那缕炊烟向天空升腾，看上去似乎比刚才近了一点。巴利斯塔决定牵着马去向那位烧炭的人求助。

要烧木炭，先决条件之一便是平地，所以烧炭人在西尔皮乌斯山的斜坡上开垦了一片梯田。不过，除此之外，这里的一切，让巴利斯塔想起了他在北方居住的童年时光：在树林前的空地上，他曾帮助父亲的手下看管烧火的柴火垛。他环顾四周，炎热让这片土地寸草不生，一片荒芜；用不规则的树枝做成的圆形棚屋，远远望去就像一个可以坐的树桩；地上四散着各种工具：铲子、铁锹、耙子、筛子，还有一架弧形梯；空地的远处是一摞柴火，有巴利斯塔一半高，垒起来的形状像一只倒置的杯子。只需一眼，巴利斯塔就可以推断出这摞柴火已经点着有段时间了，起码两三天。因为长时间烘烤，靠近柴火堆的土地都快成黑色了。在低处的通风口那儿，有一缕白烟缓缓上升。

巴利斯塔喊着，没人回应，烧柴人应该一会儿就回来了。柴火堆每小时至少要查看三次，这工序可不简单：让其表面保持一定的湿润度，确定其中没有裂缝，大体上确保空气不会进入柴火之中，这样柴火才会燃烧起来，要不就烧焦了。巴利斯塔不会忘记他儿时看柴火垛的疲惫。那时他太小了，连个孩子都算不上，却得熬夜看着柴火垛。

巴利斯塔认真照看起受伤的灰马。他卸下马鞍，从干粮袋中取出一根胡萝卜喂给马儿吃，并为它按摩。这个北方人开始放空自己。巴利斯塔反复地来回抚摸着灰马，熟悉的动作，熟悉的马儿气味，不光是灰马，连巴利斯塔也觉得很放松。按摩了会儿，他停了下来，给灰马找水。柴火堆旁的土地上倒着一个木桶，从它一旁黑色的水迹来看，里面的水已经流光了。巴利斯塔捡起那个桶，从棚屋旁的集雨桶里舀了些水。

马儿喝饱了，巴利斯塔把那只桶放了回去。他在这儿已经停留了好一会儿，但是始终没人出现。他过去摸了摸柴火垛旁边的土地，土壤还是热的，十分干燥，捏上去容易裂开。他绕着柴火垛走了一圈，发现四周有明显的凹陷，大约一英尺宽。从木柴表面的土壤可以判断出，柴火垛里的一些木柴肯定掉下来了。目前塌陷的地方还是黑色的，但是最近的通风口中飘出的烟从白色变成蓝色了，这说明其中肯定有看不见的裂缝，让空气钻了进去，点燃了里面的木柴。

有人走了过来，肩上扛着一柄斧头，看上去稍微有点儿不协调。“基利耶，欢迎您光临寒舍。”他的外套前面有一块湿乎乎的污渍，不过其他地方都很干净。他的手也不脏，右手上有一块凹凸不平的伤疤。

“你好，樵夫，近来如何？”巴利斯塔有礼貌地问道。

那人看了看梯田，检查了柴火垛。“上苍保佑，一切都不至于太糟。”

巴利斯塔说：“我这还有些酒，你也来点儿？”那个人同意了。

巴利斯塔转过身去拿酒。他顿了顿，又回过头去。一道寒光闪过，斧头锋利的刃径直向他扑来，正对着巴利斯塔的头顶。巴利斯塔连忙后退。亏得他速度快，这柄斧头只是从他身旁重重地砍下去，嗡嗡作响，嵌进了硬邦邦的土地里。也正是因为措手不及，巴利斯塔失去重心，摔倒在地。由于表层土壤松散，巴利斯塔的靴子严重打滑，他挣扎着站了起来。当他拔出剑时，他的对手也把斧头从地上拔了出来。

“那个年轻的贵族吩咐我，让你尝尝这个。”刺客笑着说道。他抡起斧头，水平地向巴利斯塔挥去。巴利斯塔迅速地向后撤，躲了过去。他能明显地感觉到斧头砍过来时扬起的风。

对方由于用力过猛有些重心不稳，这是个机会！巴利斯塔将重心放在弯曲的右膝上，左腿向后绷直，旋即向前猛冲，剑刃直指刺客腹部。这回换刺客连忙后退了。

好戏才刚刚开始。两个人都在绕圈子，膝盖微曲，前脚掌着地，时刻准备进攻。巴利斯塔紧盯着那柄斧头锋利的刀刃。这个北方人双手紧握剑柄，闪烁的锋刃直指刺客的咽喉。他们的步子很慢，专注地观察着对方的一举一动。那个刺客再也笑不出来了。

巴利斯塔跺了跺右脚，似乎马上又要发起新一轮的进攻。刺客下意识地退了退。巴利斯塔的左脚向前迈了一步，做出一个单手割喉的姿势，想给对手一个下马威。千钧一发之际，巴利斯塔先发制人，挥舞胳膊向敌人的左侧进攻，剑锋刺向刺客的左腿。就在那一瞬间，刺客右手顺着斧柄调整位置，斧头正好挡住了巴利斯塔的剑，剑刃刺在了木制斧柄偏下方的位置。

刺客见势抡起斧头朝巴利斯塔肩膀砍去，巴利斯塔急忙向后躲，一个踉跄差点儿摔倒。刺客紧紧相逼，他将斧头高高举过头顶准备攻击。巴利斯塔此时还是重心不稳，只得拼命扭动着身体移动，疯狂地挥舞着手里的剑，锋利的剑刃碰巧刺中了刺客的右肩。刺客因伤痛咆哮着，向后撤了好几步。

他们又开始绕圈子。尽管伤口不深，血还是不停地流着，刺客的外衣上都沾染上了血迹。

突然，刺客将斧头朝巴利斯塔扔去，这一举动将巴利斯塔震住了，说时迟那时快，他连忙跌跌撞撞地向后退了几步，勉强躲开了那柄斧头，不过他的小臂被斧柄狠狠地撞了一下。

等巴利斯塔回过神来，刺客早已跑掉了，他急忙追上去。没有武器再加上恐惧，那个刺客跑得飞快。当他冲进空地里延伸出的小径时，刺客已经与巴利斯塔拉开了距离。巴利斯塔仍旧紧追不舍。这条路上簇叶丛生，树枝狠狠地抽打着飞奔中的两人。在拐弯处刺客消失不见了。巴利斯塔记不清楚那个刺客是否还佩带着别的武器。他停下脚步，小心翼翼地在拐弯处缓慢移动，做好有伏击的准备。小路看不到头，刺客也彻底不见了。巴利斯塔已经做好了随时战斗的准备，他缓慢地转身，仔细地观察着树林，生怕错过一点儿风吹草动，而此刻只有鸟儿的鸣唱。不一会儿，树林里突然传出马蹄飞奔的声音，透过树叶间的空隙，巴利斯塔瞥见了刺客的外衣。马蹄声逐渐减弱直到消失，刺客就这么离开了。

巴利斯塔往回走，路上他发现了烧柴人的尸体。他的尸体就在路边，身旁散落着切好的木板。他仰面朝天，身上全是血渍，双眼无神地望向天空，黑漆漆的手捂着脖子上血肉模糊的伤口。

巴利斯塔将剑擦拭干净，放回剑鞘。他感觉有些喘不上气，于是他身体前倾，两只手放在膝盖上，大口大口地喘着粗气。汗流浃背的他能感觉到背后汗水蒸发的阵阵凉意。

巴利斯塔思忖着：刚刚有人试图想杀了他。是谁？“那个年轻的贵族吩咐我，让你尝尝这个。”是哪个“年轻的贵族”要雇人杀了我？巴利斯塔站起来，仔细地检查了烧柴人的尸体，随后合上了他的眼睛，在他的嘴里放了一个硬币，作为引渡者的报酬。

第六章

门两侧的大理石圆柱耸立着，巴利斯塔从圆柱中间穿过，往屋子里走去。时间不早了，他也很疲惫。这真是漫长的一天啊！巴利斯塔用余光扫了一眼那幅诡异的马赛克画。或许这幅拥有硕大下体驼背男子的画，果真发挥了辟邪的作用，那个拿着斧头的刺客跑了，巴利斯塔也还活着。这一切就发生在今天早晨，可是巴利斯塔却感觉像是已经过去了半辈子。

他走进院子，停在了水池边，低头看着水池里的水。水在灯光的照耀下，折射出绿色的光。巴利斯塔用左手舀了些水清洗眼睛，打斗过程中他用力过猛，右肩到现在还疼得厉害。他眨了眨眼睛，把水擦干，走进屋里。

朱莉娅正等着他，看见他时，面无表情地说了些"欢迎回家"之类的客套话。她吩咐女仆先给巴利斯塔端杯水过来，再去给他准备食物和洗澡水。当仆人把水端上来时，朱莉娅依旧保持沉默，笔直地站在那儿，一动不动。这种状态一直持续到仆人退下去之前。

"都什么时候了！"朱莉娅生气了，声音很严肃。

"我想我应该先去找塞索里努斯和那些弗鲁曼塔里伊成员。要不然会让他们觉得我有意藏着什么，或者在私底下搞什么阴谋，会弄得自己不明不白的。塞索里努斯建议我去一趟城中心的治安总署。当地的治安官知道得越早，抓住刺客的可能性就越大。"巴利斯塔不再为自己辩驳，"我让奥勒良传信给你，是想让他告诉你，我一切都好。”

“哦，对，他是来了。”朱莉娅厉声说着，“今儿下午，刚过午饭时间，你那位朋友总算来了。他喝得酩酊大醉，天知道他是怎么毫发无伤地骑到这儿来，而没从马上掉下来摔死。那个多瑙河流域的农民告诉我你肩膀受伤了。”

“那没什么，就是擦伤。”巴利斯塔很不满朱莉娅对他朋友的态度，更不用说她还顺便鄙视了下他的出身。

“好吧，你在外面忙的时候，我在家里也没闲着。”朱莉娅抱怨着。巴利斯塔喝了口酒，不想理她。“有人想杀你，也可能想伤害你的家人。我不会让任何人伤害我的儿子。”朱莉娅一直以来都不愿意叫儿子的大名，她很反感这个地道的野蛮人名字，要不是巴利斯塔一再坚持，朱莉娅是绝对不会让儿子叫“伊桑格瑞姆”的。每当这种时候，朱莉娅都会叫他“我的儿子”。

“我雇了三个护卫，他们曾经都是角斗士。其中一个将贴身保护我的儿子。我建议你，还是让马克西姆斯陪在你身边。”

朱莉娅说话时冷峻而沉着，这跟她拥有两百年元老院议员的家世有着莫大的关联。她来自尼姆苏斯朱利家族，这个家族在纳尔榜南西斯高卢是名门望族。克劳狄一世授予朱利家族上层阶级的荣耀；而比那还早一百年，尤利乌斯·恺撒就授予其罗马公民的身份。然而巴利斯塔在十八年前才刚获得这一身份。尽管没有明说，但是皇帝马库斯·克洛迪乌斯·普皮恩努斯是为了奖励这个年轻的北方人成功刺杀了马克西米努斯·色雷克斯，才授予其罗马公民的身份。在阿奎莱亚那场殊死一搏的政变中，普皮恩努斯是为数不多知道巴利斯塔所作所为的人之一。在授予其罗马身份不到一个月，普皮恩努斯就去世了，把这个秘密也带进了坟墓。

“如果他们可信，”巴利斯塔说，“这安排挺好的。”

朱莉娅与他针锋相对，摆出一副轻蔑的姿态。“他们是最好的。我们家可从不吝啬。”

巴利斯塔转过头放下杯子，挡住自己的愠色。钱一直是他俩之间比较敏感的话题。巴利斯塔二十多岁才从希伯尼亚回来，戈尔迪安三世授予他骑士称号，还赠予他四十万塞斯特斯。这些财富是一个骑士所必备的。对大多数罗马公民而言，这是一笔巨资，但是对于像朱莉娅这种出身于元老院议员阶级的古老家族的人而言，就是施舍。尽管不被提起，但是他们平时生活的吃穿用度，基本都是靠朱莉娅出钱维持。

巴利斯塔解下佩剑腰带，他明白朱莉娅此刻的尖酸刻薄是出于爱子心切，朱莉娅太爱伊桑格瑞姆了，不愿让他受到任何伤害。想到这儿，巴利斯塔笑了起来，没再多说什么。

“你笑什么呢？”她有些不耐烦。

“没有啊，什么都没有。”巴利斯塔疲惫地坐下，“你觉得这是谁干的？”

朱莉娅摇了摇头，似乎为她丈夫的迟钝感到好笑。“盖乌斯·阿奇利乌斯·格拉布里奥，当然是他。你把他弟弟留在了阿瑞忒城，他那么恨你，还公开说要你偿命。罗马的贵族不会食言的。”

“在安条克，我的敌人可不止他一个。”巴利斯塔说，“为了让博拉尼人安分点儿，瓦勒良把韦德里克囚禁在王室。我们俩可是世仇。”

朱莉娅嘲讽地嗤笑着说：“你的朋友，那个酒喝高了的白痴说，刺客告诉你要杀你的人是个贵族。”

“没错，”巴利斯塔回答，“他叫着说：‘那个年轻的贵族吩咐我，让你尝尝这个。’别忘了，韦德里克的父亲菲列迪根可是博拉尼之王。”

“帝国里没人会把野蛮人的后代当成贵族的。”朱莉娅说的时候，巴利斯塔不禁在想，她这是无心之语还是有意为之。

“马克利亚努斯的儿子才不管这些！”

朱莉娅叹了口气。“虽然奎伊图斯和他弟弟马克利亚努斯二世做事恶毒，令人厌恶，自从宫殿前的那次斗殴之后他俩都很讨厌你，他们也有资本雇个刺客对你下黑手，但是他们仍然算不上‘贵族’，他们那个讨人厌的父亲起初可是个骡夫。”

“阿奇利乌斯·格拉布里奥也是。”巴利斯塔说着。实际上巴利斯塔并不信服朱莉娅的这套理论。他很怀疑，一个来自安条克贫民窟里的佣金刺客，会像他妻子一样深谙贵族中微妙的阶级差别。巴利斯塔已经不再恼怒，朱莉娅看上去，气也消了不少。

女仆走了进来，朱莉娅没再多说什么。女仆告诉他们浴室已经准备好了，便退下了。巴利斯塔站起身向朱莉娅走去，把手搭在她的肩膀上。

“老天，你也够难闻的了。”她皱了皱鼻子，“汗夹杂着马的臭味，快去洗澡吧。”巴利斯塔转身去洗澡，朱莉娅又说道：“你真的没事吧？”

他停下步子。“我很好。”

她莞尔一笑。“我随后就到。”

十二月的农神节开始了，这是罗马人最盛大的节日，崇尚享乐的安条克人对这个节日也最上心。七天，整整七天的享乐，吃喝嫖赌没有限制。人们大都不再拘泥于日常生活中的条条框框，连奴隶们都可以随心所欲地行动，有的人家，主人甚至会为他们服务。在这个属于农业之神的节日里，每个人都会放下身份，解除戒备。

巴利斯塔正在读书，德米特里厄斯走了进来。巴利斯塔抬起头看向他，这个希腊来的小伙子看上去很焦虑。自从上次狩猎遇刺事件之后，他一直都是这副模样。事情已经过去了四十七天，他也愁了四十七天，这些负面情绪对他造成了不良影响，在这个傍晚显得更为低落。

“是关于路奇乌斯·多米提乌斯·奥勒良的事。”德米特里厄斯语无伦次地说，“他从马上摔下来，受伤了，伤得不轻。就是上次在打猎回来的路上摔的，在凯拉泰伊翁区摔的，就在靠近达佛涅门的地方。他说想见你，有个男孩在门外等着，可以带我们过去。”

听着德米特里厄斯说的话，巴利斯塔越发担心了，但他尽量控制着自己不去往坏的方面想。他将纸莎草纸卷放在紧挨着沙发的桌子上，小心翼翼地将纸压在他看的那一页。他当时在看卢西恩的专著，一本名叫《舞》的小册子。

巴利斯塔跟着德米特里厄斯走出了房间。为了尽量不去想奥勒良的事，他强迫自己去想他刚看的那本书的内容。那天是十二月十八日，农神节的第二天，因此他决定读读卢西恩的书。读第一本的时候，巴利斯塔觉得还挺不错。不过这第二本《舞》，他觉得一般。对读者而言，卢西恩的书都这样。读他第一本讽刺作品的时候，你会觉得这是一本杰作；可是再读下一本，好像也就那么回事；紧接着第三本，就会不耐烦了。

送信的男孩和侍从护卫库皮多在门口候着。库皮多是朱莉娅新雇的，之前曾是个角斗士。在农神节，大部分仆人都放假了，这其中包括马克西姆斯、卡尔加库斯和另外两个护卫，他们曾经也都是角斗士。巴利斯塔不太待见这位正当值的库皮多。库皮多是个大高个儿，生性粗野，曾经的肌肉都变成了肥膘，既懒惰又酗酒，身上总散发着一股铜臭味。

巴利斯塔穿好靴子，系好佩剑腰带，披上一件厚重的外套。与此同时，他看着那位库皮多先生也和他一样，似乎刚打扮整齐。

“德米特里厄斯，你留在这儿，告诉你的基里娅我去哪儿了。”巴利斯塔吩咐着。言语间，库皮多已经穿好了一只外出的靴子，言毕，他单脚跳着，想把另一只脚上的靴子甩下来。看着他那滑稽的模样，巴利斯塔笑了，接着说道：“把家里看好了。对了，如果能找着个还清醒的奴隶，吩咐他去一趟喀耳刻岛，找到马克西姆斯和卡尔加库斯，告诉他们最近发生的事。”

屋外，初雪翩然而至。那个男孩在街上等着他们，不耐烦地跺着脚，想赶快结束这差事。门砰的一声关上了。男孩领着巴利斯塔和库皮多出发了。

夜已深，门廊上的灯大多亮着。尽管雪越下越大，当他们穿过埃珀弗奈厄区时，还有好几拨酒鬼在街上闲逛。男孩转过头跟库皮多说了些什么，随即库皮多就走上前去对那个男孩恶狠狠地骂着。他们用叙利亚语交谈着，跟在后面的巴利斯塔完全听不懂。

雪越下越大，地上已经开始积雪了。巴利斯塔太担心奥勒良了，几乎都没有注意到大片的雪花落在身上。朱莉娅是对的，奥勒良喝得太多了。上苍啊！千万别让他出事。

他们到了凯拉泰伊翁区后，那个小男孩儿开始带着他们绕路，穿过一个又一个小巷，最后总算走到头了，附近都没有人。自然，这些犹太人是不庆祝农神节的，在这样的日子里，他们只会牢牢地锁好门，在家里守着，生怕出点什么事：这些异教徒邻居们的纵酒狂欢可千万别酿成什么惨祸。

男孩放慢了速度走到巴利斯塔身旁。“基利耶，我们快到了。”他用希腊语说着。库皮多故意走得靠前一些，他喘着粗气，寒冷将水汽凝结成白色的雾气。

有两个黑衣人站在巷子的尽头，肩上落了好些雪。他俩站得很近，防寒的头套似乎都要挨在一起了，但是看上去这两人似乎并不是在交谈。

库皮多一转弯，闪身走进侧巷。巴利斯塔发现事有蹊跷。他连忙拔出剑，利刃在路灯的照耀下发着寒光。此时他身边那个男孩转身逃跑了。库皮多回头，惊讶地张开了嘴，一句话都说不出来。巴利斯塔身后传来男孩飞奔的脚步声和厚重的靴子踩在雪里的嘎吱声。巴利斯塔举起了利剑，库皮多急忙向后躲。可惜库皮多速度太慢，转瞬间巴利斯塔的剑已向他的左臂上狠狠地刺了下去。库皮多摔倒在地，身体扭曲，用手紧紧地捂住了伤口，疼得直叫唤。

巴利斯塔尽量保持平衡。他转过身去，眼前的场景令他大为一惊。那两个路人竟举着剑向他冲了过来，黑色的长袍在他们身后飘动，头套被风吹到了后面，露出了美丽的少女面庞。他们的长发梳成了辫子，脸上异常平静，没有任何表情。他们似乎不是人！

巴利斯塔站在那儿一动不动，腿里像灌了铅似的。他心跳骤然收紧，呆呆地看着他的敌人。其中一人的脸，看上去是一个女神的样子，另一个则是舞台上的女主人公。面具！你个蠢货！他们戴着面具，舞台上用的面具！

从震惊中回过神来，巴利斯塔迅速地向右侧的敌人冲了过去。他猛挥手中的剑，直指对手的头颅。那个人也迅速举起了手中剑，面具顺势往后抖了一下。巴利斯塔将重心放在一侧膝盖上，在飞奔中瞬间改变了攻击的方向，剑猛地冲向了对手的大腿，一行鲜血溅在洁白的雪地里，面具背后传来一声痛苦的嘶吼。一个敌人倒下了。

巴利斯塔迅速站直，做好战斗准备。剩下那个刺客堵住了他后撤的路。巴利斯塔向后瞟了一眼，显然，还有两个戴着面具的人在后面向他移动。巷子里有几户人家，有些还有门廊。但是哪怕这一声声尖叫都没让一户人家打开窗户观望。巴利斯塔不禁在心里感叹：埋伏点选得真好！

巴利斯塔退到小巷左侧最近的一个门廊处。他推了推门，锁着的。他用剑柄狠狠地捶打着门，却只有“砰砰砰”闷闷的声音回荡在安静的巷子里。门始终关得死死的。

巴利斯塔三面受敌，刺客正向他逼近。他向前走进巷子里，侧身沿边而行，找到一个合适的位置，既有门廊帮他挡住左侧的袭击，又有墙壁护住他的背部。三个刺客呈扇形向外散开，尽可能地封锁巴利斯塔能出逃的各个方向。中间的那个刺客和他正对着。那个刺客戴着一张老妪的面具，双眼凹陷，满脸皱纹，奇丑无比。他的右手上有一块凹凸不平的伤疤。

“兄弟，从柴火地过来，挺远的吧？”巴利斯塔边说边往前冲，剑刃直指对方的胸口。眼看就要击中了，没料想那个刺客虽有些笨拙，却有效地躲开了这一剑。巴利斯塔迅速地做出反应，往右迈了两步，向下砍去。刺客急忙向后一跃，巴利斯塔随即转身相逼，手中的剑顺势移到了身体下方。两剑相撞，刺客的剑刃在强烈的撞击下变了形。

雪还在下，在路灯四周形成了一层金色的光圈。巷子里的四个人继续上演着富有节奏却致命的剑舞，他们舞动的光影摇曳着：佯攻，试探，突进，封锁，进攻！巴利斯塔顽强地战斗着，他大脑里一片空白。常年的训练和战场上的经验，他的身体已然变成了杀人机器。但是他很清楚，现在哪怕有一个失误都是致命的。

戴着面具的刺客们步步紧逼。这时一个人骑着马出现在巴利斯塔的视野里，他手里握着一柄利剑。跟其他几个刺客不同，他戴着的是一个金属面具，闪着银色的光，面具是一张俊俏少年的脸，眉毛和嘴唇上镀着金。他头戴一顶价值不菲的钢盔，这种头盔可以挡住一个人的脸，是骑兵在参加游行时戴的那种。

马停了下来，稳稳地站在雪地里。骑马者凝视着这群正在厮杀的斗士们，那面具闪着银色的金属光芒。

“杀了他。冲上去杀了这个肮脏的野蛮人，你们这群废物。”透过面具的声音陌生而扭曲，无法辨识。

那三人朝着巴利斯塔逼近。面具没有表情。但面具后，刺客双目圆睁，挥舞利刃的同时，长辫在背后飞舞。就实力而言，刺客都不如这个北方人，并且面具还阻挡了他们的视线。但是他们在数量上占优势。三人展开了激烈的猛攻，金属高速碰撞下火花四溅。巴利斯塔被逼到了墙角，无路可退。他又躲过一轮猛攻，可惜突然失去了平衡，屈膝跪倒在地。交战中一柄剑击中墙壁，墙上大块的石膏从巴利斯塔耳边落下。

刺客们往后撤了几步。巴利斯塔挣扎着站起来，手中握着剑指向前方，为自己争取一些空间。大雪让声音变得模糊，但是巴利斯塔似乎听到了什么动静。那声音从他左侧而来，好像是从门廊的另一边、他看不见的地方传来。面具后的一双眼睛朝那个方向望去，接着又给同伴递了个眼色。巴利斯塔调整好呼吸，等待着反击的机会，不过他没机会了。

另外两个刺客向戴着丑陋老妪面具的刺客看去，这位手上有疤的刺客肌肉有些抽搐。随即，他们三个往右逃走了，纷纷扬扬的雪花中，传来飞速奔跑时靴子相互碰撞的声音。

骑马者俯视着巴利斯塔。面具挡住了他的表情，但是眼神里充斥着熊熊怒火。他拉紧缰绳，掉头离开。他们四人走的正是巴利斯塔来时的路。

其中的一个人在巷子中间摔倒了。那人在与巴利斯塔的搏斗中被砍伤，腿上鲜血直流。马上的人停了下来，他伸出一只手，手上的银戒指闪着寒光，上面印着亚历山大大帝的画像。刺客蹒跚而行，疼痛不已，被砍伤的左腿在地上拖着。马上的人探出身子，用左手紧紧抓住伤者举起的手臂。旋即，一弧寒光闪过，骑马者用右手挥舞着剑，直直地斩下伤者的头颅。那声响就像踩在腐烂的水果上，令人作呕。鲜血四溅，血如泉涌，那个刺客就这样倒下了。

马背上的人直直地盯着巴利斯塔，一旁的灯光照耀着面具上俊美少年的面庞。他举起手中鲜血淋淋的剑，笔直地指向这个北方人，随后骑着马消失在巴利斯塔的视野中。

巴利斯塔靠在墙上。他大汗淋漓，肌肉因疲劳而抽搐着，血滴落在他脚旁的污水里。他这才发现自己的胳膊上有好几处伤。

嘈杂声越来越响，是人们踩过雪地的声音。巴利斯塔强迫自己站好，又举起了手里的剑。对手之敌，即为我方之友。不过谁都说不准。

火把的光芒涌来，德米特里厄斯向巴利斯塔走来。他还领着一个治安官，大约有六个安条克的守卫跟着他们。

巴利斯塔放下剑，紧紧地抱着德米特里厄斯。“谢谢你，孩子。你怎么发现的？”

“我觉得不对劲。库皮多从来没主动要求做过什么。”德米特里厄斯态度十分真挚，“我没有听话，基利耶。我出门找了守卫兵，带着他们到了犹太人区。”

“你很有先见之明，多亏有你啊！”

巴利斯塔放下德米特里厄斯，转身去找库皮多。这位前角斗士躺在地上没动。巴利斯塔用剑抵着他的脖子，并搜查他是否还藏着武器。“医生。”库皮多呻吟着。

巴利斯塔看了看他的伤口，他因失血过多正濒临死亡。“谁指使你的？”

“医生……”库皮多身上有一股怪味儿，腐烂的铜板味儿夹杂着鲜血的腥臭味。

“谁派你来的？”

“我不认识，我就是在酒吧里遇见的。他带着一个老太婆的面具，手上有疤。”

巴利斯塔看着他，思忖着。

“我需要医生。”库皮多呜咽着。

“太晚了，哥们儿。”巴利斯塔竖起剑，直直地穿过他的喉咙。

一切都结束了。

雨夹杂着雪，倏然而至。

第七章

凌晨两点，时间还很早。乌云笼罩着西尔皮乌斯山，一场大雨即将来临。自巴利斯塔在巷子里遇袭至今，似乎天天下雨。他在心里盘算着，从十二月十八日农神节的第二天，刺客第三次企图杀害自己，到今天一月十日，已经二十四天了。巴利斯塔跟其他人一样，在记天数时喜欢把始末日都算在内。治安总署和弗鲁曼塔里伊已经派人搜城，但是其余刺客下落至今未明。

被杀死的那个刺客的面具上沾满了鲜血，治安总署和弗鲁曼塔里伊不得不用亚麻布把血吸干。本以为，这个面具能够成为破案的重要线索，可事与愿违，在安条克城有三十多个做这种面具的作坊，作坊主们都不承认这个面具是出于自己之手。目前刺客尸体也尚未有人认领。

调查毫无进展。那三个被雇佣的刺客：两个戴着面具，一个长相平平，唯一能够称得上是特征的也就是手上那块疤痕了。他在木炭堆旁喊的那句“那个年轻的贵族吩咐我，让你尝尝这个”，一直在巴利斯塔耳边回荡。

骑马的那个年轻贵族的身份也是个谜。他戴的骑兵游行面具虽然价格不菲，但在全帝国还是随处可见，不仅安条克城的银匠能够做出，别的地方的银匠也可以；他说的拉丁语，声音更是失真到无法辨别。

还有一件事引起了巴利斯塔的注意，这个戴银面具的骑士叫他野蛮人。在他的记忆中，只有阿奇利乌斯·格拉布里奥和马克利亚努斯的儿子们喜欢这样称呼他，而同样身为北方人的博拉尼国王菲列迪根的儿子韦德里克，不太可能叫他野蛮人，除非韦德里克在作为外交人质的那些日子里，已经被彻底同化为一个罗马人了。难道他是为了误导巴利斯塔，才那样说话的？

尽管巴利斯塔希望在他赴战之前，能够把这件事情调查清楚，可是时间一天天过去，调查却毫无进展。

巴利斯塔骑着灰马在庇亚门外等着。他抬头向塔顶最近的那扇方形大窗户看去。窗户里灯火通明，伊桑格瑞姆金色的头发出现在窗前，而深色头发的朱莉娅则站在男孩身后。巴利斯塔说过要把马克西姆斯留在他们母子身边，但朱莉娅不同意。朱莉娅认为刺客要刺杀的目标是巴利斯塔，并没企图伤害她和孩子。虽然朱莉娅坚信，她雇佣的那两个前角斗士足以在巴利斯塔离开时保护他们母子的安全，但是对于没能把自己的心腹希伯尼亚贴身护卫留在妻儿身边这件事，还是让巴利斯塔感到很内疚。他朝窗户的方向挥了挥手，灯光下轮廓有些模糊的妻儿也朝他挥手道别。

走在巴利斯塔身后的手下们有些躁动不安，这让他很恼火。在罗马帝国，通常受命率兵出征的将领，配给的士兵人数必须与之地位相当。作为河岸指挥官，巴利斯塔必须有四个簿记官、六个信使、两个传令官，还有两个观察风水的占卜师，尽管他根本不想带这些人。

仅仅是躁动不安也就算了，最让巴利斯塔头疼的是，这帮手下更像是一枚枚不定时炸弹，不知道什么时候就会爆炸。巴利斯塔知道，他们中至少有两个是弗鲁曼塔里伊的人。这些人作为情报官，会详细地记录巴利斯塔的一举一动，最终以报告的形式一层一层地往回传递，有时一天也就能传个百八十米的距离。按照正常流程，报告首先会传到他们的将领西索里努斯或者佩里格林的手里；之后再由他们传给他们的上级，也就是禁卫军长官苏克西阿努斯，最后由禁卫军长官把报告呈给皇帝。队伍里也就那十二个新兵还勉强能够让巴利斯塔感到慰藉，毕竟他们是巴利斯塔亲手从新兵列表里精心挑选出来的。其实他们很不情愿参战，因为上次远征，只有两名士兵是活着回来的。

庇亚门外响起了阵阵的马蹄声，号角吹起。阿奇利乌斯·格拉布里奥作为河岸指挥官的副手，主要掌管骑兵，他带着两队人马出发了。不愧是出身于罗马最古老的贵族世家，阿奇利乌斯·格拉布里奥和他腾跃的坐骑栗色马真可谓是华丽登场。即使在这样一个阴暗的日子里，这个年轻的贵族浑身也充满了珠光宝气。他的士兵们看上去比他略显逊色，但也威风凛凛。虽然没有完全统一着装，但士兵们里面穿着结实坚固的皮衣，外面披盔挂甲，右手举着骑士长矛，骑在同样全副武装的战马上，看上去也真叫气派。士兵们在马蹄声和铠甲的叮当碰撞声中沉默不语。这些骑兵来自持红旗的第一帕提亚重骑兵队和持绿旗的第三帕提亚波斯帕米拉重骑兵队，他们都经过严格的专业训练，是难能可贵的正规军。这些人知道自己的巨大价值，所以他们也希望可以获得跟身价相符的优待。

重骑兵队井然有序地走出庇亚门。当最后一列队伍也走出去时，士兵们例行公事地喊着口号:“时刻准备，听命行事！”不过他们的声音更多透出敷衍和消沉的情绪。也许是因为他们对自己的将领阿奇利乌斯·格拉布里奥服务于野蛮人这件事感到厌恶吧。不过巴利斯塔觉得没必要费脑筋去研究这些剩余成员到底在想什么，他把原来的每队四百人减到现在的三百人，被抽出的一百人组成了一个新的队伍，听令于多瑙河人穆卡波尔。

随着新的出发号声响起，路奇乌斯·多米提乌斯·奥勒良率一队步兵，从庇亚门出发了。跟上一队相比有点儿讽刺的是，奥勒良和他的士兵们一样，身着破旧的铠甲和皮衣，步行前进。步兵队伍打头阵的是第三费利克斯军团。这头衔听上去辉煌气派，但实际上军团里的这一千个士兵是从第三伽利卡军团和第五弗莱维亚·费利克斯军团中抽派过来的。虽然军团是新组成的，但士兵们都是些有经验的老兵，而且当队伍到达幼发拉底河时，还会有一千个第四西徐亚军团的士兵加入，并且这支队伍的核心主力是两千个世界顶级重步兵。这是支令敌人望而却步的罗马军团。

接下来出现的是四支并不是很整齐的轻步兵队，士兵都是弓箭手。这些人不属于罗马正规军，他们当中有的是特赦的武士、有的是雇佣军，还有的是逃亡者和帝国的流放者。其中包括：四百个亚美尼亚人，两百个居住在帐篷里的撒拉逊人，四百个美索不达米亚人和三百个埃托利亚人。他们没个行军的样子，不是无精打采就是大摇大摆。不过他们还是大有用途的，至少埃托利亚人精准的黑毛箭箭法早已闻名于世。他们后面跟着一支新的投石手队伍。巴利斯塔亲自组建了这支数目小的、有点儿可笑的队伍：一百五十个不爱动的阿拉伯人和两百个亚美尼亚志愿者。巴利斯塔任命年轻的多瑙河人桑达瑞欧统率他们。

“时刻准备，听命行事。”

接下来是行李队，由喘着粗气的骡子和恶臭的骆驼组成。巴利斯塔让自己的老部下提图斯·弗拉维乌斯·图皮奥担任宿营长一职，掌管行李队。巴利斯塔看到图皮奥喜庆的脸出现在队伍中，很开心。毕竟尽可能多地在至关重要的位置上安排自己信任的人是很必要的。巴利斯塔第一次看到当时担任百夫长图皮奥时，十分不信任他。接下来，在阿瑞忒城巴利斯塔发现图皮奥擅自挪用资金，尽管图皮奥发誓自己之所以会贪污是因为被人勒索了，可巴利斯塔还是不相信他。为了证明自己的忠诚，他在之后的被包围，还有在绝望逃命的途中都表现不俗，最终赢得了巴利斯塔的信任，并开始赏识他。他总是那么令人安心，每次传来新消息，不论有多糟糕，他都是龇牙一笑露出个滑稽的眼神，似乎任何噩耗在他看来，只不过是一幕幕人类或者命运反复无常的闹剧罢了。

平民搬运工们边嘲笑着行李队边走过来。“那个年轻的贵族吩咐我，让你尝尝这个。”巴利斯塔知道他自己有很多敌人，到底是他们中的哪一个雇了刺客在安条克城后街杀自己呢？是阿奇利乌斯·格拉布里奥，还是马克利亚努斯的两个儿子奎伊图斯和马克利亚努斯二世？韦德里克——博拉尼国王菲列迪根的儿子可能性不大，除非他忘记了罗马人的种族偏见。巴利斯塔这会儿待在军队的中心位置，所以此刻他们想再一次尝试杀他是不太可能了。

刺耳的车轴声把巴利斯塔的思绪拉回现实，行李队的最中间位置居然有五辆车！巴利斯塔已经明令禁止队伍里不许出现带轮子的运输工具，谁胆敢公然违抗他的命令。很明显，这些车被粉刷一新，整洁昂贵，它们的主人肯定是有钱的高官。为了维护军队纪律，巴利斯塔无法忍受阿奇利乌斯·格拉布里奥把自己的命令当成耳旁风，公然违抗。

在长长的行李队经过之后，一脸笨拙木然的穆卡波尔出现在皇家骑兵队队首。“是时候出发了。”巴利斯塔又徘徊了一会儿，他希望自己能记住塔上大窗户里的每一个细节：朱莉娅深色的长发和儿子金色的小卷发。挥手告别时，他看到了伊桑格瑞姆奋力挥着的小手。他掉转了灰马的方向，轻轻地叹了口气，努力地控制着自己的情绪。他骑马穿过庇亚门，朝那座即将去拯救的位于幼发拉底河的色西昔姆城奔去。

在巴利斯塔离开的第二天，安条克城的调查有了进展。

作为治安官，除了搜查刺客，他的其他职责都还蛮有趣的。每逢夜晚，一队健壮士兵得跟随着他，治安官昂首阔步穿过街道，感觉自己活像个英雄，甚至像个神。每次敲开那些熄灭了灯的店铺门的时候，店主们都是边堆出满脸笑容，边重新点灯，有时还会端出热腾腾的好酒给他们，那感觉太棒了。可是负责搜查就不怎样了，连点好处都捞不到。治安总署里一共有十八个治安官，也就他现在还在当班，这都第三天了。

“捞出来。”说起来容易做起来难。尸体被冲到一个开放的地道栅栏上。那个地道是埃珀弗奈厄区街道的排水口。冬雨是从西尔皮乌斯山那面下起的，这就意味着排水口的水又深又急。即使在黑暗中，也能看到回旋水中的尸体的一只手臂砰砰地撞击着金属，仿佛在引起人们的注意。执行官们正忙着用绳子和钩子打捞尸体。目前还不能确定尸体是个男人、女人还是个孩子。治安官把自己蜷缩在毛皮大衣里，仰望天空。现在已经不下雨了，但是灰暗的天好像预示着要下雪。治安官心不在焉地想着，这天待在水里估计比哈得斯还冷。

最终，浑身湿透的执行官们把尸体拉了上来。他们把尸体放在治安官脚下。他本想把目光移开，可又被病态的好奇心驱使着，想一看究竟。神知道他已经看够了尸体。

这是具男尸，只穿着一件被撕破的长袍，腰带、外套和鞋都已经不见了，可能是被水冲走或者被凶手拿走了。

“可以排除失足落水或者是发生了其他意外事故的可能，也可以排除自杀的可能，因为尸体的喉咙被割开了。”治安官很大声地自言自语道。他走近尸体，轻轻碰了下尸体，判断出这具尸体在水里浸泡的时间不是很长，死亡时间不超过一天。

治安官站了起来，松了松自己的背部。这些天老是下雨，他希望他老婆已经吩咐新仆人买来了合适的软膏。他低头看着尸体，这个男人相貌不出众，右手上还有块疤痕，他是这三天内第三个被杀的人。那个野蛮人长官昨天已经出城，而死了的这个男人肯定就是那个在街头带头暗杀他的人。至于之前的两具尸体，很可能是在犹太人区小巷中试图逃跑的走卒。治安官不知道事情接下来会怎样发展，但他仍在思考着。天，下起了雪。

第八章

“赫拉克勒斯[1]毛乎乎的屁股……我们英勇的将军，因为一封信在那儿发呆，跟个害相思病的娘们儿似的……就像迷失在落满大雾的高地里，呸，我们错过了多好的机会……死定了，他妈的我们都死定了。”卡尔加库斯紧接着说道，还是原来的音量，音调突然变得正式了，“盖乌斯·阿奇利乌斯·格拉布里奥恭候您的旨意，他在外面等着您的传唤。”

卡尔加库斯的喀里多尼亚口音在屋里环绕着。从安条克出发后的第十一天，巴利斯塔接管了巴特奈城皇家邮政驿站，作为他的临时指挥部。

“好吧，你他妈的都不说些什么别的吗？”

在公共场合，提及他的主人，卡尔加库斯总是惜字如金。但是这些年来，他似乎逐渐形成了一种古怪的模式，每当他私下和巴利斯塔以及家里亲密的人在一起时，他总会以一种自问自答的方式说话，就好像在喃喃自语，把自己的想法一股脑儿全说出来。他抱怨地咕哝着，如果不是说话声音大，估计他这辈子的听众只有他自己了。

“太感谢了。你把他领进来吧，然后你就可以回去骚扰那些畜生了。”

卡尔加库斯瘦削的脸上蕴藏着一股愠色，他盯着巴利斯塔看了一会

① 大力神，希腊神话中最著名的英雄之一。——译者注

儿，便转过头去答道：“骚扰那些畜生？我天天不分昼夜、不辞辛苦地照顾你，什么时候我才能好好放松一下，骑个马兜风或者上个女人？”卡尔加库斯走了出去，把身后的门关上，还巴利斯塔个清净。巴利斯塔笑了笑，把那封未拆封的信塞进桌上的文件里，放在了他那份重装骑兵队伍的日报下面，除了日报，他还有不少事情要处理。而他想晚点儿读那封信也是因为太期待家里的消息了。

“主人，盖乌斯·阿奇利乌斯·格拉布里奥。”卡尔加库斯来报，语调十分恭敬，哪怕是来自神圣皇室的宫廷大臣也挑不出错。卡尔加库斯鞠了一躬便退下了。巴利斯塔起身，正式迎接了这位年轻的贵族。

“您好，马库斯·克洛迪乌斯·巴利斯塔阁下，伟大的河岸指挥官。”这位贵族官员同样得体地回答着巴利斯塔，并立即致以敬礼。

巴利斯塔回礼。“来点儿酒吗？”尽管巴利斯塔不想喝酒，但他还是给自己倒了一杯，免得端着酒壶尴尬。

“信使告诉我，您想要见我，长官？”

“是的。”巴利斯塔答道。他示意让这个来访的军官坐下，不过阿奇利乌斯·格拉布里奥拒绝了。这个年轻人说他手下的兵正等着他回去。巴利斯塔知道劝服他并不容易，得费些时间。巴利斯塔抿了口酒，打量起眼前这个年轻的贵族。他穿着优雅，以红色和金色为主，胸前的铠甲闪烁着金属的光亮，他的战袍在肩上向下垂着，褶皱的形状刚刚好，显得得体又不杂乱。而他们现在的指挥部是一间驿站，用木头和陶土搭建而成，没有任何修饰。两者一对比，阿奇利乌斯·格拉布里奥打扮得就像为了上台表演一样。

“离开安条克的时候我就说过，不允许车辆随军。”巴利斯塔顿了顿，言语间刻意保持礼节，“我很严肃地说过这件事。军令如山，每个人都应该遵守。我们行军的时间不长，才刚刚开始，困难还在后面。可是，为了照顾运载你私人物品的货车，我们已多次拖延了进度。你也得承认，我们的路不好走，路况意想不到的糟糕，一会儿是丘陵，一会儿是沼泽，沼泽里还四散着石块，简直一塌糊涂。而且，接下来的路也不会好到哪儿去。”阿奇利乌斯·格拉布里奥立正站好，没有回话。巴利斯塔笑了笑，尽管他明白这笑容也不会缓和气氛。“像我们这样，由皇帝亲自委以重任的人，必须树立起榜样，我想，关于这一点你应该不会存有任何异议的。”

“等有了其他方法，我就会把那些货车送回去。”阿奇利乌斯·格拉布里奥还是不买账，“现在，如果没有其他事情，我得先回军营里了。”巴利斯塔点点头，阿奇利乌斯·格拉布里奥敬礼后离开了。

巴利斯塔盯着那个年轻贵族刚刚站着的地方，陷入了沉思。他的弟弟——马库斯·阿奇利乌斯·格拉布里奥也是个讨人厌的家伙，不过他弟弟证明了自己是一个好军官，一个英勇的战士。目前，从他的所作所为来看，这个小伙子只有脾气跟他弟弟一样臭。谁能比盖乌斯·阿奇利乌斯·格拉布里奥更好地诠释“青年贵族”这四个字呢？他可是贵族血统时代最后的成果。

为了不去想这些事，巴利斯塔又给自己倒了一杯酒。他坐了下来，抽出了那封信。他盯着信上的印章看了好一会儿，那是他自己印章的复制品，一个小天使环绕着写着他名字的杠杆，还有一架扭力发射的投石机——一架“巴利斯塔”。

他打开那封信，先快速浏览了一遍，生怕有不好的消息。他读信的时候尽力克制着自己的焦虑，还好，警报解除，悬着的心可以放下来了。不过保险起见，他又逐字逐句地读了一遍。朱莉娅先寒暄了一番，接着告诉他关于刺客的最新消息。那天执勤的一个治安官留了个心眼儿，他没说这个杀人未遂的刺客是被人谋杀的，只是说有个不明身份的男子淹死在水沟里。不出所料，不到两天就有一个抓狂的女人来认尸。这样才了解到，手上有疤的刺客来自安条克的制革工聚居区，姓氏亚历山大，有过案底，不过就是些小打小闹，没犯过大事。经过严格的拷问发现，这个寡妇对于她丈夫所谓的“生意”几乎一无所知，更不用说去找什么幕后黑手了。这个男人有三个孩子，全是女孩。

信里剩下的就是些家常琐事，最后朱莉娅简单地写了一句“我想你了，我爱你”。这种看似轻描淡写、实际情感真挚的表达，正是巴利斯塔爱上她的原因之一。巴利斯塔想象着朱莉娅写这句爱慕之语时的样子，嘴角忍不住地上扬。

信里还有张纸，巴利斯塔捡了起来，是伊桑格瑞姆的画：上面是两条横线，中间是两根竖线，底下有两个轮子。是一架投石机，一架“巴利斯塔”。伊桑格瑞姆歪歪斜斜地签上了自己的名字。这个来自北方的彪形大汉拿起这幅画，温柔地亲吻了一下。

拿着这幅画，端起酒杯，巴利斯塔走到了外面。小院里，蝙蝠在光秃秃的果树之间飞舞狩猎。墙壁四周围绕着一排排柏树，晚风吹过，柏叶飒飒作响。他想起了达佛涅那儿神圣的树林。不知不觉，巴利斯塔眼眶红了。

他们又走了八天。从巴特奈城到希拉波利斯，再到幼发拉底河上的卡齐里安纳村，队伍笔直而准确地前行，穿过这片红褐色的平原。路两旁分布着果园和葡萄酒庄。可惜现在是冬天，叶子早已落光，光秃秃的树干在雨水的飘打下显得黝黑枯槁，葡萄藤散乱一地，瘦弱而干瘪。

一路泥泞，但是跟之前的路况不同，行军途中，很少有泥会溅到步兵的膝盖上，甚至都碰不到骑兵的靴子。阿奇利乌斯·格拉布里奥那五辆推车也几乎不会陷进泥地里。哪怕像德米特里厄斯这样没什么实际经验只知道死读书的家伙，也明白这个高原的自然构造是其排水快的关键。

早晨，他们到达卡齐里安纳村境内。天放晴了，万里无云，队伍也顺利地朝着小镇进发。他们在泥砖混合材质的城墙外围行军，那条路就在悬崖脚下，另一边是宏伟的幼发拉底河。河水在此处分叉，形成了不同的支流，环绕着或大或小的岛屿。在冬日阳光的照耀下，幼发拉底河披上了湛蓝的外衣。

这支小型军队在巴利斯塔的指挥下进入城门。巴利斯塔以身作则，队伍纪律严明，进城的场面颇有气势。一些当地人过来看热闹，热烈地欢呼着。为了配合先前发布的命令，第四西徐亚军团派出了一支一千人的队伍。他们从基地泽乌玛出发，沿河而下，来到卡齐里安纳，在镇上驻扎，等待着与巴利斯塔的军队会合。而让巴利斯塔一行人惊讶的是他们的百夫长。起初，这位百夫长的头盔挡住了德米特里厄斯的视线，他没能认出此人。当巴利斯塔跳下马拥抱对方时，是又惊又喜。两个拥抱的军官显然忘记了自己的头盔，只听见砰的一声，那是金属碰撞发出的声响。两人不禁大笑起来，各退一步，脱下了自己的头盔，又重新拥抱了彼此。

“卡斯特里西乌斯，你个老浑球儿，”巴利斯塔嚷嚷着，“我以为你死在阿瑞忒城了，要么就是被俘虏到波斯当奴隶了。”

这张饱经风霜的脸上露出了挖苦的笑容。“想杀我可没那么容易。”

巴利斯塔笑得更欢了，眼睛都眯成了一条缝。“我他妈的就说嘛，在帝国挖矿都死不了的家伙，到哪儿都不愁！”

德米特里厄斯皱了皱眉，他的基利耶真心不会说话。百夫长卡斯特里西乌斯大人可不希望他的手下或者其他人知道他的黑历史。在参军之前，卡斯特里西乌斯曾因犯重罪被发配去帝国矿区挖煤，过着生不如死的日子。这个希腊小伙子知道，如果自己是卡斯特里西乌斯，他也不希望任何人知道自己这段黑暗的过去，必须绝口不提。当然，德米特里厄斯也不愿意接受自己被奴役的事实，他宁愿假装自己一生下来就是奴隶，要不然他根本活不到今天。

卡斯特里西乌斯只是笑了笑。“就像我跟这帮白痴说的，老天爷就是跟我过不去，说‘就得让这小子累死’。我带着你们转转吧。”

“这样最好了。等都安顿好了，你可得好好跟我说说你怎么逃出来的。晚上我们大吃一顿怎么样？我们得宰头大肥猪，或者是跟那帮基督徒差不多的玩意儿。”

“那帮该死的基督徒，让他们都见鬼去吧。”卡斯特里西乌斯转过头，给巴利斯塔一行人带路。

阅兵进行得很顺利。士兵排列整齐，氛围安静肃穆。一千人的队伍配备了一千只大型盾牌，盾牌呈椭圆状，红色，上面刻着金色的狮子和鹰。雄鹰的头上戴着皇冠，它的双翼象征胜利。上方的横木悬挂着深红色的军旗，印着第四西徐亚军团的团徽。看着他们的团徽，德米特里厄斯心想，古希腊的重装备步兵，或许跟古代陶罐或者浅浮雕上的“装甲”风格不同，但是这个图腾代表的是对马拉松战役、塞莫皮莱战役、普拉提亚战役上英雄精神的继承和弘扬。今天，这些西方人为争取自由再度吹响号角，誓要将来自东方无尽的野蛮人击溃！

接风宴开始得也很顺利。巴特奈城皇家邮政驿站，若是放到卡齐里安纳来看，会显得破旧不堪，不过至少它的主房很暖和。房间一侧的壁炉，火力不够大，只能在屋里其他地方摆些火盆来保持温度，到傍晚时才不至于觉得冷。这儿的餐厅很宽敞。巴利斯塔邀请了手下三个高级将领、步兵、骑兵的长官以及其下属单位的军官来共进晚餐，这其中也包括行李搬运队的“贵族长官”。桌上摆着十三套餐具。原本应该是十四个军官一同用餐的，不过盖乌斯·阿奇利乌斯·格拉布里奥派人过来说自己太忙了，来不了。

首先，宾客们站起来，举杯，喝了点儿开胃酒。大家还是很拘谨，三个骑兵队的军官由于阿奇利乌斯·格拉布里奥的缺席而感到不自在。其实高素质的罗马长官只关心他手下是否有能力带好兵，不会去追究他们是来自哪个民族，什么出身。但是，身为骑兵队的统帅，手下都是各种异族的兵，例如亚美尼亚人、撒拉逊人、埃托利亚人或者阿拉伯人，还是觉得这个场合他仨不该多说话。

大家入席之后，氛围也没有马上缓和下来。开始上菜了，先上桌的是煮鸡蛋配腌鲶鱼和辣味黑布丁。每个人都喝了一杯来自阿斯卡隆的白葡萄酒。这是一种低度酒，口感柔和，很上口。酒过三巡，卡斯特里西乌斯开始聊起了他从阿瑞忒城战败之后逃跑的经历。此时，宴会的气氛才渐入佳境。

头菜用毕，仆人收拾着所剩无几的食物。大家边吃边聊，所有人都为卡斯特里西乌斯的经历惊叹不已。那场史诗般的逃亡伴随着狡黠与顽强：深夜飞来的利箭，士兵与战马的嘶吼，萨珊士兵的大规模进攻。他以为巴利斯塔也倒下了，在一片混乱中他冲向输水管道，运用所掌握的勘查管道的知识，躲进了其中最深的一处管道的尽头。三天，还是四天？他自己也记不清了。他天天只能舔石壁上渗出的水珠，有一天实在饿得受不了了，就从管道里爬了出来，只见一片空荡荡，焚烧木头的烟味夹杂一股猪肉烧焦的煳味，令人作呕。远远望去，在惨白的月光下，那是被洗劫一空的阿瑞忒城。

主菜上桌。冬天几乎没什么蔬菜，可是医生说士兵们必须摄入这些食物以保证健康，所以每个人面前都摆上了一些洋白菜。自然油荤是少不了的，厨子们为他们准备了丰盛的肉食，比如牛肉、猪肉、羊肉，每人还有两块鸵鸟肉。鸵鸟是这些第四西徐亚军团的士兵们在行军的路上捕获的。有一阵人们总说，鸵鸟肉很难吃，它们翅膀上的肉会稍微好点，要想好好享用，只能风干了再吃。桌上还有不少西顿的红酒，酒劲很大。医生鼓励士兵们喝酒，这有助于血液循环。

过了一会儿，巴利斯塔要讲话了，宴席上的喧哗停了下来。巴利斯塔叙述了阿瑞忒城战败的经过，他娓娓道来，不时地停下来跟图皮奥和卡斯特里西乌斯确认细节。在巴利斯塔生动的叙述下，将领们都觉得身临其境，感受着当时的惨烈：黑云压城，大军来袭。萨珊军队攻城技巧娴熟，他们的攻城塔、巨型撞锤、活动坡道，还有挖的地道，都对巴利斯塔他们的反击形成了阻碍。他们对待囚犯惨无人道，很多俘虏不是瞎了就是残了。他们对于武力袭击有着执着的热爱，尽管最终被击退，可是战场上已横尸遍野。沙普尔，这位诸王之王有一种与生俱来的征服欲。他活着的目的就是为了征服世界，就是要让拜火教的圣火燃烧在每一个角落，就是要让所有人向他们的主神马兹达俯首称臣。最后，当巴利斯塔他们历经千辛万苦，阻退了一次次的袭击，本以为总算熬出头了的时候，没想到竟遭到了狄奥多图斯这个基督徒的背叛。

德米特里厄斯宁愿不去想这个事。他毕竟只是个伺候主人的下人，通常来说，主人聊天，奴隶哪能插嘴呢？德米特里厄斯羡慕其他人和巴利斯塔相处时的随和融洽。这不仅仅是因为其他人是自由人而他自己是奴隶。他们俩之间关系比较微妙，算是一种相对轻松的战友关系吧。他想，这大多是因为在军旅生活中积攒下来的情谊，或者，可能是因为两人一起分担过那种危机感。

当德米特里厄斯斟酒时，他不自觉地想起了前几天刚经过的圣城希拉波里斯。截止到现在，行军中他只有这一次休假，他就在那儿度过了两天的闲暇时光。不知不觉地，脑海中浮现出了那些美妙的场景：那是一间爱奥尼亚式的神庙，看上去神圣而美好。走进金色的大门，祭祀使用的熏香有一种特殊的味道，细腻精致，久久萦绕。在神殿里徜徉时，他总觉得女神雕像的眼睛正追随着自己的步伐，而那尊女神的眉毛上镶嵌着火红色宝石，似乎将阴暗一扫而空。他也曾坐在圣湖旁观赏戴着宝石的鱼儿，他觉得只要他唤着这些鱼儿，它们就会朝他游过来。他还遇到了一个叫作卡利斯塔图斯的陌生人，往回走时还穿过了这个陌生人庭院的后花园，在屋里度过了一段闲适的午后时光。

“德米特里厄斯，想什么呢，小家伙。”巴利斯塔打断了他的思绪，“我们的酒杯都空啦。”其他人都笑开了。

“一个个的都喝高了，肯定的。”卡尔加库斯在他耳边嘀咕着，“我们尊敬的巴利斯塔大人喝得多。”

桌上这些军官，杯里有多少就能喝多少，大家也越聊越起劲儿。桑达瑞欧开始讲起一个贵族保民官的故事，大概是说这个年轻人到达沙漠前哨后不久，在检阅时发现了一只骆驼之类的事情……

此时德米特里厄斯又开始神游，回到了圣城希拉波里斯。他回想起一些不太愉快的见闻，他看到了一群加利门徒，这些崇尚阉割的人聚集在一处。德米特里厄斯庆幸他没有撞见那可怕的祭祀仪式：这群异教徒们似乎因女神阿塔伽提斯附身而发狂，他们举起了黑曜石刀，刀刃在冷峻的阳光下闪着寒光，随即手起刀落，当众阉割了自己，亲手夺走自己男人的身份。而更疯狂的是，这些自残的男人们手里拿着自己割下来的阴茎在街上乱跑，直到他们选定把那个血肉模糊的玩意儿扔在哪栋房子里为止。这实在是惨无人道。德米特里厄斯忍不住在想，如果说这些东部的乡下人脑袋里根本没有希腊罗马这种文明的概念，甚至还不如萨珊王朝那些敌人，又怎么能指望他们在战争中对帝国忠诚？

“不，我尊敬的保民官，这个人要用这只骆驼去最近的妓院！”桑达瑞欧的笑话很普通，但是在酒精的作用下全场笑成一片。大家都乐不可支，撒拉逊人的保民官正准备讲一个关于屁股和女杀手的笑话，而这时卡尔加库斯将一个骑兵护卫带进了屋里。这个骑兵对他的长官耳语了些什么，过了好一会儿穆卡波尔才反应过来，转瞬间，他涨得通红的脸阴沉了下来。

“他真是吃了熊心豹子胆了……他妈的……有没有规矩了？每次都他妈的不听话。”穆卡波尔把酒杯狠狠地摔在地上，踉踉跄跄地站了起来，对着巴利斯塔嚷道，“混账东西……我的人是骑兵，不是他妈的会骑马的就可以动我的人！”

“哦哦，哦哦”，巴利斯塔发出了安抚马用的声音，他笑了笑，“怎么了，有话好好说。我都不知道你在说什么。”

“盖乌斯·阿奇利乌斯·格拉布里奥，那个婊子养的，竟然命令我的人离开仓库！我他妈的好心好意安排那些人给他看那些破推车，他却竟然这样对待我的手下，这个狗娘养的！”

巴利斯塔笑容僵住了，脸色瞬间大变。“他真这么干了，好大的胆子！”这个北方佬喝了口酒，其他人不敢说话。尽管酒喝高了，但是大家还是保持清醒的。“卡尔加库斯、德米特里厄斯拿上火把。”巴利斯塔朝着德米特里厄斯笑了笑，尽管那笑意几乎看不出来；在酒精的作用下，巴利斯塔双眼迷离，“酒后要活动活动筋骨！”

德米特里厄斯心情有些沉重，但他还是照做了。希腊的传统是，宴会后，酒醉狂欢的人们要举着火把，在街上游行。然而，这种游行就只会惹麻烦。

巴利斯塔带着大家在夜色中穿行。队伍嘈杂，速度很慢，有些人路都走不稳，踉踉跄跄的。德米特里厄斯心想，他们不用火把烫到彼此就不错了。这伙人突然唱起了一首罗马行军歌，这首歌有些年头了，在恺撒时期就出现了，虽然来自不同的民族，大家竟都会唱：

这个光头娼妇贩子，让我们把他带回家，
罗马人，快把你们的老婆锁起来吧！
你给他的每袋金子，
都会被他那些高卢婊子拿去花。

还没走到仓库，很多好奇的民众，还有士兵都跟过来看热闹。巴利斯塔对士兵们吼着，让他们把门打开。这些士兵刚才还不可思议地盯着这些将领看，现在赶紧跑过去开门。门打开了，只见阿奇利乌斯·格拉布里奥的货车，那抛光的木料隐隐地闪着光。巴利斯塔问其中一个士兵是不是已经卸货了，士兵结结巴巴地说“应该是”。

“兄弟们，把这些车拉出来。”巴利斯塔有条不紊地安排着，“都拉出来，推到市场上，摆整齐了。”

德米特里厄斯能感觉到事情的走向，不会好到哪儿去。这些推车紧紧地排列在市场的空地上，巴利斯塔从游行的队伍中走了出来，让人给送来一些火油。马克西姆斯不知从哪儿钻了出来，巴利斯塔将火把递给他。随后他把油洒在离他最近的推车上，再把油罐子扔进了另一辆车里。罐子里还剩下不少油，顺势都洒了出来，溅在了货车堆里。他给马克西姆斯打了个手势，马克西姆斯会意地将火把递给了他。

“军令如山，违抗者皆如此车。”巴利斯塔抡起火把，狠狠地往推车处扔去，在空气中划过一弧红光，稳稳地落在货车堆里。刹那间，砰的一声，火光四起。人群一片欢呼。大家挥舞着火把，场面好不热闹。不一会儿，浓密的黑烟从火堆里冒了出来，向着澄澈的夜空翻滚、升腾。

德米特里厄斯站在一旁，看着广场上的一幕幕：巴利斯塔和他身边的军官们在火光的映照下格外鲜明，他们大笑着，一个个递着酒壶；盖乌斯·阿奇利乌斯·格拉布里奥站在暗处，他面无表情，就像宏伟建筑的中庭里挂着的半身画像，眼睁睁地看着他的推车被拖走、被烧毁。

德米特里厄斯转过身去找巴利斯塔。这伙人根本没有注意到一旁的阿奇利乌斯·格拉布里奥。巴利斯塔正在为奥勒良说的话哈哈大笑。这场景总让德米特里厄斯想起自己儿时的英雄亚历山大大帝。他英勇无畏，他虚怀若谷，他慷慨仁义。但是，凡事都有两面性。危险的一面，特别是在酒精刺激下的暴力，很少是源于本性。伟大的亚历山大大帝为了照亮巴克特里亚[①]的货物车点燃了自己的推车；他也曾在酒醉的情况下，听信了一个婊子的谗言，亲手烧毁了波斯王在波斯波利斯的宫殿。今天的巴利斯塔不是那个牺牲自己成全大局的伟大将领，而是那个酒后冲动乱烧东西的亚历山大。

德米特里厄斯回头看了一眼盖乌斯·阿奇利乌斯·格拉布里奥。这个年轻的贵族正恶狠狠地盯着巴利斯塔。不管是不是他派的刺客，毫无疑问，他俩的梁子已经结下了。过了一会儿，格拉布里奥什么都没说，自顾自地走了。

这事肯定没什么好结果，德米特里厄斯思忖着，准没有好事。

---

① 中亚古国人。——译者注

第九章

罗马军第一次发现波斯人的踪迹，是在巴利苏河畔。当时那三个波斯人骑着马，正在远处河岸边偷偷地观察着罗马军的行军动向。

这是盖乌斯·阿奇利乌斯·格拉布里奥第一次看到波斯人。哦，神哪，他等待此刻已经多时了。自从上次在卡齐里安纳丢了面子之后，他就一直盼着能会会波斯人。待到兵锋相见之时，让巴利斯塔那个浑蛋好好见识见识像他这样的野蛮人和贵族的差距，让他知道知道在罗马贵族真正的智慧和勇气面前，他是多么的愚蠢、野蛮、残暴。斯巴达那句名言怎么说来着？“手里的剑不够长的话，那就再靠近敌人一点。”

盖乌斯·阿奇利乌斯·格拉布里奥等这一天等得太久了。首先是在卡齐里安纳，那个河岸指挥官跟娘们儿一样大惊小怪地搞了十七天军事训练，没完没了。这些训练和演习在阿奇利乌斯·格拉布里奥看来是毫无意义的。那个北方野蛮杂种貌似对收集船只和在过往行李队里挑牲畜更感兴趣一些，他似乎根本不愿意出征去面对敌人。盖乌斯·阿奇利·格拉布里奥可以清楚地感觉到那些卑鄙的庶民们，甚至是野蛮人在背后笑话他，他们竟敢笑话一堂堂阿奇利·格拉布里奥家族的成员。对此，盖乌斯·阿奇利乌斯·格拉布里奥虽不作声，但暗地里狠狠地训练自己的骑兵队，以备日后出口恶气。

终于，队伍在二月十五日出发了。那天是牧神节。以往的牧神节，在罗马盖乌斯·阿奇利乌斯·格拉布里奥都会和其他家族声名显赫的贵族一起奔跑。[1]他会拿着羊皮鞭，通常是刚从贡品身上剥下来的皮做的，奔跑着穿过街道，抽打沿路的人。可是他现在不在罗马，而在几百里以外的幼发拉底河，等着与敌人交锋，证明自己的英勇。队伍已经出发了，到目前为止还没出现什么特殊情况。

十四天，队伍沿着滚滚流淌的幼发拉底河缓慢地向南行进。之所以行军这般缓慢，都是因为胆小的河岸指挥官下令将队伍调整成荒唐的防守阵型，他好像很怕主动攻击萨珊杂种们。队伍只在上午行军，中午时会停下来挖战壕和建巩固的营地。在戒备森严的绍拉城，仅穿过石桥到幼发拉底河东岸，队伍就花费了两天时间。之后刚赶了两天路，他竟又让队伍在莱昂托波利斯城停了整整三天。而这期间连一个波斯人影儿都没看到。

在距莱昂托波利斯城东南方向不远的地方，有一条河由东流向幼发拉底河，它叫巴利苏河。巴利苏河是个不起眼的河道，甚至在冬天还会干涸。但就在这儿，波斯人首次现身了。

盖乌斯·阿奇利乌斯·格拉布里奥骑马走在队伍的领军位置，因为只有这样才配得上他的身份。他全神贯注地盯着河对岸的三个波斯人。也就不到百步远吧，所以他看得很清楚。那三个波斯人这会儿正很平静地骑在马上注视着罗马队伍的行军动向。他们上穿束腰宽松外衣，衣服上的图案颜色鲜艳，下穿肥大裤子，留着浓密的胡须和长长的头发。其中一个戴着帽子，另两个用衣带系着他们的黑头发。这些波斯人身材苗

---

① 牧神节习俗之一就是年轻贵族们手持羊皮鞭在街道上奔跑。年轻妇女们会聚集在街道两旁，祈望羊皮鞭抽打到她们头上，因为大家相信这样她们更容易生儿育女。——译者注

条，皮肤黝黑，而且正如人们所传说的那样，两条眉毛长得很近，眼神像鬼一样恐怖。

当罗马军距巴利苏河仅剩二十几步远时，波斯人挥鞭离开了。而在那天接下来的时间里，罗马军再也没见到其他波斯人的踪迹。罗马军过河后，在夜间奋力修建防御工事。

第二天黎明，当盖乌斯·阿奇利乌斯·格拉布里奥打头的罗马军走出营地的时候，昨天的那几个波斯人又回来了。也有可能是另一些波斯人，因为他们长得都很像。那两个萨珊杂种一直徘徊着监视罗马军从容不迫地向巴斯利亚城行军。接下来的时间里，总有两个或者三个萨珊人，在弓箭射击不到的距离，要么跟在队伍后，要么在队伍左边监视着罗马军。即使两天后队伍安全到了要塞城巴斯利亚，也还是可以看到萨珊人零星地出现在城外狭长的河岸上或者峭壁上。萨珊人的频繁出现让阿奇利乌斯·格拉布里奥很是恼火。他怎样才能逮住这几个萨珊人呢？逮住之后又该怎么处理他们呢？这几个萨珊人就那么一直远距离地徘徊，无其他行动。这些懦弱的东方人，甚至都不敢靠近队伍，这可颠覆了他们在阿奇利乌斯·格拉布里奥心中凶猛的形象。阿奇利乌斯·格拉布里奥现在很担心这几个萨珊人会仓皇回到波斯，之后他们的部队会不声不响地撤兵，要是那样，他就永远没机会收拾他们、显示他贵族的英勇气概了。

队伍离开巴斯利亚时，天还没亮。阿奇利乌斯·格拉布里奥边伸懒腰边打哈欠，下巴都差点儿脱臼了，因为他太累了。他坐在马鞍上，皮带和木头的咯吱声淹没在骑兵缓慢前进的步伐声中。他实在太累了，都因为那个野蛮人河岸指挥官召集主要人员，在黎明前四小时见了个面。灯光下，巴利斯塔又像往常一样给士兵们下令："保持队形，不得喧哗，任何人未经批准不得掉队离队。”对于其他命令，阿奇利乌斯·格拉布里奥窃笑指挥官们是多么愚昧无知。他难道没看到巴斯利亚南部这条道，右面是幼发拉底，左面是悬崖峭壁，就一条夹缝吗？而很显然，北部就有一条被当地人称作塞米勒米斯的运河，它连着山脉和幼发拉底河，比这条好走多了。南部还被测出来有尘云。野蛮人河岸指挥官非说在北边那条路上，萨珊军队可能设埋伏。阿奇利乌斯·格拉布里奥心想，这可真是一派胡言。就那帮萨珊胆小鬼，怎么会在那个地方设埋伏？这是多么难能可贵的机会啊！塞米勒米斯人的每一条沟、每一堵墙、每一个小丘都是那么完美，这得归功于古代亚述女王的伟大智慧。

掠过芦苇，河水在黎明前的黑暗中，反射出点点星光。鸭子们在水中欢悦而过，拍打出的水花有时会打湿队伍末尾的士兵的衣襟。野蛮人河岸指挥官的队伍向北移动，队里如死一般毫无生气。

“野蛮人”和“河岸指挥官”，这两个词真不该放在一起，简直糟蹋了“河岸指挥官”这个官位。阿奇利乌斯·格拉布里奥觉得听起来就像说“久坐的塞西亚人”或者“善良的婊子”。骑在马上，阿奇利乌斯·格拉布里奥的脑袋里又蹦出几个词：“短头发的高卢人”“素食流浪汉”“可靠的迦太基人”“沉默寡言的希腊人”。突然间，一条深色的线穿过黑暗，打断了阿奇利乌斯·格拉布里奥荒谬的人种冥想。他在马鞍上往前移了移，想一览究竟。左边的悬崖把夜幕下的河滩挡得格外漆黑，给判断距离和高度带来了困难。那条黑线貌似距队伍百步远，有一人多高。它似乎还在移动，或者是摇摆。难道那是一列当地常见的柽柳或杨树，沿着河道在清晨的微风中婀娜摇摆？

可是阿奇利乌斯·格拉布里奥明明记得河道上不会有风啊。那儿还有个大黑点儿在随黑线移动，黑点儿上面好像还有光亮。感觉是马。嗯，对，是马，上面还有个人。不，是个骑兵。天哪，这条黑线是一队萨珊骑兵！

“集合，朝我这里列队集合！”阿奇利乌斯·格拉布里奥用有些沙哑的声音高喊道。霎时间，下属军官传令的喊叫声、盔甲兵器碰撞声和马儿吸鼻喘息声沸天震地。三百个第一帕提亚重骑兵将队伍从五人一排调整为五人一列。

嗖嗖嗖，什么东西朝阿奇利乌斯·格拉布里奥的脸飞过来，有些落在了马的前腿附近，有的落在了别处。是箭！这帮杂种竟然朝这面放箭！浑蛋！

“号角手，吹冲锋号！”阿奇利乌斯·格拉布里奥很高兴，这次自己的声音听起来没那么沙哑，好听多了。

“请等一下，主人。”长官尼格尔骑着马从队伍走到阿奇利乌斯·格拉布里奥身边，耳语道：“河岸指挥官让咱们保持队形，严禁进攻。”他声音清晰坚定，“咱们必须停在这儿，摸清楚形势。派人给指挥官送个口信，他会给咱们下令的。”

咱们？阿奇利乌斯·格拉布里奥有点儿迟疑。没错，他说的是咱们。天哪，是从什么时候开始，一介庶民的长官也敢跟我这样的贵族画等号？而且还要干坐着等那个野蛮人发号施令？怎么可能！随着萨珊军队挑衅的号角声，阿奇利乌斯·格拉布里奥觉得自己浑身的热血都沸腾了。他转过身去，心脏怦怦打鼓般跳个不停。正如贺拉斯的颂诗所说的那样“抓住机会”！

“号角手，吹冲锋号！”阿奇利乌斯·格拉布里奥看到号角手朝尼格尔看去。为唤起他们所有人心中的哈得斯，阿奇利乌斯·格拉布里奥猛踢了一脚坐骑，马嘶鸣着向前奔去。阿奇利乌斯·格拉布里奥能感觉有弓箭从身边飞过去，而身后冲锋号赫然响起。等马的步伐慢了下来，阿奇利乌斯·格拉布里奥回头看去，一切都已进入自己想要的状态。所谓的防守阵势不复存在，士兵们活像土匪一样骑着马呼啸而来。不过没关系，因为士兵现在是听令于他的。一定要抓住今天的良机，从此我的英勇将名扬天下。今天我就要那个让我弟弟去送死的野蛮杂种，还有庶民奥勒良好好见识一下，什么是我们贵族的英勇气概！

“你们准备好战斗了吗？”这个年轻贵族的声音被气势磅礴的马蹄声、武器盔甲的碰撞声吞没，士兵们都情绪高涨。

队伍到达运河前，阿奇利乌斯·格拉布里奥盯着运河看了片刻。令他惊讶的是，自己的坐骑在队伍的磅礴气势下正健步如飞，风驰电掣。要不是马鞍上把自己硌得生疼的鞍角挡着，估计自己这会儿已经被甩了出去。弓腰趴在马背上，阿奇利乌斯·格拉布里奥感到呼吸困难。队伍呼啸着穿过河道，河床平滑柔软，河水也没超过马的跗关节。

对面的河岸近在眼前，阿奇利乌斯·格拉布里奥刚一抬头就与一个满脸胡茬儿的恶汉四目相对。这个波斯人用他们的语言喊了些什么，他的牙齿在黑胡子的映衬下格外洁白，手里萨珊骑兵长刀刀光闪烁。阿奇利乌斯·格拉布里奥想起了自己的剑还没拔出来呢，于是趁着上坡的机会，一手抓住马鞍，另一手把剑拔出了剑鞘。

阿奇利乌斯·格拉布里奥的马在河岸的高处停了下来，大地笼罩在朝阳的红晕之下。那个波斯人已经跑了，所有的波斯人都在跑。离得最近的一个波斯人大概也有二十步之远，由于快速奔跑，他的弓箭袋撞击着马的侧身，一柱尘埃在他背后扬长而起。他们在逃跑，这帮杂种竟然在逃跑！

“追！别让他们跑了！”阿奇利乌斯·格拉布里奥狠狠地踢了一下自己的马，马又飞奔起来。而士兵们紧随其后的奔跑声令他格外安心。“抓住机会。”阿奇利乌斯·格拉布里奥笑得有些狰狞。这一追就追了两个小时，不久太阳就出来了。

这些波斯人都是轻骑兵，他们奋力逃跑，摆脱罗马重骑兵的追赶。由于没穿戴盔甲，这些波斯人浅色的衣服在阳光下有点儿晃眼。阿奇利乌斯·格拉布里奥向右看去，对面的幼发拉底河岸上有些拴住的马和成群的无目的乱转的萨珊士兵。他向后望去，号角手已经找不到了，不过骑兵队的领军旗手紧跟在自己的身后。阿奇利乌斯·格拉布里奥挥手号召士兵们朝对岸冲锋，他不用再回头看，因为他知道他们都会遵命跟随的。

河岸上的波斯人见状扔下手中的镐，切断马的缰绳，跳到马上，拔腿就跑。罗马军很快追上了他们。阿奇利乌斯·格拉布里奥挑了个目标：一个又瘦又高的波斯人，肥大的裤子随着马的奔跑飘动，他正绝望地逃命。当阿奇利乌斯·格拉布里奥已经追上来的时候，这个波斯人四周张望，似乎在寻找伙伴的帮助。阿奇利乌斯·格拉布里奥从马鞍上探出身来，挥起手中的长剑。波斯人举起手臂，尖叫着，眼里充满了恐惧。格拉布里奥一剑下去，正中波斯人的胸部，波斯人栽倒下去，而他的马吓跑了。冲击力扭了下阿奇利乌斯·格拉布里奥的肩膀，长剑差点儿脱手掉下去。

“追！别让他们跑了！”波斯人那匹马快跑远了，阿奇利乌斯·格拉布里奥向前倚在马鞍上，狠狠地鞭策着马继续前进。罗马军召回的号角声打断了阿奇利乌斯·格拉布里奥的思绪。这杂种号角手竟然敢擅自吹召回号？阿奇利乌斯·格拉布里奥先是朝四周看了看，身边的骑兵们都放慢了步伐，马上就要停下来了。他又看了看波斯人的背影，他们已经跑远了，留下的灰尘随南风扑面而来。也许现在收手是最好的选择。阿奇利乌斯·格拉布里奥让马停了下来。

阿奇利乌斯·格拉布里奥一直没注意到自己的马有些跛了，不过现在他注意到了也没什么大不了的，反正在行李队里，他还有十匹优良的备用马。阿奇利乌斯·格拉布里奥满身大汗，波斯人的血顺着长剑往下滴，他心里别提有多高兴了。

跛腿的马一瘸一拐地朝河岸走去，阿奇利乌斯·格拉布里奥在马上数着波斯人的尸体。他们六个浅色的衣服上沾满了鲜血和灰尘，而其中一个是阿奇利乌斯·格拉布里奥干掉的。他也不知道是哪一个，不过无所谓，反正人是他杀死的。

阿奇利乌斯·格拉布里奥看着散乱在河岸的镐、铁锹和一些其他工具有些困惑。他们在挖什么？接着他便明白了这些波斯人的意图：这帮奸诈的胆小鬼，不敢与我们兵强马壮的大罗马军直接对抗，就企图使点儿雕虫小技来对付我们。他们肯定是想挖穿河堤，好淹毁幼发拉底河和峭壁之间的土地。再过几天，他们真没准就成功了。不过我已经让他们尝到了苦头。阿奇利乌斯·格拉布里奥又一次狰狞大笑，他踢了下自己的跛马。“抓住机会。”今天是他出人头地、光宗耀祖之日。他又想起了那句话——手里的剑不够长的话，那就再靠近敌人一点。

第十章

清晨的第一缕阳光，总会给巴利斯塔带来欢愉，可是今天，他却怎么也提不起精神。巴利斯塔骑着灰马，跟侦察兵们一起在距营地一英里左右的地方来回晃悠。面前是一个泛黄的悬崖峭壁，巴利斯塔的视线越过悬崖，仰望着湛蓝色的天空。一只小鹰在峭壁上觅食，肉乎乎的黑色轮廓，在湛蓝色的天幕中像一个小黑点儿。可巴利斯塔对这一切却怎么也提不起兴趣。

盖乌斯·阿奇利乌斯·格拉布里奥就是个蠢货，一个彻底的桀骜不驯、狂妄自大的蠢货！昨天他竟然违抗命令，擅自带着骑兵们冲锋，还把战马搞得筋疲力尽。这一鲁莽行为，不仅很容易中萨珊人设下的圈套，还把整个队伍的行军工事都破坏了，敌人一旦在这个时候进攻，那先锋位置的士兵必将招致灭顶之灾。幸好萨珊人既没设陷阱，也没打算逆袭。这蠢货居然还在那儿为自己的侥幸成功沾沾自喜，他知不知道，他这么一行动，使得我们就无法破坏河堤和冲洗水闸，无法淹毁幼发拉底河和赤壁之间的土地。而如果那样做了的话，就会使敌人的部队行军受阻，那样就会为我们赢得更多的准备时间。真是受不了他手下蠢货们居然还以为这是凯旋！老天啊！

巴利斯塔现在真是怒不可遏，但毕竟阿奇利乌斯·格拉布里奥是贵族，所以违令的事还须谨慎处理，不可贸然行事。昨天的愚蠢进攻，助长了年轻贵族的嚣张气焰，他将那六具波斯人死尸厚颜无耻地说成是大获全胜的战果，甚至这会儿已经开始得意忘形地评论起恺撒大帝的丰功伟绩。跟着他的第一帕提亚重骑兵队的士兵们，也跟他一样鼠目寸光，啧啧称赞。巴利斯塔实在听不下去阿奇利乌斯·格拉布里奥那蠢货趾高气扬的演讲了，走出来透透气。巴利斯塔真想下令让那蠢货夹包滚蛋，但可惜蠢货的骑士指挥官的官职是皇帝钦点的，他实在是无能为力。事情看着真是不妙，蠢货以后肯定会变本加厉地违抗命令，而且他不光愚蠢傲慢，还很可能是豺狼虎豹……到底谁是杀手口中的年轻贵族呢？不过至少从离开安条克城到现在，那贵族再没有尝试着要巴利斯塔的命。

尽管怒气填胸，巴利斯塔努力将注意力从那蠢货转移到眼下的行军道路上。峭壁西面是通往幼发拉底……那一望无际的平原，很便于骑兵行军。不过听好了，是便于萨珊骑兵，不是罗马骑兵。

一声刺耳的出发号，队伍开始拔营了。巴利斯塔在队伍外面，站在敌人的角度观察自己设计的行军队形，显然，四纵列是整个队伍的核心队形。首先是水上，近百艘不同型号的船正在驶向既定位置，中间的五艘单层甲板大帆船，看上去像是守护小船的牧羊犬。令巴利斯塔高兴的是，这五艘大船是由部分第四西徐亚军团有经验的船员操控的，而且大船上还安装了在卡斯提尔逼迫军事指挥官上交的五发弩炮。大战船有很大的可操控性，而上面的弩炮的射程和攻击力可不是人工投掷所能媲美的。那些萨珊骑兵不大可能有这么先进的装备，这使巴利斯塔的队伍更具杀伤力。

其次是陆地，最靠近岸边的是行李队。行李队里有一些扛东西的奴隶，还有大概三百头牲畜：驴、骡子、骆驼和马。里面包括阿奇利乌斯·格拉布里奥的十匹备用马和豪华马车。不过幸好是豪华马车，还可以帮着运输人或者动物，不至于成为一无是处的累赘。上面的车夫不断调整马车方向，尽量保持行军队形。再次看到图皮奥以及那十二个皇家骑兵让巴利斯塔感到很欣慰，骑兵们不但可以帮着图皮奥控制行军队伍，一旦有什么不测，还可以帮忙把损失降到最低。呸，想什么呢，晦气！不会有什么不测的！

河岸指挥官把注意力转回到行军队伍上。跟行李队齐头并进的是八百个排成四列的重骑兵。一眼就看见了蠢货阿奇利乌斯·格拉布里奥。第一帕提亚重骑兵队本来就位置显赫，他还穿着深红色和黄色相间的战袍优雅地领队。紧接着的皇家骑兵队是整个行军队伍的中点。而后面的第三帕提亚波斯帕米拉重骑兵队在行军掀起的暴土扬尘中若隐若现。

重骑兵的另一侧是两千个第四西徐亚军团和第三费利克斯军团的轻步兵，他们四人一行，全副铠甲武装，走在离河岸最远的地方，为里侧的队伍筑成一道坚实的屏障。士兵们奉命在同行每两人间留出两步左右的距离，一旦遇到敌人来袭，这样的队形会方便那四百个亚美尼亚和四百个美索不达米亚弓箭手在队伍里穿梭放箭。副手奥勒良在轻步兵的中心位置指挥行军。

巴利斯塔正在考虑还有纵队之外另外三队行军的士兵。巴利斯塔在整个行军队伍的最前面和最后面安排了两排弓箭手，使整个队伍形成空方阵。站在巴利斯塔的位置看不到他们，不过他知道打头阵的两百个撒拉逊弓箭手人数有点儿少，但收尾的三百个埃托利亚弓箭手要好一些。最后一队人在尘土飞扬中已经看不到了，巴利斯塔命足智多谋的桑达瑞欧带领这三百五十个投石手行走在骑兵和轻步兵之间，随时为方阵出现薄弱的部分增援设防。

靠近河岸的位置和轻步兵都很好，但是重步兵的人数还是不够。要是能再有五百个重步兵，那整个方阵就会坚不可摧了。其实就现在的方阵，要是每个人都能遵守命令，牢牢地守在自己的位置上，也不会轻易被攻破。

其实巴利斯塔最担心的就是士兵们违抗他的命令。有点儿讽刺，巴利斯塔第一次见当时担任百夫长的图皮奥时，他正陷入贪污的泥潭中。

图皮奥发誓自己是因为被勒索才贪污的，麻烦已经解决了，他也保证以后不会再犯。巴利斯塔不知道究竟是谁用什么方式勒索图皮奥，事情的结果究竟如何也无从考证。不过，图皮奥在之后的各种任劳任怨的表现博得了巴利斯塔的赏识，有时候人得相信自己的眼光。轻步兵队，奥勒良虽然性子有点儿急，但也懂得循规蹈矩，所以巴利斯塔根本不担心他会出什么乱子。巴利斯塔盘算来盘算去，就骑兵队最不让人省心，罪魁祸首就是阿奇利乌斯·格拉布里奥那个蠢货。

这个年轻的贵族到底还会惹出多少麻烦？巴利斯塔应该回到他本应在的位置，这样那些骑兵就知道该听命于谁，不至于被格拉布里奥这个蠢货瞎指挥。皇家骑兵队后面是第三帕提亚波斯帕米拉重骑兵队，他们的指挥官阿尔比努斯拥有长期作战的经验又服从命令，再加上离阿奇利乌斯·格拉布里奥又远，所以这队人马大可让人放心。至于前面的第一帕提亚重骑兵队该怎么办？指挥官尼格尔是个服从命令的人，巴利斯塔已经给他下令：如果阿奇利乌斯·格拉布里奥再有什么愚蠢举动，必须阻止他的士兵们跟着那蠢货一起鲁莽行动。可是当真事到临头，士兵们到底会听命于理智的尼格尔，还是魅力十足的贵族呢？神哪，保佑那狂妄自大的贵族别再带着士兵们愚蠢地冲锋了。可如果他又干了蠢事怎么办？到时候巴利斯塔该如何处理？是眼看着那队冲锋的人马被敌人包围吞并，还是冒着让整队人马血流成河的风险营救他们？

马克西姆斯骑马走到巴利斯塔和军队之间，打破了巴利斯塔的思绪。“该走了。”

突然，一队萨珊王朝的侦察兵出现了。他们轻松闲散地慢跑在平原上，人数要比之前多，有四五十人。不时地个别骑兵还会一时兴起调整下马的角度，一会儿朝着河流，一会儿朝着峭壁，一会儿又直直转向巴利斯塔，再不就转向自己的队伍。

在这队侦察兵后面几英里的地方，出现了一柱巨大的回旋尘埃。现在一点儿风都没有，尘埃一柱擎天，径直朝罗马军而来。

“那可能是野驴们。”德米特里厄斯语气里透着企盼，“图皮奥跟我说过，如果一头野驴被狮群袭击，野驴群就会把捕食者团团围住，阻挠捕食者伤害同伴。而它们掀起的巨大尘埃经常被误解成是部队行军所致。”年轻的希腊男孩太渴望安全感了，“图皮奥走过去半天了，他肯定知道这尘埃到底是怎么回事。”

“那可能是野驴们。”巴利斯塔顺口溜出的回应，说明他刚才走神了。

“该走了。”马克西姆斯更大声地提醒了一遍。巴利斯塔就像从梦中被惊醒，突然意识到队伍马上要进入萨珊头兵弓箭的射程范围里了，再不走估计他们就开始放箭了，便慌忙掉转灰马，下令罗马军全速前进直奔安全地带。他们的身后，萨珊王朝的骑兵也正飞燕般迅速地横穿平原，穷追不舍。

几小时后，罗马军的马和士兵们都累了，需要停下来休息一会儿。现在连德米特里厄斯都不得不放弃了那尘埃是野驴所致的念头。

平原上有羊栏，这让萨珊人之前一直隐蔽得很好。现在两军近在咫尺，首先映入眼帘的是他们的军旗，上面画的全是些凶猛的野兽：狮子、狼和熊。而且设计也极为抽象，这块儿是直的，那块儿又是弯曲的，很像杯子的形状。军旗是五颜六色的：红的、黄的、紫的，在阳光下缤纷耀眼。巴利斯塔觉得这些抽象的形状比上面画的野兽更令人困惑。熊吧，无非就是野兽，象征勇猛；可是这些奇怪的设计又有什么含义呢？罗马军里有谁能告诉我它们到底代表着什么？传递着怎样令人恐怖的信息？

萨珊王朝军队正在逼近，两军之间仅剩千步之遥，近到巴利斯塔可以看清波斯士兵。大部队都是赤头，只有个别戴着尖顶的头盔或者圆顶的帽子。只剩不到七百步了，波斯士兵如山似海，横扫平原，声势浩荡。

“大家稳住。”巴利斯塔在打头阵的弓箭手身后边走边说，安抚他们不要慌张。尽管巴利斯塔在发现敌军后已经下令把桑达瑞欧率领的三百五十个投石手也调了过来，但头阵看起来还是异常单薄。虽然让轻步兵打首阵极为冒险，但是巴利斯塔实在不想调其他的兵过来，因为那样会削弱整支队伍的防守工事。“大家稳住。”巴利斯塔又大声喊了一遍，与其说让士兵们不要慌张，不如说巴利斯塔一直在用这句话让自己冷静下来。

只剩不到五百步了。巴利斯塔现在甚至可以看清萨珊骑兵的穿着饰物：衣着色彩斑斓，手中的剑光华夺目。士兵脸上的灰白污点和马上偶尔露出的白色护套也都一目了然。巴利斯塔现在还是为自己布下的阵局是否牢固而踟蹰不决：来者是马上弓箭手，不是让人望而却步的萨珊铁甲骑兵队，人和马并没有披盔戴甲全副武装。所以巴利斯塔的弩炮和头阵的轻步兵应该能抵挡住敌军，而敌军这帮弓箭手应该不至于上来就冲锋陷阵，跟我军的坚甲利兵拼个你死我活。

“守住防线！他们只是马上弓箭手，他们不会靠近我们的。”

巴利斯塔骑马经过阿奇利乌斯·格拉布里奥，来到重骑兵前面，对大家喊道：“大家不要惊慌，敌人是不会冲锋的，我们轻步兵就能对付他们。”也许现在阿奇利乌斯·格拉布里奥脸色很难看，不过巴利斯塔都没正眼看他。

巴利斯塔边朝头阵走去，边给士兵们加油打气。德米特里厄斯不是斜着身子在那儿喃喃自语，就是喊比他等级低的长官的名字。

“别怕，德米特里厄斯，那帮东方佬没种跟咱们对峙。”一个上了年纪头发灰白的投石兵安慰道。

“说的没错，这不过就是些轻步兵，他们拿什么跟咱们的坚甲利兵拼？”巴利斯塔虽然嘴上这么说，但实际上他心里清楚，萨珊王朝的铁甲骑兵肯定也来了，只不过漫天飞舞的尘埃挡住了他们。他们现在肯定手握长矛，满腔仇恨，正伺良机，打算一举把罗马军吞并。他们正在咄咄逼近。

巴利斯塔轻轻踢了下灰马，马便慢跑起来。巴利斯塔的随从们紧跟其身：马克西姆斯、卡尔加库斯、德米特里厄斯、信使巴格斯、号角手，还有十个皇家骑兵队的士兵。白色的军旗呼呼飘扬在上空。开战前巴利斯塔想再嘱咐投石队指挥官桑达瑞欧几句，他站在左侧排头，不过现在估计没那个时间了。

巴利斯塔仍然觉得准备有些欠妥，不过这时桑达瑞欧已经开始发号施令了。号角手吹响了战斗的号角，投石机的吊索开始轰轰转动，石头频频朝敌人砸去。不久，巴利斯塔身后的罗马号角声此起彼伏地响起了。巴利斯塔回头看到埃托利亚人也开始放箭了。地上的弓箭手比马上的弓箭手射得猛，投石手比地上和马上的弓箭手都猛。霎时间，罗马军队锐气益壮，斗志昂扬。再看萨珊王朝的军队，有的士兵从马上被砸下来，有的干脆在尘埃的旋涡中人仰马翻，真是龙战鱼骇，大快人心。不过，罗马军的攻击力还是不够，萨珊军企图冲锋。

风和日丽突然变得天昏地暗，萨珊军的箭雨劈头盖脸直垂而下，受伤的罗马士兵们在痛苦地呻吟咒骂。巴利斯塔感觉有支箭打在自己的斗篷上，还有的射在灰马的盔甲上弹飞了。巴利斯塔下令让头阵士兵后退拿盾牌，有了挡箭牌，伤亡情况有所好转。巴利斯塔正思考着下一步的作战计划，一支箭射了过来，钢制箭头深深地插在椴木盾牌上。他打了个趔趄，顺手拉着马鞍的鞍角，正了正身子。

巴利斯塔没有过多地去理会那支箭，因为他现在已进入他在战争中特有的完全冷静的思考状态。在箭雨中，巴利斯塔目光掠过轻步兵的头顶，望向敌方，努力分析着战势。他两侧的士兵相继倒下，他们都没穿重铠甲。萨珊士兵人多占优势，可由于灰尘和前面的士兵阻碍，又没法判断出确切的数目，马背上的萨珊兵虽然目标很大，便于我方攻击，可是前面的倒下了，后面的还在锲而不舍地往前冲。

巴利斯塔眼看着萨珊王朝的头阵士兵在两军距离不到三十步的地方掉转马头往回跑，一边往回跑，还一边熟练地把他们的弓箭翻过来，放到马屁股的位置，倒着往罗马军这边射箭，这也是他们很有名的“波斯箭法”。接下来的几排士兵也都如法炮制往回跑。虽然还是箭如雨下，但整支队伍都放慢了脚步。

一股混杂的声浪打破了巴利斯塔的思绪，声浪是从罗马军前方靠近中心的位置传来的。巴利斯塔费了很大劲儿才肯相信自己的眼睛。天哪，身着红黄相间战袍的阿奇利乌斯·格拉布里奥居然冲出了头阵，旗手和号角手也紧随其后！而他们身后，第一帕提亚重骑兵们也都快马加鞭，奔涌而出。投石手们见状赶忙给他们让路，有几个动作有点儿慢的不是被撞倒在地，就是撞得原地打转，更惨的是在乱蹄之下被踩成烂泥。就这样，阿奇利乌斯·格拉布里奥带着他的士兵们冲了出去，拼命追赶着萨珊王朝的轻骑兵，他的红黄战袍迎风飘扬，可真是英姿飒爽啊。

“你个蠢货，他们根本就不是在撤退，只是在诱惑我们，他们马上就会掉过头卷土重来的！”巴利斯塔也不确定自己到底有没有大声地喊出来。巴利斯塔回过神来时，发现自己刚才已经下意识踢了下灰马，它正朝着重骑兵往外涌的缺口疾驰而去。巴利斯塔回头看了看，太好了，他的随从们：马克西姆斯、卡尔加库斯、德米特里厄斯，还有其他人一直跟着他。巴利斯塔赶快命号角手吹撤退号，跑在后面的几个骑兵听到号角开始放慢马的脚步。

巴利斯塔亲自骑马朝冲锋的队伍奔去，匆忙中，他的膝盖跟一个穿着铠甲的骑兵的膝盖撞在了一起，不过这时的巴利斯塔顾不上疼痛了。被撞的那个士兵破口大骂来者不长眼睛，结果意识到此人是指挥官时，赶快闭了嘴一边待着去了。巴利斯塔抓住跟前士兵的缰绳，拉住他们的坐骑。这几个士兵的止步迫使他们后面又冲上来的士兵也迅速停了下来。

巴利斯塔在马上直起腰来，看了看周围的情况。他大概拦下了一百个第一帕提亚重骑兵，其余的已经一股脑儿飞奔向敌军了。

“败类，败类，就他妈是败类！”马克西姆斯咒骂道。

巴利斯塔喊骑兵队长过来，德米特里厄斯偷偷提醒巴利斯塔这家伙叫拉皮尔斯。于是，巴利斯塔命令道：“拉皮尔斯，我现在任命你为第一帕提亚重骑兵队临时队长，主管队里剩余的这些重骑兵。我要你命令他们服从命令，站成两排，肩并肩，列成密集队形，守好河岸。除非我亲自下令，否则任何人不准挪动半步。”为了取得巴利斯塔信任，这个指挥官行了军礼后，迅速掉头，立马按巴利斯塔的吩咐发号施令。

再看平原上，冲出去的第一帕提亚重骑兵们距敌军仅剩两百步左右，他们在用自己的命运跟上天打赌。萨珊人当然在罗马军前面跑，但是有些弓箭手已经把箭倒回来侧面背着。萨珊军想把这些罗马军人诱导到他们的地盘，然后把他们团团围住。

巴利斯塔喊信使过来。“告诉穆卡波尔带两百个皇家骑兵队的士兵，一行一百人，每行马和马之间留出大空隙，小跑着到我这儿来。”巴利斯塔说得很快，但吐字清晰。

信使跑去传令了。巴利斯塔又朝平原看去。尽管现在第一帕提亚重骑兵们已经毫无队形，像散落的流星，但大部分士兵还跟着阿奇利乌斯·格拉布里奥猛冲。那些战马们本来就穿着铠甲，又驮着全副武装的重骑兵，现在肯定早已上气不接下气了。跑在队伍后面的骑兵有的放慢了脚步，有的已经开始往回跑了。

身后传来的铠甲武器的叮当声、铮铮的马蹄声，还有指挥官低声的命令声告诉巴利斯塔，他的护卫们，皇家骑兵队已经奉命来了。巴利斯塔没回头，依然注视着平原上的风吹草动。罗马第一帕提亚重骑兵们距大部队有四百步之遥，军旗仍在迎风飘扬，但萨珊士兵们将他们团团围住，迫使他们停了下来。接着被围住的罗马士兵一个接一个倒下了，真是寡不敌众。而领军的阿奇利乌斯·格拉布里奥和一些军队主力们被围得更紧，箭雨从不同方向射向他们。

“不要管那个浑蛋。”巴利斯塔头脑中的另一个自己在说话，“不要管那个浑蛋。那浑蛋都雇人来刺杀你了。让那浑蛋去受死吧，全是他自作自受，罪有应得。”

穆卡波尔毕恭毕敬地站在身后等着执行命令。

“可是，不去管那个浑蛋，就意味着让他旁边的那些士兵也跟着陪葬……”

想到这儿，巴利斯塔回过身来。“穆卡波尔，你率右手边这一百个士兵，我率左手边这一百个，咱们组成两个营救队分头行动，往阿奇利乌斯·格拉布里奥和他的士兵们受袭击的地方跑，把敌人全部引到两侧，这样他们就有机会跑回队伍。当他们返回队伍时，咱们带着各自的人也往回撤，我队跑时你队掩护，你队跑时我队掩护，这样在撤退中总有一队人可以反击敌人。还有什么不明白的吗？”“没有了！”“你们的右侧是河，会好办一些。”想到这儿，巴利斯塔命令桑达瑞欧率投石手投石，掩护营救队左侧。

巴利斯塔划分了队伍，便和穆卡波尔分别率兵朝不同方向到达既定位置，片刻不停地采取行动。

营救队慢慢地往前走，巴利斯塔注视着他带的士兵的动向，因为所有人紧凑在一起是营救成功以及保证自身安全的必要条件。不过巴利斯塔把更多的心思放在眼前的尘埃上了，他真想把这层烟尘幕布扯个粉碎好一览究竟，因为他知道“幕布”的后面，凶狠的萨珊王朝铁甲骑兵正在摩拳擦掌，他们一旦行动，片刻之间敌军的“血盆大口”就会把罗马这点儿士兵嚼个片甲不留。

“我是不是疯了？我竟然干这种刀尖舔血的事，以全军的性命做赌注，去换两百个人，孰轻孰重啊？关键救的还有一个很可能是雇人刺杀我的元凶！我是不是缺心眼儿？”巴利斯塔心里质问着自己。

看到罗马军的另一队重骑兵过来救援，个别萨珊王朝兵假装放过来几箭打打掩护，之后他们自然而然就退了回去。这时巴利斯塔发了个信号让大家停下来，他看到之前跟着阿奇利乌斯·格拉布里奥冲锋的士兵们正挣扎着往大部队方向撤。有的士兵没了马，徒步往回跑，一边逃命一边扔掉沉甸甸的武器和铠甲。但是巴利斯塔没看清，不确定那年轻贵族的身影是否出现在那些士兵中间。

为了防止突然出现不测，巴利斯塔在原地等了一会儿。看到萨珊人即将再次启用箭雨战术，巴利斯塔下令救援队撤退。回去的路上各队按照巴利斯塔之前的吩咐，两队配合着做掩护撤退。巴利斯塔和他的随从们始终走在最后，那是离敌人最近，也是最危险的地方。

还没等所有人都安全撤回来，敌军的箭雨就丝毫不留情面地砸了下来，真是多如牛毛啊！尽管救援队的皇家骑兵们都披盔戴甲，但还是有好多受伤甚至栽下马来。慌乱中一个骑兵的马一头撞到灰马上，巴利斯塔回头责骂，结果发现马上的骑兵已死，只不过被鞍角挡着才没掉下马去。突然两支箭从巴利斯塔脸边嗖嗖刺过，幸好灰马驮着巴利斯塔移动，这才免于箭伤之苦。两支放空的箭在空中旋转乱舞了一番才落地。

巴利斯塔看了看，还有三百步之遥才能归队，这可是举步维艰的三百步啊！巴利斯塔接着向南边的波斯人看去，片刻间，尘云幕布在阳光下撕开了一条裂缝，他终于看清了敌军的情况。果然不出所料，萨珊王朝的重骑兵来了，他们形成的铜墙铁壁这会儿一览无余。

但是罗马军撤退掀起的新的灰尘又把敌军挡住了，巴利斯塔不确定他们离大部队究竟有多远。不过他可以看清他们的铠甲罩衫，所以敌军应该在五百步左右的地方，也可能再近点儿。救援队的撤退被箭雨搅得已经乱成一锅粥了，萨珊王朝的骑兵很可能抢在救援队归队前就到达罗马大军那儿，而罗马大军的头阵群龙无首，没多久就会被萨珊军一举歼灭。

巴利斯塔狂野地示意一个信使来他身边。“以你最快的速度去找轻步兵指挥官奥勒良，传我令，让他立马带着五百个士兵守住大军头阵。把这五百个士兵分成五组，每组之间留出足够的空隙使我们重骑兵可以穿过。当我们穿过去后，他必须已经组织好一道坚不可摧的防线。所有士兵必须佩戴盾牌，做好准备，抵挡住萨珊王朝的重骑兵的任何冲锋。明白了？”信使点头。“好，快去！”

话音刚落，信使便快马加鞭消失在烟云中。巴利斯塔现在的任务是尽量让整个世界都慢下来，慢到可以与蜗牛媲美，因为只有他们拖住敌军，才能给奥勒良他们争取到更多的准备时间。他发了个信号，离敌军最近的这队救援军向他靠拢。敌军现在已经丧心病狂，打红了眼，呼啸着也追赶了过来。他们的箭不计其数地砸下来，在士兵和战马身边嗖嗖盘旋，不给人留半点儿喘息时间。箭有的射在士兵没有铠甲保护的地方，有的干脆刺穿铠甲。呻吟声、喊叫声、人仰马翻的跌倒声交杂在一起此起彼伏。两军你追我赶相持着。

巴利斯塔看了看罗马大军，奥勒良的轻步兵们还没就位，又看了看萨珊王朝军队，除了这帮追兵和尘埃，令人毛骨悚然的重骑兵还未出现。

为了再拖延点儿时间，巴利斯塔又跟刚才一样下令救援军靠拢，之后噩梦再次上演：敌人穷追不舍，箭雨、伤兵、翻倒在地的战马。噩梦中谁都不知道下一个倒下的会不会是自己，但是知道死神随时都会张开双臂。

一支箭嗖的一下扎在巴利斯塔的盾上，箭的羽毛上沾满了血，这时他才注意到盾上已经扎了四支箭。巴利斯塔现在已经神情恍惚了，他强迫自己清醒点儿。最终，他看到了两百步远的地方，奥勒良的军团小跑着到了头阵位置。

巴利斯塔回头看了看萨珊兵，依旧只能看到追兵和尘埃。巴利斯塔发了个信号，前排的皇家骑兵都跟着他走。敌军此时有了变化，虽然还在放箭，但已经没那么密那么近了。巴利斯塔在马鞍上左右观望，还是只能看到追兵和尘埃。他用盾牌又挡了一箭。所有的萨珊追兵不知怎么突然朝东跑去，在河岸边消失了。诧异中，巴利斯塔发现原来是河里的弩炮发挥了作用，赶走了追兵。“天哪，图皮奥这可真是救难解危，雪中送炭啊！等我再见到这小子，可得好好表扬表扬他！”巴利斯塔看了看一百五十步远的罗马军，奥勒良的人还没到既定位置，“这点儿事他本应该可以安排好的啊！看来我得亲自回去主持大局了。”接着巴利斯塔挥手示意号角手和旗手巴格斯到他身边来，他下令救援队全军火速撤退。

让战马从一直慢跑的状态立刻加速有些困难，但是无论是士兵还是战马在死亡面前早已色若死灰、寒毛卓竖了，现在终于有了一线生机，可以逃命了。只见所有皇家骑兵们，无论是穆卡波尔手下的还是巴利斯塔率领的，都快马加鞭，不遗余力地拼了命往回跑。

巴利斯塔回头看，萨珊王朝骑兵们已经撤走了，朝东北部慢跑过去，那正是萨珊核心主力部队的位置。在不到百步远的地方，一道重骑兵组成的铜墙铁壁已映入眼帘。大地在波斯人的铁蹄之下轻轻地颤抖着，他们的战旗是用长矛挑着高高挂起的，上面镶着的黄的、紫的、红的飘带，在天空中翩翩起舞。

巴利斯塔骑着灰马奋力往回赶，心里盘算着：对萨珊王朝的重骑兵来说，保持坚固的防线是他们现在的首要任务，他们不会像我军这样疾驰赶路，所以罗马军现在是安全的。

正在灰马巧妙地绕过一些荆棘的时候，巴利斯塔察觉到自己周围的某个方向突然传来了呜咽声。原来是德米特里厄斯。他不是个骑士，所以骑马一直不是他的强项。这会儿他正半趴在马背上，死死地抓住马脖子，一会儿这儿被扎一下，一会儿那儿又被刮一下。这个希腊男孩还是没控制住马，滚到了地上，巴利斯塔赶紧上前一把抓住男孩的缰绳，把马又拉了回来。德米特里厄斯边徒步跑，边嘴里嘀咕着什么。他回头看了看正在前进的萨珊王朝的重骑兵，便着急地往自己的马上跳，结果没跳准又滚到了地上。

“时间还多着呢，别着急。”巴利斯塔安慰道，之后朝身后的不毛之地看了过去。这些萨珊重骑兵头戴钢盔，脸上蒙着铠甲面纱，就露了两只眼睛，怎么看怎么像鬼。

德米特里厄斯又试了一下，还是爬上了一半又滑了下去。“再来。”巴利斯塔鼓励道。现在萨珊王朝的重骑兵已经离得很近了，巴利斯塔看着其中一个钢盔，倒吸了一口冷气。它是那么坚实，透着一种冷冰冰的美。这让巴利斯塔想到了安条克城那个戴面具的年轻贵族。那才是一个人，现在是一整队的人都想要他的命。

一阵尘埃扬起，马克西姆斯停了下来，轻快地从马上跳了下来。马克西姆斯抓着德米特里厄斯的缰绳和皮带，将这个希腊男孩抱上马。转眼间马克西姆斯又回到了自己的马上，同巴利斯塔和希腊男孩一起往队伍里赶。

最终他们回归到大部队，穿过罗马头阵轻步兵队伍中留的缝隙，停了下来。紧接着第四西徐亚军团的士兵们将缝隙用红色盾牌合并住，并配以长矛加固，形成一道钢铁长城。没有哪个冲锋的队伍可以突破这道防线，罗马军现在是安全了。

第十一章

是夜，月光皎洁。马克西姆斯从帐篷的影子里走出来。在这种环境，跟踪一个人是很难被发现的，尤其在军营，一排排帐篷，一队队战马，一摞摞饲料，不管什么时候都有士兵出没，有的还喝高了。被跟踪的人，很难察觉到。

军队现已驻扎在幼发拉底河附近。三艘运输船停泊在水深处。浪拍打着船，船与船之间相互碰撞，发出沉闷的声响。马克西姆斯听见正前方的栅栏处有什么动静，原来是哨兵在喊口令："纪律！"对方答道："光荣！"他停住片刻，随即朝着声音的方向走过去。"纪律！""光荣！"此时，马克西姆斯站在兵营外。

兵营外，一切都不一样。安静而空荡。银白色的月光平铺在美索不达米亚平原上。两至三英里外，波斯人的营火闪烁不定。马克西姆斯右边是河道，夜晚漆黑一片，借着月光，隐约可见流动的河水，看上去如丝绸般细腻。沿着河岸的灌木丛被砍掉了不少，在距离栅栏五十步远的地方形成了一片空地。空地前面是一片小树林，白杨和芦苇沿着河岸线往远处延伸。明亮的月光让树的影子越发阴暗。

马克西姆斯放轻脚步，轻轻地朝树林里走去。他在树影里停了一会儿，让眼睛适应这里的黑暗。他屏息聆听。一开始非常安静，不久便传来了夜晚中常有的嘈杂声，还有林中的小动物或奔跑或低吼的声音。他不受打扰，仔细观察着对方留下的痕迹，向树林深处一步步走去。没过多久，他就发现对方正坐在岸边，背部倚着树干，一动不动。马克西姆斯缓慢地移动着脚步，蹑手蹑脚地调整位置，让自己处在此人和萨珊王朝的兵营之间。

“别在那儿跳来跳去的，过来坐着。”巴利斯塔说道。

马克西姆斯轻轻地跳了出来，小心翼翼地环顾四周，便坐在巴利斯塔身边。他觉得自己倍儿傻。

两人沉默了一会儿，看着河水向远方流去，听着芦苇在风中的耳语。

“我在想，是什么烦心事让大名鼎鼎的河岸指挥官在深夜独自一人出来散步？”马克西姆斯一直望着河流，“我猜，八九不离十是皇帝盖乌斯·尤利乌斯·维鲁斯·马克西米努斯·色雷克斯，那个孤魂野鬼又深夜造访了。”

对于马克西姆斯而言，巴利斯塔既是他的主人也是他的朋友。此时马克西姆斯转过头，朝巴利斯塔看去。而巴利斯塔下意识地停下原本的动作，环顾四周，确认是否有人偷听。除了巴利斯塔本人，只有三个人知道这位河岸指挥官大人经常被噩梦困扰：他的妻子朱莉娅、他的仆人卡尔加库斯以及马克西姆斯。巴利斯塔时不时地就会梦到这位俗称“色雷斯的马克西米努斯”的皇帝，很多年前，十六岁的巴利斯塔亲手杀了他，尽管身为军人，他已立下重誓，要用生命保护这位皇帝。

“还真不是这个原因，感谢上苍，在阿瑞忒城沦陷之后我再没梦见过他。”

他俩又陷入了沉默。马克西姆斯很清楚，他的这位朋友想起了多年前的那个夏天，在阿奎莱亚的城墙前，反叛者们冲向已经死去的皇帝，践踏羞辱着他的尸体，拒绝让他入土为安，要让马克西米努斯·色雷克斯的恶灵在凡间遭受永恒的劫难，而这也给了他机会，让他能够在人世间折磨着杀死他的凶手。

这个希伯尼安人没有说什么，只是在腰间的口袋中拿出了一片风干的牛肉，递了过去。巴利斯塔嚼了起来。

“昨天，其实也不是很糟糕。”马克西姆斯没得到回应，不过他还是选择继续说下去，“确实，格拉布里奥手下的兵死了五十个，你的重骑兵守卫为了去救那个二百五，也死了将近五十人。不过，世事难料，如果不这样，事情也可能会变得更糟糕。还好尼格尔的伤不重。如果第一支箭没射中第一帕提亚重骑兵指挥官的手臂，你手下那个无知的贵族也不可能犯傻。”他又递给了巴利斯塔几块牛肉干，笑着说道，“让士兵不去骑自己备用的马，改去骑骑兵的马，而那些骑兵才刚从马上下来，这个命令，想想也不是没有道理嘛！完全可以理解！”

“嗯。”巴利斯塔咕哝着。

“今天咱们那个傻瓜贵族表现不错。一整天，萨珊那些臭虫们都在我们营地附近跑来跑去，跟发疯了似的，放了好几箭，放完冷箭立马开溜，不过我们帅气的青年贵族可什么动静都没有。”

“你觉得是他雇的杀手吗？”巴利斯塔说。

“啊！我不太相信。我觉得更有可能是马克利亚努斯那两个儿子，甚至可能是博拉尼人，他们挺看得起你。”其实，巴利斯塔觉得阿奇利乌斯·格拉布里奥的可能性比较大。不过，正如其他军官所想，当一个强壮的北方佬和一个罗马贵族矛盾激化，谁知道会发生什么事？

他俩又沉默了一会儿。河边，泥土的气息夹杂着枯败芦苇的味道格外浓烈。

最后还是马克西姆斯先开了口：“对了，那封信。你肯定一直在想信里的事情。”今天下午早些时候，士兵们正要开始搭建营地，一艘小型的通信船从泽乌玛驶来。船里肯定没有马克西姆斯的信，因为他的朋友或家人中，找出个会写字的人可不是那么简单的事情。可这个希伯尼安人把巴利斯塔的两捆信带了回来，一捆上的印章上是紫色的雄鹰，紫色是皇家专用的颜色；另一捆上则是小天使环绕着一架投石机。

“不是。”巴利斯塔回答着。马克西姆斯信誓旦旦地说：“我无意违抗瓦勒良奥古斯都、教皇庇护、教皇费利克斯以及最高祭司的指示，他们命令军队里的所有人供奉自然神，对此我表示接受。”巴利斯塔抬起一只手，打断了马克西姆斯，说：“当然，我知道这是针对基督徒的。如果有人拒绝信仰自然神，就会被放逐到帝国内一些鸟不拉屎的地方；如果在那儿他们还死不悔改，依旧聚众集会或者去他们叫作坟地的地方，就会被处以绞刑。现在除了那些信仰钉在十字架上的‘上帝’的家伙们，谁还会把茔冢叫作坟地？”

“我不是那个意思，我……”马克西姆斯再次被巴利斯塔打断。

“我在想队伍里是不是有不少基督徒。他们的那些宗教玩意儿我不懂，但我知道打仗可不是他们的最爱。命令里要求士兵们每天早上得对着旗子做礼拜，还要敬献正式的祭品，比如说献给女主神朱诺一头母牛、献给神圣的哈德良一头公牛，这些破玩意儿。我觉得那些态度强硬的基督徒肯定不会去干这些事，因为他们崇尚和平，他们的上帝教导他们不要杀生。”

“他妈的，开什么玩笑！”

“真的。在安条克一条叫下巴骨的街上，我听到一个基督徒在长篇大论，一堆人围在他身边，跟苍蝇见着肉似的。那哥们儿说什么汝等切勿杀戮。”

“汝等切勿杀戮？放狗屁。这种宗教也他妈的能流行！”马克西姆斯听到巴利斯塔开口了，还是挺高兴的，尽管巴利斯塔这么做好像有点儿嫌他烦的意思。

“说是这么说，但在跟萨珊那群臭虫玩完之前，我不会下达这个命令。谁知道呢，万一真这么干了，有些偷偷信仰基督教的士兵可能突然想起来他们的教义。你注意看过那些要把自己奉献给神灵的人吗？他们的原则难道不是忽来忽去的？那些该死的罗马人呢？他们的神可是‘自然’神。”

“话说回来，他们难道不是更接近咱们年轻时信仰的神吗？战场上的血腥恐怖可比钉在十字架上的罪犯来得真切。”马克西姆斯说道。

“诸神之父沃登可是让自己吊在树上，被整整折磨了九天。”

“其实吧，我想说的是另一封信，你老婆写给你的信。”

巴利斯塔咧开嘴笑了，在昏暗中他的白牙倒是很醒目，不过他什么都没说。

“家里都好吧？小家伙怎么样？”

“伊桑格瑞姆挺好的。”

“女主人呢？”

“她也挺好的。”

“老天爷啊，哥们儿，你就不怕你辛辛苦苦种的白菜让猪拱了？”

巴利斯塔笑了一下。“这个比喻挺贴切。不过，我没想这个。”

这两人又安静地坐了一会儿，不过氛围变得轻松了很多。

不多见，这次巴利斯塔先打开了话匣子。“其实真没什么。我就是想他们了，想到时候跟她们母子在哪儿团聚，是在西西里岛的别墅？还是在我的老家？”

“我真搞不懂你。你在那么漂亮的西西里岛有一栋豪宅，气候好、环境好，结果你竟然想回老家，住在北方阴暗的树林里，还是泥巴搭起来的茅屋。”马克西姆斯摇了摇头，觉得这哥们儿实在是矫情，“这个世界上那么多娘们儿，啥样都有，几乎都愿意跟你睡，有的还恨不得求着你。就算有些不解风情，给她们点好处也就摆平了。可你，却守着一个不放。”

马克西姆斯不知从哪里拿出来个酒壶，他喝了点儿，便递给巴利斯塔。

“这样憋着，不符合规矩，还伤身。不过也可能会过得更好！”

巴利斯塔喝着酒，打了个嗝，发出了怀疑的音调。

马克西姆斯解释道：“我有啥啊？除了天天打仗，就这两件事：每晚喝酒，第二天早上醒来就跟死过一次似的；女人嘛，一刻钟也就完事了。”

巴利斯塔乐了。“才一刻钟？”

“我也有发挥好的时候。”

两人哈哈大笑。巴利斯塔把酒壶递回去，决定回去睡会儿。两人起身，在圆月的陪伴下往营地走。

从营地出发，军队迂回前进。巴利斯塔早就感觉到这天会很热。事到如今，他必须做决定了。他来到这里的目的，就是发起战斗，打败萨珊王朝的军队，将他们彻底赶出色西昔姆。今天，不出意外，巴利斯塔就将抵达目的地。一进城，那些萨珊军就会撤退，但是这远远不够，因为他知道他们的军队前脚刚踏出色西昔姆城，后脚萨珊那群臭虫就会再回来，包围这座城池。他必须在战场上击败这群东方佬。然而，他们毕竟是一群以步兵为主的军队，让敌人这支铁骑之军参战颇有难度，他必须把敌方引到对自己有利的位置。现在看来，这个位置只能是色西昔姆的护城墙外围。色西昔姆这座城池屹立于幼发拉底河和查波拉斯河交口的岬角之上。幼发拉底河自西北向东南流，而查波拉斯河从其东北方汇入。后方的幼发拉底河以及右侧的色西昔姆城池外围的空地，在查波拉斯河河岸上形成一个狭窄的三角地带，这个绝佳的地势就是巴利斯塔歼灭萨珊王朝骑兵的唯一机会。

时机和纪律决定战争的成败。出击得太早，所有的萨珊兵都会开溜，往东北方逃窜。如果巴利斯塔手下的兵单独行动，大多数萨珊兵则会见缝插针，在他手下不同单位军队的空隙中游走。只能在色西昔姆护城墙外围发动总攻，别无他法。

这是巴利斯塔能想出来的最佳方式，不过他也尚未构想出一个完整可行的实施方案。而且前提之一就是他手下的所有兵必须一起到达色西昔姆。路上不能有掉队的，不能发起任何不成熟的进攻，这些情况一旦发生，他的计划便会夭折。无奈的是，行军的队伍窄得让人无语。自从上次差点儿出事之后，阿奇利乌斯·格拉布里奥命令第四西徐亚军团的五百名士兵保护他自己和他的队伍，结果只剩下一千名第三费利克斯军团的士兵保护左翼部队。雪上加霜的是，伤亡人数逐渐增长，行军队伍越缩越小。

今天是三月十五日，罗马历将其标记为三月正中间的日子。明明是春天，这儿怎么能热成这样？巴利斯塔望着天空：广袤的平原上一丝风也没有，但是在天上，很高很远的地方，云朵在往北边飘动。他就这么眼睁睁地看着这些云彩步步撤退，心里不住地想着：要是有大片大片的乌云该多好，这样就会下雨。那么今天，一切都将变得不一样，不期而至的瓢泼大雨会将波斯人的弓弦淋湿，无法射箭，那样他们就会放弃游击战术，不得不选择与我军短兵相接、贴身肉搏。巴利斯塔向他的神明祈祷：“众神之父，伟大的灰胡子，魔杖持有者，欲望之主啊，赐予我们甘霖吧！”尽管是沃登的子民，这位主神似乎并没有注意到巴利斯塔的祈祷。雨云朝北边隐去，云朵身后的天空蔚蓝得不像话。巴利斯塔自嘲地耸耸肩。指望一个天生战争狂、一无聊就发动战争的神灵保佑，脑子怕是进水了吧？

一连串的鼓声将巴利斯塔的思绪拉回现场。萨珊人自信满满。昨夜，他们的营地第一次驻扎在距罗马军营地不到一英里的位置。今早，他们继续缩短了与罗马军的距离。今儿一大早，当露水还没风干、沙尘还没聚集之时，敌军就从南边赶过来，行军的速度好比凯旋的队伍。重装骑兵从营地出发，向东方进军。在炎炎烈日之下，骑兵们手中的矛尖闪着寒光，军旗反射着阳光，在沙漠里形成了一道独特的风景线。巴利斯塔望向这支队伍，思忖着：至少有两千名重装骑兵。在他们前行的过程中，轻甲弓骑兵时而突然出现，时而转着圈子观察周边情况。这无疑增加了判断对手军力的难度。巴利斯塔估计这种弓骑兵的数量在五千到一万之间，甚至可能更多。这么算来，这是一支拥有七千到一万二骑兵的队伍，人数可能还远远不止这些。他想着，罗马军胜算不大。今天，就是今天，必须设法把萨珊军引到选定的地点，必须给他们点儿颜色看看，让恐慌笼罩着敌人的队伍！

目前，神灵们好像也没给萨珊军压力，他们还是那副自信满满的架势。敌军的弓骑兵还是时不时地来跟罗马军打打招呼。他们从各个方向冲过来，似乎能把罗马军队给围住，不过至少罗马军西面是安全的，有河流的庇护。在距离弓箭射程不远的地方，萨珊人骑着马绕着圈子，奚落着士兵们，大声地挑衅着罗马军。见罗马军没什么动静，萨珊兵喊累了，便掉转马头，消失在视野里，回到他们那支气焰正旺的骑兵队伍里。

这群东方佬打着鼓、吹着号、敲着钹，马嘶人沸，好不热闹。此情此景，巴利斯塔的脑海里不知不觉地浮现出荷马的诗句。

特洛伊人挟着喧闹走来，喊声震天，恰似一群野生的鸿雁，
疾飞的鹳鹤，发出冲天的喧喊。

依照巴利斯塔的吩咐，罗马军前行中没发出任何动静。巴利斯塔深

谙声势在战争中的作用，但是在这么炎热的地方作战，傻子才会让自己的兵这样消耗体力。其实，就算叫得再响，气场再浩大，只要武器一登场，瞬间秒杀。况且，现在敌众我寡，更没必要把精力浪费在这上面。而且有的时候，一种安排好的沉默也会起到动摇敌军、瓦解军心的作用。

亚加亚的军队，
却在静静地行进，吞吐着腾腾的杀气，
人人狠了心肠，决心与伙伴互为帮援。

巴利斯塔嘴唇都干裂了。他拿起挂在马鞍上的水壶，打开壶塞，先喝点儿水漱了漱口，把水吐出去之后一顿猛灌。他把水壶放回原处，下意识地将系于腰间右侧的匕首拔出一半，再迅速推回去，又将左侧的剑拔出一半，猛地推回剑鞘，最后抚摸系在剑鞘上的健康石。这是巴利斯塔在战斗前的习惯性动作。

上午，空气似乎停止了流动，而尘土越扬越高，直直地向上空飘去，挡住了萨珊军重装骑兵的踪影。但是萨珊军就在那儿，就在距罗马军不远的地方，耐心地等待着，伺机而动。只要罗马队伍一乱，只要行军中有人掉队，只要决策失误，萨珊军的机会就来了。此时，波斯轻骑兵的动静竟越来越吵，越来越大。

“士兵们，稳住，他们要过来了。”

一声嘹亮高亢的号叫声在波斯队伍里回荡。老天爷啊，他们的喊声听上去如此胸有成竹。敌军的弓骑兵行动一致，掉转马头回到了自己的队伍。他们的速度很快，急忙穿过罗马军投石机和弓箭手射程范围内的“狩猎场”。巴利斯塔听到自己的队伍里传出军号声。士兵们拉满弓弦，在投石机上放好石块，时刻准备战斗。萨珊军方面，部分士兵后撤，不过大多数正全速行进。一百步开外的位置，两军交火。这群东方佬的利箭直逼罗马队伍，高速飞行的箭嗖嗖作响，不绝于耳。箭头锋利，砰砰地插进干燥的土地里，铿锵有力地撞在木盾上，叮叮咚咚地擦过金属盔甲；随处都能听到利刃刺入血肉之躯的残忍声响。士兵们绝望地尖叫着。一支箭朝巴利斯塔飞来，他猛地躲开，那支箭贴着他的脸飞了过去。两军距离二十步左右时，转身离开，走之前还不忘补几箭。

没多久，萨珊军就逃离了罗马军的射程范围。他们死了一些人，身体因痛苦而扭曲着倒在地上，深红的血液浸透了浅色的衣衫，渐渐渗入泥土中。巴利斯塔看到一匹马挣扎着站起来，它的前腿断了，一瘸一拐地跟在波斯军的后面。他回过头观察着自己的队伍。还好，情况不错，队伍没乱，轻步兵在收集着弓箭，雇佣兵将伤员送进后勤部队，不幸战死的士兵只能倒在原地。如果运气好，牺牲的士兵的战友会将一枚硬币放进他的嘴里，合上他的眼睛，为他撒上一抔黄土。谁都希望能有个体面的葬礼，但是在这种情况下，这样就已经很不错了。

这时萨珊军又开始吵起来，吹嘘自己是多么厉害，嘲笑罗马军是多么懦弱。今天的第一轮考验结束了。不过留给他们喘息的时间并不长。半小时之内，那群兔崽子又将卷土重来。巴利斯塔思量着，像这样的袭击，他手下的兵还能撑住几回，今天是三月十五日，三月的中点。算上阿奇利乌斯·格拉布里奥几乎毁了一切的那天，已经过去六天了。整整六天，在炎炎烈日下行军；整整六天，一波又一波的袭击；整整六天，死神一直笼罩着巴利斯塔的队伍。

正如巨浪击打涛声震响的海滩，
西风卷起峰尖，一浪接着一浪地冲刷。

水波拱卷，对着突兀的岩壁击撞，

迸射出四溅的浪花……

（达奈人的士兵）一队接着一队，蜂拥而至，开赴战场……

“又来了！”马克西姆斯吼道。

马蹄声如雷滚，波斯轻骑兵全速冲刺，如波涛般汹涌而来。太阳在空中的位置还是很低。巴利斯塔想着：天啊，天刚刚亮了一个小时而已。利箭又一次落雨般向罗马军飞来，发出的声响再一次在罗马队伍里回荡。巴利斯塔反应灵敏，迅速用盾牌挡住了一支箭。箭速太快，与盾牌产生了强烈的撞击，他的胳膊都跟着震颤。他环顾四周，看到一支箭击中了马克西姆斯的头盔，他想再看看卡尔加库斯和德米特里厄斯的情况，发现希腊男孩脸上的表情极度惊慌。就在巴利斯塔想对他笑一笑，给他点儿安慰时，阿尔比努斯突然骑到巴利斯塔的前方。

“大人，您最好在队伍前面引领大家。”

巴利斯塔点点头，示意亲信随从跟着他走。当他们骑着马，边躲着箭边赶到步兵和骑兵之间时，巴利斯塔不住地疑惑：为什么一个第三帕提亚波斯帕米拉重骑兵队的军官会亲自过来找他？在这种情况下，队伍后面的压力比前面的要大很多，这也是为什么巴利斯塔每天都会在两个营地间互换相应的队伍的原因。不过，不管在哪个位置，阿尔比努斯的表现都很镇定，展现出了将领的才华。巴利斯塔对此非常满意。

当到达前线时，巴利斯塔用盾牌护住自己，瞥了几眼后面的情况。还是飞速的箭、波斯的兵、扬起的尘。他似乎发现了什么，回过头又看了一眼：萨珊兵站在地上，拉开弓弦，备好投石机。

“妈的，步兵。”

巴利斯塔听见身后德米特里厄斯问马克西姆斯：“为什么对方步兵出

现，我们会如此紧张？”

“这意味着这帮小浑蛋带来的人比咱预想的还多。”这个希伯尼安人的声音里有些悲观的腔调，“他妈的，不光是一支骑兵队伍，这群浑蛋把该带的都带来了。”

巴利斯塔心里很清楚，必须将这场战斗扼杀在摇篮里，不能再思前想后了，必须马上行动。他在心里默念了好几遍。尽管那些利箭依旧在耳边肆虐，他还是果敢地放下盾牌，踩着马鞍站了起来，对他身边的士兵们呼喊：“一群没骑马的臭虫，就吓倒咱了？他妈的。这帮家伙就是一群孬种，跟咱干就是废渣，穿得松松垮垮的，能逃跑吗？他们就是来色西昔姆找死的。兄弟们，记好了，这帮小浑蛋皮袋里都藏着钱呢，他们就是一群跑都跑不动的傻瓜。”

前线的士兵们一阵欢呼。

波斯骑兵返回大部队了，箭也越来越少。在德米特里厄斯低调的提示下，巴利斯塔一个接一个地喊着冲锋士兵的名字。步兵们的腿上都是灰尘，就像刚从打谷场里出来似的。

队尾飘扬着第一帕提亚重骑兵队鲜红的军旗，阿奇利乌斯·格拉布里奥和尼格尔骑着马在下面行进着。这位贵族的脸颊上有一道伤口，看上去很恶心。他们互相敬了个军礼。

“我们谨遵军令，时刻准备战斗。不过下一次，你必须让我带着我的人冲锋。只要一个小小的进攻，我就能把那帮浑蛋赶走。”阿奇利乌斯·格拉布里奥一口气说完了。

“不行，在到达色西昔姆之前，必须保持队形。”

没想到尼格尔也站在格拉布里奥一边，说：“他是对的，用不了多少人，这群步兵得走着回去，还得护着自己的小命。我的队伍死了太多人和马，我们的战斗力都快消失殆尽了，不能再这样下去了。”

“不行，我明白这对你们来说很难，但是离色西昔姆已经不远了。到那儿后我们将作为团队发起进攻。如果太早交火，行动不一致，我们就要承担更大的风险，甚至输掉战斗。”巴利斯塔转过头盯着格拉布里奥，“我知道你很憋屈，但是要不了多久了。”随即，巴利斯塔直起身子，对着士兵们喊道:“这帮臭虫，没有马他们什么都不是。就只会远距离作战。离色西昔姆不远了，等到了那儿，想怎么杀就怎么杀！”他顿了顿，士兵们似乎应和地欢呼了一下，“记好了：他们跟克罗伊斯一样阔绰。大家也都知道，他们会把金子藏在皮袋里，藏在衣服里，还会塞在屁眼儿里。今天晚上，咱绝不会空手而归！”这次欢呼声明显响亮得多了。

巴利斯塔掉转马头。他直直地看着格拉布里奥，然后又看着尼格尔，“听我的命令，六声军号响，你们就可以自由行动了。在到达色西昔姆之前，守着队伍，不要轻举妄动。”

巴利斯塔一行和骑兵护卫队还没走到骑兵队中央，波斯人又发起了一次袭击。这次规模又变大了，扬起的尘土基本挡住了罗马军的视线。骑兵们还没反应过来，利箭已飞速袭来。惨痛的声响又一次在空中萦绕。

激战中，图皮奥朝着巴利斯塔骑马过来。他举手敬礼，只见其手腕上的金镯子闪闪发光。那个镯子是他最骄傲的战利品。想当年，他果敢地骑到阿瑞忒城外的波斯营地，在沙普尔的床上拿到了这只金镯子。

巴利斯塔和图皮奥在马上倾着身子，拥抱了彼此。

“后勤队怎么样？”

“没你这里吵，”图皮奥答道，“不过也好不到哪儿去。幼发拉底河这一带都是沼泽，这些沼泽还在扩大。想把伤员送上渡船很费劲，搬运工跟畜生都不够用。”

巴利斯塔停下来，查看着周围的情况。他早已习惯这些尘土和嘈杂，相反，这边的好视野竟让他感到惊讶：不管从哪个角度，他都能清晰地看见一旁的河流，河流对面的峭壁上面都是沙土。今天天气真好，阳光灿烂，安静祥和。从他的位置看，那些渡船竟有一种神圣的色彩，在绿松石般的河水里上下颠簸着。

“如果沼泽漫过来，就扔掉那些补给。如果今天我们赢了，我们想要什么就要什么；如果输了……”巴利斯塔耸了耸肩。

图皮奥点点头说：“我不会找你要人的，我今儿还给你送人来了。你上次给我的那二十个骑兵护卫不需要了。现在我那儿有不少装病的浑球儿想坐渡船回去，那些人可以给我打打下手。其中大多是轻步兵，也有几个是骑兵和重装步兵。”

“辛苦了，再努把力。像我一直强调的，快了。”

图皮奥敬礼后便骑走了。巴利斯塔看着他回到岸边。马儿奔跑扬起的灰尘正向北边吹去。太棒了，巴利斯塔暗自庆幸，风转向了。希望风能大一点儿，吹散这些尘土，让我们能够看清楚那群狗娘养的在搞些什么名堂。

三月的中点，对于罗马人而言，是一个很不吉利的日子。多年前的这一天，恺撒大帝被刺杀身亡。对于巴利斯塔而言，去年的今天也是一塌糊涂。那天他第一次与萨珊王朝的士兵不期而遇。对方伏击成功，一直在后面穷追不舍，是一个叫罗慕路斯的巴达维亚人牺牲了自己救了他和其他人。罗慕路斯是个大高个，金发，就是这个罗马名字太俗了。今天真不是个战斗的好日子，不过他们也别无选择。

又一阵箭雨向罗马军刺来。巴利斯塔甚至都没察觉到上次的袭击结束了。不过至少现在风把尘土都吹散了，能看清那帮射箭的小兔崽子了。当啷一声，弹弓击中了灰马的盔甲。巴利斯塔把它拉出来，绕了一圈，好像没有伤着腿。这声弹弓之击意味着包围罗马军的全是萨珊王朝的步兵。这是今天早上第几次袭击？第三次，还是第四次？

巴利斯塔也不确定，他不住地思忖着：三月的中点，恺撒死了，他在元老院里被议员们刺死了，他曾经原谅了这群议员，还帮助其中不少人升官发财，他以为他们是自己的朋友。但是，他们做不了恺撒的朋友，准确地说，正是因为他们都是议员，而他提拔了，或者赦免了他们。身为一个罗马元老院议员，其尊严即在于，不可能让别人爬得高，更不用说宽恕他人。恺撒自己曾经说过，尊严高于生命。时间或许能改变皇帝的独裁统治，但是，对于一个议员而言，尊严始终深深扎根于心间。尊严依旧可以成为杀戮的缘由。

巴利斯塔心里很是苦涩，正是因为受伤的尊严会促使他们杀他。阿奇利乌斯·格拉布里奥那受伤的尊严是要为他死去的兄弟报仇：巴利斯塔把我兄弟扔在阿瑞忒城让他送死！或者是瘸腿的马克利亚努斯的那两个儿子？是奎伊图斯，我击中他要害的那个小子？还是他弟弟，那天没帮成他哥哥的那家伙？难道是马克利亚努斯他自己？这位负责管理罗马粮食供应的高级财政官员估计很少会在皇宫里跌份儿。更甚的是，当在决定谁应该去幼发拉底河回击波斯人时，他就是不喜欢别人跟他唱反调。或许，这跟罗马的那帮家伙毫无关系。事情根本就没那么复杂，巴利斯塔觉得最好理解的是“他和博拉尼人之间的血仇”。

有一阵，巴利斯塔就一直盯着队伍上方的天空，有黑烟在往南飘动。他突然意识到这黑烟可能预示着那件不好的事情发生了。连招呼都没打，他连忙御马前行，向队伍的前线冲刺。他只是隐约听到了身后的马蹄声，可是此时他只关心空中的那片黑烟。

左边是步兵，右边是骑兵，他在队伍的中间快速行进。有人叫喊着，他没有回应。士兵的声音在他身后逐渐消失，一支支利箭从他眼前擦身而过。他全速前进，似乎是故意这么做的。他只专注于蔚蓝天空中那一抹特立独行的黑色。

到达队伍前线，巴利斯塔让灰马停下来。他凝视着步兵上方的天空，几乎都没有注意到身后随从们也停了下来，阿尔比努斯骑着马停在他的身旁。风势渐强，撕开了尘土组成的幕布，直直地吹向罗马军。巴利斯塔迎着风，揉了揉流泪的眼睛，这下他总算看清对面的萨珊兵了。步兵骑兵都有，五十步开外，吼叫着向罗马军队方面行进。他眯着眼睛，察看这群萨珊兵后面的路况。这条路很直，一路延伸到沙漠深处。大约两百步的位置，他看到了路边的坟墓以及城郊的菜园和果园。不到四百步的位置，那是高耸的城墙，上方有雉堞设计，泥砖混合材质，与沙漠一个颜色。而城墙守护的正是色西昔姆。不过巴利斯塔看不见里面的情况。汹涌的黑烟滚滚而来，挡住了巴利斯塔的视线。显然，波斯人把这座城池给烧了。

这座城市也沦陷了。色西昔姆，就跟阿瑞忒城一样，被萨珊人毁了。巴利斯塔又一次失败了。巴利斯塔首先想到的是，议会里那帮人又热闹了。阿奇利乌斯·格拉布里奥带头，他们会说自己本来有机会的，就是因为某人的懒惰与懈怠。他们在上游地区的训练浪费了太长时间，才把事情变得如此糟糕。天啊，那群弗鲁曼塔里伊成员会写些什么?

“他妈的！”马克西姆斯无奈地骂着。

这句脏话把巴利斯塔拉回现实。都什么时候了，他还在担心以后人们会怎么说，能不能活命都成问题了！现在巴利斯塔必须想办法让自己和手下的兵活下去。

巴利斯塔朝南边望去。距离不到一百五十步是坟墓、菜园和果园。只要先头部队到了那儿，他就可以下令攻击了。城墙、壕沟、密集的树林、菜园的棚屋可以护住军队的右翼。不能着急，哪怕快一点点发布进攻命令就会毁了将其一起歼灭的机遇，甚至可能造成更大的劫难。再忍一会儿，就一会儿。

这时罗马军队里传来一声响亮的嘶吼。巴利斯塔能听见成千上万的低吼:“战斗！战斗！战斗！”他没听见是谁喊了这句经典台词“你们准备好战斗了吗？”不过是谁也不用猜了。他心里一沉。士兵们用手里的武器用力地敲击着盾牌，那声音如闷雷般滚滚而来。

巴利斯塔叫来马克西姆斯，借着他肩膀的力，摇晃着从马上站了起来。他回头朝北看，果然不出所料，红色的军旗飘扬着，旗下是第一帕提亚重骑兵队的约两百名士兵，他们已然从东侧向敌军发起攻击。他们骑着马，队伍非常挤，呈楔形进发。他们的头盔上是红色和金色的优雅图腾。“他妈的！太早了，白痴！”巴利斯塔在心里咒骂着，“他妈的太早了！那帮臭虫会先开溜的。”他就这么看了一会儿，果然，萨珊兵立马掉头就跑。不过其中有一部分人掉队了，因为盲目的自信，他们离罗马军很近。现在，这第一批萨珊军队，在罗马重骑兵的威胁下顺利开溜。

巴利斯塔回到马鞍上。真不愧是盖乌斯·阿奇利乌斯·格拉布里奥，这个蠢货，罗马人太早发起进攻了，还不是一起行动的。无奈之下，巴利斯塔也不好再犹豫，决定发起攻击。他厉声发出一连串指令：“步兵，列阵！骑兵，准备进攻！轻步兵随后！重装步兵随后恢复队列在原地等候！在我回来之前由奥勒良指挥！”巴利斯塔向吹号者示意，六声号响。士兵们吼叫着，这一刻他们等得太久了，整整六天。死亡正在逼近。

“阿尔比努斯，我们一起前进。”旋即巴利斯塔提高了音量，“第三帕提亚波斯帕米拉重骑兵队的勇士们，给他们点儿颜色瞧瞧！”这将近二百五十人的队伍小心地穿过步兵队，重新组好阵型。巴利斯塔稍稍在前，形成了这个楔形阵列的顶端。马克西姆斯在右，阿尔比努斯在左，卡尔加库斯跟在后面。白色的图腾和绿色的军旗在他们身后飘扬。德米特里厄斯在队伍后面的某个角落里，看上去比较安全。

又一声嘶吼，巴利斯塔往左边望去。穆卡波尔正率领着骑兵护卫队发起了进攻。这只是一支小型的队伍，不超过百名装甲骑兵，不过萨珊兵还是跑了。沿着前线的所有萨珊人都跑了。“该死的，”巴利斯塔想着，“太早了，都他妈的自己干自己的，那帮小兔崽子都跑得差不多了！”

巴利斯塔让灰马小跑起来，观察对方的情况。最近的萨珊军后方，离荒凉的沙漠约有百步之距。巴利斯塔想着，时机已到，必须孤注一掷，背水一战！他让灰马飞奔起来，全速前进。罗马骑兵和萨珊步兵的距离不断缩小。巴利斯塔抽出修长的骑兵剑。他将视线集中于一个逃跑的萨珊兵，他衣肩上的绿色很是抢眼。说时迟那时快，四目相对，他只瞥了一眼对方恐惧的深色双眸，那个萨珊兵就狠狠地摔倒在地。消灭一个，总攻正式开始了。

他们穿过萨珊的步兵阵营。前面是骑兵队的队尾。巴利斯塔从其右翼发动进攻。骑兵的行军速度比较慢，在附近徘徊。巴利斯塔下意识地张开嘴，他感觉自己就像个傻瓜似的，不由得笑了。他的计划现在实施可能还来得及。前方的波斯骑兵刚意识到罗马人冲过来，便开始抓紧加速，慌乱的骑兵们互相撞来撞去。他们的前方是查波拉斯河，河水汹涌，河岸陡峭，这么一群人想从河堤上一起逃走根本不可能，而为了抢到逃跑的最佳位置，他们甚至开始互殴。

对面的萨珊骑兵一团乱，而在末尾的一个重装骑兵突然勒紧缰绳，转过身与巴利斯塔面对面。他的马喘着粗气，由于炎热张着嘴，口腔里的血红色显得格外狰狞。这个骑兵的外套是优雅的紫色，上面印有抽象的漩涡状花纹。他的脸藏在帘状的锁甲后面。哪怕是眼睛也挡在了阴影里，无法看清。他肯定已经把手里的长矛扔掉了。只见其猛地拔出了剑。巴利斯塔倾着身子，在灰马耳朵高度的位置给对方一记反手斩。对方迅速做出反应，剑刃一晃，两剑相撞，火花四溅。当灰马调整好位置时，巴利斯塔伸出左手一把抓住对方的护面锁甲。可惜手滑了一下，锁甲反射的光模糊了巴利斯塔的视线。此时灰马狠狠地撞了敌人的马，由于冲力，这个波斯人已经探出了半截身子，快从马鞍上摔下来。巴利斯塔趁势用剑柄狠狠地撞向对手还藏在锁甲里的脸，接着只听见骨头碎裂的残忍声响。这个波斯人被狠狠地推了出去，重重地摔在地上，尸体距离他自己的马很远。

另一个波斯兵从巴利斯塔左侧袭击，他抡起一柄重剑，举过头顶狠狠地砍下去。这个北方人用盾牌挡住了这一剑。木屑飞溅，巴利斯塔听到了木遁碎裂的声响。危机时分，他只得从损坏的盾牌后盲目地向外猛刺，剑尖划过了敌人的盔甲。战场上一片混乱，人与马不断相撞，这也使得二人距离很近，在彼此长剑的攻击范围之内。只见那个波斯兵突然伸出了左手，锁甲包裹的手指正死命地抓着巴利斯塔的脸，正在摸索着他的双眼。巴利斯塔急忙往后躲，脸颊上全是血，疼痛加上重心不稳使得他放下了手里的剑，剑柄钩住了腕带，他明显感到腕带猛地弹了一下。此时他迅速拽住了对方头盔上的饰带，猛地一拉，对方明显向后一仰，没料想饰带断了，这个萨珊兵迅速恢复平衡，露出了狡黠的一笑。双方的马往后退了退。巴利斯塔见机用盾牌上的金属凸饰狠狠地朝敌人的脸撞过去，对手疼得直叫唤，在马鞍上有些不稳。这是个机会，巴利斯塔猛地抓起剑柄，趁势一记右勾拳，想要击中对手的头颅。对方躲了过去，拳头擦到了对手的头盔上，他明显感觉到指骨碎裂了，随即一阵强烈的刺痛传遍整个手臂。他大吼一声，用盾牌的锯齿边缘朝对手的脸砸过去。萨珊兵一阵尖叫，脸上皮开肉绽，双手紧捂着被撕裂的脸，痛苦地扭动着身体；他脸上鲜血直流，沾着血的黑色胡子纠缠在一起。巴利斯塔将利刃从其脖子后方刺入，一下、两下、三下，尽管骨折的右手疼得撕心裂肺。他又斩杀了一个敌人。

萨珊军并非懦夫，不过对于罗马军的突击，他们始料未及。现在一边是罗马大军，一边是陡峭的河岸斜坡，他们无处可逃。恐惧在萨珊军中蔓延，就像盛夏地中海沿岸迅速扩散的山火。没过多久，战场上剩下的波斯兵非死即伤。巴利斯塔始终牢牢把控着第三帕提亚波斯帕米拉重骑兵队，他没让任何一个士兵沿河岸而下追击逃兵。过了一会儿他让部分士兵下马，朝着想蹚过汹涌河水的混乱的萨珊兵扔石块。不久河边的将士们都明白了一件事情，血染长河并不是文学作品中虚构的场景。

南边的查波拉斯河成功地挡住了萨珊军的退路，罗马军对敌人的屠杀非常成功。不过在北面，只有部分离得太近的萨珊兵死在了格拉布里奥和第一帕提亚重骑兵队的剑下。在中间的战场，穆卡波尔率领的骑兵护卫队只是干掉了几个倒霉的步兵，萨珊王朝的骑兵往东边的沙漠深处逃跑了，一个都没抓住。无论如何，巴利斯塔的计划还是成功了。尽管阿奇利乌斯·格拉布里奥不成熟的进攻让大部分萨珊兵都溜走了，倒也不用太上心，毕竟目的已经达到了。队伍打散了，萨珊军锐气大挫。

巴利斯塔从鞍上下来，给灰马减轻负担，此时一种焦虑感猛地袭上他的心头。这意味着什么呢？他不过打赢了一场战斗。萨珊王朝还会继续派军队过来，一而再，再而三。这是一场宗教战争，在全世界都点燃拜火教的圣火之前，这群东方佬绝不会停止战斗。一个可怕的念头从巴利斯塔脑海中蹦出来：哪怕他打败了沙普尔，哪怕他亲手活捉或是杀死了这位诸中之王，东西方在东疆的战争依旧会继续，生生世世，循环往复……

第十二章

战争就是凶恶残忍的妖魔鬼怪，每次来袭都会给这个世界带来寒蝉凄切、惨不忍睹的苦果。太阳现在爬得老高，荒地漫无边际、广阔无垠。色西昔姆一战之后，地面上满是战争的遗骸，到处都是被遗弃踩碎的兵器、人和马的尸体，甚至各种被开膛破肚后流出的血淋淋的内脏。真是一片惨绝人寰的景象。

“嘿，看看，这回我可是帮你打了胜仗了。”阿奇利乌斯·格拉布里奥已经摘下头盔，满怀欣喜地说道。他用标志性的动作捋了捋脑门上的卷发，汗水流进了他的胡须里。巴利斯塔注意到，这个年轻贵族脸上的伤口还血淋淋的，还没来得及缝合。贵族继续说道：“凭咱们的武力和装备，那帮东方佬休想取胜。”

巴利斯塔走近阿奇利乌斯·格拉布里奥。“你个无法无天的浑蛋，信不信我现在就宰了你？”

阿奇利乌斯·格拉布里奥还没来得及收回笑容，不过眼神已经变得阴冷。“你得学会感恩，你这个野蛮的暴发户。你能获得胜利，完全归功于我队伍的英勇。”

“你们只是带来了部分胜利，还是以牺牲另一半更重要的制胜点为代价的。”巴利斯塔严厉地说。这会儿巴利斯塔受伤的右手已经肿了起来，疼得要命。他已经怒不可遏了，却不得不硬往下压着火。

“你这个野蛮的胆小鬼，”阿奇利乌斯·格拉布里奥趾高气扬地蔑视道，“是我赶走了把你吓得要死的萨珊兵，现在你可以在色西昔姆高枕无忧了，趁此机会好好享受几天吧。不过你放心，我弟弟的仇我终有一天会报的。”

这种挑衅彻底激怒了巴利斯塔。“你想怎么个报仇法？再雇个杀手？”

阿奇利乌斯·格拉布里奥轻哼了一声，肆无忌惮地笑起来。“你还是多防着点别人吧。我一堂堂贵族，要真用了这种下三烂的手段，不就跟你一样野蛮低俗了？笑话！”

重骑兵指挥官尼格尔和阿尔比努斯朝巴利斯塔走过来，提醒他，是时候做个战后总结、表彰下英勇的士兵们了。巴利斯塔身体往后撤，眼睛却死死地盯着阿奇利乌斯·格拉布里奥。他现在相信，雇凶杀人的不是阿奇利乌斯·格拉布里奥，但这很糟糕，因为这就意味着真正想要他命的人还藏在暗处，说不定什么时候就会卷土重来。

巴利斯塔此刻有些筋疲力尽，费力地爬上马。灰马看上去也很疲惫，耷拉着脑袋，两肋浸满汗水。巴利斯塔和手下们慢悠悠地来到了行军的出发点。这会儿城里到处都是搜刮者的身影，他们大部分是老百姓，正疯狂地在死尸身上寻找一切值钱的东西，这些战后收获比军队一个行李队储备的东西还要多。死尸劫掠巴利斯塔见多了，也就不足为奇了。无论战场离居民区有多远，只要战斗一结束，这帮搜刮者立马出现。他们中有瘦骨嶙峋、鬼鬼祟祟的老汉，有干瘪老丑的婆娘。最让巴利斯塔难以接受的是，一群乳臭未干的小毛孩子也来干这种令人作呕的勾当！

然而在色西昔姆城前的这块平原上，士兵们竟然也在搜刮着尸体。看来古罗马的道德家们都错了，所谓的循规蹈矩不是人们亘古不变的内在优良潜质；相反，在被胜利充斥着头脑的士兵面前，它显得粪土不如。这些士兵看到骑兵队和将领朝他们走来，便停止大范围的搜索。只见士兵们拔出剑，弯下腰，用力砍着波斯人的头颅。等到骑兵队伍走近了，这些士兵才站起来，尽量腾出右手敬礼，左手还提着萨珊兵的头。一个士兵一下子拿了三颗：一手提一个，用牙齿咬着第三颗头的长发，从头颅里流出的血顺着士兵的胳膊流到地上。巴利斯塔看着这些令人毛骨悚然的血淋淋的战利品，做了一军之长该做的事情——投以赞许的目光，夸士兵们干得漂亮。

听到河岸指挥官的赞许，士兵们一下子放松了，他们兴奋地大声呼喊：有的称这仗打得痛快；有的互相调侃玩笑；有的自豪地吹牛，说自己刚才表现得是多么的出色；有的还反复喊着将领们的名字。可巴利斯塔注意到，喊阿奇利乌斯·格拉布里奥的人明显比喊自己的多！巴利斯塔心里很不平衡。从开始到现在，自己一直辛苦地准备战斗，绞尽脑汁地琢磨着作战计划。难道这些在他们眼里都一文不值？凭什么啊！而那个蠢货，不服从命令，盲目地带着士兵冲锋，本来可以大获全胜的，现在只赢了一半，可他却在士兵心中赢得了如此高的威望！

“阿奇利乌斯·格拉布里奥！阿奇利乌斯·格拉布里奥！”

这喊叫声弄得巴利斯塔浑身不爽。阿奇利乌斯·格拉布里奥这个傲慢自私的蠢货，不过他不是幕后凶手。巴利斯塔曾经一直以为是他雇凶杀自己。这个蠢货贵族的那句话——“我一堂堂贵族，要真用了这种下三烂的手段不跟你一样野蛮低俗了？笑话”又回荡在巴利斯塔的耳边，话语虽然傲慢挑衅，但透着真实，这让巴利斯塔相信雇凶杀人的事不是这个贵族所为。

“阿奇利乌斯·格拉布里奥！阿奇利乌斯·格拉布里奥！”

巴利斯塔的脑细胞就像掉进陷阱的老鼠在试图逃跑一样，高速运转却不断地试图更快些。既然雇凶的不是阿奇利乌斯·格拉布里奥，那又会是谁呢？巴利斯塔一直不认为这事是博拉尼国王子韦德里克干的。也许是巴利斯塔的一己偏见，他确实不相信同为北方人的韦德里克会用这种下三烂的手段，这可不是北方人的做事风格。不过事实上这种事北方人也不是没干过，日耳曼人的家族世仇也都是用暗杀方式解决的。不过还是有些事实可以排除韦德里克的嫌疑的。杀手那句“那个年轻的贵族吩咐我让你尝尝这个”；那个巷子里骑马戴昂贵面具的贵族，他管巴利斯塔叫野蛮人。凶手如果不是韦德里克和阿奇利乌斯·格拉布里奥，那肯定是马克利亚努斯的儿子们了。哪一个呢？是那个被巴利斯塔差点儿踢破睾丸的奎伊图斯，还是胆小的不敢上来帮哥哥一把的马克利亚努斯二世？还是他俩一起雇的杀手？那么他们那有势力铁腕的父亲马克利亚努斯有没有参与雇凶呢？万一他也参与了，天哪，议会上下，除了皇帝就属他权力最大最危险了。

士兵们的喊叫声现在充斥着愤怒，有的士兵因为搜刮钱财吵了起来。巴利斯塔把右手抬起来看了看，至少有一个关节断了，整个手迅速肿了起来，撕心裂肺地疼。他心想得赶快去军医那里处理一下，处理好了还得想下一步的作战计划，不能让士兵们在这里懒散下去，留着缺口等着萨珊人卷土重来。

巴利斯塔把指挥官们叫到身边，命令尼格尔和阿尔比努斯负责巡逻，一旦发现五英里内出现波斯兵的踪迹立马报告；穆卡波尔立刻集合皇家骑兵队，跟着河岸指挥官；指挥官路提勒斯·鲁弗斯率第三军团做好色西昔姆城的守卫；桑达瑞欧带兵做好弹炮的统计管理；图皮奥做好行李队快速有序的安置工作；阿奇利乌斯·格拉布里奥负责驱散搜刮者，令参与其中的士兵立刻归队；卡斯特里西乌斯整理好第四军团，随时待命；奥勒良随河岸指挥官一同指挥。

一些骑兵有序地开始集合，不过好像少人了。奥勒良哪里去了？穆卡波尔上前说道："奥勒良受伤了。"

"严重吗？"

穆卡波尔耸耸肩，表示不清楚。

"其他人按我的命令行动。穆卡波尔，咱们去看看奥勒良。"巴利斯塔轻轻踢了下灰马，让灰马慢慢地向军医处走去。巴利斯塔想让时间过得慢点，因为他很怕去军医那里，万一奥勒良有什么不测，他实在没勇气去接受这个事实。

第四军团的人守在军医那里，看到巴利斯塔来了，自觉地让出一条路。奥勒良平躺着，他的右腿已经受伤变形，军医正准备给他接骨。

巴利斯塔从马鞍上一跃而下。奥勒良面色惨白，豆大的汗珠滚滚流下来。他虚弱地从牙缝里挤出句话："我帮你打胜仗了。"

巴利斯塔紧紧盯着奥勒良的眼睛。"我知道，谢谢你！"接着巴利斯塔便难受地什么也说不出来了，只是弯下腰用手紧紧地捏了捏奥勒良的肩膀，便转身忙着指挥准备工作去了。

罗马军在色西昔姆城已经待了足足十三天了，不过巴利斯塔可是忙了足足十三天。他下令一次又一次地扩大巡逻范围，但是仍然没发现波斯人的任何踪迹，仿佛他们从人间蒸发了。阿奇利乌斯·格拉布里奥的鲁莽冲锋使罗马军丢掉了一举歼灭萨珊王朝部队的机会，不过东方佬们似乎撤兵了，至少现在看起来是这样的。

巴利斯塔在色西昔姆城倒是参加了不少场葬礼。色西昔姆城的罗马军指挥官叫斯帕提阿努斯，之前萨珊人袭城，几乎把斯帕提阿努斯的手下杀干净，他在进城的主道路旁为死去的士兵建了壮观肃穆的石棺。当然，不断有人战死，石棺和坟墓被挖了埋，埋了挖，已经不能再用了，不过当地的石匠给士兵们立了新的墓碑。有的战死的罗马士兵被埋进石棺里合葬，另一些被埋在公墓里，罗马军中每人都给予了他们应得的尊重：瞑目，嘴里含着硬币，坟头立碑。

至于对萨珊兵的尸体的处理可大不相同：他们的残骸被焚烧，骨灰撒向土地。这种做法可不是对敌军随随便便的蔑视，因为罗马军知道萨珊人都是琐罗亚斯德教[①]的信徒，对于尸体他们仅会抛于荒野，供鸟兽享用。但是如果用火去处理尸体，在琐罗亚斯德教信徒看来是在玷污火的纯净，绝不能容忍。巴利斯塔的脑中突然蹦出个念头：火烧萨珊兵尸体这种做法无疑是在加深东西方国家的仇恨，我们甚至可能会为此付出惨痛的代价。萨珊人会视此行为是暴行，这是对他们的宗教赤裸裸的侮辱。但也许士兵们的做法是正确的，萨珊兵的来袭让罗马兵日复一日地受着折磨，他们对萨珊人恨之入骨，复仇之火在胸腔内熊熊燃烧，即使是对死尸也不会心慈手软。

为了努力让色西昔姆城的防御站稳根基，巴利斯塔做了很多准备：他先是命人在查波拉斯河另一侧建了个瞭望塔，一旦萨珊王朝军队到达幼发拉底河，塔上的侦察兵便会发现他们。至于色西昔姆城，它可以抵御上次出其不意的攻击，证明城墙和大门还都比较结实，不用再翻修。巴利斯塔还命人用船从下游的泽乌玛运来了一些战争所需的材料和补给。除此之外，第三费利克斯军团和美索不达米亚弓箭手，再加上三艘单程甲板大帆船负责巡逻守城。两千个色西昔姆的当地居民应征入伍组成民兵团。

所有防护工作都是由第三军团指挥官路提勒斯·鲁弗斯全权负责。第三军团虽然人少，但队伍扎实可靠。虽没有格外突出的事迹，但路提

---

① 又称拜火教，流行于古代波斯，该教以光明之象征“火”为崇拜对象，认为火是神的造物中最高、最有力量的东西。——译者注

勒斯·鲁弗斯在行军和战斗中的表现都值得赞扬。巴利斯塔很欣赏他，跟他讲很多守城攻打萨珊人的策略和战术，但是当他看到这个指挥官脸上居然露出一丝强忍着的笑容时便停了下来。自从十六岁那年从“野蛮国家”选派出来进入议会，巴利斯塔特别害怕别人嘲笑自己，即使是现在依旧对这方面过度敏感。但是事实胜于雄辩，阿瑞忒城就是在他手里丢失的，人们被活生生地夺去了生命。而此次色西昔姆城之战，阿奇利乌斯·格拉布里奥又成了大多数士兵心中盲目追捧的大英雄。

罗马军开始往回走，向北朝巴斯利亚和莱昂托波利斯行军。这期间队伍需要先通过绍拉境内的幼发拉底河上的一座宽大的石桥，再经过巴巴利萨斯。天气炎热，人和马都筋疲力尽，但好在没有敌人出现，毕竟跟之前在南部萨珊人的地盘行军比起来，此时更为怡然自得。在巴巴利萨斯城，卡斯特里西乌斯奉命率雇佣军辞别队伍，从幼发拉底河走，与在泽乌玛的第四军团汇合。巴利斯塔将率余下的队伍沿着冈布拉的南岸向哈尔基斯城挺进，最终踏上回安条克城的主路。

在快到达罗马东部的首都时，罗马军穿过了梅罗伊的一个小镇。通常人们不会对这种毫不起眼的地方有什么深刻印象，但巴利斯塔可以在头脑中勾勒出小镇的一草一木：路旁一排排昏暗的、布满灰尘的泥砖屋，支离破碎的人工喷泉，还有高低错落的小树林。巴利斯塔已经在阿瑞忒城和色西昔姆城之间反复路过这个小镇四次了。在这个小镇也没发生什么重要的事，可巴利斯塔却对这个小镇了如指掌，甚至连喷泉里喷出的水在阳光下散发出的气味都熟记于心。

五天之后，归来的队伍到了庇亚门外。经过层层禀报，最终皇帝瓦勒良恩准队伍进城。巴利斯塔前后打量了下行军队伍，军容整体还不错，差不多可以进城了。

图皮奥骑着马走上前敬了个礼，他手腕上那只在沙普尔的床上拿到的金镯子在阳光下耀眼夺目。巴利斯塔最后看了看队伍：轻步兵整齐排列，骑兵和指挥官们骑着马昂首阔步，整个军队呈队列整齐、军容整肃的面貌。阿奇利乌斯·格拉布里奥在队尾领军位置格外扬眉吐气，威风凛凛。奥勒良由于腿伤，不得不坐在马车上。巴利斯塔扶正了自己的头盔，下令进城。

欢迎的人群已在庇亚门里的提比略街和希律王街列队等候多时，他们向归来的勇士们撒花欢呼。一些女孩，当然是些妓女，当街掀起裙子脱掉上衣，为行军多日饥渴难耐的士兵们提供了一场养眼的人肉盛宴。

“士兵们，保持行军队伍整齐，之后有的是时间泡妞儿。”巴利斯塔规劝道。

队伍走出那两条街道，朝奥龙特斯河的第二座桥走去。沿途，队伍路过右侧的马戏团和宫殿，经过四塔门和皇帝用于向外发号施令的信号点——四柱大象雕像，穿过牛市，到达远郊。西侧的河岸上几乎没什么人，只能看到用长矛挑着示众的头颅已经开始腐烂，这些头的主人都是皇帝厌恶的人。最终队伍到达战神广场，在御庭门前停下。

队伍在门口等候差遣，巴利斯塔边等边摆弄着灰马的耳朵。没办法，帝国的仪式就得等。下级军官急忙检查士兵们的武器和行李。那天早上，管理人员给战神广场浇了水，压住了灰尘，没人愿意让擦得锃亮的铠甲兵器蒙上灰尘。席卷奥龙特斯河的东南风吹了起来，把战神广场前紫色的御帘间歇地吹起来。巴利斯塔自顾自地笑了笑，颂词上可不是这么说的，看来是神而不是皇帝们在控制着风。

过了不长时间，御前侍卫队到了，老皇帝瓦勒良从马车上走下来。皇帝身后，参议会的高官们也慢悠悠地走了下来。其中，马克利亚努斯一副盛气凌人的样子。世上没有什么比受邀乘坐皇帝的马车更高的荣誉了。

皇帝和马克利亚努斯这两个老家伙费力地爬上台阶，其他官员紧随其后。官员们沿路分别走到自己的既定位置，皇帝瓦勒良独自挪到御庭前方。他举手跟士兵们致敬，士兵们回以军礼。事先准备好的圣歌这时响起：“敬爱的瓦勒良奥古斯都，愿神保佑你！（唱了二十遍）瓦勒良奥古斯都，保佑我们免受波斯人的骚扰。（唱了三十遍）瓦勒良奥古斯都，愿你长寿！（唱了四十遍）”

随后，除了风吹着紫色的御帘发出的啪啪声，沉寂笼罩着整个广场。瓦勒良深吸了一口气，回过头来，开始讲话：“欢迎，从色西昔姆归来的勇士们。永别，东方野蛮的入侵者们。”

皇帝没再说话，因为一股异常的强风突然间把一片紫色的御帘扯破了。一个皇仆追了半天也没追上，破碎的那片御帘在空中飞旋了半天，最后被第二股旋风打在了地上，就落在因伤拄着拐杖的奥勒良跟前。队伍里多瑙河流域的人将御帘碎片捡起来递给了下人。

讲台后面传来一阵小骚动，但是大多数人都没过多地表现出内心的想法：刚才那幕可能预示着凶兆。皇帝一言未发，他根本就没打算去理会这个小插曲。等仆人把帘子拿回来，皇帝继续说：

“从早年开始，西部地区就遭到那些残忍、贪婪的东方人无情的蹂躏。最初奸诈的腓尼基人曾借着贸易的幌子，绑架了阿尔戈斯的公主。从此，在位的马铎尼斯、薛西斯到今天的沙普尔都以此为傲，带领亚细亚游牧民族与我为敌。

“有几次，狡猾的东方佬和我们的叛徒狼狈为奸，打败了我们。其中包括老罗马指挥官克拉苏沦为叛徒，被我在卡莱斩首；由于饥饿和恐惧，马克·安东尼带人从米底的弗拉阿塔城私自撤军；几年前正逢困难时期，巴巴利索城，甚至是安条克城等都相继战败；去年秋天，阿瑞忒城又失守。

“但是与此同时，凭着我大罗马人的英勇和谋略，我们也打赢了不少胜仗。从火烧萨迪斯灭了雅典人到罗马帝王图拉真和塞普蒂米乌斯·塞维鲁占领东方人首都克泰西封。

“将来我大罗马帝国必将取得更多的胜利。毫无疑问，战争来了，而且是全面的战争。夜郎自大的沙普尔，号称自己是诸王之王，将会被彻底摧毁！我们会做好充分的战前准备，让一切都井然有序，今年或者明年过后，我大罗马将派兵东征，一举彻底消灭萨珊隐患。”

瓦勒良顿了顿，士兵们高声欢呼。他挥了挥手，继续说：“你们这些色西昔姆的功臣们，我将会重重地奖赏你们！”这句话一出，所有人的目光都紧紧集中在这个老皇帝身上。

“你们此行经历了千辛万苦，我批准所有士兵放假五天。当你们归队时，每人将获得一件新的红色军式长袍。”

确定皇帝话已说完，士兵再次欢呼，不过这次欢呼声里比刚才少了几分热情。

“指挥官们功不可没，所以奖励每队的指挥官一个银饰剑带。”一声不痛不痒的欢呼声随之而来。

“你们的河岸指挥官巴利斯塔，对部队训练有素，在幼发拉底河行军指挥有方。奖一枚七盎司重金手镯，一枚镀银扣环，四条来自撒勒法的手帕。”

“每场战斗都会经历前程未卜的时候。就在那个紧要关头，在色西昔姆，我们的年轻贵族为帝国谱写了一部神圣辉煌的史册。指挥官阿奇利乌斯·格拉布里奥在生死攸关的时刻，不顾自己安危挺身而出，率一队勇敢的骑兵冲锋陷阵，给了萨珊军队致命的一击。现奖励阿奇利乌斯·格拉布里奥重一磅的金项圈一枚，一个带有塞浦路斯别针的金扣环，还有一件部分饰以丝绸的紫色长袍。”

之后老皇帝在老瘸子马克利亚努斯的陪同下上了马车。士兵们重复吟唱着“瓦勒良奥古斯都，长命万年”。

士兵们的吟唱声响彻云霄，但巴利斯塔知道他们心里其实很不爽。他们仅获五天的假期，没有赐予任何实质性奖励，连钱都没有，他们拿什么花天酒地？至于赏的长袍，给士兵发长袍是天经地义的事，怎么说也算不上奖赏啊。发战袍的主意肯定是马克利亚努斯出的，他好趁制作新战袍的机会中饱私囊，肥捞一把。大多数军官其实也不高兴，一个银饰剑带顶多是个华而不实的摆设。

“不过这次嘉奖至少让一个人乐翻了天。”巴利斯塔没好气地想着。阿奇利乌斯·格拉布里奥公然抗令，把整个军队的存亡置于刀尖上而不顾，本来可以歼灭敌军的，也让他给搅黄了。可就是这么个蠢货，就凭着他贵族的光环和与议会各层完美的交道，就纵身一跃成了这次色西昔姆之战的大英雄。在公众的追捧称赞之下，他竟然就这样成了帝国的大英雄。

相比之下，瓦勒良对巴利斯塔的评价呢？先是把阿瑞忒城的战败列了出来，又不疼不痒地恭维了几句士兵和指挥官，根本毫无夸奖可言。至于奖品，跟阿奇利乌斯·格拉布里奥的相比，足以表明巴利斯塔已经在帝国失宠。只有神知道什么时候巴利斯塔才能有机会把属于自己的荣誉搬回来，或许永远都不可能了。

“瓦勒良奥古斯都，长命万年！”皇帝的马车一走，吟唱声就逐渐消失了。

第二部

代理总督

（公元258年夏—259年春）

就如经书上所记："我要灭绝智慧人的智慧，废弃聪明人的聪明。"智慧人在哪里？文士在哪里？这世上的辩士在哪里？神岂不是叫这世上的智慧变成愚拙吗？

——选自圣保罗《哥林多前书》

第十三章

公元 258 年，即罗马诞生后的第一千零一十个年头。七月初的一个早晨，皇帝传召了巴利斯塔。此时，距庆祝河岸指挥官军队凯旋已过去一年多了。在这一年多的时间里，巴利斯塔失去了皇帝的垂爱。除了驻守在安条克城外，他没接收到任何指示，也没参与皇室议会的讨论。巴利斯塔被彻底无视了。

刚开始，巴利斯塔为这意想不到的自由暗自庆幸：远离朝堂，远离尔虞我诈，远离被阴谋谗言包围的“天神代言人”。物质上，他不缺钱；名义上，他还是河岸指挥官，依旧拿着俸禄。另一方面，他可以安静地享受家庭生活所带来的快乐。现在他确信之前的暗杀是跛子马克利亚努斯的两个儿子指使的，不过到目前为止，这哥俩没再搞什么小动作。他有大把时间做自己喜欢的事情，和儿子玩闹嬉戏，与妻子耳鬓厮磨，痛快地畅享海鲜，抑或用一天的时间去读书。

确实，巴利斯塔同皇室大臣们几乎再无交集，大臣们也没人希望被别人看到自己和这个野蛮人走得太近。所以巴利斯塔只要一有时间，就和马克西姆斯去海滨酒馆坐坐。还好，奥勒良和多瑙河圈子没有抛弃他，他们一块儿喝酒，奥勒良伤好之后，他们还一起去打猎，在山里寻找狮子和老虎。有时候巴利斯塔会带上朱莉娅和伊桑格瑞姆。大多数时候，他们只能找到扁角鹿，但还是会有意外收获，比如湖边的鸵鸟和驼背的牛。

尽管如此，这一年还是相当漫长。巴利斯塔不得不承认，他已经开始厌倦这种悠然自得的生活状态。天天都能吃到海鲜大餐，让他不再期待。当然，他告诉自己，如果这是在自己的家，无论是西西里岛的陶洛米尼乌姆，还是远在北方的故土，必定是另一番场景。

皇帝突然下令召见巴利斯塔，着实令他吃了一惊。皇帝要求马库斯·克洛迪乌斯·巴利斯塔带着河岸指挥官的任命书前去觐见。

巴利斯塔一踏进皇宫，正巧听见水钟整点报时的撞击声。内门顶端的那尊镀金雕塑，依旧握着他的长棍，现在底部停着四个金球。幸好今天他没有迟到。

成群的进谏者从大门里走出来，也证实了他的想法。靠近内门的地方，一群北方野蛮人放慢速度，靠边让行，巴利斯塔也跟着放慢了步子，他曾经怀疑过这是一群博拉尼人。不过擦肩而过时，巴利斯塔注意到了对方的打扮，典型北方日耳曼尼亚式的考究发型和条纹服饰。显然，这是一群好战的法兰克人。

看到巴利斯塔手里的敕书，台阶前的肃静官们给他让出了一条路。禁卫队士兵向他敬礼并打开了宫门。一位宦官领着他穿过长长的列柱廊，空荡的长廊里回荡着他俩的脚步声。长廊两侧竖立着先帝的雕塑，诸如奥古斯都、克劳狄乌斯和图拉真，他们都已被封神。身后的大门合上了，在光线的作用下，雕塑俯瞰的眼神显得更为逼真。

穿过第二扇门，他们来到了帝国前厅。这里温暖、阴暗，空气中弥漫着熏香的气味。这位宦官非常有礼貌地告诉巴利斯塔稍等片刻，随后转身离开，消失在黑暗中。

巴利斯塔环顾四周。除了他，还有四个人在这里候着：三个议员和一个军人。他看到一张空椅子，便毫不犹豫地坐下了，小心翼翼地整理着长袍，捋平衣服上的褶皱，把圣旨放在腿上。他向其他四人点头致意，四人纷纷回礼，伴着其中一个议员的咳嗽声。随后，大厅又陷入死一般的寂静中。

巴利斯塔开始研究起他腿上的那卷白色文件：四个角被染上了金色，中间的金色圆盘上画着瓦勒良和加里恩努斯的肖像。这是他出任“河岸指挥官”职位的书面证明。这次进宫，不出意外的话，他仅有的这个职位是保不住了。那么，皇帝会给他新的职位吗？

觐见室里的氛围很压抑，然而从议事厅门帘透出的空气声响打破了此时的尴尬。这五个人强忍着跳起来张望的冲动。一张长脸出现在门帘后，那是引见官克勒图尼乌斯。引见官停顿了一会儿以适应觐见室阴暗的环境，不过这一会儿对这群等候的人来说，真是长得不可思议。他朝其中一位议员走去，柔声说了几句话，那位议员几乎是从椅子上蹦起来，连忙整理了自己的袍子，紧随着引见官离开。厚重的帘子再度合上，前厅又一次陷入沉默。他们发着呆，不去看对方的眼睛，努力保持着自己那所谓的“风度”。

似乎过了一个世纪，克勒图尼乌斯才现身，这次他径直带走了另一位军人，旋即紫色的门帘又一次合上，巴利斯塔和另两位议员依旧待在这间阴暗的屋子里。尽管那两位议员什么都没说，只是面无表情地坐着，巴利斯塔仍旧能感受到他们的焦躁。其实他知道这是为什么：多年前，在意大利大陆上，议员们联名上书，要求奸诈的禁卫军长官塞扬努斯允许他们前往卡普里岛觐见皇帝提比略，因为皇帝的统治让议员们忍无可忍。要是在好几个世纪以前，当罗马还是共和国的时候，他们可应该是元老；没想到奥古斯都重新推行帝制之后，一切都变得不一样了。新的体制恢复了“共和制”，议员们虽然保有自己的贵族身份，但是他们有了一个共同的元老，他们的权利来源于皇帝的恩泽，只要皇帝愿意，他可以要求任何人在他身边，贵族的好日子一去不复返。这就是为什么议员们此刻不得不待在阴暗的觐见室里乖乖地等着，看着比自己阶级低的军人先接受皇帝的召见。

克勒图尼乌斯正盯着巴利斯塔，不过巴利斯塔正想得出神，并没有注意引见官已经回到了屋子里。克勒图尼乌斯倾了倾身子，小声地说着什么，巴利斯塔没听清，不过也不碍事，反正都是“跟我走”的意思。他仔细观察着那两个议员的脸，想要在这阴暗的环境里试着读一下他们的表情。但，可想而知，这是不可能的事，即便是帝国首屈一指的面相师，也无法从他们的脸上读出任何信息。那是一种神秘莫测的表情，就如同不管是引领他人接受皇帝的恩泽，还是带着他们走向死亡的深渊的引见官的神态。当巴利斯塔直起身子时，他突然又蹦出了一个想法：为什么密道的起点一定是帝国礼堂？那下面可是虐待罪犯的地方啊！巴利斯塔努力地制止自己，强迫不再漫无边际地想象着可能已经在皇宫的地下室里发生过的事。

克勒图尼乌斯转过身去，以为巴利斯塔会跟过来。而巴利斯塔先停了一会儿才跟上去。他先把敕书放在椅子上，用双手抚了抚长袍上的褶皱。当拿起敕书时，他注意到那封金白相间的文书上有些许汗渍。“巴利斯塔，你也没那么勇敢。”他在心里嘀咕。他离开时没有再多看那两位议员一眼。说实话也没什么必要，背过身时他还是感受到了他们的怨愤：不光是个当兵的，还是个野蛮人，他怎么配拥有这样的待遇！

穿过厚重的紫色门帘，巴利斯塔来到了议会厅。这里与一年前相比并无二致。上方是宏伟的半圆壁龛，日光透过其间的窗户洒下来。正前方坐着头戴王冠的皇帝，放射状的皇冠闪烁着金色的光芒。他的左后方是一队秘书，右后方则是禁卫军长官苏克西阿努斯。台阶前圣火在祭坛里燃烧着，一旁坐着四个身着长袍的官员。巴利斯塔意识到，他参加的是一个微型议事会。

接下来又是那一连串的礼仪仪式：沿着长廊走过安静的议事厅；引见官介绍觐见者身份；巴利斯塔趴在地板上行大礼，感受着大理石的冰凉；皇帝伸出戴着沉重金戒的手，他去亲吻那枚戒指，触碰到宝石和金属，这位神明代言人说了几句冰冷的客套话。

巴利斯塔在圣火边直起身子，暗暗观察着坐着的四位大臣。一位是瘸腿的马克利亚努斯；一位是雇佣军指挥官塞索里努斯。前者掌管帝国财政，后者是帝国密探的首脑。他们用自己不同的方式，在暗地里干些见不得人的勾当。剩下的两位议员巴利斯塔不认识，不过他认出了其中一位，是刚刚在觐见室里遇到的那位议员，但是克勒图尼乌斯第二次带进来的军官不在其中。

皇帝总算开口了。他直直地俯视着巴利斯塔，嘴角有些许弧度，但那绝对不是笑容。

“马库斯·克洛迪乌斯·巴利斯塔，就在去年，距离三月中点前五天，你收到了一封信，里面是皇家指令，由我本人签字并直接交于你手中。信里要求身为河岸指挥官的你，监督军队里的每一个士兵祭祀自然神。信里明确指出你必须马上实施这一指令。”

“是的，陛下。”

“但是，你竟然公然违背旨意，直到四月初一，即你收到命令后的第二十二天才开始实施这一决议。”一个议员咳了咳，瓦勒良也顿了一下，见那个议员没有停下来的意思，瓦勒良提高了音量。“在此期间，”他开始引用文件上的原话，“约有二十个士兵逃离军队。其中一个被弗鲁曼塔里伊的成员抓获。经过一系列的……劝服，”皇帝对塞索里努斯柔和地点点头，“该名逃兵坦白他是为了自己的宗教信仰才选择逃跑的，他是一个基督徒。其他人也可能正是因此原因而逃跑的。你的失职致使我们的神明和公民的敌人有机可乘，逃离军队。”

“陛下，我们当时是冒着生命危险在战场上厮杀。这些人做逃兵可能只是为了活命。”

“你是基督徒吗？”瓦勒良突然冒出这么个尖锐的问题。

“不是，陛下。”

“你同情基督徒吗？”

“不，陛下。”

“关于这个致命的迷信思想，你了解多少？”

“知之甚少，陛下。臣只在塔西佗和小普林尼的作品中看到过类似的描述。同后者一样，臣也没有亲身体验。只知道，因为基督徒，我们丢失了您神圣的阿瑞忒城，葬送了您众多优秀的子民。”

瓦勒良没再说话。巴利斯塔觉得他似乎看到了这个皇帝对塞索里努斯使了个眼色，不过这位雇佣军指挥官并没做出任何反应。那位议员的咳嗽声总算停了下来，议事厅里顿时陷入了沉默。

一个新的声音出现了。“陛下，恕臣冒昧。”是马克利亚努斯，他小心翼翼地站了起来，“尊敬的河岸指挥官，您对此异教持有怎样的态度？”

“本人认为基督徒就是一群傻子和叛徒。”巴利斯塔答道。

“因为其中的信徒出卖了阿瑞忒城？”

“是的。”

“您觉得是否应该对他们加以制裁？”

“这绝对是个好主意。”

“您愿意自己亲自动手吗？”

“本人深表荣幸。”巴利斯塔话音一落，马克利亚努斯露出了一个大大的笑容，慢慢地坐了下去。

皇帝说话了:“你的言论令首席财政官兼粮食供应长官感到满意，也表明了你对帝国的忠诚。”他顿了顿，给巴利斯塔时间行礼表示对于皇帝赞许的感谢。

“这一堕落而丑恶的异教迷信专门针对一些软弱无知的民众，诸如女人、孩童、奴隶和意志薄弱的人等等，在帝国里传播速度之快让人震惊。究其原因，我很遗憾地承认，正是历任皇帝的自负和怠惰。现在，朕忠诚的子民站了起来，要求将这些亵渎神明的基督徒统统扔去喂狗。有些人已经受到了惩罚，但是这不够，远远不够。这种惩戒往往只是以儆效尤，而且只是局部行为。只有老皇帝德西乌斯尝试过在全帝国境内推行，可惜他英年早逝，与哥特人在阿伯里图斯的战斗中不幸牺牲，这英明的举措也被迫中断。”

瓦勒良停下来，沉思了一会儿，继续说道:“去年发布的命令没有得到广泛的支持与响应，这种情况必须改变。帝国已经没有耐心再这么耗着。”瓦勒良一脸沉重，扫视着整个议事厅，“帝国已拟就一份新的命令，这一命令将在全帝国境内实施，无论是在朕管辖范围内的东部，还是太子加里恩努斯掌管的西部。法律条文和军队实力将共同支持这一命令的实施。据悉，帝国内有三个地方是这些异教徒的聚集区:非洲、伊比利亚及亚细亚行省。

“这即解释了我为何将任命伽列里乌斯·马克西姆斯，”瓦勒良指了指巴利斯塔在觐见室见到的议员，也就是刚刚咳嗽个不停的那位，“为非洲行省总督。”他又指了指另一位议员，“埃米利安努斯将前往伊比利亚行省。但是亚细亚行省的状况比较棘手。现任总督尼科马库斯·尤里安早已不堪重负。每天来自黑海的野蛮人都在行省边境施压，哥特人、博拉尼人、赫卢利人，还有塞西亚人，可笑的是，他们又给自己取了个新名字。不过，兴许有一天他们就会越过海洋发起进攻。我已经发布过指令，命他看管好帝国的边境，保卫我们的海岸、岛屿和城市。”这次瓦勒良又伸出手，“我指派你，马库斯·克洛迪乌斯·巴利斯塔，担任尼科马库斯·尤里安的副手。简要地说，你的任务就是前往行省首府以弗所，确保针对基督徒严酷的惩戒得以实施。当然对于一个军官而言，担任行省副总督是一份特殊的荣耀，更不用说这还是亚细亚行省。”瓦勒良又停了下来，时间长度刚刚好让巴利斯塔行完感谢礼。

“必须让所有人意识到这一举措的重要性。东方的萨珊人，南边的摩尔人和布伦米人，北方的哥特人、萨尔马提亚人、阿勒曼尼人、汪达尔人、法兰克人和撒克逊人，这群野蛮人正是因为那些亵渎神明的基督徒才会觊觎帝国的领土，袭击帝国的边境！”瓦勒良暂停了他的演说，他说话的回音慢慢消失。

“一个凶狠的野蛮人能做些什么？他能在边境上烧杀抢掠，但他永远不能动摇帝国的根基。而罗马帝国的根基是什么？”瓦勒良抛出了这个问题，他坚定地环顾着大厅里的每个角落。

“正是‘神的和平’，实现了人与诸神之间的和谐共处。千年来，我们虔诚地供奉着的神明；千年来，神明守护着帝国的和平。但是，就在最近这几十年中，一切都偏离了正轨。瘟疫、篡位、叛变的军队、蛮族无休止的侵犯、先帝德西乌斯在战场上丧命于哥特人残酷的剑刃之下；如今，萨珊王朝沙普尔不可一世、无法无天，正从东部威胁着帝国的安危。所有的这一切，都源于基督徒对神明的亵渎。这群狂妄的家伙宣称世界上只有他们那位无名氏神的存在。这群自大的异教徒散播我们的神要么不存在，要么就是魔鬼。如果我们继续纵容这种行为，也就难怪诸神抛弃我们，将他们的恩泽施予他人。事到如今，我们再也不能姑息基督徒，绝不！基督徒要么改变信仰，要么就统统受死去吧！”

大厅里鸦雀无声，皇帝的声音似乎在穹顶回荡。

大家对皇帝刚才慷慨激昂的演讲消化得差不多了，伽列里乌斯·马克西姆斯，这位议事厅里资格最老的议员站了起来，他用庄严的语调、洪亮的声音赞美皇帝的虔诚和睿智，他说战争的成败是由上苍决定的，与萨珊王朝的决战指日可待。如果帝国不去制止基督徒的无自然神论，叙利亚、埃及、亚细亚，甚至更多的领土将会落入这个东方王朝的魔爪之中。

巴利斯塔尽量让自己看上去恭敬而诚恳，但是他心里装满了疑问。为什么瓦勒良派他去以弗所实施对异教徒的迫害？的确，基督徒背叛了阿瑞忒城，巴利斯塔有理由比大多数人都憎恨他们，可单凭这一点，不足以选择一个军人去执行这一任务，要知道他根本没有任何市政管理的经验。是什么原因要选择一个野蛮人出身的军官？一个整整一年都没有被搭理的军官？而最令人不安的是，为什么马克利亚努斯支持这一任命？坊间传言，这位首席财政官大人可比那位资格最老的议员更有影响力，甚至比优柔寡断的瓦勒良更有感召力。难道马克利亚努斯直接促成了这一任命安排？为什么？马克利亚努斯的儿子曾试图暗杀他，巴利斯塔基本可以确定。但是就算不去想马克利亚努斯是否参与了暗杀行动，他始终也是巴利斯塔在朝堂上的敌人。这个瘸腿的老浑球儿到底在玩什么把戏？

第十四章

路奇乌斯·卡尔普尔尼乌斯·庇索·塞索里努斯，雇佣军指挥官，弗鲁曼塔里伊的最高长官，也是帝国最令人闻风丧胆的人物之一。只见塞索里努斯叹了口气，放下手中的少儿读物，十分疲惫地用手拂过自己的脸，对他而言，最近烦心的事还真不少。他站起来，走向窗口。夕阳西下，落日的余晖斜穿过一排排果树。他想起先前一个关系很近的贵族跟他说过这样一句话——想要真正了解一个人的文明程度，就要观察他对花园的欣赏造诣。一阵西风吹过，穿过皇宫和竞技场之间的果园，塞索里努斯在努力地欣赏着水过时掠起的光影交错。记忆力不错的他记住了那个人的看法，对于对方的善意也一直心存感激；不过，这不会影响到他与这个贵族的对抗。

有人在小声地敲门。塞索里努斯不紧不慢地检查了那扇通往皇宫地下室的门，不错，门关紧了。之后他回到书桌前，将几张纸摆在了他刚阅读的图书上方，说："进来。"一个身着深色衣服的弗鲁曼塔里伊成员推门而进，俨然一副公民的打扮。他长了一张大众脸，几乎所有的情报工作者都是这种路人长相。

"马库斯·克洛迪乌斯·巴利斯塔选你做簿记官，跟他一块儿去以弗所？"

"是的，长官。"

“这是你第三次跟着他了吧？”

“是的，长官。”

“我看过你的报告了。”塞索里努斯指了指身后塞满纸张的文件架，“你从阿瑞忒城发回来的报告里把他骂得一文不值，不过你从色西昔姆发回的报告中明显夹杂了不少溢美之词。”

这位弗鲁曼塔里伊成员以一种典型的非军人姿势站着，浑身上下都散发着懒散，而当听到这句话时，他立即调整了身子，站得笔直。“我子（只）报告我看到的事。”塞索里努斯注意到他还是没能完全克服北非口音，把“只”发成了“子”。

“我还能问你什么呢？”塞索里努斯露出了试探性的微笑，“今天早些时候，巴利斯塔在议事会上宣称，关于基督教，他所有的了解都来自于塔西佗和小普林尼的著作。”这位雇佣军指挥官说这话的时候，发出了一种自己好像经常看这些书的语调，“但是有一份报告显示他可能没说实话。去年，在安条克，有人看到他在一个叫‘下巴骨’的街上，听一个基督教传教士布道。帝国希望你能对此提高警惕，汉尼拔。”

“明白，长官。”

弗鲁曼塔里伊的成员离开后，塞索里努斯依旧坐在桌前。他的眼神恍惚，显然还在思考亚细亚行省副总督任命的事。尽管年轻贵族盖乌斯·阿奇利乌斯·格拉布里奥再三担保巴利斯塔在色西昔姆的表现良好；尽管这个北方佬在朝堂里有自己的盟友：塔西佗和奥勒良。引见官克勒图尼乌斯似乎也支持他。对，还有禁卫军长官苏克西阿努斯。可是，巴利斯塔已经被冷落了整整一年，之前也从没干过市政管理的活儿，为什么马克利亚努斯会全力支持这次任命呢？谁都知道，自从巴利斯塔从阿瑞忒城回来，就在庭院里跟他结下了梁子。他也一直在利用自己的影响力，不断地中伤这个北方人；而且他的两个儿子奎伊图斯和马克利亚努斯二世，很可能就是暗中指派杀手干掉巴利斯塔的凶手。既然这样，马克利亚努斯还这么积极地支持巴利斯塔去以弗所制裁基督徒，肯定不是想讨好他，跟他冰释前嫌。这里到底暗藏了什么不可告人的秘密呢?

在想办法解开谜题时，塞索里努斯有一种莫名的快感。他最擅长的事情就是查清楚这些人背后的阴谋诡计。这种天分助他在官场上平步青云。他允许自己先得意一会儿。塞索里努斯是博洛尼亚人。起初，他只是在家乡做染工。当第二意大利卡军团驻扎在诺里库姆、正要前往多瑙河流域时，他选择逃离那个盛满尿液的大染缸，参军入伍。他迅速升职，很快就成为侦察兵；四年后，升为弗鲁曼塔里伊的百夫长；又过五年，适时的背叛让他成为皇家机密情报组织的一员。他自然不会就此满足。在卡拉卡拉遇刺之后，有人推举伟大的马库斯·奥克拉提尼乌斯·阿德文图斯称帝。他可曾担任神圣的帝王塞普蒂米乌斯·塞维鲁手下的雇佣军指挥官呢！本想就此再官高一级，可惜被那个白痴拒绝了。

然而，塞索里努斯也为他的迅速升迁付出了相应的代价。当他拿开那些纸，看到桌上的书时，他的自我膨胀瞬间就消失得无影无踪。在他生存的这个上层阶级里，能够熟知荷马史诗的所有典故是必备技能。他无可奈何地翻开那本专为孩子们评注的《伊利亚特》，痛苦地阅读起这将近一万六千句晦涩难懂、抑扬顿挫、六步格的史诗诗句。

清晨，岸边的微风几乎吹散了港口腐烂的气味，但是那腥臭味还是能嗅到。巴利斯塔住在皮埃里亚的塞琉西亚已约有三年的时间。三年了，微风拂过发臭的港口，一直都没有变过。当巴利斯塔前往阿瑞忒城时，也曾经路过这里。与过去相比，这里发生了不少变化。破败的码头已经重建，存放海军船只的棚屋也重新上漆。无论是军船还是商船，与过去相比数量都大幅增加。这里不再是一个闭塞落后的地方，港口上来来往往的人们，很是忙碌。这是安条克城其中的一个港口，顺着这条路向前走是皇宫。不过皇家的出现并没有改变这里的环境，宽阔的港口里还是堆满了腐烂的垃圾。这些垃圾在码头的水面上浮动，缠住了浮标。巴利斯塔看到里面有一只死狗，还有不少死老鼠。他在想，可能是连接这个人工港口和地中海的河道太过扭曲，致使海水很难流进来带走这些垃圾。

这两个人站在军用码头上，身旁停靠的正是要将他们载往以弗所的船。这艘船名叫维纳斯，所以在靠近撞角的位置凿了一尊丰满裸体的维纳斯女神像。这是一艘三层划桨战船，狭长的甲板上可承载将近两百名船员。不过这艘“维纳斯”的设计拥挤不堪，令人不适，在风暴中适航性不高也是出了名的。她诞生的目的只有一个：追赶并击沉其他船只。这艘船曾溯流而上，穿过爱琴海前往拜占庭去缉拿来自黑海的海盗，就是那群哥特人、博拉尼人和赫卢利人。现在她的任务就是要将新任的亚细亚行省副总督送往以弗所。船上不时传出命令声，还有船员不停的咒骂声。巴利斯塔望着甲板上来来往往的船员，正在放备用桨、绳索和滑轮，有条不紊地在为起航做各项准备工作。马克西姆斯一直品评着那尊维纳斯像。

突然一阵响亮的叫骂声传来，舷梯上出现一个大脑门儿。没一会儿，卡尔加库斯那张瘦骨嶙峋的脸就出现在大家面前。跟往常一样，这个喀里多尼亚人依旧大声地自言自语着：“不，不……这没啥。你们俩可真清闲，就站在那杵着。对，对，对，反正你们只管把那些弱不禁风的小浑球儿送上船就可以一边凉快去了，我他妈的才不需要你们的帮助。”突然，他又换成了正经的音调喊着，“一个储物箱丢了，大部分随从已安排妥当。”

“干得好。”巴利斯塔答道，“你没安排太多人，是吧？”

卡尔加库斯没有理他，只是刻薄地瞪了他一眼，转身回到甲板上。只听见抱怨声在空气中回荡着：“呵呵，靠！”

这个喀里多尼亚人安排的人数严重超标，巴利斯塔已经在尽力控制着。罗马人的固有观念认为，带多少随从必须与身份相匹配；不过跟他出任河岸指挥官的配备相比，这次走马上任带的人也为数不少：六名通讯员，四个簿记官，两名传令官负责传达他的命令以及两名占卜师负责对诸如鸡肉和动物内脏之类的祭品读出神的预兆。一共十四个人，其中有两人从他第一次离开意大利前往东部时就一直跟着；一个是来自北非的簿记官，另一个是来自高卢的通讯员。依巴利斯塔的习惯，他命令德米特里厄斯来安排这些随侍。估计那个希腊男孩现在正忙着呢。

“他们过来了。”马克西姆斯提醒他。

巴利斯塔转身，不过没有看到他们。他向远处张望着，看到了曲折的小巷，屋侧的楼梯以及沿着卫城和朴实的多立克式神庙而建成的杂乱的房屋，神庙俯视着整座塞琉西亚。再往后是皮埃里亚山灰白而神圣的轮廓。

“不是，在这边呢。”

一顶蓝色的轿子出现在他的视野里，距离比巴利斯塔预想的要近。轿子两边各站着一名护卫，他们就是朱莉娅先前雇佣的曾做过角斗士的彪形大汉。巴利斯塔心头有一丝不悦，他不知道朱莉娅什么时候又恢复了这大小姐的做派，明明家离码头就几步远，而这元老院议员家族的千金小姐如今连这两分钟的路都不愿意走了！

轿夫们放下轿子，拉开轿帘，巴利斯塔连忙上前扶着妻子。朱莉娅迈步时有些踉跄，他下意识地想要扶稳她，却发现她竟然长胖了，不过这对巴利斯塔来说不算什么，他一直都喜欢丰满的姑娘。紧接着他又上前一步把儿子抱出来，举起伊桑格瑞姆的时候并没惊讶于儿子的体重，他很清楚，自己六岁的儿子相比同龄人是高大的。巴利斯塔亲吻了儿子的额头，把他放下来，扶他站稳。“上苍啊，这样的分别还要经历多少次啊？”巴利斯塔无奈地想着。他曾向瓦勒良请求携带家眷同去以弗所，不过被拒绝了，原因是不能让妇孺见证制裁异教徒的残酷场面。

巴利斯塔还是不明白为什么要派他去当亚细亚行省的副总督，即使是像朱莉娅这种深谙朝堂之道的人也毫无头绪。克勒图尼乌斯也说不清楚这其中的玄机。没人了解缘何马克利亚努斯会如此积极支持这一任命。巴利斯塔开始对妻子和引见官的联盟程度表示怀疑。不过当他们一家人走到港口时，巴利斯塔不再多想。毕竟克勒图尼乌斯娶了朱莉娅的表妹，怎么说都沾亲带故，并且他俩有着相同的贵族背景，很清楚帝国上层阶级圈子的生存规则。而这一点，他这个高大的北方人估计一辈子都无法明白。

他们走到船边，离别的时刻还是来了。巴利斯塔蹲下身子，紧紧地拥抱儿子，努力地嗅着儿子身上的味道，想把这味道牢记于心。他一直坚持让儿子学自己的家乡话，此刻，他正用母语对伊桑格瑞姆耳语着："要勇敢，照顾好妈妈。"

巴利斯塔正要站起来，伊桑格瑞姆伸出一只拳头，里面握着两片已经褶皱的叶子。"我们可以把叶子放在包里。"他湛蓝的眼睛认真地望向父亲，"我们可以看着它们想着彼此。"口头承诺担心儿子不放心，巴利斯塔小心翼翼地将其中的一片叶子亲手放入囊中收好。

巴利斯塔把儿子送到母亲身边，温柔地吻了朱莉娅。这次他用拉丁语对她说："保重身体，我一定尽快回来。"

朱莉娅靠近巴利斯塔说道："你也保重。"旋即在他耳边说着，"当你回来的时候，你又要当爸爸啦。"

巴利斯塔感到一阵奇异的晕眩。"什么时候？"

朱莉娅莞尔一笑。"今年年底。"

在那一瞬间，巴利斯塔差点儿脱口而出说自己一定很快杀光那群基督徒，不过他忍住了，这些话着实不适合说出口，甚至可能会招来杀身之祸。他看着她的双眼。"太棒了！照顾好自己。"他只简单说了这么一句。

船要起航了。巴利斯塔转身，一步一步踩着踏板，登上"维纳斯号"。

第十五章

在船上已经可以看到几英里外的以弗所大剧院了。维纳斯女神像冲破了清晨的薄雾，亭亭玉立，亮白的大理石表面和简约大方的设计让它在周围复杂烦琐的建筑群中脱颖而出，吸引了所有人的目光。

一个悠然自得、不紧不慢的旅途。巴利斯塔一行人乘坐的是桨动战船，这也是这次航行的最佳选择。通常，他们每晚都会靠岸停船，在岸上吃饭、睡觉，只有在穿过叙利亚大陆到塞浦路斯、从塞浦路斯到罗德岛这两段行程中，船才不得不在伸手不见五指的夜里赶路。这期间，队伍在塞浦路斯地区的首府新帕福斯城和罗德岛弥漫着高贵气息的城市分别停留了几天。

对巴利斯塔而言，他一点儿都不企盼队伍可以马上到达以弗所。这倒不是因为巴利斯塔还怀疑迫害基督徒的决议是否公正。瓦勒良说了，这些基督徒是极为危险的不敬神者，如果他们继续存在，搞不好会让罗马帝国明年在歼灭萨珊人的战役中吃到苦头，不能大获全胜；况且巴利斯塔也发现，这帮教徒毫无诚信可言。真正让巴利斯塔头疼的事情，是此次的任务，跟行军打仗不一样，对此，他完全是个门外汉。作为一个河岸指挥官，带兵去荒无人烟的边疆打仗可是本家行当，但现在他要摇身一变，成为副总督，去管理这座丝毫没有战争味道的城市，去驱逐信教的百姓。也许这帮百姓是卑鄙腐化，罪有应得，但终究是手无寸铁的百姓，该怎样去处理这件事情？这让巴利斯塔丈二和尚——摸不着头脑！

正如朱莉娅之前所说，无论巴利斯塔多么沉着冷静，多么才华横溢，做了多么充分的准备，他还是需要一点儿时间去适应这个新任务。其实在听朱莉娅说话时，巴利斯塔又开小差了，他不知道自己会不会像爱伊桑格瑞姆那样，去爱他们第二个孩子。

巴利斯塔这个北方人刚上船的那几天可是满心欢喜。可一点点地，船上慢悠悠的舒适的生活，让他显得有些焦虑，无所适从，仿佛一切都不在自己的节奏上。他感觉自己就像一个被学校开除的小男孩一样，看着别的孩子都在学校里上课，不知道自己该做什么好了。

巴利斯塔跟士兵们说，他们此次在塞浦路斯停留的目的是要去拜访一位参议会官员。因为之前这位官员极为热情地在东海岸招待过他，而这次他经过官员所在的城市，如果不去回礼，有点儿说不过去。

不管怎么说，至少此行队伍中有一个人是很开心的。德米特里厄斯一直希望能有机会去拜访下老帕福斯的阿佛洛狄忒圣地。三年前巴利斯塔奉命带人去阿瑞忒守城时路过这里，队伍刚到罗马在新帕福斯的统治海岸时，德米特里厄斯就已经开始兴奋，但当时每个人都跟他说“任务刻不容缓”，所以至今德米特里厄斯也没能如愿。

不过这次，德米特里厄斯有一整天的时间，足以让他骑着马去学习古代的风俗习惯，去参拜各路神仙，还可以去听当地人讲阿佛洛狄忒的故事。德米特里厄斯还劝巴利斯塔一起去，巴利斯塔拗不过他。至于要去拜访的那个官员，虽然那人心肠还不错，可真是够烦的，没完没了地絮叨着古罗马精英们的谱系和他们手下在哪儿占了多少土地。“你妻子的家族，肯定属于伟大的朱利家族，这个家族在离瑟米奥湖不远的山南高卢有很多地产。”官员尽量不表现出他知道巴利斯塔野蛮人的出身，想方设法把话说得婉转点。

巴利斯塔和德米特里厄斯跟马克西姆斯他们分开了，单独骑着马走。塞浦路斯是个静谧的地方，甚至连土匪都稀少，更没有敌人入侵的困扰。自从巴利斯塔在安条克城被三个刺客袭击至今，已经过去整整两年了。巴利斯塔心中已经有谱，刺客肯定是奎伊图斯和马克利亚努斯二世雇的，但是他想不通他们为什么没再试试。而且更让人百思不得其解的是，他们的父亲马克利亚努斯为什么提议派他去以弗所。当然这种感觉让人很不爽，巴利斯塔觉得自己就像罗马象棋的棋子一样任人摆布。

塞浦路斯平原从海边延伸到山麓丘陵地带，即便现下是八月，依旧满眼绿色。路上空荡荡的，唯有马蹄声和鸟儿的歌唱声。德米特里厄斯突然诗兴大发，高声吟道：“脚踏阿佛洛狄忒的大地，鸟语花香，春意盎然。”

到了圣殿，德米特里厄斯兴奋坏了，他热爱着眼前的一切：天上掉下来的黑色陨石；从未被雨水洗礼过的露天祭坛；还有很多既华丽又古朴的祭品，上面熊熊燃烧的圣火。德米特里厄斯欣然花钱祈求神的指引。巴利斯塔从小到大都对神不感冒，独自一人找了个阴凉地儿，眺望着海上几英里外闪耀的太阳。

当希腊男孩卜讯归来时，脸上黯然失色。巴利斯塔猜得出，肯定是刚才占卜的牧师说了些不好的事。

“这帮牧师没那么神，常常曲解神的旨意。”巴利斯塔劝道。

“不是。”德米特里厄斯闷闷不乐地答道，“这些牧师都是祭司建立者圣所基尼拉斯派来的，他们因算得准而声名显赫，很多年前他们就信誓旦旦地预言提图斯会继承王位。所以我才甘愿花钱让他们算的，不过真的挺贵。”

“我读过塔西佗的书，知道这个。”

“对不起，基利耶，我并不是有意……”

“没关系，我只是想告诉你，不管他们对你的未来做出怎样的预言，都别往心里去。”

“其实他们给我算的结果还不错。让我担心的是关于你的，具体应该说是关于你跟你的朋友奥勒良。牧师们说神会保佑你们俩获得最高荣誉，可是这个荣誉将转瞬即逝。”

巴利斯塔大笑道：“荣誉？你那亲爱的预言师是这么说的？那他们还真不靠谱。我们得到的顶多又是老一套的托词外加民众毫无意义的欢呼，这还算好的了。你想想咱们的处境，迫害基督徒的以弗所之行，做得再好，皇帝顶多也就是不疼不痒地表扬一下。”

回来的路上，巴利斯塔想方设法地逗这希腊男孩开心。最后真正让这孩子笑起来的，是在快到新帕福斯时，巴利斯塔爆料马克西姆斯以前在马西利亚的一条小巷子里出丑的事。这是队里人茶余饭后最喜欢拎出来笑话一番的事。巴利斯塔连细节都叙述得完完整整，详详尽尽。当他们伴着微风穿过那个官员寝宫的岬角时，德米特里厄斯已经笑得根本停不下来了。

玩笑过后，巴利斯塔走向战船的船头。以弗所的庇护神维纳斯的雕像就在前方，不过在短时间内，船还无法靠岸。航道上现在很拥堵：大到从亚历山大河起航的大商船，小到当地的钓鱼船。这里如此繁华，主要是因为黑海的哥特海盗还没来打劫爱琴海上的贸易。

巴利斯塔能听到身后的马克西姆斯正在嘲笑德米特里厄斯。

“阿耳忒弥斯神庙遍地都是，你今天去的这个怎么就比别的都好呢？”

“连傻子都知道，这个神庙可是世界七大奇观之一。它以宏伟的建筑和华丽的外观而闻名于世。它可是女神在人间最喜欢的住所。”希腊男孩坚定地说。

“哈，是吗？可我这愚笨的脑袋里记得这里曾被化为灰烬了！”

“确有其事，是很久以前一个疯子干的，这是亵渎神灵的可怕行为。那天我们以弗所的伟大女神刚好去保佑亚历山大大帝的平安降生。”

“那应该也是你伟大的女神自己的粗心大意所致吧？这可是她最喜欢的人间住所啊！”

维纳斯女神像一手搭着船桨，在水里一动不动地侧卧着。大量的淤泥堆积在进出港口的航道上，把本来挺宽阔的航道变得很窄，所以很多船不得不排队等着进出港口。巴利斯塔手下的军事工程师这会儿琢磨着，要关闭这个港口可没那么简单。在这种软得冒水的芦苇河床上，根本不可能固定住锚，也就是说，不能用链子拴住来来往往的船只。只能清淤，但清淤又会耗费巨大的财力和时间。可是像现在这样港口完全开放，装着货物的船就这么停靠在码头上，我要是哥特海盗头子，就找个月黑风高的夜晚，带人来这搞个突然袭击，劫下一两艘看着最华丽的大船，趁天亮之前返航，准发大财。这仅是个港湾，如果是在城里，特别是在奢华富裕的阿耳忒弥斯神庙搜一搜，岂不是这辈子都高枕无忧了？

簿记官弗拉维乌斯·达米亚诺斯守在码头上，因为要迎接新来的行省副总督。他四下看了看，今天是港口节，按理来说应该是码头人员的休息日，但一切都井然有序，码头没有一点儿过节的气氛。一队随从安静地跟在弗拉维乌斯·达米亚诺斯的身后，表情严肃。随从们架势不小，无论从数量还是素质上都很配得上弗拉维乌斯·达米亚诺斯的官职，可是他们还不足以在当下帮弗拉维乌斯·达米亚诺斯解开愁云，他实在对这个新来的副总督感到很不满意。弗拉维乌斯·达米亚诺斯抬头看了看码头的大门，三扇拱形门侧面与高大的爱奥尼亚式柱子相接，大门两侧就是铺着白色大理石的港口。港口的一切都很完美，这太便宜那个叫马库斯·克洛迪乌斯·巴利斯塔的野蛮小子了。单从巴利斯塔的名字来看，还真猜不到他是个野蛮人。也难怪，从第一个名字和第二个名字（族名）可以看出来他可能是被马库斯·克洛迪乌斯授予过罗马公民的身份。马库斯·克洛迪乌斯是暴君马克西米努斯·色雷克斯被杀后继承王位的两个皇帝之一，他仅在位几个月，竟给野蛮人取了“巴利斯塔”这么个有教养的名字。

簿记官微微一笑。名头称呼可是最容易误导人的思维的。像“簿记官”这个官名听起来就像是个无关紧要的小官，“以弗所”听起来像是个民主大城，而事实上并非如此。达米亚诺斯可是很乐意公开承认自己是城里最重要的地方行政长官，自然地他也是城里最德高望重的人。以弗所，就是民主的意思，而实际上在这里只有有钱人才有资格参加城邦大会，而且大会的一切流程都在参议会的掌控之中，被选中参议会的人还要支付高额的费用。所以这座由阿耳忒弥斯守护的以弗所城，其实就是被这四百五十个深谋远虑的有钱人所操控着的城市。弗拉维乌斯·达米亚诺斯从他熟读的史书中得知，在被罗马人占领之前，井然有序的以弗所政府实施的不是现在这种暴民政治，希腊人当时就已经创造了“文明”这个术语，以弗所的人们一直享受着希腊式自由。在罗马人到来之前，甚至在马其顿王国崛起、亚历山大大帝和他的父亲菲利普统治之前，人们也是安居乐业，其乐融融。

罗马帝国的战船载着新的副总督巴利斯塔，正轻拍着船桨朝弗拉维乌斯·达米亚诺斯所在的港口缓缓驶近。港口有一艘富商的废船就那么搁浅在泥潭里，弗拉维乌斯·达米亚诺斯不禁觉得可惜。朝阳徐徐升起，把陆上原有的一丝风也虐杀了。弗拉维乌斯·达米亚诺斯灵敏的嗅觉立马捕捉到了从芦苇床和鱼市飘来的腐臭味。

也许马库斯·克洛迪乌斯·巴利斯塔是野蛮人也是件好事。北方的大部分人可一直因野蛮而臭名昭著。眼下的任务正需要用野蛮的方式去解决，因为“野蛮”是最严厉的惩罚。那些狂热崇信基督教的信徒的队伍日益壮大，他们试图从人类文明理智的良好教育中跳出来，去做无知愚昧的文盲，越来越胆大妄为。他们像灌输迷药一样在年轻人耳边劝诱：你们应该离开父亲，离开学校，跟妇女和小孩子们一起去鞋匠或洗衣店吃苦，那样才能磨砺自己，达到完美。所以我们需要用“野蛮”根除隐患，因为这些基督徒们背叛皇帝，背叛神灵。这些对神灵不敬的浑蛋，会激怒神灵，那样神灵就会在即将来临的对萨珊王朝的诸中之王的歼灭战中惩罚罗马帝国。

战船转了一圈停靠在码头。一个水手跳上岸，用绳索固定住船。宽大的甲板梯伸了下来，船里一个报信者大喊：“马库斯·克洛迪乌斯·巴利斯塔，罗马帝国英勇的骑士，亚细亚地区副总督驾到！”

伴随着报信者的喊声，一个身材高大魁梧的大汉出现在梯子顶端。他金色的长发已经透露出他日耳曼的血统，长袍上的褶皱已被拉平，军服上紫白相间的军阶条纹显示出他的骑士身份。他缓慢地走下来，在梯子底端时稍迟疑了一下，小心翼翼地踏上码头。

弗拉维乌斯·达米亚诺斯上前很正式地欢迎：“托阿耳忒弥斯女神的福，帝国最英明的皇帝瓦勒良派来了在色西昔姆城战役中大获全胜的指挥官。以弗所所有民众将会因罗马战士马库斯·克洛迪乌斯·巴利斯塔的到来而高枕无忧。”弗拉维乌斯·达米亚诺斯的欢迎词简洁明了，因为他觉着这样简单肤浅地夸一下这个野蛮人，不会得罪老祖宗还有那些好挑刺的文化人。

马库斯·克洛迪乌斯·巴利斯塔也简短地说了几句，他居然完全摒弃了希腊口音。他首先感谢了女神阿耳忒弥斯，紧接着是这座城市。巴利斯塔表示以弗所是自己之前一直向往的城市，如今亲临此地，眼前的以弗所比他想象中的还要完美，令他叹为观止。他将履行在皇帝面前的司法训令，借神之手完成任务。

在这个新的亚细亚地区副总督说话的时候，他的手下们有序地下船，在他身后站成排。话毕，双方互相介绍了各自的重要人员。

主要的见面仪式结束后，弗拉维乌斯·达米亚诺斯转身带领大家从码头三扇拱形门最中心的那扇穿过，来到通往以弗所中心的笔直街道。路上人们在闲聊，巴利斯塔很有礼貌地答复着，但有点儿疲于应付，于是弗拉维乌斯·达米亚诺斯也不再多说，因为很显然，新来的亚细亚行省副总督现在对闲聊并不感冒。然而令弗拉维乌斯·达米亚诺斯很吃惊的是，野蛮人的手下居然斗胆开口跟自己说话。尽管德米特里厄斯语气措辞十分谦恭，长得又阳光帅气，可按照弗拉维乌斯·达米亚诺斯的身份是不可能在公众场合跟一个奴隶说话的，这不合乎规矩，除非是他自己先开口问话。更让弗拉维乌斯·达米亚诺斯无奈的是，那个男孩一点儿也不会察言观色，自己明明都不愿意搭理他，他竟不知天高地厚地又重复了一遍问题。

德米特里厄斯确定了他们左手边的建筑就是海港体育馆，在这里，提亚纳的阿波罗尼奥斯开了天眼。德米特里厄斯像竹筒倒豆似的，开始给巴利斯塔讲这个故事：阿波罗尼奥斯是伟大的哲学家、奇迹的创造者。一天他跟往常一样，不顾烈日灼烤为民众演讲。可是似乎突然间发生了什么不寻常的事，阿波罗尼奥斯降低了嗓音，甚至有点儿口吃，最后他干脆看着地面一言不发。从前的以弗所民众目光短浅，也就会崇拜些舞者、哑剧表演者、吹笛者，还是阿波罗尼奥斯努力驯化了很多民众，把他们从这些低俗的追求中解救出来，转去追求真正的道义。台下的观众看到阿波罗尼奥斯停下来，便开始窃窃私语。而阿波罗尼奥斯一个严肃的眼神又让观众们安静了下来。他向前迈了三四步，突然大喊："打这个暴君，打他！"很多人以为阿波罗尼奥斯疯了，但他恢复平静后解释说，他看到了暴君图密善被刺死在遥远的罗马。果然，从永恒之城回来的信使证实了那位暴君的死亡时间及死亡方式都跟阿波罗尼奥斯说的完全吻合，这也证实了他拥有神的灵性。

不得不承认，这个希腊男孩故事讲得很动听。弗拉维乌斯·达米亚诺斯偷偷地一直在观察这位新来的亚细亚行省副总督，他正听得聚精会神，面带微笑，目光时不时地从男孩身上移到海港体育馆。

故事讲完时，队伍刚好经过路边熊熊燃烧的著名的五十灯的最后一盏灯，来到野猪雕像前。这时希腊男孩又立刻跟主人讲起了以弗所建城的故事：安卓克劳斯，雅典国王科德鲁斯的儿子，他打算建一座城。有一天他突然得到了神的谕旨，说建城的地点会出现一条鱼，之后还会出现一只野猪带路。一夜，寻找建城地点的一行人在岸上停泊准备晚餐，突然从火里蹦出一条鱼和一根点燃的木棒，木棒点着了周围的灌木丛。紧接着，又从火堆里跑出一头野猪，安卓克劳斯抓起长矛就开始追正向山上跑去的野猪。最后，安卓克劳斯就在他停下来的地方建了以弗所城。

就在男孩讲故事的时候，队伍来到了剧院门前的广场。弗拉维乌斯·达米亚诺斯一句话也没说，只是领着大家右转，进入大理石街。以弗所大约有二十万人口，所以这条主街道就变得拥挤不堪。辅助弓箭手此时走在队伍的最前面，为大家清理出一条路。弗拉维乌斯·达米亚诺斯依然在观察这个北方人，发现他正边点头边微笑，还跟护卫龇牙笑。

他心里嘀咕着：没想到这个野蛮的武士竟然对希腊历史这么感兴趣，真是鼓舞人心。弗拉维乌斯·达米亚诺斯现在需要一个可以在以弗所野蛮迫害基督徒的亚细亚行省副总督，这也是受神的旨意。这件事对于即将到来的歼灭波斯人的战斗实在是太重要了。弗拉维乌斯·达米亚诺斯觉得让他感到无上荣耀的是收到了马克利亚努斯大人的亲笔信，这家伙可是罗马首席财政官，还同时管理着罗马的粮食供应，帝国首屈一指的大人物。而信里并没有什么特别的，只是要他监督好巴利斯塔完成自己的本职工作。这开玩笑吧，简直小菜一碟，何况巴利斯塔还那么醉心于希腊文明。

第十六章

八月二十七日，又是炎热的一天。虽然天色尚早，但已热气逼人，连点儿风丝都没有。紫色的幕帘直直地垂在法庭门口，毫无表情，一动不动。巴利斯塔到以弗所已经十天了，整天舒适地住在豪华的总督府里，并没有急着开工。但是弗拉维乌斯·达米亚诺斯可不一样，急得像热锅上的蚂蚁：现在的任务刻不容缓，再不采取行动，监狱就被抓来的信徒塞满了。

巴利斯塔在法庭上的椅子上挪了挪身子，台下的法庭工作人员立刻放下手里的事情，各就各位。他环顾四周，在位皇帝的雕像，有奥古斯都瓦勒良的，也有加里恩努斯和他的儿子恺撒瓦勒良的，已经都被搬到教堂拱廊[1]东侧的议事厅里，就放在元首制的创建者奥古斯都和妻子利维亚的雕塑旁边。奥古斯都和利维亚的雕塑是坐着的，比真人的尺寸大一些，而且面部表情严肃。在雕塑前面有一个祭坛，里面点着小火，用来给雕像增加热度。空气中到处都弥散着甜得发腻的香味。一切似乎都准备好了。

“把第一个罪犯给我带上来。”巴利斯塔说道。

---

① 拜占庭帝国时期，地下水宫殿建于教堂拱廊的地下，是位于当时伊斯坦布尔第一山上最大的广场之一。——译者注

幕帘掀开，两个士兵押着一个消瘦的男人走了进来，因为消瘦，那个男人的眼睛显得格外突出。他环视着整个法庭，神情里却透出一种诡异的欢喜，感觉像是在庆祝自己的节日。

“姓名？种族？奴隶还是自由身？”巴利斯塔按部就班地问道。

“我是基督信徒。”男人回答道。

“你没准还是个优秀的基督信徒呢！但这跟我问你的问题毫不沾边。”

“我是基督……”话没说完，一个士兵拿棍子朝他的肩膀打了一下，男人踉跄着跪在地上。

治安队头子科尔乌斯上前一步。“他叫阿庇安，是亚里斯泰迪斯的儿子，来自米利都的希腊人，是自由身。”士兵把罪犯拉起来站着。治安队头子连材料都没看，直接背诵：“他是去年被人匿名揭发的，按严格意义来讲，匿名揭发是不合法的。不过他在法庭上承认了自己是虔诚的基督徒，是那帮基督徒的牧师，用他们的话说叫长老。他后来被流放到克莱玛卡的一个村庄，在那里，他竟然明目张胆地违抗帝国的诏书，公然参加了祭祀仪式，还离开流放地前去葬礼地，他们管那叫公墓。”

话毕治安队头子科尔乌斯退回原位站好，他的脸看上去总是面色沉重。巴利斯塔发现科尔乌斯看了弗拉维乌斯·达米亚诺斯一眼，眼神很奇怪，似乎带着点儿厌恶。

那个罪犯在法庭上尽管有点儿紧张，但还是四周环视着，不时地龇牙笑笑。

“你难道不知道皇帝定的制度吗？”巴利斯塔的问题更像是在告诉罪犯，应该遵守皇帝制定的任何制度。

“我不知道什么是制度，我是一个基督信徒。”士兵们一听罪犯的回答，刚想打他，被巴利斯塔的手势制止了。

“皇帝的制度告诉你，要对神虔诚。”

“我对上帝是虔诚的。是上帝创造了天、地、大海以及所有的一切。”他的声音有些颤抖，为了掩饰这份紧张，他咯咯地笑了起来。

“你知道神的存在吗？”

“不知道。”

“你马上就知道了。”法庭里的人们都笑了。“如果你现在恢复理智，皇帝会原谅你的。对着祭坛上的一炷香和一小杯酒发誓，仁慈的皇帝一定会原谅你的。”

“我不认识这个世界的什么皇帝。”男人清晰地说道，尽管眼神依然迷离。

“你是长老？”

“是的。”

“可你现在不是了吧。”巴利斯塔自己都觉得问这个问题有点儿可笑。他回过头参与到由当地的知名人士组成的评议会讨论中，当然，意见统一：执行死刑。弗拉维乌斯·达米亚诺斯建议活活烧死他，治安队头子科尔乌斯建议用武器处决这个自由民出身的市民，但是弗拉维乌斯·达米亚诺斯极力反对治安队头子的建议，认为不能便宜了他，必须杀一儆百。另一个知名人士同意弗拉维乌斯·达米亚诺斯的观点。巴利斯塔又转向另一个来自北非的簿记官，他递给巴利斯塔一个卷轴。巴利斯塔摊开纸莎草纸，回身看向罪犯。

“亚里斯泰迪斯的儿子阿庇安，”巴利斯塔看了一眼罪犯，又低头念道，“你屡教不改，一直坚持亵渎神明，并且还和其他恶毒的人混在一起预谋加害我大罗马帝国。你已经成为罗马诸神的敌人，成为我们宗教习俗的敌人，我们圣明的皇帝瓦勒良、加里恩努斯奥古斯都还有恺撒不允许你这样的叛徒再一次玷污我们的圣洁仪式。因此，由于你是最恶毒的罪行的教唆者，你的下场将给所有的叛徒以警示，你的鲜血将用来重振法律的威严。”

男人的眼神不再在法庭里游离，而是战栗地锁定在巴利斯塔身上。

“亚里斯泰迪斯的儿子阿庇安，塔斯克斯和巴索斯执政官决议，将在八月二十五日对你处以火刑。”

男人的嘴先是张开，随后又闭上了，什么都没说。巴利斯塔看着士兵把罪犯带下公堂。

他们在这个长老身上花了一个早上的时间，弗拉维乌斯·达米亚诺斯有点儿失望，因为抓到的罪犯里并没有主教，除了刚才那个人以外，另有五个长老、十多个执事、长老的仆人以及两个女奴头目，可是巴利斯塔根本就没查出来这两个女奴头目在教会里所担任的职务。作为奴隶，她们饱受折磨甚至被频繁奸污。这种惨痛的经历让她们失去理智，在对她们的审讯中，她们的答案只有一个：她们是基督信徒。巴利斯塔法庭对她们的判决是将她们扔去喂野兽。

其实在整个上午的审讯过程中，还是有两个人否认自己是基督徒的。其中一个人被指控为长老，他情绪激动地否认自己是个基督徒，声称自己是被邻居陷害的，那个邻居跟他妻子有染。他极力表现自己对帝国的忠诚，诅咒基督教。巴利斯塔判他无罪，并下令以恶意指控罪逮捕陷害他的邻居。另一个被指控为执事的人对自己是否是基督徒表示怀疑。他说自己曾经信过基督，不过那是好久以前的事了，他已经悔过并重新信奉祖先们信仰的神灵了。巴利斯塔也判这个人无罪。

午餐过后，离拱形教堂仅有几步远的议事厅里气氛严肃，整个下午，巴利斯塔一行人都在审判余下的二十个教会成员，其中包括两个帝国的自由人。根据皇帝瓦勒良最后一道圣旨：前奴隶的财产由国库收回，而前奴隶本人将被发配到帝国的庄园做苦劳役。其实在座的人都清楚，在那种惨无人道的奴役下，不出几年，这些人就会主动要求死刑。

下午的审判效率明显比上午高出许多，其中有八人被判无罪释放。

下午，当审判进行到一半的时候，有一个案子让巴利斯塔感到不安。犯人是个女人，被自己的丈夫告发。她笔直地站着，后面背着一个小婴儿，清晰地回答着巴利斯塔的问题：姓名、种族、身份，并且承认自己是个基督信徒。微风把犯人身后的幕帘轻轻吹起，女人直视着巴利斯塔。

她的父亲请求见女儿一面。老人家跪下来，将女儿的手放在他的手里，紧紧地握住。老人盯着女儿看，好半天一句话也说不出来。仿佛等了一个世纪，老人开口了，泪眼蒙眬，声音颤抖："女儿啊，放弃你的骄傲吧，如果你死了，我们可怎么活下去啊？放弃你的信仰，可怜可怜我的小外孙吧！"

她严厉地看着父亲，说："我可以做其他任何事，但我是个基督信徒。"

巴利斯塔向前倾了倾。"可怜可怜你的父亲吧，他已满头白发了。可怜可怜你嗷嗷待哺的儿子吧，放弃基督，信奉皇帝。"

这个女人格外地安静，从牙缝里挤出一句："不可能。"

"你就不能可怜可怜你的儿子？"

"上帝会可怜他的。"

"你就忍心他没有妈？"

女人脸上毫无表情。"如果他可以和我一样看到光明，我们终有一天会团聚。"女人的口气里透着常人所没有的自信。

参议会在讨论中出现分歧。弗拉维乌斯·达米亚诺斯提出的仍是最残酷的方式，要让这些自由女人知道她们的身份和性别并不可以庇护她们的为所欲为。这女的应该和女奴头目一起扔去喂野兽。除了这个还有个更残酷的惩罚方式适合她，把她扒光了扔到妓院，任何人都可以凌辱她，只给她提供水和面包。科尔乌斯没发表意见，但其他人指出这不是法律规定的惩罚方式。

巴利斯塔听着参议会成员的讨论，很明显大家无论出于何种目的都倾向于弗拉维乌斯·达米亚诺斯的建议，巴利斯塔扫了一眼台下的女人和孩子。女人一动不动地站着，孩子正在她背后挣扎着，是个俊俏的男孩，浓密的头发，浅棕色的眼睛，肉乎乎的小手正吃力地抬起来去抓妈妈的项链。而女人根本不理会孩子。

弗拉维乌斯·达米亚诺斯又慷慨激昂地发表了一番演讲：这个该死的教会已经威胁了帝国的存亡。如果我们不消灭这帮基督徒，在即将到来的与萨珊王朝的决战中，诸神就会抛弃我罗马大军，帮沙普尔取胜。皇帝及所有大臣都已下令要严厉惩处基督徒。

巴利斯塔感谢议员们提出的建议，转身面向那女人。她面无表情地看着巴利斯塔。法庭上突然间异常肃静起来。

“就我个人对帝王瓦勒良的圣旨的理解是被指控为基督徒的自由身的妇女的财产应充公，而她本人将被流放。”巴利斯塔停下来，“在我决定你被流放的地方和你孩子的命运之前，你将被送回监狱。”巴利斯塔严厉地看着这个女人，想着她会不会对自己的这番话做出回应，结果什么都没有。

幕帘拉开了一半，女人被带下去了。巴利斯塔看了眼拱形教堂的柱廊，阳光从左侧的窗户射进来，民众被挡在辅助弓箭手身后。巴利斯塔现在巴不得自己是在别的地方，而不是在法庭审判。

当天的最后一个犯人引起了不小的轰动。犯人奥卢斯·瓦勒里乌斯·菲斯图斯是以弗所参议会的成员，拥有罗马骑士的军衔。他穿着希腊式长袍和宽大外衣走进了法庭，静静地站在台下。奥卢斯·瓦勒里乌斯·菲斯图斯的胡子是刚刚修剪过的，稀疏的头发也被精心打理过，双手紧紧握着，放在体前，姿势活像演讲家狄摩西尼的雕像。他怎么看怎么像是担负着希腊民众责任的楷模。

在回答巴利斯塔例行公事的几个问题时，奥卢斯坚定地说自己是个基督信徒。巴利斯塔有些好奇，为什么今天出庭，奥卢斯会选择穿希腊长袍和外套，而不是之前他被授予的镶嵌着紫色长条的罗马长袍。也许他想用这种方式反抗罗马帝国，不过也可能仅仅是一些普普通通的原因，不能过分拘泥一个人的每一个举动。

“请告诉我，奥卢斯·瓦勒里乌斯·菲斯图斯，为什么你作为一个帝国最忠实的士兵，会选择此种令人蒙羞的教义？”巴利斯塔像聊天一样，口气和蔼平和。

“作威作福的有钱人，想要去天国，简直比让骆驼穿过针眼儿还难。”奥卢斯坚定地吐出这诗一般的语句，不过这些诗句听起来有些难以理解。他紧紧握着的手在不停地颤抖，这还是出卖了他，他的内心并不平静。

“你们的教会经常被指控有自相残杀和乱伦事件发生。”

“这是谎言。我们从来不会让教徒们去干类似于俄狄浦斯式婚姻[①]或者梯厄斯忒斯式晚餐[②]这样的事。像这种事，即使想一想说一说，在我们看来都是罪恶，更别说去做了，所以这种事肯定不会在我们的教会里面发生。”

“你是个受过教育的人，而大部分基督徒都没有文化。”

“《圣经》上写到‘我要摧毁智慧人的智慧，不需要从旧知识中获取任何东西’。”

巴利斯塔决定换一种方式。“你的神叫什么？”

“上帝不像人类那样有名字。”

“谁是基督教的神？”巴利斯塔坚持地问着。

“如果你的身份配得上信奉上帝，你会知道的。”奥卢斯此话一出，

① 恋母情结，代表乱伦。——译者注

② 珀罗普斯之子，与他的嫂子通奸，后来他的哥哥将梯厄斯忒斯三个儿子杀死，并用侄儿们的肉宴请梯厄斯忒斯，代表自相残杀。——译者注

法庭上的人立马愤怒地谴责他。亚细亚行省总督的出身也许不好，可是在这个公堂上，巴利斯塔就是罗马人民庄严的化身，他这么说是瞧不起所有罗马人民。巴利斯塔挥手示意安静，他受够了。“皇帝的诏书上清清楚楚地写道，所有基督徒将失去他的地位和财产。皇恩浩荡，以皇帝的大慈大悲，他可以再给你一次机会好好考虑一下。这段时间，你会待在监狱里。如果你还是执迷不悟，那你就去受死吧！”

奥卢斯刚被带出法庭，巴利斯塔就听到一声喊叫声。

“我是基督信徒，让我死吧！”

“谁在喊？把他带进来！”巴利斯塔严厉地说。

几声噼啪殴打声过后，一个年轻人被两个士兵推了进来。这个年轻人的头上已经鲜血直流。

“姓名？种族？奴隶还是自由身？”巴利斯塔尽量压着内心的怒火。

“我是基督信徒，让我死吧！”年轻人瞪圆了眼睛大喊道，“这里的悬崖或者码头的绳索都可以要我的命。”年轻人说完开始狂笑。

巴利斯塔等年轻人笑完又问了一遍：“姓名？种族？奴隶还是自由身？”

年轻人没有回答，而是身体前倾，在皇帝们的画像前吐口水，他喊道：“这个国家里的神都是恶魔！崇拜这些石头还不如去死！”

“崇拜什么，石头？”巴利斯塔问道。

令人不解的是，年轻人用藐视的目光盯着巴利斯塔看。

巴利斯塔指着皇帝的画像。“你说那是恶魔？”

年轻人蔑视道：“我要和我的基督在一起。”

巴利斯塔笑得有些野蛮。“我会直接把你送到他那里。”

狂笑声响彻了整个法庭。巴利斯塔突然间感到无比厌恶，厌恶这些万般狂热的基督徒，厌恶成天只会阿谀奉承的朝臣们，厌恶自己现在的职位！“够了！”巴利斯塔喊道，“给我拖出去！”

第十七章

以弗所的亚细亚行省总督府坐东朝西，在城市的中心之巅俯瞰剧场，地理位置极佳。站在总督府上眺望远方，视野开阔，整座城市的怡人风景尽收眼底，任谁都无法抗拒这美好的景象：左侧，连绵的山脉张开双臂，俯身向下拥抱海洋。一座山峰跃然而起，在山峰上矗立着一座堡垒，傲视群雄。山脉较陡的位置是一排排绿油油的灌木丛，其间坚硬的石灰岩格外醒目。低缓处，红色的屋顶沿线排开，鳞次栉比。再向下望去，从剧场陡峭的墙壁，到宽阔平坦的大道笔直地指向弧形的港口，港湾中排列着如玩具般的船只。再往前是波光粼粼的爱琴海。这一切令人目眩神迷。右侧，一望无际的冲积平原，泥色的加斯托河蜿蜒延伸，群山在蓝色天空的映衬下，好像一个个士兵，守护着这座希腊古城。

巴利斯塔感叹着，这里确是以弗所最好的位置，不过金无足赤，通往总督府的路太陡峭了。这条路的起点在剧场上方，左侧是紧密的扶壁，右侧则是令人眩晕的陡坡。巴利斯塔坐在椅子上，打了个手势，说道:“很多年前，有一个基督教的圣人，也是一个能工巧匠，曾经想来这里传教。这个人先前是个税收官，不过也是个臭名昭著的麻烦精。不知道因为什么，不久后，他离开了。他叫保罗或者索罗，反正叫什么罗。”

德米特里厄斯不无嘲讽地哼哼着。巴利斯塔有些不满，心想着：看来我得好好管教管教他了，要么就还他自由，反正都是为了他好。

“让基督徒们殉道去吧。”德米特里厄斯，这个希腊小伙儿说道，“这座城市里曾发生过奇迹，这是真正的圣人的福祉，岂能容许那些基督徒在这儿捣鬼！多年前，以弗所城内闹过一次瘟疫，当地人向提亚纳的阿波罗尼奥斯求助，希望摆脱疾病的困扰。而阿波罗尼奥斯把他们带到了剧场。剧场前坐着一位双目失明的老乞丐，邋遢不堪，蓬头垢面，身旁放着一个口袋，里面装着一块吃剩下的面包。阿波罗尼奥斯对以弗所人说：‘请捡起路边的石块，捡得越多越好，砸死这个神明的敌人。’以弗所人都吓坏了，怎么能去谋杀一个陌生人呢？这个老乞丐不停地祈祷，希望人们手下留情饶他一命。但是这个提亚纳人一直逼迫以弗所人砸死他。老乞丐别无选择，只好拿起石块，自己砸自己。人们见状，纷纷捡起石块砸向他。当第一波石块击中他时，这个乞丐盯着众人，他的视力恢复正常，双目正燃烧着火焰。直到此刻人们才发现这个老乞丐的真实身份原来是个恶魔。他滚来滚去，但已无路可逃。人们扔的石头越来越快，越来越密集，最后形成了一个石冢，把恶魔压在了下面。阿波罗尼奥斯让人们把石块移开，人们听从吩咐，都双手颤抖着扒开石块，发现下面压着的，竟是一只巨大的猎犬。样子像摩洛希亚猎犬，但体型却像一头狮子那么大。恶魔口吐白沫，身体被砸得粉碎。就这样，瘟疫使者死了，城市又恢复了平静祥和。”

“这可真是个好例子，”巴利斯塔说着，“不过根据菲洛斯特拉托斯写的《阿波罗尼奥斯传》，好像是圣人自己扔的第一块石头吧。”

“好吧，刚才讲故事太激动了，自己也没注意这个。”德米特里厄斯承认自己的错误。

“我可不信，”马克西姆斯开口了，“一个希腊人说话，能这么前后矛盾？”

“你心里清楚。”德米特里厄斯笑了笑。

“我知道？苍天在上，我可是什么都不知道，我发誓。”这个希伯尼安人答道。

快进入主干道时，路也变得越发陡峭，只能建造一级级的阶梯供人行走。这三人因而排成一列，小心翼翼地前行。他们总算踏上了以弗所的主干道，人称“神圣之路”。此时巴利斯塔向左望去，看着市政中心，昨日的审判过程依旧历历在目，他的内心五味杂陈。正如那些人口密集的城市一般，明明是市中心，却看不到它的灵魂。这着实是件怪事。在他们的正前方，这条主干道从山体斜坡出发，在湛蓝的天空下向远处延伸。大路两侧是高耸的立柱和庄严的雕塑。

他们向右转弯，看见了下山的斜坡，也总算看见了来来往往的人。向人头攒动的街道的另一头望去，主干道已到尽头，但从右面出口走出便是他们此行的目的地，塞尔苏斯图书馆。巴利斯塔一行人继续向前走，在广场前停了下来。

顾名思义，建造塞尔苏斯图书馆的原因之一便是为了纪念提比略·尤利乌斯·塞尔苏斯·波乐曼努斯。他是以弗所的恩人，是邻城萨迪斯的巨头，曾担任罗马共和国执政官。与此同时这座图书馆也是他的儿子阿奎拉为他选择的长眠之所。阿奎拉打算将父亲埋葬在这座图书馆附近。

巴利斯塔来了这么久，还没有好好参观过这里。好容易忙里偷闲休息下来，打算好好看看这座具有特殊意义的图书馆。台阶两旁是塞尔苏斯骑着马的雕塑。其中一边的塑像上他身着希腊服饰，另一边则身着罗马服饰。巴利斯塔抬起头，想要看看这栋图书馆的全貌。这是一栋两层的大理石建筑，每层都有四个雕像。他往前走了走，读起了第一层雕像下的铭文。“索菲娅（智慧）、阿瑞忒（美德）、伊娜依娅（思想）、埃普斯忒美（学识）。[1]”。形容一位希腊杰出人才，这四个词再合适不过。他又仰起了头，观察着这栋图书馆的第二层。其上有三个不同的塞尔苏斯雕像，分别代表着罗马将军、罗马执政官、希腊市政权贵。最后一座雕像是忠诚的阿奎拉，塞尔苏斯之子，这座雕像展现的也是他罗马高级将领的模样。

巴利斯塔不禁疑惑，为何这些在罗马统治下飞黄腾达的希腊人如此执着于他们的希腊人身份。哪怕像塞尔苏斯这样，指挥罗马军队、掌控罗马行政、誉为皇帝友人、身处罗马帝国权力中心的显赫要员仍旧希望世人铭记他的希腊人身份。从某种意义上来说，这座图书馆似乎就是在昭告天下，塞尔苏斯在罗马帝国所取得的成就都是源于其身为希腊人所特有的优异品格。巴利斯塔想到自己，突然觉得好笑，不管是所谓的罗马人还是希腊人，他们都想方设法让他忘记自己北方蛮族的身份，当然，被嘲讽的时候除外。

图书馆的右侧是集市的南门。在阳光的照耀下，门上的石块折射出淡粉色的光泽。巴利斯塔又开始阅读起石上的铭文。依据文中所述，这座拱门是罗马第一位皇帝奥古斯都赦免的皇室的两个奴隶为感念其恩德所建的。这两个被解放的奴隶分别叫梅佐斯和米特拉达梯。巴利斯塔设想着当地的希腊名流对此会做何感想。这块石头上铭刻的可是一个新秩序的象征。在这座希腊古城的中心，有一座拱门是为了纪念罗马皇帝的恩德，还是由两个从奴隶变为自由人的家伙出资修建的；从他俩的名字里也不难看出其东部的血统。在罗马统治下的希腊人的确做出了不少必要的让步与妥协。

巴利斯塔突然想起了什么，他转过身，望向广场的另一边。那里矗

---

① 希腊罗马文化里常使用女性名字来表示这些美好品德，即将其拟人化。——译者注

立着一座宏伟的纪念碑，是为了庆祝罗马军打败帕提亚人而建。帕提亚人曾经打败过萨珊王朝，建造了东部首屈一指的帝国。碑上的帕提亚人是一副野蛮人的形象，而罗马士兵看上去更像希腊人。也许，希腊人总能让自己在残酷的现实中找到安慰，让自己好过一些。

巴利斯塔穿过这座拱门。三个人就这样沿着太阳运行的轨迹，在柱廊间凉爽的阴影里穿行，参观集市。这里的商品琳琅满目，应有尽有。从日用品到奢侈品，从常见的食物到油和酒，而以弗所的集市上最具特色的莫过于当地生产的香水和银器以及从希拉波利斯和劳迪科亚运来的色彩绚丽的服装。

以弗所的守护女神是阿耳忒弥斯，这也就不难解释，为何集市中每家商铺外都有一个银匠坐在高脚凳上，熟练地打造与这位女神有关的纪念品。巴利斯塔在这一排排的店铺中穿行时，觉得自己跟其中一个店家打过照面。这个人是典型的当地人打扮，瞥见巴利斯塔后竟急匆匆地转身离开。巴利斯塔的视线紧跟着这个男人，他消失在市场中心那座皇帝克劳狄骑马的雕像处。

巴利斯塔满腹疑问，奇怪，这个男子为何要溜走？他可不像是基督徒。弗拉维乌斯·达米亚诺斯做事尽职尽责，不可能让这么招摇的基督徒在市场里自在地闲逛。弗拉维乌斯·达米亚诺斯，一提到这个名字，巴利斯塔脑海中就浮现出一个基督徒因宗教迫害被活活烧死的场景。他似乎意识到了什么。那天在法庭上那小子跟我说什么来着？皇帝要求使用最严厉的惩罚措施，皇帝身边的其他人也表示赞同。皇帝身边的其他人？除了马克利亚努斯，这位负责管理罗马粮食供应的高级财政官员之外，还有谁？马克利亚努斯肯定是跟弗拉维乌斯·达米亚诺斯说过些什么。为什么？巴利斯塔曾当众羞辱了马克利亚努斯，教训了那跛子的一个儿子；他的儿子也策划了三次谋杀事件，欲除掉自己。马克利亚努斯有权有势，自己的确不该与之为敌。那么，又是出于什么原因，他一开始就支持派我来以弗所呢？而且，依现在的情况来看，他已经和以弗所最重要的行政官员打好了招呼。天啊，这个瘸子到底在搞什么鬼？巴利斯塔又一次觉得自己像棋盘里的一颗棋子，被一只看不见的手操控着。

集市的东北角有一个临时搭建的牲口圈，后面是一间存放乐器的石室。巴利斯塔其实很享受这里的多彩和喧闹，但是这个地方总让他觉得不舒服。不过，不知怎的，他总想一探究竟。

一些长得凶神恶煞的男子在那儿闲晃。他们一直盯着巴利斯塔一行人。其中一个男人突然走上前来。

“您好，基利耶。”他说话时希腊口音很重，“您在找什么呢？一个小姑娘，还是一个小男孩儿？”

巴利斯塔看着眼前这个男人，觉得恶心。他也能感觉到身后德米特里厄斯的畏惧和马克西姆斯的敌意。

这个奴隶贩子感觉到不对劲儿，露出了圆滑的笑容。“或者给您的妻子买个女仆？我这有干净听话的姑娘。或者再买一个有教养的希腊男孩帮您打理书籍？要不再买个身强力壮的男人做护卫？”

“要是看到我想要的，自然会买。”巴利斯塔说着。

“那是当然。”这个奴隶贩子咧着嘴笑着，拍起了马屁，“能伺候一个公平待人的主子，能伺候一个意志坚定的主子，那可是奴隶们无上的荣幸。您要是想看货，可以随时联系我。”

巴利斯塔没再搭理他，径自走到奴隶贩子身后，看着这群可怜的奴隶们。他们乱糟糟地蜷缩着，被折磨得不成人形。他用自己的母语对他们说：“这里有盎格鲁人吗？”

这群可怜人眼神空洞，无辜地望着巴利斯塔，没人懂他说的是什么。巴利斯塔顿时松了口气，离开了。这时科尔乌斯骑着马，来找巴利斯塔。这位以弗所的治安队长身后跟着一队魁梧的治安队员，他们每个人手里都拿着警棍。在他们中间有一个衣衫破烂、瘦骨嶙峋的老人。巴利斯塔心里嘀咕着：“妈的，不会又是基督徒吧？”昨天的经历已经让他恨透了当一个审判官。

“副总督阁下，能和您私下汇报些事情吗？”科尔乌斯领着巴利斯塔一行人来到集市中心，但现在这里人不多，刚好给了他们空间。他在皇帝克劳狄的雕塑前停下来。这座先皇在战马上的雕塑使用青铜铸造，本是为了展现其潇洒英姿，现在看来更像是苏维托尼乌斯笔下一个流着口水、浑身抽搐的傻子。

“他叫阿特拉斯，”科尔乌斯指着那个老人家说道，“是一个渔民，住在鸽子岛。那个岛位于南边的海湾上，离这儿不远。”他又转向了那个渔民，“告诉副总督大人你看到了什么。”

巴利斯塔看着这个双眼噙满泪水的老渔民。“昨晚我出去打鱼，收获不少，有很多……”科尔乌斯给他打了个手势，让他说重点，“抱歉，主人。天一亮我就起程回家。我发现有什么事不对劲儿。我的老婆……”他顿了顿，尽力忍住泪水，“我老婆一般都会在岸边等我回家。她总是瞎操心。岛上就我们这一户人家。她不在那儿。我正好看到了他们。我赶紧划着船离开了。野蛮人。他妈的全是北方的野蛮人。我的老婆，我的孩子啊……”他号啕大哭起来。

巴利斯塔轻轻地把手搭在这个渔夫的肩膀上。“几艘船？”

渔夫尽力平复着自己的悲恸。“就一艘，很大很长，大约有五十个划桨。”

“还有其他人知道他们在那儿吗？”

这个渔夫拿着自己外套的袖子擤了擤鼻涕。“树林挡着，基本看不到他们的船。我没告诉别人，应该不会有其他人知道。”随即只见他跪倒在地，紧紧地抱着巴利斯塔的腿。“主人啊，我的老婆，我可怜的孩子啊，求你替他们做主吧……”

“我们绝不会置之不理。”待渔夫松开了手之后，巴利斯塔暗示科尔乌斯借一步说话，问道：“他说的是真的吗？”科尔乌斯耸了耸肩。

“你是当地人，”巴利斯塔继续说着，“这事儿，你怎么看？”

“我之前也没见过他。不过我觉得他说的是实话。”

巴利斯塔冷静地思考了一会儿，随后问道：“港口还有几艘战船？”

“没有。”

“以弗所有多少兵可用？”

“只有一队兵可用，大约有一百个辅助矛兵和五十个弓箭手。”

“你手下有多少个治安队员？”

“五十个。”

“必须在今晚发起进攻。如果他们还在那儿的话。没剩多少时间了。我们需要制订一个计划。”

桅杆上的灯笼在夜幕下微微地晃动着。巴利斯塔和马克西姆斯两人在这艘小渔船的船尾处躺着。两人什么都没穿，因为是八月，夜晚倒不冷，而且他们都随身带了毯子。除了浓烈的鱼腥味儿外，巴利斯塔觉得这样也挺舒服的。

在他们的前面，科尔乌斯、渔民和一个协防兵正在划船，三人穿得都很破。为保持严肃的气氛，这三人只能用希腊语小声地交谈着。这艘小舟朝着鸽子岛的方向驶去。科尔乌斯坐在靠近巴利斯塔头的位置，说道：“不远了，还有大约半小时就能到。”

这个老渔民勾勒出鸽子岛的地形草图。从图上看，这个岛整体上呈椭圆形，南边有两个微型的海湾。除了东部有一个狭窄的沙滩外，其他大部分的海岸上都布满了岩石。那些野蛮人将船停泊在沙滩南边末端的位置，与树林间隔十几米的距离。他们在渔船上仔细观察，发现岛的最高处有一团较大的篝火，而在靠近他们船只的那个山坡约一半的位置，有一处较小的篝火。

他们的计划直截了当。巴利斯塔和马克西姆斯游到岸边，把装着易燃物的防水包绑在船后，他们还打算带上短刃，如果船上有哨兵就宰了他们，再把这群野蛮人的船点燃。当火燃烧起来时，他们就游到海湾南边的岬角，以确保自己的安全。岛的陆地与那个岬角也就几百步的距离。运气好的话，当那些蛮人冲出去灭火时，不会马上注意到两艘大型商用帆船向他们驶来；实际上这两艘船里装着一百五十名士兵，正准备在这个沙滩上登陆。不过帆船的确是个问题，它们从北边驶来，中间没有岬角可供躲藏。

现在这艘先遣渔船已经熄灭了灯，他们离开开放海域约一英里的距离。为了不被岛上的野蛮人发现，巴利斯塔还安排了另外六艘渔船，这些渔船亮着灯，在两艘大帆船和岛之间的水域捕鱼。

只要岛上的强盗不起疑心，营救行动就能成功。当地的海盗可能跟岸上的那群野蛮人有瓜葛，不过关于今晚的行动，已经有人通知他们了，并且警告他们切勿干预。而以弗所当地人更不可能去帮那群野蛮人。不过，为了安全起见，中午的时候，科尔乌斯手下的治安队员们就已经下了戒严令，把出城或出海的路封掉了。

科尔乌斯其实强烈反对巴利斯塔亲自游到岛上，这种事让几个协防兵干就好了，何必亲自出马。但是巴利斯塔拒绝了，为了打消哨兵的疑虑，他们需要有一个人会说日耳曼尼亚语，但是这些协防兵都不会。此时，躺在船尾的他，更加清楚他坚持这个安排的原因，战斗的刺激会让他暂时忘记那该死的宗教迫害审判官的任命。

科尔乌斯似乎知道他在想什么。“伟大的阿耳忒弥斯啊，这可比整天被弗拉维乌斯·达米亚诺斯呼来唤去、街头巷尾到处抓人要好太多了。”

“你看不惯他？”巴利斯塔的口气听上去可不是在问问题。

在昏暗中科尔乌斯露出了笑容。“作为以弗所的治安队长，是要在山野间抓野蛮的强盗的，可不是去贫民窟找基督徒。”

“我倒是觉得你俩的关系似乎不是很融洽。”

科尔乌斯又笑了。“似乎？我们的关系就是不好。弗拉维乌斯·达米亚诺斯，我们那位受人尊敬的人民的官员，他一直不停地强调自己是著名哲学家的后代。对了，他跟你说过几次来着？前些年，先帝德西乌斯曾下令对基督徒进行宗教制裁，那家伙始终觉得我没有做好这件事儿。”他觉得巴利斯塔似乎对此有兴趣，便接着说道，“有七个公子哥被举报了。我自然把他们都抓起来了。安排他们待在离市中心不远的监狱里，给他们最好的牢房，而且还靠近大门。但是，他们就越狱了，狱卒也跟着不见了。我猜那家伙肯定拿了不少好处。帝国这么大，我去哪儿找啊？不过，我们尊敬的弗拉维乌斯·达米亚诺斯大人认为我对此事还不够尽心尽力，人手派得不够多。”

“你派了多少人？”

“我挑选了一些人。可是我不能只忙活这一件事啊？”

巴利斯塔思考了一会儿。“你不赞同制裁基督徒？”

“我当治安队长可不是为了干这个。是，我知道，那些基督徒对自然神的亵渎可能会激怒我们的天神们。万一神明们真生气了，他们可能就跟咱对着干了。现在传得很邪乎，说罗马跟萨珊王朝的战争很可能会失败，甚至会产生灾难性的后果。不过这个宗教制裁挺不人道的。大部分的基督徒都是傻子，智商就跟刚出生的婴儿似的。把老百姓弄得家破人亡，去折磨、去屠杀那些手无寸铁的或者一时想不开的人，我怎么想都难受。不管怎样吧，我个人倾向伊壁鸠鲁的观点：天神离我们太远，他们才不会闲得来管我们这群凡人的破事。”

巴利斯塔讶异于这位治安队长的直率。“我可是皇帝派来专门制裁这些基督徒的。跟我说这些你就不怕吗？”

科尔乌斯打开酒壶，喝了起来。“你不会的。昨儿在法庭上你就在装，我猜你其实跟我一样厌恶这差事。反正，早晚你都会烦的。”

“我会烦？”巴利斯塔深深地叹了口气，“我有任务在身，必须予以执行。”

科尔乌斯只是笑了笑，递给巴利斯塔一个酒壶。“坊间有个特别扯的传言，说当年那些跑掉的年轻人躲到城外的山洞里去了，他就躺在那里睡着了。说直到罗马皇帝变成基督徒的时候，才会醒来。”

巴利斯塔咧开了嘴。“那估计他们得睡一会儿。”

“等他们醒来的时候这个世界会变得更好吗？”科尔乌斯拿回了酒壶，“你俩准备好了吗？我们快到了。”

那个渔民让船靠岸。他用斜杠帆护住了渔船较远的一边。巴利斯塔和马克西姆斯站了起来。他们全身上下都涂上了黑色的防水染料。巴利斯塔用黑色的带子系住头发。马克西姆斯的鼻尖少了块肉，上面有个白色的伤疤，他随手用这种混杂着焦油的黑色染料给补了一块。科尔乌斯和船上的那个士兵帮他俩把装有易燃物的防水包绑在背上。巴利斯塔和科尔乌斯握了握手，尽量不出声地将身子探进海里。

海水冰凉。巴利斯塔咬着嘴唇不让自己大声喘气。不过完全泡进海里也就感觉不到那么刺骨了。巴利斯塔用手指轻轻推开船舷，环顾四周，确定了自己的位置。从他现在所处的地方望去，主岛上，即海湾东南部的远处，能够看见培吉拉村庄的点点灯光。山脊线环绕在岛屿的西侧，终点是一座独立的大山，看上去像一个倒扣的碗。他确定他此刻所处的位置是这座岛的南面。

马克西姆斯猛地吸了一口气，潜进海里，与巴利斯塔会合。渔民调整斜杠帆赶上这微弱的离岸风，借力离开了。这二人的目标位置在他们的西侧。借着月光只能隐约看出鸽子岛的轮廓。这个岛屿地势崎岖，森林密布。看着它巴利斯塔联想起了盾牌上的圆形凸饰，又像希腊人敬献给神明的蛋糕。在这座岛最高处的那簇篝火正熊熊燃烧着，而半山腰位置的那簇小一些的也是火光摇曳。现在，他们离这座岛大约有两百五十步的距离。巴利斯塔对准篝火的位置，向左侧游去。

离岸风不大，浪也很柔和，如果什么都没发生，今夜自然是一幅风平浪静的画面，背景是皎洁的月光和澄澈的夜空。巴利斯塔和马克西姆斯尽量减小动作幅度，甚至不想扰乱这平静海面上的粼粼波光。巴利斯塔因今晚的战斗而振奋不已，没一会儿就游到了岸边。他甚至觉得这都不算游泳，仅仅只是划了几下水就到了。当感觉到浮着的身体碰到沙子时，他停了下来，马克西姆斯就在他左侧不远的地方。

他们浮在水里，只露出头部，海水不时地抚摸着他们的鼻子。这里的沙滩约有二十步宽。起初巴利斯塔只能看见黑色的森林边界线。眨眼间，他看见了对手船只的轮廓，就在他的右侧树林的掩映下隐约可见那艘船的船尾。他一动不动，搜寻着哨兵。

从岛上较高处不时传来声响。巴利斯塔不去看岛上的篝火，他知道这样做，尤其是夜间，会影响他的视力。他就这么目不转睛地观察着对方船只附近树林里的情况。什么都没有。当他差一点儿以为没人在看守这艘船时，他听到了细微的响声，离他不远，大致在那艘船的右侧。

晚上观察事物的要诀并非死死地盯着目标，而是看它的旁边或者上方。过了一会儿，巴利斯塔确定那有两个人，他俩背靠背坐在一棵树旁。

巴利斯塔小心翼翼地把手从水里伸出来，指示马克西姆斯去船的左侧。接着他尽量静悄悄地从水里站起身，准备出发。不巧的是月光下的沙滩看上去一片洁白，很容易暴露自己的行踪。巴利斯塔匍匐前进。敌人随时都有可能发现他，他也做好了决一死战的准备。万幸，对方并没察觉出异样。他顺利地来到这艘船的背面。马克西姆斯悄声地来到他身边。这个希伯尼安人笑了，牙齿隐约闪着光。他俩放下了防水包并拿出了短刃。

巴利斯塔碰了碰马克西姆斯的肩膀，告诉马克西姆斯，从船的左侧直接上岸，再穿过树林，从背后偷袭那两个哨兵。马克西姆斯比画了一个手势，表示理解了巴利斯塔的意思。于是他们放好了防水包，出发上岸。

树林成了天然的掩护屏障，山也不陡。他俩死死地盯住这两个哨兵，慢慢地向他们靠近。突然，其中一个哨兵站了起来。巴利斯塔瞬间怔住，一动不动。这个哨兵和巴利斯塔之间大约隔了三十步的距离。只见他走进树林里，有些踉跄。可能喝酒了吧，巴利斯塔想着。他停在一棵树前，开始脱裤子。巴利斯塔趁机移到他和另一个哨兵之间。

这个哨兵身子在轻微地晃动着尿尿，一只手撑着树。巴利斯塔悄无声息地来到他的身后，用左手捂住他的嘴，眨眼间短刃割断了他的喉咙。月光下，黑色的液体喷涌而出。哨兵的身体剧烈地抽搐着，巴利斯塔紧紧地控制着。突然一阵臭气飘出，这个哨兵失禁了。

巴利斯塔放下尸体，看了他一眼。马克西姆斯蜷伏在树林的阴影里。下面没有动静。巴利斯塔安静并且迅速地拽下尸体身上的斗篷。斗篷上沾满了血迹，他只好把斗篷反过来披在身上。

巴利斯塔故意踩在掉落的树枝上，毫不遮掩地朝着反方向走去。

“好点儿了吗？”典型的日耳曼尼亚南方口音。巴利斯塔愣了一下，说话的正是博拉尼人，这个民族与他有着宿仇。看来到哪儿都能碰上仇家。

“好多了。”巴利斯塔咕哝着。这个哨兵觉得有些不对劲儿，他抬起头，双眼突然圆睁。可惜他已开不了口，一把刀直直地刺进了他的脸，只听见颌骨碎裂的声音。他往前踉跄地走了几步，双手捂着脸。巴利斯塔紧接着把剑刺进了他的脖子。这个哨兵不再动弹了。

巴利斯塔耸一下肩，那件肮脏的斗篷掉落在地上。他游向敌人的那艘长船。在上面他发现了一个卷起的船帆，他把它拖出来并翻了过来，使原先没沾着水的那一面朝上。马克西姆斯把第一批防水包递给他；他取出那些装着火油的罐子，拔开塞子把油全部洒在船帆上。这时，马克西姆斯又把剩下的全递给了他。

当巴利斯塔拿出引子时，他的心向下一沉。那个防水袋漏水了，引子全部浸湿了。可他还是把引子放在了沾满火油的船帆上。随后拿着两个打火石，让二者互相碰撞，打出火花。

火花溅起，但是什么反应也没有，引子实在是太湿了。巴利斯塔在心里叫骂着，手上还是一直不停地撞击着两块儿打火石。依然没有反应。他用力过猛，不小心擦破了拇指，一阵刺痛袭来。但他还是没有放弃，可惜也依旧没有任何反应。这招肯定是不行了。

巴利斯塔从船上跳下来，跟马克西姆斯说：“我们得从半山腰上的篝火那儿拿个火把来。”马克西姆斯点了点头。

尽管道路曲折，巴利斯塔还是领着马克西姆斯一路前进。坡越来越陡了，有时他们只能爬着走。当需要眺望篝火以确定位置时，巴利斯塔会闭起一只眼，只用一只眼睛看，这样才能保证视力快速适应黑暗的环境。

他们来到了小路的边缘，正好在那处篝火的上方。他们看到篝火旁有六个博拉尼人，这些野蛮人都蜷在毯子里睡着了。巴利斯塔和马克西姆斯尽量放轻呼吸声，趴在地上安静地观察着他们。尽管篝火不旺，在这样寂静的夜晚里，燃烧的木头发出的碎裂声和火苗的嗞嗞声还是很吵。不时有声响从他俩的上方传来，上面那处大篝火旁的野蛮人中还有一些没睡的。

眼看时机已成熟。“抓着一个火把就跑。”巴利斯塔悄声说。他俩站起来，深吸一口气。巴利斯塔数了三下，两人行动了。

当这两个裸体、浑身漆黑的人影出现在这片空地上时，这群博拉尼人还是有所察觉的。巴利斯塔在篝火堆里选了一根看上去还不错的木头。他转身正准备离开，这时，一个博拉尼人醒了，他摇摇晃晃地站起来，眨了眨惺忪的睡眼，拿起手边的武器，挡住了巴利斯塔的退路。巴利斯塔突然一个转身，短刃在空中划出一道弧线，狠狠地刺进了对方的肩膀。没想短剑卡住了。巴利斯塔只好停下来，把这个受伤的博拉尼人踢开，拔出短剑。

巴利斯塔和马克西姆斯一路向下冲。他们身后先是传来了争吵声，那群博拉尼人似乎有些不知所措，紧接着响起的绝对是追赶的声音了。这座山很陡，他们跑得踉踉跄跄，有些时候恨不得滑下去，因为每走一步都有摔下去的危险。突然一根树枝狠狠地划过巴利斯塔的脸，泪水夺眶而出，他自己都能感觉到脸颊上鲜血淋漓。而敌人就在身后，越来越近。

“我把他们引走。”马克西姆斯吼道，话没说完就往右边跑去。没时间阻止他了，巴利斯塔拼命往山下逃跑。

月光皎洁，树林后的沙滩显得格外明亮。巴利斯塔右手拿着剑，左手举着火把，感觉心脏都跳到嗓子眼儿了。他笔直地朝那艘长船的方向奔跑着。跑到船边，他扔掉手里的剑，抓住船舷，用手臂的力量摇晃那艘船，使船舷上缘与自己的上半身平齐。在二者实现平齐的那一瞬间，他举起左手，把火把扔到了浸满火油的船帆上。

巴利斯塔回到沙滩上，抄起地上的剑，与敌人正面交锋。在他面前有两个博拉尼人。巴利斯塔往前迈了一步，用手里的刀画着“8”字。他速度很快，都能听见金属在空气中快速飞舞时发出的嗡鸣声。这两个博拉尼人倏地一下停住了。

在洒满月光的沙滩上，这三个拿着武器的人相互观望着，似乎定格在那一瞬间。博拉尼人行动了，他俩分开，打算从两侧夹击。巴利斯塔向右边移了移。突然这两个博拉尼人停了下来。巴利斯塔听见身后有火燃烧的嗞嗞声。他慢慢地、慢慢地向后移动，用眼角的余光瞥见一缕蓝色的火焰已经烧到船的一侧。这两个博拉尼人尖叫起来，巴利斯塔没听清他们在说什么。

巴利斯塔突然大吼了一声，佯装上前发动进攻。这两个博拉尼人下意识地往后退。巴利斯塔又往后退了几步。这时船上的火焰越升越高，狂躁地吐着火舌。巴利斯塔见势转身逃走了。

巴利斯塔跳进水里，在水里来回游动，为敌人随时进攻做好防备。不过他们没有追过来。其中一个博拉尼人正在往船上爬，另一个紧跟在他身后准备帮忙。可惜现在连船尾都烧了起来，火势很猛，这艘船只能听天由命了。

巴利斯塔游开这里。当海水只能淹没半身时，他叼着那柄短剑，尽力游离海岸。过了一会儿，他用左手拿着剑，只用右手划水，慢慢地向西边移动，顺着岛南边的海岸线游走了。

月光平铺在海面上。巴利斯塔看见前方的陆地上伸出了一个岬角，这里就是这个海湾的终点了。岬角的尽头是一块凸起的石头，整体看上去像是一头鲸鱼的轮廓。他翻了个身，以仰泳的姿势观察身后的情况。在他右侧，鸽子岛上已经炸开了锅。博拉尼人的那艘长船燃起了熊熊火焰，很多人朝那艘船跑去。他在想马克西姆斯是否已经逃回来了。但是他没看到有谁举着火把向西移动。那个希伯尼亚白痴不会出事了吧？他没再多想，径直游回鸽子岛。

岸边都是陡峭的岩石。巴利斯塔只好叼着短剑，艰难地抓着岩石缝往上爬，接着穿过了一条布满草地和灌木丛的植物带，路上的荆棘不断地划过他裸露的身体，他感到阵阵刺痛。当到达树林密布的山坡上时，他停了下来，检查着自己的伤口，平复心情的同时观察着这个树林。树林里零星分布着棕榈树、冷杉树和野橄榄树，还有很少一部分低矮的灌木。月光下黑色树干间的地面反射着些许光亮。隐约可闻岛屿东侧人们的叫喊声。不过在这里一切都很平静，唯有微风掠过树叶的沙沙声。

巴利斯塔踮着脚走了进去，每次迈步都能感受到脚下的枯叶和枝丫。他正朝着最高处的那堆篝火进发。每隔几步，他就会停下来，仔细聆听并且嗅着空气里的气味。他天生就知道如何安静地穿越树林。依据日耳曼尼亚人的传统，巴利斯塔小的时候就在他舅舅的部落里学会了作战技巧。他母亲的弟兄是阿累夷人里首屈一指的战士。他们民族在夜间战斗技巧高超的名声就连罗马人都有所耳闻。

巴利斯塔没走多远就闻到了什么，是一股淡淡的焦油味和鱼腥味。他安静地等待着，一动不动。没多久，一个黑色的身影幽灵般地在林间闪现，从一棵树后迅速移到另一棵树后。巴利斯塔就看着这个“幽灵”从他身旁闪过，悠悠地说了句：“漫漫长路上的穆尔塔夫啊，您能再早点儿现身吗？”

马克西姆斯迅速转身，摆出战斗姿势，他的剑在月光下闪着光。

“巴利斯塔，是你吗？”

“这岛上还有谁知道你原来的名字，还能说你们那儿的话？”巴利斯塔笑着，走上前去抱了抱他的朋友。

二人继续往峰顶攀爬，就快到达顶端的时候，突然传来一阵混乱的声响，钢铁的撞击声，战斗中人们的叫喊声。他们的大部队已到，双方在沙滩上展开战斗。

那处大篝火旁边似乎还有人。他们走了过去，发现角落里有个女人在呜咽着。她手里抱着女儿，她的儿子蜷在她身后。当这两个裸体、浑身漆黑的男人出现在他们面前时，三个人急忙后退，开始号啕大哭。巴利斯塔把一根手指竖着放在唇前，让他们保持安静。他们还是哭泣着，不过声音明显小了很多。巴利斯塔走上前，查看他们的情况。那个女孩的衣服被撕烂了，大腿根部有血痕。他用拉丁语和这位母亲交谈："别害怕，我们是来杀死那些野蛮人的。"女孩还是哭泣着，不过母子二人停了下来。男孩约有十岁，巴利斯塔希望这个男孩没再受到什么伤害。他对小男孩说："我猜你肯定很清楚岛上树林的情况，带着你的妈妈和姐姐藏进去，这一切很快就会结束。当听到有人说希腊语或者拉丁语时，你们再出来。"男孩郑重地点点头。巴利斯塔和马克西姆斯转身离开，朝战斗地点走去。

从树林里向外望去，沙滩上的战斗似乎就是一出大戏。博拉尼人的长船还在燃烧着，熊熊火焰似乎点燃了夜空，亮如白昼。巴利斯塔和马克西姆斯也因此看清了战斗的每一个细节。在空地的尽头，曲折的山脊线处，约有三十个衣衫不整的博拉尼人组成了一堵人墙。在他们对面二十步左右的位置是站成一排的罗马协防兵，人数约是博拉尼人的两倍。沙滩旁边停着的两艘帆船上还有士兵正涉水而来加入罗马战队。沙滩上横七竖八地躺着约有二十具尸体，或者更多，看不清是自己人还是对手的。

巴利斯塔指示马克西姆斯跟着他走，他们一路小跑返回峰顶。当他们到达篝火旁时，那三个可怜的母子已经不见了。突然身后一阵嘈杂，他俩同时转身。原来是他们来时小舟上的同伴：科尔乌斯、老渔民和那个协防兵。

"科尔乌斯，小浑蛋，你差点害死我俩！"巴利斯塔笑道，"你们死哪去了？"

“这个老渔夫等不了，想来看看他的家人怎么样了。我们就把船停在北边，游了过来，以为这样就能看清发生的事情。”

巴利斯塔转过身对老渔夫说：“你儿子带着你的妻子和女儿去了他最喜欢藏身的地方。”

“我知道了。老天爷，他们还活着！他们……”

没等他说完，巴利斯塔就让他赶紧去找家人了。等那个老渔夫走了，巴利斯塔让大家一人拿一个火把跟着他走。

巴利斯塔让他们先候着，等他信号，他独自一人走到树林里的空地上。在山脚下，那群博拉尼人背对着他，二者相距约有三十步。罗马人先看到了他，用手指着那个黑影。接着有一两个博拉尼人转过头，惊讶地看着这个人不人鬼不鬼的东西。紧接着越来越多的人回头，看着这个裸体、浑身漆黑的男子，一手举着火炬，一手拿着短剑。这群野蛮人尖叫起来，他们的人墙开始动摇。巴利斯塔一挥火炬，身后不远的三人往前迈了几步，隐约可见他们跑动的身影。巴利斯塔下令：“士兵立正。”

博拉尼人糊涂了，他们推来搡去，不知道该面向谁作战。巴利斯塔对着对面的罗马协防兵喊着：“你们准备好战斗了吗？”

战士们齐声回答：“准备完毕。”

巴利斯塔问了三遍，他们回答了三遍。第三次回答时战士们已经摆好了战斗姿势。巴利斯塔随即转身，朝树林里似乎存在着的军队下令：“冲！”这四人以自己最高的分贝吼叫着，从岩石上往下冲去。

所有军队都害怕的事情之一就是被对手包围，无路可逃。博拉尼人崩溃了，他们把手里的武器、盾牌，所有可能妨碍他们逃跑的东西统统扔掉，边尖叫着边朝沙滩跑去。战斗结束。剩下的只是一场疯狂的猎杀，猎物就是这群博拉尼人。

第十八章

露天环形竞技场位于以弗所城东北角，就在蔻热苏斯门的旁边。从维迪乌斯体育场出发，穿过马路即可看见这座雄伟的建筑。其实过去它并非这副模样，罗马人占领以弗所后，改造了古希腊人之前建好的跑道。它的东侧也已重新修葺。罗马人建起了环形的石墙并在上面摆上了座位，将原先的空地围了起来，形成了一个“猎杀圈”。

此时巴利斯塔坐在专为市政官及下属设置的包厢里，不过他的心思已经不在这里了。他神游到了鸽子岛的沙滩上，回顾起一个月前那场胜利的狂欢，厮杀给他带来强烈的快感，战斗让他体味存在的意义。随后还有一系列的事情需要处理：清点人数，在岛上清查是否还有残余敌军，让一部分士兵上船拦截游向对岸的博拉尼人，一部分上另一艘船保护培吉拉村，保证村民不受野蛮人的侵犯。他累得跟条狗似的，但哪怕当卡尔加库斯一路骂骂咧咧，帮忙打点后续事宜并给他处理伤口时，他还是很亢奋，一点儿都不觉得烦躁。

号角声将巴利斯塔拉回现实。他挪了挪身子，调整坐姿。除了偶尔动一动，他基本以一个姿势坐了一上午。目前为止都还可以。巴利斯塔不排斥野蛮的人兽竞技，不过，每当想起来，他都觉得讽刺。波斯人喜欢围一大片空地做狩猎场，也就是他们所谓著名的“乐园”。希腊人和罗马人觉得波斯人的做法太娘们儿，不大气。反观帝国呢，大部分人都是坐在舒适的垫子上，看着专业的猎人在竞技场这巴掌大的地方捕猎。不过在这竞技场里捕猎，还是很需要技巧和勇气的。

这个下午也还算精彩。巴利斯塔知道罗马人认为，观看角斗士的竞技会给观众们注入勇敢的品性观念。如果奴隶和罪犯都选择退缩，当罗马公民号召自由人为帝国战斗时，又怎么指望他们会尽力？而且从目前的形势看来，没多久战争就要爆发了。

上午和下午的安排巴利斯塔都能接受，只是中午的娱乐活动让他感到烦躁。

午间时分，号角声响，水风琴演奏起行军曲。振奋人心的音乐在竞技场上空环绕。大门打开，以弗所守护女神阿耳忒弥斯的雕像首先出现在大家的视野里，这是一次宗教游行仪式。当天是九月二十八日，距十月初一还有四天，根据当地的历法，这一天也是萨尔格利昂月的第六天，即伟大女神阿耳忒弥斯的生日。弗拉维乌斯·达米亚诺斯早就请求巴利斯塔由他来承办这一庆祝仪式，他确定这一天是屠杀基督徒的最佳日期，他将变着法儿地惩罚这群亵渎神灵的无神论者。

阿耳忒弥斯的雕像被放在巴利斯塔对面的包厢附近，旁边是其他神灵的雕塑，这其中包括前朝和当朝皇帝的塑像。护送神像的祭司和当地的贵族子嗣各就其位。强烈的轰鸣声伴随着木头尖锐的摩擦声突然响彻竞技场，紧接着人们看到推车载着关在笼子里的野兽。其中一只发出了低沉而嘶哑的吼叫，巴利斯塔只觉得脊背发凉，寒毛直竖。

音乐停了下来，竞技场一片安静，所有人都盯着台下的门。巴利斯塔绕过右手边的弓箭手看着弗拉维乌斯·达米亚诺斯。这位人民的簿记官身体前倾、兴奋异常，全神贯注地看着。巴利斯塔在想，这家伙如此激动，是由于一直对自然神无比崇拜呢，还是因为基督徒的顽固不灵？

好像是基督徒们的狂热催生了他同样强烈的、对自然神崇拜的狂热。

音乐又一次响起，七个犯人排成一列进场。他们衣着朴素，赤脚行进。每个人的脖子上都挂有一个说明其身份的牌子。第一个犯人的牌子上写着：阿庇安，基督徒。巴利斯塔看着阿庇安，这个基督徒凸起的眼睛转动着，浑身发抖。巴利斯塔注意到他的嘴巴一张一合，其他几个人也是如此。巴利斯塔看了好一会儿，才搞清楚他们是在唱歌或是诵经。高亢的音乐声掩盖了他们的声音。

弗拉维乌斯·达米亚诺斯往前探着身子说道："我听说七是个吉利的数字。其他节日也还有安排，况且一口气杀太多，太血腥了，容易让人麻木。"

"嗯。"巴利斯塔哼了一声，勉强算作赞同。

一队十个角斗士看守这七个犯人。这队基督徒们被要求绕场跑步。位于队首的角斗士用粗糙厚重的皮鞭狠狠地抽打着领头的阿庇安。阿庇安的长袍被撕开了，他本人重心不稳，踉跄着往前迈了一步。突然又被抽了一鞭，他跪倒在地。后面的几个基督徒想扶他起来，结果都被这个角斗士狠狠地撂倒。阿庇安坚强地站了起来。队里第三个角斗士又抽打着鞭子，催他们前进。当跑完全程，阿庇安的长袍已被抽成碎片，背上血肉模糊。巴利斯塔注意到第七个犯人是审判当天两个女奴头目中的一个。连女人也不放过！弗拉维乌斯·达米亚诺斯的安排真让他恶心。

这群基督徒又被赶了出去，只留下那个双眼充满血丝、叫嚣着自己是基督徒想去殉道的小伙子。他的双手戴着镣铐，双脚拖着铁链。他被两个角斗士夹在中间，似乎马上就要倒下去。他在说着什么，不过什么都听不清，大抵是在祈祷吧。

一个笼子打开了。四个角斗士用绳索全力控制着这头凶猛的熊。这只野兽愤怒异常，毛发直竖，獠牙闪着寒光。而那个基督徒镣铐下的铁链的另一端，被固定在这头熊的项圈上。

角斗士后退时，这头熊发疯似的冲向他们。它咬住其中一个人的大腿，鲜血四溅，皮开肉绽，骨头都露了出来。其他几个角斗士连忙把他拖走，而对面那个基督徒仰天长笑。观众席上传来阵阵咆哮声。

那头熊只能暂停其复仇行动，呆呆地站在原地，晃动着脑袋，邪恶的小眼珠透着贪婪和残忍。它就这么看着对面的基督徒。这个小伙子竟也瞪了回去，嘴里念念有词地祈祷着。他们中间隔着大约十步远，也就是那条铁链的长度。

没有任何征兆，这头熊突然转身，跑了起来。铁链倏地拉紧了，这个基督徒重心不稳摔倒在地。熊跑了一路，在沙地里拖着这个脸朝地的年轻人。观众席里传来大笑声和起哄的尖叫声。

不知是因为四周太吵还是铁链太重，那头熊停了下来，并转身看着对面跪在地上的异教徒。突然熊冲向了这个年轻人，他被这头熊撞得粉碎，鲜血在空中划出一条弧线。观众席里传出赞赏的叫嚷声。人们吼着："洗净罪孽！洗净罪孽！"这是罗马人平时在公共浴室里相遇时打招呼的话。这只熊正站在那具血肉模糊的尸体上。

下一场屠杀可观性就差了很多。第二个基督徒被带上场，不过他身上没有镣铐，可以自由行动。与之匹配的是一头斗牛。这头牛黑得发亮，牛角坚硬锋利。原来的计划肯定是这个基督徒被斗牛追得满场跑，而仓皇逃跑的样子一定颇具喜剧效果，逗乐观众。实际上这个基督徒只是站在原地，这头牛也没有发起进攻，只是站在对面。

场面有些僵持，一队训练有素的斗牛士进场了。他们想方设法地刺激这头牛，带着它满场跑，用工具刺它，让它生气。斗牛士果然是技巧高超，他们挑逗着斗牛的同时展现出华丽的舞步和身姿。不过现在时机不太对，观众们对此不感兴趣，席间传来叫骂声，还有人往下扔坐垫和水果。

最后，一个斗牛士成功地让牛发起了进攻。它朝着这个基督徒撞了过去，把他撞飞，牛角刺得不重，然后就撤了回去。这个基督徒还没死，痛苦地呻吟着，趴在地上，艰难地移动着。这头牛被赶回笼子。打扮得像神明的随从正准备把他拖下去，扔到栅栏后面的流放区。但是观众们显然不买账，大声叫嚣着："不行！怎么能放过他！就在这儿，让他死！"

观众们请求现任的市政官巴利斯塔加以干预。巴利斯塔实在是于心不忍，也只能下令给这个基督徒致命一击，让他死得痛快。没办法，观众们很有可能闹事，一群乌合之众，谁能保证他们不会引发骚乱。巴利斯塔心想，就算是斩首，对这个可怜的家伙而言，又有什么不同。

这个基督徒被拖了起来，跪倒在地，脑袋耷拉着。一个角斗士拔出了剑，那一瞬间剑在阳光的照射下闪着寒光。这个刽子手稳了稳身子，稍稍顿了一会儿，便朝他的脖子砍去。可惜这哥们技术不到家，剑卡在骨头上了，剑下的可怜人发出一声绝望的惨叫。角斗士急忙拔出剑，又砍了一次。这次成功了。刽子手的胳臂和胸口上都沾满了鲜血，当他走下场时观众们都在嘘他。

"真可惜，"弗拉维乌斯·达米亚诺斯说着，"不过，接下来的表演会很有趣的。"言毕，他继续啃起了鸡腿。周围所有人都狼吞虎咽地大吃起来，有的人吃的是自带的，有的人吃的是在现场买的。巴利斯塔身旁也有一盘美食，不过他只是猛地喝了一大杯稀释酒，他实在是没有胃口。

音乐声停，一声低沉的长吼从兽笼里传出，巴利斯塔一听这吼声，就知道接下来要上场的是狮子，他觉得无比反胃，一股酸气直冲到嗓子眼儿。他曾和一头狮子交战，当然最后他宰杀了那个畜生。但是当时他的手里拿着一根结实锋利的矛，没有被皮鞭抽个半死，也没有时间容他思考；那头狮子不知从哪儿冲了出来，他甚至连害怕的时间都没有。

这次是七人队伍里的第三个信徒。巴利斯塔估计弗拉维乌斯·达米亚诺斯打算让阿庇安压轴。这个基督徒是被抽打着逼上来的。他一上场，角斗士就退下了，门也关紧了。他绝望地向四周张望着。

兽笼慢慢地打开了。这只狮子不紧不慢地走了出来。这是一头雄狮，上了年纪，体型巨大，伤痕累累，一只眼睛瞎了，前腿有些跛。它嗅着空气中血腥的气味，那只完好的眼睛盯着那个基督徒。那只猛兽的脸上忽然露出一种奇异的神情，似乎它明白了些什么。

狮子开始加速，对面的基督徒尖叫着，声音中满是绝望。这只猛兽热身完毕，猛扑过去。他这时才反应过来转身而逃，可惜，太迟了。

狮子将这个异教徒扑倒在地，用它的前爪把他死死地钉在沙地里，撕开他的喉咙。

这只猛兽立起沾满鲜血的身体，大声咆哮，展现它兽中之王的霸气。观众们尖叫着，为它喝彩。

随后，当狮子被关回笼子，随从们移走尸体时，弗拉维乌斯·达米亚诺斯开口了，他说道："看，"他又提高音量，"他们现在开心了。接下来的会更特别，更，恰到好处。"

当那个女奴隶被带上场时，巴利斯塔觉得于心不忍。这姑娘还那么年轻，被折磨成这样还是掩盖不了她的美貌。她看上去无比疲惫，长袍都被撕成碎片。观众席里夹杂着口哨声和淫秽的脏话。

最后一个笼子里传出低吼和蹄子猛踢栅栏的撞击声。门打开了，一头发疯的母牛登场，狂躁地绕场跑着。

全场爆发出剧烈的笑声，难得的是巴利斯塔旁边的弓箭手，他保持着立正的姿势一动不动。弗拉维乌斯·达米亚诺斯绕过他侧身对巴利斯塔说:“有好戏看了,一头疯母牛追着另一头跑。”[①]

这个女奴赶紧往场边跑。母牛显然注意到她的举动,它追着她冲了过去。那个女孩躲到了场边,而那头野兽因为冲得太快直接撞到墙上,似乎整个竞技场也跟着震动了。人群中爆发出一阵欢呼。巴利斯塔想扭过头不看,但是他也只能想想而已。

这头发疯的母牛似乎有些晕眩,站在原地,摇了摇头,又继续追赶那个女孩。女孩忍着剧痛奔跑着,巴利斯塔都能清晰地看到,她背上那些被皮鞭抽打过的伤痕。这真的太残酷了。

母牛没多久就追上了女孩。它低下头猛地撞了过去。女孩摔倒在地,被撕碎的长袍跟着往上移动,她的大腿根部露了出来。不知怎的,这头母牛突然停了下来,跑向另一边。

这个女奴艰难地爬起来,头发杂乱地散落在她的肩膀上。她不知所措地环顾四周。之后,就像什么事儿都没发生过一样,重新整理好自己的长袍以遮住大腿,再梳理头发,将其夹在耳后。

巴利斯塔站了起来。他举起右手,要求全场保持安静。竞技场里的每个人都望着他。他用在战场上发布命令时的庄严声音说着,要求将这头母牛关回兽笼,并释放这个女孩,让她从生命之门离开。

巴利斯塔坐下来的时候,人群中爆发出阵阵不满的叫骂声。他看到弗拉维乌斯·达米亚诺斯正强忍着不发飙。

当母牛和女奴刚离场,一些木匠就出现了。是的,压轴好戏即将登场,这也是巴利斯塔最不想看到的一幕。锤击声回荡在竞技场里,他在椅子上坐立难安,跌入惨痛的回忆深渊。成年后,他一次次地受火烧人肉的残忍场面困扰。此时此刻,痛苦的回忆如潮水般涌上心头:波斯人

---

① 母牛在这里是对女性的蔑称。——译者注

兵临阿瑞忒城下、诺瓦埃平原上的哥特杂种、在阿奎莱亚攻城长梯下的战友们……那惨绝人寰的场景一次又一次地在他脑海中重现：浓烈的尸臭味，沾满血污的皮囊，皮开肉绽，血色斑驳，令人发指。

人群安静下来。木匠们临时搭起的三个十字架竖了起来。在进场之前，巴利斯塔已经下了好几道命令。他尽力想办法减轻这群基督徒的痛苦。但是，事与愿违。

剩下的三个基督徒进场。牧师阿庇安，亚里斯泰迪斯之子，淡定地向前走着；另两个则步履维艰，颤颤巍巍。其中一个倒下了，要是没有其他两个人扶着根本站不起来了。

这三个基督徒分别站在三个十字架前。随从送上绳索，将他们三人绑在十字架上。看台上的人们嘟囔着，似乎有些不满。有人吼道：“钉子呢？”弗拉维乌斯·达米亚诺斯狠狠地瞪了巴利斯塔一眼，巴利斯塔装作没有看到。

侍从们正在十字架下放置着柴火和其他易燃物，这个安排也给了这三个基督徒喘息的时间。其中两个人耷拉着身体，目光呆滞。阿庇安则左右观望着，当他看到圣人雕塑时眼神突然亮了。

“皇帝瓦勒良。”阿庇安咆哮着，“天神瓦勒良！”

人们停止了骚动，都望着阿庇安，甚至他身旁的两个基督徒也抬起头看着他。他这是要宣布放弃基督教，承认皇权的尊严吗？如果真是这样，他应该被释放。巴利斯塔惊讶于阿庇安的沉着，打心眼儿里希望他宣布放弃异教信仰。

“他自己封自己为神，可他根本就不是。”阿庇安吼叫着，“瓦勒良满口谎言，狂妄自大，他才在亵渎神明。上帝告诉我他掌权的日子不长了，只剩四十二个月！”全场一片寂静，大家都吓呆了，阿庇安也已无路可退，这是叛国大罪。哪怕在离朝堂如此遥远的以弗所，都不需要请示，这句话一说出口必死无疑。皇帝怎么能容忍有人公开预计他的死期！巴利斯塔在心里计算着：四十二个月，也就是三年半。瓦勒良掌权已有五年，这个基督徒肯定是说皇帝瓦勒良的寿命只剩四十二个月。无论如何，这位预言家活不到那个时候了。

阿庇安的演讲还没结束。他仰起头看着天空。“瓦勒良身后，那个‘无所不能’的老瘸腿马克利亚努斯，整天像个恶魔一样给皇帝出馊主意。让皇帝推行邪恶的仪式，摆弄奸邪的伎俩，进行亵渎生命的祭祀，割断可怜人的喉咙，用疯子的孩子做祭品，撕碎新生儿的内脏，杀害甚至切碎上帝的杰作，就好像这些惨绝人寰的举动能给他们带来幸福安康……”

巴利斯塔示意让马克西姆斯过来。“你让他们把钉子换成了绳子，但是为什么没让那家伙喝下有药的酒？”

“他不喝，”马克西姆斯对他耳语，“因为宗教信仰吧，说是周五不能喝，也许是其他什么禁忌。”

“哎，可怜人。”

“是啊，真是个傻子。”

阿庇安继续胡言乱语着：“我预见了瘟疫、地震，鲜血染红了幼发拉底河的每一个角落。我预见了我们伟大的帝国将屈膝于野蛮人的铁蹄之下。”

随从们举着火把点燃了十字架下的易燃物。必须得采取行动了，火苗上蹿得太快。其中一个基督徒还处于昏迷的状态，还有一个张开了嘴，似乎想吼叫但是发不出声音。

阿庇安绝望地咆哮着：“我现在就要被烧死了。而你们，将会永生永世饱受地狱之火的折磨。”

巴利斯塔硬着头皮从市政官专座上站起来。他的掌心全是汗，从象牙扶手上可以很明显地看出汗渍。他的双手在大腿上来回蹭着，把汗擦干。他有任务在身，必须履行职责。这些基督徒都会被惩罚、被制裁。但是，火刑，把人活活烧死，他实在无法忍受。

浓烟滚滚，其中夹杂着腥甜味，就像烤肉的味道。这三个基督徒都大声尖叫起来。

巴利斯塔立直了身体。他身边的弓箭手的确训练有素、严守军纪，当他要求把弓箭递给自己时，这个弓箭手没表现出半点儿惊讶。巴利斯塔从箭兜里取出三支箭，小心地把其中的两只放在包厢扶手上，而另一只架在弓上。

巴利斯塔尽力让自己不去理会浓烟和尖叫，将力量集中于肌腱，拉满弓弦，瞄准目标，放箭。

箭稳稳地刺入阿庇安的胸口。他身体蜷缩，浑身痉挛，接着就静止在那儿。巴利斯塔又射了两箭。

绑在十字架上的三个基督徒耷拉着身体，很快就咽气了。火势越来越旺，吞噬了他们的尸体。他们的灵魂此时也许正在他们的上帝身边，又或许不是。

汉尼拔，也就是那个来自北非的弗鲁曼塔里伊成员在屋里舒服地伸着懒腰。为巴利斯塔干活其中一个好处就是有个人独立的空间。巴利斯塔坚持，哪怕是官级最小的公务人员也要给他们私密空间，而他们在以弗所的住所正好是为总督及随从设计的，有空余的房间。因此，巴利斯塔队伍中的每个人，哪怕像他这样出身卑微的文职人员，都分到了一间卧室。当竞技场里的“表演”结束之后，他急忙回到了住处，锁好门开始工作。现在他已经写完了。他抬起头望着窗外，一片漆黑，今夜无月。他抖抖手指，放松因书写而紧绷的肌肉，接着又重新读了一遍他要交予顶头上司塞索里努斯的报告。

大人，我将尽我所能，全面而如实地回答您在上一封信里提出的疑问。

首先，关于负责管理罗马粮食供应的首席财政官马克利亚努斯大人的流言，目前为止我没有发现任何确凿证据。不过，这里的确有发生过让人疑心的事情。

我曾三次偷听马库斯·克洛迪乌斯·巴利斯塔与他下属的对话。不过并未发现任何有价值的信息，您能指望一个北方的野蛮人说些什么呢？巴利斯塔从未向他手下的官员或者自由民透露过任何秘密。您也早就知道，他只跟他最亲密的那几个人说实话，有两个北方蛮人奴隶，他们分别是卡尔加库斯和马克西姆斯，还有一个是巴利斯塔的奴隶书记官，一个叫德米特里厄斯的希腊男孩。那个希腊人受过良好的教育，不过满脑子都是宗教迷信。我假装对此也感兴趣，在过去的三年里和他渐渐地熟络起来。我相信我已经赢得了他的信任，他已经间接地给我提供机会，让我能够顺利地监听巴利斯塔与其属下的对话。

巴利斯塔一直想不通为什么马克利亚努斯，用他的话说“那个狡诈的老瘸腿”，支持他前往以弗所进行针对基督徒的宗教迫害。那个北方佬和他那一伙儿人都没理出头绪，但是他们坚信马克利亚努斯一定在背后搞鬼，这搞不好是他在“放长线钓大鱼”。与此同时，他们也确信马克利亚努斯已经和以弗所的首席市政长官，人民的簿记官弗拉维乌斯·达米亚诺斯通了气。但是他们还是没搞懂这背后的玄机。

今天，一个基督徒受到了应有的惩罚，他叫阿庇安，米利都的亚里斯泰迪斯之子。这个罪人当众诅咒我们帝国伟大的帝王瓦勒良，还胆敢说天神瓦勒良只能再活四十二个月。这个对神明的亵渎者并没有说皇帝的死因，但是以弗所城里现在充斥着三个流言：沙普尔、一个上层阶级的罗马公民或者是天上的神明将终结瓦勒良的生命。阿庇安还说，正是马克利亚努斯这个恶魔在背后捣鬼，促使皇帝下令做出这种惨绝人寰、亵渎神灵的恶行，主要是迫害基督徒和用新生儿祭祀天神。

至于巴利斯塔，自从来到以弗所后，总体上而言，他尽心尽力地履行着自己的职责。

在城市安全方面，他做出了杰出的贡献。一个月前，一群博拉尼海盗藏身于以弗所城南的一处小岛上，他迅速地做出反击。这群海盗中有三十二人被杀，十二人被俘，在市场上作为奴隶出售。虽说可能有人逃到主岛上，但是当地人应该已经处理完了这些漏网之鱼。整场行动下来，我方只有四人牺牲，五人受伤。

在制裁基督徒方面，直到今天之前巴利斯塔的表现都是可圈可点的，虽然他可能流露出了些许的不情愿。而今天是以弗所守护神阿耳忒弥斯的诞辰，弗拉维乌斯·达米亚诺斯组织了一场盛大的庆典。庆典的最高潮，就是当众烧死三个臭名昭著的基督徒。不过巴利斯塔竟拿起弓箭亲手射杀了他们。这种反常的举动只能被视为想要赢得这群暴民支持的无耻之举。

汉尼拔觉得内容可以了，用自己的印章封上信封。印章上刻着“军事机密”。明早这封信就会通过皇家驿站寄出，以一天五十英里的速度飞往安条克的皇宫中塞索里努斯的办公室。

今夜无月，散落的银币在星光下闪闪发亮。这里有不少钱，这些银币，就静静地在那放着。

“够了。”百夫长丝毫没有掩饰他的鄙夷之情，“在这里等着，我听见维迪乌斯体育场那好像有什么动静。我会带着我的人去看看，需要半个小时。当我们回来的时候你们要是还没完事，那你们就死定了。”

这十二个人在竞技场墙外蹲着，静静地等候。其实原本该有十五个人，不过有三个人太胆小，不来了。门外火把的光闪烁着。寂静的夜里回荡着士兵行军的声响，包括镶嵌着金属的靴子相互摩擦，兵器和配饰碰撞时叮叮当当声。百夫长领着十个士兵离开了。

这十二个人站了起来，捡起鼓囊囊的酒袋。他们面面相觑，等着有人带路。神父们不是被抓就是躲了起来。终于有一个人朝着大门走去，其他人也跟了上来。

这个猎杀圈里传来木头烧焦的气味，也见证了人性的泯灭。在昏暗的光亮下，竞技场看上去庞大宏伟，沙子似乎往远处无限延伸。在竞技场中间，柴堆闪烁着银色的微光，周围的空气似乎也跟着微微颤动。

总算有一个人鼓足勇气走上前，其他人急忙跟了过去。当离火堆不远时，他们感受到了热气。他们取下背在肩上的酒囊，笨手笨脚地打开它们。

起初，这一群人挤在正中间的柴堆旁边，想用酒给这些残存物降降温，这里面可存放着高尚牺牲的烈士阿庇安的遗体。这十来个人彼此之间小声咒骂着。这其中还有非基督徒，有三四个人很不情愿地移到了另两个残存的柴堆旁边。

他们往柴堆里倒酒，滚热的灰烬发出嘶嘶声响。突然，其中的一个人向前探身，冒着前臂被烫伤的危险，紧紧抓住了阿庇安烧干了的左手。另一个人连忙抓住了尸体的右手。两人对骂、推搡，互不相让。随后两人决定把尸体往自己的方向拽。突然可怕的撕碎声传来，阿庇安的尸体像一块烤焦了的肉，被二人拽成两半。其他人赶忙冲过去，每个人都想分一杯羹，所有人厮打成一团。

第十九章

行省总督的书房温暖而舒适。窗户的厚玻璃和燃烧的炭火盆正在驱散着秋日的寒气。这是巴利斯塔在总督府里最喜欢的房间。窗户面向南边，正对着绵绵群山。从靠窗的位置向下，可见地板上精致的马赛克图案：最下面是一群猎人带着猎犬追捕野兔；上面是一只狮子杀死了一头鹿和一只猎豹扑向一头疯狂的熊；中心是两个骑着马装备精良的猎人，正停在捕杀老虎的关键节点上；再往上，四头野兽包围着三个猎人，有两头野兽不是伤了就是死了，一个猎人身后，一只贪婪的狮子正扑过来，他身旁的同伴正拉紧弓弦，想要救他。

巴利斯塔在想，这种设计到底想要传达什么信息？或许，当人一步步地走过这马赛克地板时，由近及远，会发现图案越发惊恐，引人深思，这才是主要目的。可能你所处的环境看上去很安逸，但是事实并非如此。这是个黑暗的世界，危险无处不在。他没再多想，转身读起桌上的三封信。

今天早上，他收到了朱莉娅的信，这是她无数表亲中的一位亲自送过来的，那位仁兄刚好要回意大利。一开始全是伊桑格瑞姆的消息，儿子越来越幽默风趣、意志坚定，在骑术课上取得了很大的进步。接着是朱莉娅怀孕的事儿，不过提得不多。她变得更胖了，就像搁浅的鲸鱼，行动非常不便。说完家事剩下的便是时事。帝国东境那群波斯人又闹腾起来，一支突袭军出现在美索不达米亚平原东北部尼西比斯附近。他们的骑兵已向西来到卡莱城外，做好准备穿过查波拉斯河前往色西昔姆。在他们动身向南之前，这群波斯人在战场上做法事。远在沙漠深处，他们还劫掠了前往帕米拉的商队。而在安条克，朱莉娅和她的表妹及表妹夫克勒图尼乌斯见了面。他们也都没弄明白老瘸子马克利亚努斯为何支持派巴利斯塔去以弗所进行宗教制裁。不过这位首席财政官的影响力越来越大了。最后，同往常一样，朱莉娅用简单的句子表达了对巴利斯塔的思念和爱意。

巴利斯塔读着自己的回信。首先，他为妻子的不适感到同情和难过，希望一切顺利。接着圆滑地过渡到对儿子的称赞，并希望能收到更多关于他的消息。至于她所传达的时事，巴利斯塔只是说自己在以弗所尽力完成任务，以便能尽快回家与他们团圆。在信的末尾，他也表达了对朱莉娅的情意。

巴利斯塔很明白自己的妻子比他更熟知罗马政坛的条条框框。他从未质疑过朱莉娅的意见。但是这并不意味着他支持妻子知道太多政事，甚至让她置身于朝堂的血雨腥风中。现在她有孕在身，更不能这么做。巴利斯塔这时又拿起写给克勒图尼乌斯的回信。

在书写完对这位引见官大人的客套话后，巴利斯塔直接说起了在以弗所的宗教制裁。他正在履行自己的职责，因为这是要直接呈现给皇帝的述职报告，表明自己谨遵皇帝的指示。虽说基督徒在阿瑞忒城之战中背叛了他，但是他还是很不愿意地接受了制裁基督徒的任务，这种惨无人道的事情他打心眼儿里干不来。从伊壁鸠鲁学派的观点出发，天神真的会在乎那些出身卑微、误入歧途的无神论者相信自然神的存在？他听说了萨珊王朝入侵美索不达米亚平原的消息。像他这样一个身经百战的人当然更应该去跟波斯人战斗，而不是在这屠杀手无寸铁的老百姓。克勒图尼乌斯会跟皇帝建议将巴利斯塔派回东部战线吗？另外，还有一件事他觉得应该让引见官大人上报皇帝瓦勒良。在濒死之际，一个基督徒揭露了马克利亚努斯对皇帝的误导，而这个老瘸子的影响力越来越大。朱莉娅的来信也证实了这一点。马克利亚努斯和他那两个儿子都不能信任。克勒图尼乌斯必须警告皇帝，或者由巴利斯塔亲自写信向皇帝阐明。不管怎么说，让克勒图尼乌斯上报更加明智；在收到他的答复之前，巴利斯塔觉得自己不能轻举妄动。

巴利斯塔把回信封好，叫来卡尔加库斯。

“他妈的，就不能让我安生会儿。”实际上这个喀里多尼亚人看起来一点儿也不烦躁，“咋啦？”

“德米特里厄斯和马克西姆斯在吗？”

“不在。那个希腊小杂种出门了，那个希伯尼安人，”卡尔加库斯翻了个白眼儿，“跟一个朋友玩去了。”

巴利斯塔很淡定。“这样啊，那还是别打搅他了。派个人带着这两封信去码头，找去皮埃里亚塞琉西亚的船，给船长些钱，确保他能把信送到安条克。”

卡尔加库斯嘟囔了几句，退下了。等他一走，巴利斯塔就读起一篇被没收来的文章。

> 那个禽兽满口胡言，狂妄自大，亵渎神明，他只剩四十二个月的寿命了。他一张口就在咒骂上帝，侮辱他的名字和居所，那可是住在天堂里的至尊。他竟然妄图发动战争，屠杀圣人。

德米特里厄斯觉得宗教很危险，它就好比烈酒、罂粟汁液、狂躁的音乐，会让人做出疯狂的举动。他很清楚自己接下来要做什么，他也知道自己不应该这样做。它不仅肮脏，还违法，实在是太危险了。但是他还是想要这么做。

任何一个哲学学派都认为理智不应当屈服于冲动。然而像德米特里厄斯这样，严格遵循折中主义，融合各学派要义的人，最终会屈服于不理智的冲动。他没有任何理由这么做，但是他情不自禁。

德米特里厄斯朝马格尼西亚门走去。雨依旧下得很大，他不得不在神圣之路北侧的柱廊下行走着。他满心期待，连经过东方体育馆外围的市场时都没看一眼。他停了下来，环顾四周。柱廊处人声嘈杂，他却一个人都不认识。大家都急忙跑到柱廊下躲雨，谁有空管别人。

在缓慢移动的人群中，德米特里厄斯见缝插针，好不容易钻了出去，穿过充满积水的马路。经年累月，沉重的货车来来往往，在石头上留下了深深的凹槽，一个不注意他差点儿扭到脚踝。他鬼鬼祟祟地向四处张望，随后走进一个小巷子里。尽管方向感不好，他七转八转，竟很快就来到了陶工生活区。这里的巷子变得越来越窄，越来越脏，他的鞋上全是泥。

一堵空荡荡的墙，灰泥剥落，破败不堪，其间有一扇不起眼儿的门，而德米特里厄斯就在那里停下了脚步。他敲了敲门。雨水顺着他的脖子向下流。不久门打开了一条缝，发出吱吱呀呀的声响。

“啊，又来啦。”

这扇门向德米特里厄斯敞开。

“快进来，快进来。”这个老人家说着拉丁语，不过口音很陌生。他的语调里并没有传递出特别欢迎的意思，“快关门，脱鞋进来，把鞋放在这儿。我可不希望家里被踩得都是泥。”

德米特里厄斯脱下鞋，跟着这个老人穿过破旧的走廊。这里很潮湿，还夹杂着一股说不清楚的气味。这里也很黑，老人的手里拿着一盏陶土做的灯，发出微弱的光亮。屋里一角有一块布，下面盖着东西。除此之外也就没什么了。地上全是灰，其间隐约可见一条小缝，周围都是鸟粪。

“啊，狄欧，帕西克拉底之子。”老人边说边点亮了壁架上的灯，“你这次又有何贵干？”他往后看了看，摇曳的灯光下映衬着老人凹陷的颧骨。他笑了，似乎明白了什么，“鸡卜，你又想要鸡卜了吧。当向黑暗世界求助时，它们总有自己的办法，鸡卜绝对可靠。”

老人并没有等德米特里厄斯回答，自顾自地在布下面的杂物堆里翻找起来。他拿出一块木板，将它置于地板中央。木板上有许多方格，每个里面都写着一个拉丁字母。他又去屋角拿了一个布袋回来，从里面抓出一把小麦，在每一个格子里都放上一粒麦子，剩下的被他小心翼翼地放了回去。他走出去，关上门。

德米特里厄斯一个人坐在光线昏暗的屋子里，他不知道自己为何要执着于这种危险、邪恶的占卜术，他很害怕。以前他向这个伊特鲁里亚巫师咨询过，但是他也不确定这个老人家是否可靠，因为这个老人总给假名字，不过如果有人告发，那群弗鲁曼塔里伊成员很快就能确定他的身份。德米特里厄斯的心脏都快跳到嗓子眼儿了。他其实可以问一个不同的、更安全的问题，或者，立马掉头走人，反正没人拦着他。

老人回来了，一只手拿着两只小公鸡。“你要让地下世界的阴影为你解答什么问题？”

德米特里厄斯颤抖着从皮袋里掏出钱，手中的银币上沾满汗水。明明不是本意，他还是问出了那个问题。

这个伊特鲁里亚老头露出了一种奇怪的神情，恐惧、兴奋、贪婪？他并不清楚。

“你问了一个很可怕的问题，将我们二人同时置于险境，而我所指，并非只有来自这个世界的威胁。你要付我三倍的钱。”老人伸出空闲的那只手，等着德米特里厄斯把钱递给他。“我去把前门锁好。”

德米特里厄斯又一个人坐在屋里，他打量着这个阴暗肮脏的地方。这间屋子没有窗，只有一扇门，他无路可逃。他低下头，看着自己光着的双脚踩在落满灰尘的地上，中间还分散着鸡粪。他想他是疯了吧，或者被什么邪恶的魔鬼附身了。但是在他心中的某个角落，似乎对这一切感到无比兴奋和紧张。

老头回来了。他把一只鸡捆在屋侧，右手拿着另一只鸡。他示意让德米特里厄斯保持安静，待在那别动。他站在原地，死死地盯着地上的那条缝，嘴里念念有词。一开始几乎听不到他在说什么，渐渐地变成嘟嘟囔囔，最后演变成某种很少有人使用的古老语言的咏唱。

德米特里厄斯紧张得都无法呼吸了。这一天是十一月八日，地下世界的大门将会敞开，无数的鬼魂在他身边徘徊盘旋。它们无比饥渴，急需鲜血安慰。

这个老巫师突然拿出一把刀，迅速割破了手中那只公鸡的喉咙，它的鲜血一滴滴流进地缝里。巫师的双眼变得呆滞无光，他用自己祖先的古老语言，声音洪亮地吟诵着。那只公鸡抽搐着，刀上的鲜血一滴一滴地落下。鬼魂们得到了慰藉。

老头突然扔掉了死鸡，刀也瞬间消失了。他转身释放了捆着的那只鸡，拿着它靠近木板。在放走公鸡的同时他用拉丁语问出了那个可视为叛国大罪的问题：“地下世界的魂灵啊，罗马皇帝瓦勒良的命运如何？”

两人都不再说话。这只黑色的公鸡侧过头，双目有神地观察着德米特里厄斯。它张开修剪整齐的翅膀，似乎轻轻地哼了一声，看向那块儿木板，接着优雅地迈了上去。它迅速地晃动着脑袋，依照魂灵的指示挑选起麦粒。

公鸡的头猛地扎下去，又抬起来。写着“P”的格子里的麦粒被吃掉了。公鸡边吃边疑惑地打量着身边的两个人。它又啄了起来，这一次吃掉了三粒：“E、R、F”。它又停了下来，抚弄着自己的羽毛。然后又啄了一粒“I”。

这只鸡停了下来，它的羽毛在昏暗的灯光下看上去黑得发亮。屋里彻底陷入了沉默。突然，公鸡飞起来，弄乱了木板上的小麦，二人也猛地从座位上跳起来——有人敲门，敲得很猛。

这个伊特鲁里亚人岁数不算小了，但是手脚依旧灵活。他迅速把木板和公鸡的尸体藏在布下面。接着他一只手抓着鸡，一只手拉着德米特里厄斯离开了房间。

敲门声停了。他们在走廊里站着，一动不动。撞击声从前门传来。老头扯着德米特里厄斯穿过走廊，如雷般的声响紧随其后。

德米特里厄斯以为这个走廊马上就要走到头了。有人在屋外吼叫着。捶门声越来越响。巫师拽着德米特里厄斯又穿过一个低矮的门廊和一间漆黑的房间。这个希腊小伙儿的小腿擦伤了。老头毫无预料地停下来，他猛地撞到了老头的背部。

这个老头在黑暗中摸索着什么东西。身后还能听到很多种声音，有人粗暴地喊着：“开门，你个老浑球儿，再不开门信不信我给你点儿颜色瞧瞧。”

德米特里厄斯面前开了一扇小门，阴霾天色的灰光洒了进来，很是刺眼。他被推了一把，就来到了屋外。他光着双脚，觉得泥地很滑。身后的门砰地关上了。雨依旧下得很大。

德米特里厄斯拔腿就跑，转身进入旁边的巷子，离嘈杂声越来越远。他就像只无头苍蝇，漫无目的地飞奔着。穿过或窄或宽的巷子，忽左忽右地转着方向，踩过水洼和泥垢，污水四溅。

他累坏了，弯下身子，大口大口地喘着粗气。雨点噼里啪啦地打在他的身上。他听到有人吼叫的声音。这里的巷子太多了，他也不知道那声音是从哪条巷子里传来的。他绝望地转过身，试图观察每一个方向的情况。声音越发嘈杂。有一只流浪狗在拐角处出现，它朝着德米特里厄斯狂吠着。他又一次飞奔起来，从一个巷子穿到另一个巷子。那只流浪狗被甩在后面，也就不再追着他，而他还在奔跑着。

最后，他实在跑不动了，几乎是滑到角落里。他强逼自己振作起来，现在对他而言连呼吸都无比困难。雨水拍打着他的后背。在他总算稳住自己的呼吸时，他安静地听着。除了雨声，再无其他，也没人追他。

巷子的另一头有一个小阳台。他踉跄地走了过去，蜷缩在底下躲雨，望着眼前的雨帘。

德米特里厄斯的下半身沾满了泥污。他完全迷路了，内心十分恐惧，很想大声哭出来。鞋子丢了，一大笔钱也没了，他决心再不这么干了。不知怎的他想起了卡尔加库斯，那个喀里多尼亚人的吝啬可是众所周知的。他突然笑起来，有点神经质地咯咯傻笑。他想回家，回到他现在真正意义上的家人身边，那三个踏实而可靠的野蛮人：巴利斯塔、马克西姆斯和卡尔加库斯。他们仨在各自的领域里都表现出众，面对危机处变不惊。

再不犯傻了。自己累得要死要活，还冒着被人检举揭发的危险，究竟是为了什么？他究竟知道了些什么呢？就五个字母——P、E、R、F、I。这是什么意思？拉丁语毕竟不是他的母语，Perfi…perficio? 终结一切？他突然想起了一个更可怕的词语——perfixus——刺杀。

雨势看起来丝毫没有减弱的意思。德米特里厄斯突然意识到自己可能还在被人追着，他必须回家。他冲进暴雨里，泥污之类的东西从他的脚趾间流出。他瞬间停住，在雨中一动不动，任凭雨水流进他的眼睛里。上天似乎给了他启示——perfidia——背叛。

第二十章

监狱长回身关门，牢房里的臭味扑面而来，仿佛这气味可以穿透衣服渗进每一个毛孔里。巴利斯塔觉得喉咙被闷得喘不上气。

“你不是士兵，他们不是你的兄弟！”一个愤怒的声音响起。

当他们来到走廊尽头最大的牢房时，那里昏暗得几乎没有一点儿光。借着从墙高处的狭缝窗透进来的仅有的一丝光，巴利斯塔看清了里面那两个男人的脸。两个人在几步远的地方，面对面站着，中间由一个旧披风、两张毯子还有一件衬衣分隔开。他们这会儿正在激烈地争吵，甚至都没注意到有人来了。

“你错了，盖乌斯。跟所有的基督信徒一样，我是基督的精兵。我并不会为这世上的任何皇帝而战，但是我会为他祈祷。现在我祈祷瓦勒良可以找回从前那个温文尔雅的自己，不要再听信瘸子马克利亚努斯的谗言。”

另一个嗤之以鼻地嘲笑。“你就是个听信了恶魔谗言的蠢货。这里的基督信徒跟我们不一样，他们都是些无知的民众，尚未经过洗礼。他们可不是你的兄弟。想想你的家人，我才是你真正的兄弟。你这样固执，将会丢了你的骑士军衔，你的财产会被充公，而你本人也会被处死。你就忍心让他们沦为寡妇和孤儿，弃他们于不顾吗？”说话的人因为愤怒，脸往前倾着。

巴利斯塔搞清楚这两个人是谁了：一个是有骑士军衔的奥卢斯·瓦勒里乌斯·菲斯图斯，被关在监狱里；另一个，很明显是这个基督徒的哥哥。巴利斯塔觉得此人面熟，之前在集会上看见他行色匆匆地走过。

“我们的上帝耶稣基督这样说过：‘如果谁要跟随我，他应该爱我，胜过爱自己的父母、妻子、儿女、兄弟姐妹，甚至自己的性命。否则，就不配做我的门徒。’”

盖乌斯·瓦勒里乌斯·菲斯图斯忍无可忍，朝基督徒的脸上狠狠地揍了一拳，基督徒重重地摔了个屁蹲儿。盖乌斯上前又抡开手臂，巴利斯塔急忙上前挡住还没来得及落下的拳头。盖乌斯边粗鲁地挣脱着，边回头看。他先是一愣，看清来人后吐了口唾沫。“这个人不再是我的弟弟，就让他跟奴隶们一起烧死，好展示下他对基督的赤子红心！”盖乌斯甩开巴利斯塔的手，冲了出去。

马克西姆斯和德米特里厄斯把基督徒扶起来。“你哥哥在争吵中可真是论辩有力。”巴利斯塔说道。

奥卢斯·瓦勒里乌斯·菲斯图斯直视着巴利斯塔，“我哥哥总是因为他的暴脾气吃亏。我为他祷告，希望有一天他能看到上帝的曙光。我为你们所有人祷告。”

就在基督徒和巴利斯塔对视的时候，巴利斯塔突然间领悟到了什么。在遥远的北方，任何自由身的人都可以直视对方，无论双方的地位有多悬殊。显然，这帮基督徒也是这么规定的。但是在罗马帝国，如果偶然出现对视，那么身份低的一方要马上移开目光。当巴利斯塔第一次参加议会时，有几次偶然和别人对视，按道理巴利斯塔应该低头避开的，结果由于不知情，明目张胆地跟人对视，冒犯了对方。而这帮基督徒都是罗马帝国的人，他们应该很清楚这些，那他们跟人对视不就是故意表现出傲慢和无礼吗？

“邪恶阴险、道德败坏、罪无可恕……大红龙的尾巴拖着天上的星星，摔在地上。”

看来巴利斯塔不是唯一记住这几句话的人。说这话的人蜷缩在牢房另一边的角落里。

“恶贯满盈的马克利亚努斯……神用右手种下的葡萄藤竟被一只离群的、拥有结实头角的牡鹿糟蹋了！”巴利斯塔往前走几步，看到了一个蓬头垢面的老人。

“原谅我的基督兄弟吧。”奥卢斯说道，“上帝的灵魂在他体内，借他的身体说话。”

老人继续胡言道：“我看到了侧身行走的山羊……过来，看呐！一匹白色的马，他的主人名叫死亡。”

“灵魂很快就会离开他了。他已经禁食了两天两夜了，连口水都没喝，身体很虚弱。但是通过不断祷告，他的灵魂在不断地接受滋养。”奥卢斯说完时，老人的音量已经减小到自言自语，他似乎在列天使的名字，这些天使会吹响战争的号角，欣赏人类自相残杀的恶果。

“他是我们大家的榜样。”奥卢斯虔诚地说，“他五十多岁了，还用自己的处男之身保持着对上帝虔诚的崇拜。”

“六十岁的雏？”马克西姆斯大呼道，“怪不得他疯了，我可不能看着这个宗教就这么摧毁我的父老乡亲们。”马克西姆斯边说边摇头。

喃喃自语的年老基督徒现在安静了下来。

“我是来看你的。”巴利斯塔四下看了看，想找个坐的地方。牢房里只有一张床，巴利斯塔决定站着。牢房里有点儿脏，巴利斯塔真是不敢相信弗拉维乌斯·达米亚诺斯居然说基督同情者来监狱探望那些被定罪的基督徒并跟他们做爱。

“如你所见，我有的是时间聊天。”奥卢斯微笑道。

“奥卢斯·瓦勒里乌斯·菲斯图斯，”巴利斯塔来了个很正式的开头，“那天你被带上庭，我给你时间让你重新考虑，你还有……”

“三个月零十七天。”德米特里厄斯补充道。

“时间充裕。”巴利斯塔继续说，“你出身于以弗所最有名望的家族之一，参议会成员，还是个罗马骑士。为什么你不肯放弃这个满是奴隶和卑贱之徒的谋反教会呢？”

“我是基督信徒，我们并没有做大逆不道的事。我们日日夜夜为皇帝、为议会祈祷。”

巴利斯塔在心里暗想：第一招不管用，就试试别的。“你们这些人都是在日出前和日落后偷偷聚会，像间谍一样。你肯定记得曾被拿来教导咱们的那个故事：特雷斯特的专著里记载着一个叫卡提林的人，他和队友每天夜里都会见面，发毒誓，喝人血，密谋搞垮罗马。”

“不，我们不做那样的事。我们晚上集会只是为了躲开邻居的耳目，防止被家族里的人揭发。”

“当局的人说你们触犯了他们的权利。你敢说你没组织你的教会开会，或者说集会吗？”

“根本就不是这么回事。”奥卢斯摊开手，“是我们的上帝召唤我们聚集在一起为恺撒展现他即将经历的事情。”

“我跟一些已回归主教的基督徒谈过，他们读过你们的书。”巴利斯塔很高兴看到这回奥卢斯有些紧张不安了。“上面说你们的使徒保罗告诉你们不要把罗马的法官放在眼里，让你们跟牧师引起纷争。当然你们管牧师叫主教。”

基督徒沉默了一会儿突然爆发了：“你可以去问问其他的正常人，那个白痴说的谣言是不是真的。”

接下来，沉寂笼罩着牢房，那个年老的基督徒又开始嘟囔：“印章、龙马枪、号角；悲伤、痛苦、不愉快。”一只苍蝇在远处嗡嗡作响，分隔墙后面有人在打苍蝇。

“我再给你最后一次机会，如果你再执迷不悟，那我只好下令处死你。”巴利斯塔严厉地说，“但是，只要你说你是宙斯的信徒，你就会获得自由。”

“不可能，我是个基督信徒。‘那些信仰诸神，而不对上帝虔诚的人，将会被摧毁。’”奥卢斯声音洪亮，冷冷地说。

“你能不能不说这些话，而是跟着你自己的感觉走？”

“不可能，你想要我怎样？成为赫勒塞提斯？成为像巴西里德斯或者赫拉克连那样的异教徒？”他愤怒地说道。

“我根本就听不懂你在说什么。”巴利斯塔说道，“你的意思是你们基督教还有另一个派别？”

“做梦！世界上只有一个圣教堂。我刚才提到的那些都是异教徒，他们将会在地狱之火中永世不得重生。”奥卢斯突然莫名其妙地笑了起来，“被你们放走的那些杂种就是异教徒，这帮基督的叛徒，心里想着自己是基督信徒，在法庭上却一口否认，还以为自己有多聪明呢，蠢货！等到审判日时他们将会知道自己作为异教徒的悲惨命运。”

听到这儿，一个想法突然从巴利斯塔的脑海中蹦出来。“你知道那个出卖阿瑞忒城的基督牧师狄奥多图斯吗？”

“他根本就不是基督信徒，而是个邪恶的异教徒，他一直跟随一个弗吉尼亚的妓女，她是个孟他努派教徒。狄奥多图斯的肮脏灵魂现在正在地狱里接受煎熬。”奥卢斯呵斥道，“天主教的任何一个虔诚的信徒都知道，天启（尤指预示天下大动乱）至少再过二百年才会降临人间。”

还没等巴利斯塔琢磨透奥卢斯的话、跟上他的思路，牢房里的帘子就被掀开了，那个年轻的基督徒母亲不请自来。这帘子挺破，是临时拿来凑合事儿的。那女人对巴利斯塔说："我刚把孩子哄睡着，你能不能小点儿声。"这女人同之前一样，说话仍泰然自若，但声音却足以让人瑟瑟发冷。

"当然可以。"虽然有些惊讶，但巴利斯塔还是放低了声音，"我会尽快决定你的流放地，那是我应该做的。在此期间我希望你住在这不会感到特别的不舒服，因为我见你自己隔了个帘子，创造了点儿私人空间。"

"没什么私人空间。"奥卢斯打断了巴利斯塔，"这帘子是我放的。她也是个异教徒，是早就该死的阿波罗的追随者。放这个帘子就是防止她在我们正规基督信徒间散布她那些歪理邪说。"

帘子后面那个男婴开始哭了，女人回去哄孩子，奥卢斯大笑起来。巴利斯塔现在被这帮教徒们整得气不打一处来，压着火起身离开了。

巴利斯塔从牢房出来，回到民众议事的广场，呼吸着户外新鲜的空气，巴利斯塔还是不胜其怒，他把狱卒头叫到跟前，下令："任何人不得探望基督徒，除了让他们勉强活命，不许给他们任何额外的食物、水、灯、衣服或者床上用品，最重要的是不要给他们书。就让他们用扯淡的祷告活下去吧。要是发现任何狱警敢违令，或者受贿，立马当作基督疑犯逮捕，在牢房里煎熬，最后被送去竞技场跟野兽搏斗。犯人的牢房都要搜查，任何之前的东西或者财产都必须上交。把那个叫奥卢斯的蠢货关到监狱最深处的地牢去！"

巴利斯塔在教堂拱廊里不停地走来走去，显得有些暴躁。"这样下去那个发疯的老处男很可能会死在监狱里，骑士也很可能活不了，也许他们都会死。这下可好了，免得再跟他们费口舌，这不也正是他们想要的解脱吗？去他妈的！可那个基督女人该怎么处置呢？去他妈的，基督徒都他妈应该拿去喂狮子。"

但是那女人还有个孩子啊，孩子才一岁？两天前，安条克城传来消息，十一月二十五日那天朱莉娅又为他生了个儿子，是顺产，母子平安。那么现在换过来想一下，如果在监狱里的是朱莉娅和二儿子，或者再惨点儿，连伊桑格瑞姆都被抓到罗马那暗无天日的监狱里呢？

“等等！”巴利斯塔实在不敢想下去了，不禁喊出了声。他目光掠过民众议事广场望向山坡上红顶的房子。再往上看，山顶上的植被里穿插着石板路。虽然此景跟巴利斯塔的家乡不太一样，但毕竟这儿还是片自由的净土，没有被帝国的铁蹄践踏。那浑蛋治安队头子说得没错，巴利斯塔确实讨厌现在所做的事。眼下的这帮基督徒甚至跟之前在阿瑞忒城出卖巴利斯塔的浑蛋都不是一个宗教派别。他现在真是进退两难：一面是自以为是不肯妥协的基督徒；另一面是去履行帝国那些惨绝人寰的命令，还有那帮幸灾乐祸等着看笑话的异教暴民。巴利斯塔究竟该怎么处理这帮基督徒呢？或者说巴利斯塔该怎么面对自己呢？

在巴利斯塔撤销命令的时候，他发誓要为那个基督女人和孩子找一个舒服的、尽可能安全的地方去流放。除此之外，他还许下另一个更危险的誓言：在以弗所迫害基督徒的活动应该停止。巴利斯塔没有权力停止迫害，但是，他确定可以找到一个客观点儿的办法，让迫害不得不停下来。

巴利斯塔由以弗所体育场那帮浮躁不安的群众，联想到安条克城的暴乱。巴利斯塔想到这儿有了主意。对于一个地方长官，公共秩序是首要大事，巴利斯塔当然也不例外。如果发生暴乱，那么所有的事就会自动转移到安顿民众维持秩序上，那样就可以停止迫害基督徒的活动。巴利斯塔自己心里明白，如果事情败露，狡辩是没用的。但是人都有自己的底线，总得为自己活着，过自己想要的生活。

这是一所档次比较高的妓院，就在塞尔苏斯镇中心的图书馆对面，由于消费高，这里很少有客满的时候。马克西姆斯之前光顾过一两次，算不上是常客。从那儿出来，他打算回去找卡尔加库斯说说明天他们要做的事，那可是个险事。

“你猜今天那妞儿对我说啥了？”马克西姆斯满脸春光灿烂。

“不知道。”卡尔加库斯口气里透着极其不感兴趣。

马克西姆斯噌地一下跳起来。“她说我是她见过的最好的。”边说边向两侧张开手臂，左转半圈，右转半圈，就像斗士在等待胜利的掌声。

“真逗，她就会说阿拉姆语，而你根本就听不懂那种语言，你怎么知道她在夸你？”

马克西姆斯龇牙笑道：“哈哈，兄弟，这正是我想说的，那妞儿用她的行话告诉我的。”

卡尔加库斯还是没反应。马克西姆斯把裤子脱到脚踝处，撩起长袍，在卡尔加库斯旁边的茅坑蹲下。

“这里真是发达，还有自来水。”马克西姆斯把身体前倾，拿起他面前水槽里木棒上的海绵，他实在是不习惯用这东西擦屁股。“我还是习惯以前那种擦屁股的方式。”

“好吧，我真不忍心告诉你，我很喜欢现在的方式。”卡尔加库斯回答道。

虽然厕所里只有他们俩，马克西姆斯还是有意无意地环顾四周，确认是否真的没别人。马克西姆斯向卡尔加库斯那面凑了凑，悄悄地问：“看到你的目标了吗？”

“嗯。”

“咋样？”

“很好。”

马克西姆斯换了块海绵。“我一直觉得主人这事做得是个错误，他就不应该把剧院里面的黑帮派系搅进来。”看到卡尔加库斯好像要打断自己，马克西姆斯打了个手势示意自己明白他的意思。“我同意你的想法，剧院这帮流氓肯定是有组织行动的，他们就像定时炸弹，时刻都在准备着制造麻烦，哪一次暴乱不是他们干的？可关键问题是他们实在太显眼了，几乎家喻户晓。只要有事，弗鲁曼塔里伊的人就立马会带人找过来。先是找你我，接着就是巴利斯塔。结局咱仨都被关进皇室监狱里，任由外面的人胡说八道咱们的事迹。”

“是啊，人生充满了各种挑战。”

“之前，只有你、我、巴利斯塔知道这个计划，连德米特里厄斯都不知道这事。不过现在估计以弗所一半游手好闲的人都知道了这件事。去流氓后台，本应该是我跟他们头儿谈判。”

卡尔加库斯突然发出可怕的笑声。“太棒了，要是你去，故事的结局就是一个愚蠢的希伯尼安人的鼻子让人打没了，还有比这更有意思的结局吗？”

“哼，你呢？你这个浑蛋。一个丑陋的喀里多尼亚老浑蛋，黑得要死还往死里笨。”

“我戴上帽子不去吓人行了吧。”卡尔加库斯没再跟他计较，“等咱们行动结束后，我打算离开这总督府，去一个在以弗所没人知道我的地方，我的人已经安排好了。你有什么打算？”

卡尔加库斯话题转变得有点儿太快了，即便是熟人也有点儿跟不上他的思路。马克西姆斯龇牙笑着。“你肯定会很欣赏像我这样的优秀男人。从伊苏利亚来的五个男孩，很畜生，把亲妈的喉咙割开了几个硬币那么长的口子。而且更牛的是，我会跟他们趁着明天的晚风坐船起航离开。”

“前提是他们还活着，而且弗鲁曼塔里伊的人没逮到他们。”

“哥们儿，你都喝了半杯酒了，差不多行了。”

“但是也许事情不太好，咱们有可能要死了或者被抓住受折磨。所以今晚我打算再喝点儿，然后去找个性感的靓妞。”

他们两个人站了起来，擦干净了屁股。

“可怜的妞。不过那是你的事。明天是农神节，在我还是个斗士的时候，我通常会在格斗的前一天晚上好好放松自己。”马克西姆斯在水槽里用流水冲着海绵。“我打算今晚再找个丰满的叙利亚妞，你要是帮我付了小费，那你就是个大好人。”

“我没钱。”

他们整理衣服时，马克西姆斯轻声地重复说：“我再确定一下，咱们几点开始？”“都告诉你多少遍了，还记不住！等他们把那个基督徒，骑士奥卢斯·瓦勒里乌斯·菲斯图斯带到竞技场的时候就动手。”

第二十一章

十二月十七日，农神节的第一天。在以弗所，农神节是奴隶们一年中最开心、最轻松的时刻，不过自由身的人可就不那么开心了，因为这个假期不属于他们。还没到下午，人们就开始交换小礼物：一瓶酒、一只野兔、一只胖乎乎的鸟或者是古式的蜡烛和陶瓷娃娃，不过遇到生活拮据的时候，礼物可能仅仅是些野花做的花环。在农神节早上，朋友们或者同事们会凑在一起掷骰子，选出一个"农神节之王"。在之后的游戏中无论农神节之王说什么，哪怕是再荒谬再令人不好意思的旨意，所有人也都必须执行。很多时候，除了痛痛快快地放松，奴隶们还希望能在农神节的晚餐上吃到乳猪。不过农神节晚餐仅仅是狂欢的开始，按照习俗，在接下来的七天，人们可以喝到酩酊大醉，尽情释放。比起竞技，人们更喜欢体育场里的精彩表演。

德米特里厄斯现在看不到外面民众，因为这会儿主人巴利斯塔正襟危坐在首席法官观赏厅里，而他站在主人右肩后面。德米特里厄斯真希望能像马克西姆斯和卡尔加库斯那样休几天假，因为自己实在是讨厌竞技。上午野兽互相打斗，中午处决犯人，下午角斗士们大汗淋漓地打斗。德米特里厄斯心里面有一百个理由鄙视这一系列荒谬的活动。希腊可不该有这种愚蠢的事，而且这体育馆也不是为了竞技而建的，建体育场的目的是为了自由民众可以参加体育活动，从中强身健体获得荣誉。而现在，这里的一切都是不一样了，奴隶和罪犯为了活下去，不得不尖叫流血，卑贱得连野兽都不如。竞技是罗马统治的灾难性产物，它不光野蛮，还会唤醒民众内心深处最卑鄙肮脏的欲望。他们一次又一次地欢呼“让沙子上铺满鲜血”。每到这时，民众曾经为即将祭献的供品而生的怜悯之心便荡然无存了。

而且事实上还远不止这些，最严重的事情是竞技对每个观众来说都是一种威胁。在鲜血的刺激下，人们很难控制住自己那可怕的兴奋感，稍不留神，这种兴奋就会表现出来。那时人们会丧失最基本的理智，会忘记自己是个人而不是个冷血野兽。

一阵狂笑声把德米特里厄斯的思绪拉回现实。原来是在靠近首席法官观赏厅的地方，有一组人在做游戏，他们的农神节之王命令一个玩家边跳脱衣舞边唱歌。被选中的男人在刺骨的北风里很不情愿地赤裸地站着，农神节之王脸是涂成黑色的，穿着破旧的类似皇式的长袍，在他身边又蹦又跳，做出要阉割受害者的动作。唱歌的是个野蛮的希腊人，听口音是来自卡帕多西亚或者伊苏利亚，歌声被他朋友们的唏嘘声淹没。看到这些，德米特里厄斯突然很好奇这位农神节之王平时是做什么好工作的，因为这人俗气的打扮似乎有点儿眼熟。

德米特里厄斯又开始走神儿，距上次被困在伊特鲁里亚已经过去一个多月了，具体说是四十天。真希望自己上次的侥幸逃脱是成功的，没被他人发现。如果那天那些警察是治安队派来的，或者更惨点儿是弗鲁曼塔里伊派来的，而且如果那个老人已经出卖了自己，那应该早就被抓到了，而且现在已经被关到大牢里才对，所以德米特里厄斯断定，那个巫师肯定没有出卖自己。不过也许巫师此刻正在大牢里备受折磨，目的就是逼迫他供出自己呢？真的好害怕。回顾那次冒险到底自己都得到了些什么消息呢？隐约听到 P–E–R–F–I…Perfidia（背叛）。到底谁会是叛徒最终打倒皇帝瓦勒良呢？难道是法庭里出叛徒了？还是东部那些背信弃义的家伙，比如像沙普尔那样的人干的？我冒了那么大危险才搞到这点儿消息，真厌恶自己的无能。

突然间竞技场最远的看台爆发出有节奏的喊叫声和拍手声表示抗议。“熊，我们要熊，凶狠的熊！”观众们反抗是因为现在是午餐时间，打斗表演停止了。上午的斗兽表演也不怎么令人兴奋，分别是追赶鹿和野驴，还有两头公牛的表演。唯一有尖牙的动物就是三头牧羊豹，它们也没怎么打。今天的动物除了一些鸵鸟是从海外运来的，剩下的都是从不远的西利西亚运过来的。尽管它们像被催眠一样，有时候一动不动地站着，那些表演的弓箭手居然都能射偏好几次。

午餐时间的处决也没有看头，都是巴利斯塔亲自安排的，他把弗拉维乌斯·达米亚诺斯之前在九月份安排的节目单大打折扣，同样是安排了些野猪、牛和狮子，连疯牛都没有。这些野兽一出场就把基督徒杀死了，基督徒连反抗都没来得及，真是没看头。这可是农神节啊，民众多么希望能更精彩点儿，他们太失望了。北风刺骨。

德米特里厄斯看了看主人的背影，巴利斯塔的肩膀是那么宽阔坚实。几天前德米特里厄斯发现自己不是唯一心事重重的人，巴利斯塔、卡尔加库斯甚至马克西姆斯，每个人似乎都处于压力之下。希腊男孩怀疑这三个野蛮人肯定是有事瞒着自己。要不是现在还被恐惧和自我厌倦折磨着，德米特里厄斯肯定伤死心了。

一队士兵把奥卢斯·瓦勒里乌斯·菲斯图斯押了上来，他并没有被五花大绑，脖子上也没有挂着标语牌。传令官上前宣判，这个骑士会按照他的军衔执行刀刑。

听到这儿，群众的喊叫声就像大浪拍打岸边一样席卷而来：“把他钉起来!”“杀死他!”“让熊扯碎他!”“让这浑蛋跳舞!”接着又把坐垫、水果，吃了一半的香肠扔进竞技场。就在人们扔垃圾之前，好像事先安排好似的，巴利斯塔把那个传令官叫到跟前，说了几句话。但具体说了些什么，德米特里厄斯根本听不清。

传令官走到围栏之前，举起手示意民众安静。大部分人都安静下来，可是还有个别人在吹口哨和喊叫。

传令官又大喊:“安静!副总督让大家安静!”

这回所有民众确实安静下来了，可是这个北方来的野蛮人居然敢这样辜负民众的期望?这是农神节，本该有很多表演的呀，他以为他是谁呀，皇帝?居然就敢这样灭杀民众的乐趣?就算是皇帝在这件事上也没这个权力啊!他妈的!

民众雷鸣般的不满咒骂声再次响起，他们往竞技场里朝基督徒扔了更多东西，而且这次扔了些石头、硬币等更加具有杀伤力的东西。有几个人甚至开始向法官的座位扔东西，有块石头嗖地从德米特里厄斯耳边划过。德米特里厄斯看了眼主人，巴利斯塔一动没动。

在竞技场沙滩距观赏厅较远一侧的观看台上，民众呼喊熊的表演的声音再次掀起了高潮。最前面的几个人已经爬上了墙，跳到了竞技场里，跟服务人员打了起来。一个身材高大魁梧的男人，用帽子几乎盖住了整张脸，站在墙头，号召大家一起抗议。在距观赏厅不远的地方，就在那个脸涂黑了的农神节之王旁边，几个人也打了起来。扔上来的各种东西落在巴利斯塔周围，可是他仍泰然自若地坐在那里毫无反应。德米特里厄斯很怕，他真希望主人在此刻被砸中，这样就可以带着自己离开。德米特里厄斯在心里恳求着:赶快发动部队维持秩序吧，哪怕调来个号角手，吹两声号，提醒这帮暴徒停止他们的叛乱行为也行啊!但巴利斯塔依旧纹丝未动。

由于没有接到命令，辅助弓箭手们只是在副总督的座位周围列好了队，但谁也不敢采取行动。民众们扔过来的东西砸到了这些弓箭手们的盾牌上、头盔上还有铠甲上。角斗士们现在已经把基督徒拉出了竞技场的沙地，基督徒被砸得头破血流。民众的行为现在已经超出可控范围，俨然成了一场大规模的暴乱。

巴利斯塔突然站了起来，扔下句“是时候离开了”，便从德米特里厄斯身边闪过。德米特里厄斯不明白巴利斯塔在说什么，不过他清楚地看到巴利斯塔咧嘴笑了一下，仿佛对周围发生的一切感到无比开心。

一个老人坐在山里的小路旁，手里拿着一卷莎草做的纸，俨然在等人。巴利斯塔倒吸了一口冷气。哦，不！莫非请愿者都跟到这来了？

暴乱发生后的第二天，巴利斯塔下令张贴告示暂时停止对基督徒执行死刑，理由就是这件事已经引起了社会秩序的混乱。又过了三天，巴利斯塔带着治安队头子科尔乌斯出去打猎，放松自己。

黎明时分，巴利斯塔一行从马格尼西亚门出发了，随行的除了科尔乌斯还有两个身穿绣花长袍的猎犬主人，他们骑着马牵着四只凯尔特猎犬。巴利斯塔一行顺着普列昂山上的小路，向南朝着奥提伽岛的圣所的方向走去。这是隆冬里一个美丽的早晨，万里无云，山上每一寸土地每一块岩石都笼罩在朝阳的光芒下。上午猎犬追了几只野兔，不过野兔都逃脱了。午餐时候队伍停下来，生火。就在那时一头野猪突然从灌木丛中窜了出来，用它充满敌意的眼睛看了看这几个人，掉头就跑，四只小短腿倒换得很快。猎狗见状立刻追了上去，巴利斯塔等四人也赶快跳到了马上，手持长矛追过去。尽管火还燃烧着，但现在是冬季，巴利斯塔他们搭的柴火堆又很规则，所以不用顾忌离开后火势会蔓延。这头野猪可让巴利斯塔等人好一顿追，只见它在斜坡上快速奔跑，蹄子踢起的碎石子四处迸溅。还没等猎犬发起进攻，野猪竟直直地转头朝科尔乌斯狂奔而来，来得太突然，巴利斯塔和猎犬主人根本不知所措。说时迟那时快，就在野猪马上撞过来时，科尔乌斯举起手里的剑，朝野猪刺去，刚好刺中了它。而野猪就像被愤怒附体一样，又往前蹭了几步，直到剑大概一英尺半的部分都刺到野猪体内时，它才倒下。而这一巨大的冲击力撞得科尔乌斯往后退了几步。野猪双眼各流出一滴血，仿佛是眼泪。

午餐过后，巴利斯塔和科尔乌斯看着猎犬管理人拔下野猪的獠牙，剥下野猪的皮，割下野猪的肉。时间过得很快，转眼间到了该回去的时候，也就是在那时，他们遇到了这个老人。

请愿者对于在议会里当官的人来说都是个灾难，他们会时时刻刻地跟在你屁股后面，总想对你诉说他们的苦楚。传说当年皇帝哈德良有一天在外面骑马的时候，有个老妇女说要跟他请愿。皇帝说他很忙，没时间听她说，那个女人便追在后面大吼："那这皇帝你就别当了。"出于责任感，皇帝不得不转过来，听老妇人诉说。巴利斯塔觉得马克·安东尼的那个故事更解渴：安东尼同时被好几个请愿者缠着，他转身拿来自己的长袍装请愿书，之后走到最近的桥上把那些请愿书全都倾倒在河里。

巴利斯塔指示猎犬主人继续往前走，自己和科尔乌斯让马放慢脚步。老人直直地站了起来，他戴着宽边大帽，用希腊语嘟囔着要跟巴利斯塔单独说话。巴利斯塔和科尔乌斯都朝山坡上四下看去，确定这老人是一个人，便示意科尔乌斯骑马走开了。

这个请愿人直到科尔乌斯走到听不到他们谈话的位置时才开口，他把自己的大帽子往后翻了翻，原来这个所谓的老人并不像巴利斯塔想象中的那么老，事实上确切地说是个年轻人。此人笑了笑，说着标准的拉丁话："尊敬的马库斯·克洛迪乌斯·巴利斯塔，我的主人克勒图尼乌斯让我给您带好。我的主人要求您必须给他回一封关于以弗所现在政治状况的信件，而且这封信一定要写得隐晦一些，之后也一定要用亲信的信使送到我的主人手里。因为马克利亚努斯的探子遍布全国各地，即便信不落到他们手里，也很有可能落到那帮弗鲁曼塔里伊的成员手里。现在首席财政官和雇佣军指挥官走得越来越近。我的主人很后悔之前没有跟皇帝建议派您去东部前线。而且我的主人祈求您千万不要想着告发马克利亚努斯，那样就等于自杀，因为瓦勒良现在越来越依赖那个瘸子了。”

话毕，男人看了看路边坐在马上等巴利斯塔的治安队头子科尔乌斯。“您最好拿着这个。”于是递给巴利斯塔一卷纸莎草纸，转身离开。巴利斯塔打开纸，里面是空的，他抬头去寻信使，但他已经消失在光秃秃的山里了。巴利斯塔又仔细看了看山坡，发现信使原来在沟里走着呢，还真是令人难以察觉。看来这个信使还是很会利用地形隐蔽自己，只不过做得还不够完美。

那个北非簿记官独自待在房间里写信：

敬爱的雇佣军指挥官路奇乌斯·卡尔普尔尼乌斯·庇索·塞索里努斯，弗鲁曼塔里伊的首领：

主人，我写信是想向您汇报以弗所的惨状。

关于马克利亚努斯的阴谋，到处都传得沸沸扬扬，不过谁都没有确凿的证据。

至于马库斯·克洛迪乌斯·巴利斯塔，之前我已经向您汇报过他最初是如何尽职尽责地逮捕和审判那帮基督徒的，而且处刑时，他甚至从他的一个侍卫手里夺过箭，亲手射死了三个罪犯。不过令人高兴的是，他这么尽职尽责也没能获得群众的拥戴。

巴利斯塔下令另一轮的处决将在农神节进行，为农神节庆典的开幕式助兴。一切都是巴利斯塔亲自安排的，不过安排得真不是一般的差劲。一上午也就几个野兽，还都是咱们本土常见的，连个进口的新鲜物种都没有。午餐时刻只有三个基督徒被杀，用的是普通得不能再普通的处刑方式。之后有个叫奥卢斯·瓦勒里乌斯·菲斯图斯的骑士被带上竞技场，群众开始吼叫，要求对他使用酷刑。可是巴利斯塔让传令官传出的答复竟然傲慢无比，夜郎自大，那种话只有皇帝才有资格说的。结果民众开始往竞技场里扔石头，可把巴利斯塔吓坏了，只见他大惊失色，无所适从。接下来一场暴乱就开始了，他居然吓得面部都抽筋了，这点我可以发誓，因为我就站在他身后，他从我身边经过时，我看得一清二楚。回到宫殿之后，巴利斯塔一直目光呆滞，神情恍惚。他花了两个小时才缓过来，下令缉拿暴徒。而那时闹事的暴徒们早已散去，除了一个醉汉，其他人都轻松逃脱了辅助弓箭手的攻击，而且最先挑起事端的暴乱头子也没抓到。

第二天巴利斯塔下令暂停对基督徒的处刑，因为这事已经危害到了公共秩序。同时他又给皇帝和亚细亚行省总督分别写信，对暂停处刑的事进行解释。从那时开始，他就阻止任何试图寻找反叛成员的活动，延迟了在押人员的审讯，也暂停了对基督徒的迫害。

巴利斯塔前后态度的变化让人费解。不过不用多说，这就是北方野蛮人的惯性，他们向来飘忽不定。这一刻还狂妄自信，认为自己可以主宰世界；下一刻就会蜷缩在绝望的世界里，不肯再挪动半步。

值得注意的是，巴利斯塔现在有些躲着弗拉维乌斯·达米亚诺斯，相反跟办事拖拉的治安队头子科尔乌斯走得挺近。据说几年前这个科尔乌斯被当时的地区主管指控弄丢了七个很知名的年轻基督徒。就在皇帝德西乌斯对基督徒光荣的审判中，那几个基督徒却像在人间活活蒸发了一样。据记载，巴利斯塔仅带了两个奴隶随从进了监狱，并且在那还和基督徒友好地交谈了，但是他们具体都说什么尚不清楚。

在过去的这两个月里，巴利斯塔基本不怎么在公众面前亮相。他每次冒险出宫仅仅是去打猎，是猎取动物而不是基督徒们。再不就是像尼禄那样把自己打扮得像个劳工，去低档小酒馆喝酒，而且只带着护卫马克西姆斯。他很少邀请有身份有地位的绅士来做客，当然，那些名流们也很少邀请他。

我很遗憾地说，巴利斯塔现在正在逃避完成尊贵的皇帝交给的任务，他辜负了皇帝的一片信任。主人，可以让我斗胆提个建议吗？应该罢免巴利斯塔副总督的职位。

主人，您之前来信说我对马库斯·克洛迪乌斯·巴利斯塔的报告三心二意，其实并非您所想的那样。实际上巴利斯塔的行为一直都是飘忽不定的，我所说的只是在阐述事实。我有时对巴利斯塔的夸奖就像荷马史诗里盲诗人夸奖狄俄墨得斯[①]那样；而有时我咒骂他就像《伊利亚特》中瑟赛蒂兹[②]那样。我时刻牢记您在安条克吩咐我的话。我对您对皇帝忠心耿耿，我会把一切都准确无误地向您汇报，尽管事实有时会变化多端，导

---

① 阿尔戈斯国王，围攻特洛伊的希腊英雄之一，曾协助俄底修斯盗取智慧女神雅典娜神像。——译者注

② 一个丑陋畸形的形象，说话粗鲁，爱吵架。——译者注

致我的报告看上去也有些混乱。

墨水干了后，这个叫汉尼拔的弗鲁曼塔里伊成员又把信通读了一遍。他顺手揉了揉胸部，上次暴乱有块石头砸中了他的胸。他有关巴利斯塔的汇报虽然仅仅有点儿小夸张，不过他还是很开心。这事可是有风险的，弗鲁曼塔里伊的职责就是如实报告消息。不过据说塞索里努斯可是很乐意奖赏主动表现的人。难道他雇佣军指挥官这个职位不是一点点从一个卑微的弗鲁曼塔里伊成员做起来的？在恰当的时刻美言可是个被提拔的好机会。

这个北非的簿记官在报告上签上了自己的名字，他拿出写着“迈尔斯阿卡努斯（军事机密）”的密封条。邮驿国道人员会把这封报告加急，按每天一百英里的速度让邮差送到塞索里努斯手里，这个速度可是普通信件的两倍。这样马库斯·克洛迪乌斯·巴利斯塔继续担任亚细亚行省的副总督也就剩下屈指可数的那么几天了。

第二十二章

我兑现了我的承诺，履行着我的誓言。巴利斯塔心里想着，那些曾在肮脏监狱外默默许下的誓言。

他对那个女基督徒已经够好了。那女人的财产自然是充公了，分居的丈夫在萨摩斯岛上有个房子，所以巴利斯塔安排她和儿子住进那里。那房子虽小，位置偏僻，但也远离是非之地，可以还母子二人一份清静。她丈夫并不支持这个安排，不希望儿子受到母亲无神论的影响。不过巴利斯塔最终说服了他：这么小的孩子需要妈妈的照顾，这样孩子的心智才会更健全、更善良，少沾染戾气。巴利斯塔说，自己就是个反面教材。

他也履行着自己许下的另一个重大誓言。马克西姆斯和卡尔加库斯组织的那场暴动，堪称完美，无懈可击。马克西姆斯将雇来扮演农神节之王随从的流氓早早地遣送回了伊苏利亚。竞技场后台的头头怎么也想不到贿赂他、给他那么多钱的丑老头是巴利斯塔的人。这场威胁公共安全的暴动让巴利斯塔有充分的理由推迟对基督徒的制裁。治安队头子科尔乌斯并未参与其中。他自己也觉得手下的人更应该用在防卫愈发猖獗的北方海盗身上，所以这场暴动自然不需要拉他入伙。

巴利斯塔兑现了他许下的诺言，不过他也为此付出了代价。在将近四个月的时间里，他觉得自己就像个囚犯。每次一踏出总督府，人们就会要求他杀死那些基督徒："把他们扔去喂狗！""把那些无神论者钉在十字架上！""烧死他们，一个不留。"……对于这些无礼抗议他还可以忍，但公示延迟制裁基督徒的消息后，在他第一次出行时，意外的情况就发生了。当时他正走在去海港体育馆的路上，突然三个双目充血的年轻人冲到他面前，异口同声地喊着："我是基督信徒，我要殉道！"他别无选择，只能逮捕这三个人，将他们关入竞技场旁边以弗所最差的监狱里。自那之后，除了偶尔公务活动需要，他只有跟科尔乌斯去城外打猎以及一番乔装打扮后与马克西姆斯去海滨酒馆喝酒时，才会离开总督府。

巴利斯塔实现了他的诺言，同时也将他和他的朋友置于危险境地。但是他不明白这究竟是为了什么？从长远角度来考虑又有什么好处？其实他这样做根本什么也改变不了。如果要说有什么影响，那就是他的继任者将会在以弗所掀起腥风血雨，更加残酷地惩治基督徒。但是，一个男人总归要有自己的原则，何况他还得在以弗所待段日子呢。

他站在总督府平台的阴影里，眺望远处：连绵的山峦、无际的海洋、蜿蜒的河流、广袤的平原，这一切令人心旷神怡。但是，他现在可没空欣赏美景，一直盯着港口的一艘船，远远望去就像伊桑格瑞姆的玩具。这艘船是蓝色的，距离太远看不清船头的雕塑，不过他知道这是皇家三层划桨帆船"天谕号"。自从收到皇家邮政的消息后，他便一直等着这艘船和他的继任者的到来。五天之后，日出时分，他看到那艘船伴随着清晨的海风缓缓驶入以弗所海港。

每到这种时候，巴利斯塔就会觉得，他这三十七年的人生都浪费在一次次等待他不想见的人的身上了：在父亲身边的时间过得飞快，没过多久罗马士兵就来"接"他了，作为政治俘虏被带到罗马帝国；在阿奎莱亚的每分每秒都是煎熬，在与皇帝马克西米努斯·色雷克斯致命前的会见之前，他只想赶快结束军旅生活。那个时候时间原本过得很快，不知什么原因突然开始变得漫长，直到那个可能成为希伯利亚之王的家伙出现……

“拉满的弓箭，嘶吼的野狼，聒噪的渡鸦，”卡尔加库斯的话打断了巴利斯塔的思绪，“海上的退潮，刚结上的冰，盘绕的毒蛇，新娘枕边的呢喃。”

“我是在想事情。”巴利斯塔冷淡地说。

这个上了年纪的喀里多尼亚人狠狠地瞪了他一眼。“你知道我在说什么，别跟个傻子似的。”

“我明白。”巴利斯塔笑了，“细微瑕疵的剑，顽皮的狗熊，众王的子孙。我从未忘记过主神的教诲，尽管没什么可信度。沃登作证，我小时候就一直听你在背这些东西。”

卡尔加库斯倚着栏杆，走到巴利斯塔身边，“这些可比你老子让你学的拉丁文要管用得多。”

“或许吧。”

“你确定要收尾？”

巴利斯塔点点头。

“跟这比起来，咱弄的暴乱就像小孩子过家家。一旦被抓，就是死路一条。身边的人也都逃不了干系。”

“在我小的时候，你就告诉我，男人要有原则。”

“臭小子，我还教你要长点心眼儿呢！”

“你教得很好啊。”

“哎，你跟你老子一样倔。反正，德米特里厄斯已经将随行人员的薪水结算清楚了。”卡尔加库斯微微一笑，“他好像很舍不得那个北非来的小子，汉尼拔。两人总是在聊什么神啊鬼啊的。总之，随行人员基本都留在这儿。他们什么都不知道。如果事情成功，其他人会在港口浴场门口对面的喷泉那儿集合。”

“干得好。那人到了吗？”

“嗯。现在只记住一件事：什么都别说，口风紧点儿。”卡尔加库斯降低声音，“对小人，哪怕说一句气话都会招来恶果。不管他说什么，别动怒，即使说得再过分，也要忍住。你要是能做到，那就万事大吉。”

“他在哪儿？”

“我让他在外面等着了。”卡尔加库斯站直了身子，“准备好了吗？”

“让他进来吧。”

“忍着，别发火。”卡尔加库斯退下了。

奎伊图斯步伐轻快，自信而傲慢地登场。不知为何，巴利斯塔看着他就想起了他老爸：那只老狐狸拄着拐棍先点一次地，拖着的那条瘸腿进一步，那条好腿跟着向前迈一步，就这样，点地、拖腿、迈步。奎伊图斯在离巴利斯塔五步远的地方停了下来。他的随从们随后也跑了进来，站在他身后。弗拉维乌斯·达米亚诺斯站在前排，丝毫无法掩饰对奎伊图斯的青睐。而治安队头子和基督徒奥卢斯的兄弟盖乌斯·瓦勒里乌斯·菲斯特斯则露出了神秘莫测的表情。

奎伊图斯微微侧了侧身子，确认他的观众们是否已经就位，一场好戏即将上演。他干脆地转过身，背对着巴利斯塔。

“带着细微瑕疵的剑，顽皮的狗熊，众王的子孙。”巴利斯塔在心里默念着，反正他也不信这个。

“马库斯·克洛迪乌斯·巴利斯塔，鄙人万分遗憾地通知您，您已不再是亚细亚行省的副总督了。”奎伊图斯从优雅的长袍里掏出一份用紫色信封包裹的文件，“这封文件命你立即返回安条克。伟大的帝王瓦勒良想跟你好好谈谈。”他明显顿了顿，“毫无疑问陛下想要好好表扬表扬您在以弗所处理宗教制裁事宜的成就。”

“臣谨遵圣旨，时刻待命。”巴利斯塔平静地念完这句经典台词。

奎伊图斯不屑地笑着，掏出了另一份文件，将其举过头顶。文件上的象牙白色和金色在春日的阳光下格外耀眼。“感谢神圣的皇帝瓦勒良和加里恩努斯以及教皇萨洛尼乌斯的青睐，鄙人荣升为亚细亚行省副总督。鄙人诚惶诚恐，接过您的重担。”话倒是动人，但奎伊图斯却丝毫没表现出谦逊的意思。

“臣谨遵圣旨，时刻待命。”巴利斯塔又重复了一遍。

奎伊图斯又一次转身，面向他的随从们，用他自以为是的贵族式亲切语调说了一句：“朋友们，能请大家允许鄙人和巴利斯塔大人单独聊聊吗？”转眼间，大家都离开了，只有卡尔加库斯站在门口。巴利斯塔微微点头示意，他跟大家一起退下了。

奎伊图斯昂首迈步，走到巴利斯塔身边，稍稍搭着栏杆。他向下看着通往戏院的陡坡，享受着这一刻。他毫无预料地突然转身，几乎都要贴到巴利斯塔的脸了。二人四目相对，奎伊图斯愤怒地念叨着，语速飞快：“你狂啊，狗杂种。你不会真的认为你这样的浑球儿有资格在皇宫的庭院里攻击我，还侮辱我的父亲？在那么多人面前让我们家族丢脸！你不会真的以为我们会原谅你吧？对于一个真正的罗马人而言，尊严比命更重要。君子报仇，十年不晚。敢得罪我们，要你好看。”

巴利斯塔没搭理他。奎伊图斯转过身，俯瞰整座以弗所城。现在，这座城市的生杀大权全掌握在他一人手中。巴利斯塔默默地观察着他，只见奎伊图斯用单指抚弄着他的头发。一枚带有亚历山大大帝图像的戒指闪闪发光。

奎伊图斯根本不屑于看巴利斯塔，他用更平静的语调又说了起来：“当发现是我在安条克找刺客暗杀你时，父亲很生气。他说，留你一条贱命比直接杀死你更有价值。”他得意地笑了，“说实话，当父亲第一次告诉我要派你去以弗所时，我真的有那么一瞬间觉得父亲是错的。像你这样的北方蛮人，只擅长屠杀妇女儿童，反正他们也无法反抗。我真的以为，在以弗所杀那群基督徒，你能干得很好。”他嘴角的弧度再一次上扬，一副狂妄自大的样子，“不过我父亲是对的。早在攻打色西昔姆时，你推迟对自然神的祭祀，好让那些基督徒逃走时他就看出来了。他还在安条克派人跟踪你，看你在下巴骨街上听那些异教徒胡言乱语‘汝等切勿杀生。’”

奎伊图斯哈哈大笑着，说道：“你瞧瞧，父亲太明智了。他早就看出来了，像你这种货色，也就只能在战场上打打杀杀而已，你永远都搞不明白冷酷的罗马政治是怎样一步步把人玩死。就算你穿着长袍，学着拉丁语；就算你娶了个罗马女人，拥有罗马公民的头衔，那又如何？你永远成不了一名真正的罗马人。你永远都是这副屃样，来自北方浩瀚森林的野蛮人。你就该做个牧人。瞧瞧你，狂妄自大，愚昧无知，做事都不用脑子，还在那多愁善感，同情那些异教徒。”

奎伊图斯转过身子，倚着栏杆直直地盯着巴利斯塔，继续说：“我父亲太明智了。你哪儿是执行宗教制裁任务的那块料啊！你就没有所谓纪律、所谓原则的概念。就算你想方设法地阻挠弗拉维乌斯·达米亚诺斯的搜查，可现在监狱里装满了基督徒。可惜啊，人都在刀下了，你还下不了手。父亲让你来就是等着看你的笑话，你还真是不负众望呢。你失职了，我就有机会了。”

奎伊图斯转着手指上那枚好像是印着亚历山大画像的戒指。“我不会像您这么仁慈的，巴利斯塔大人。没多久，监狱就会被我清空的。我会一批批地干掉他们，手法精妙，您都得拍手叫绝呢！当我在以弗所大获成功之时，你呢，只能夹着尾巴灰溜溜地窜回安条克，等着皇帝的‘恩赐’！”

这个年轻的罗马人沾沾自喜地拿出手里的敕书，说道：“我要是你啊，就赶紧滚回安条克。你那风骚老婆刚下了一只小杂种，就天天在那叫春呢！我敢肯定，你不在的日子，那个骚货定是夜夜笙歌。我本人要是还在城里……”

巴利斯塔拼命地忍着，气得都说不出话了，狠狠地瞪着奎伊图斯：一对金鱼眼，尖嘴猴腮，满嘴喷粪。就在那一瞬间，巴利斯塔想象着自己一把抓起奎伊图斯的长袍，把他举过头顶，往栏杆下一扔，那对死鱼眼里充斥着恐惧，那张臭嘴里发出了绝望的尖叫，他一次一次地砸在布满坚硬岩石的斜坡上，四肢机械般地上下晃动，直到跌落到剧院前的石基脚下。

巴利斯塔尽力控制住自己的怒火。对小人，哪怕说一句气话都会招来恶果。一旦爆发，毁了的可不光只有他自己，还有他的家人，还有他离开以弗所的最后一次行动。

巴利斯塔逼近奎伊图斯，他压低声音说：“总有一天，虽然不是今天，但是迟早有一天，我会亲手要了你的命。”

奎伊图斯下意识地后退一步，突然怒气冲天，歇斯底里地吼道：“靠，你他妈的狗杂种，我早晚有一天会亲手宰了你！”他吐了口痰，“当父亲觉得你不再有利用价值的时候，我就会亲手杀了你。你等着瞧吧，这次我不会再雇杀手，我会亲自动手！”

巴利斯塔鄙夷地笑了。

奎伊图斯越发愤怒，脸涨得通红，说道：“笑吧，看谁能笑到最后，狗娘养的。我们伟大的皇帝瓦勒良已经老啦，他就是个傻子，什么事都仰仗着我父亲。瓦勒良已经命悬一线，只要父亲愿意……”

巴利斯塔又大笑起来：“瓦勒良还有个儿子呢。就算你老头子谋朝篡位，谁他妈的会傻到跟着你那个老跛子！”

这次奎伊图斯得意地笑了。“加里恩努斯在哪儿啊？他够得着吗？帝国东部在我们兄弟俩登基后将迎来一片光明！”

巴利斯塔惊呆了。“你老头子够阴，不过你是彻底疯了。要是我……”

“说，你爱跟谁说都行，”奎伊图斯挑衅地说着，“看谁信你。”

在码头的海关办事厅外，当班的人员借着路灯看到了一些奇怪的事情。不过关于这些他并没有上报。以弗所城的海关官员都知道这条潜规则：当帝国的公务人员来往于以弗所时，他们要灵活应对。

这位前副总督在继任者到达的当天晚上，就像个小偷似的溜走并不出人意料。这家伙没尽职尽责，好几个月了，他连一个基督徒都没烧死。有人说，他心软。野蛮人就跟妇女和孩子似的，心太软了，没法尽一个爷们儿的职责。还有人说得更难听，那个野蛮人也成了基督徒。有人看见他单独跟监狱里的基督徒交谈。想都不用想，在阴暗的监狱里，传教士肯定跟他耳语那些诱惑而空洞的基督教义，陈词滥调。偏偏我们这位彪悍的北方佬不仅耳根子软，脑子还不好使，就像妇女儿童。不是一直都是他们这群人先开始祷告的吗？不管怎么说，这个前副总督没有尽职尽责。他甚至都没有惩罚在竞技场惹事的暴徒，农神节那天的暴乱他也置之不理。

不过这个海关官员的关注点可不在这些，他把所有的注意力都放在了其他事情上。其实他每天都过得很平淡，日复一日地查看提货单，清点货物数量。那艘四百吨级的帆船的出现着实让他眼前一亮，帆船的名字非常恰当——天谕。这得花多少钱才能制造出一艘如此庞大的船只！苍天啊，当“天谕号”满载着从埃及进口来的小麦靠岸时，码头水的浮力可能都无法承载它。为什么国家要浪费那么多钱，就为了让这位前任副总督和皇家邮政的人免费回安条克？不过富有的野蛮人或者罗马高官有权力想怎么做就怎么做，哪需要跟老百姓解释。

没多久他看见了巴利斯塔的随行人员。去年也是他在这里站岗，迎接这位前副总督的到来。那天是八月十七日的港口节，是码头工人的传统假日。这个海关官员记性很好，这是他自身对工作的基本要求之一。这一点跟当时其他的年轻人可不一样，他们恨不得连自己的名字都记不住，要是在港口节那天被安排工作更是骂骂咧咧。但是当天晚上他就在港口，为了不让那些喝高了的人扰乱欢迎新任副总督的官方仪式，他站在合适的位置，聆听仪式上的各种致辞。弗拉维乌斯·达米亚诺斯登场了，他是一个得体的当地贵族。他热爱自己的家乡，为人慷慨大方，以信仰自然神为荣耀。他做的演讲或许没办法和他的祖先，也就是那位伟大的哲学家相提并论，但是那天晚上的演说还是可圈可点的，出口成章、用词典雅。这位海关官员对此记忆犹新。他还记得巴利斯塔身后随从人员很少，这一点让他惊讶：不超过十五个人，算上他自己的贴身奴隶顶多二十人。今晚，他们这一行人戴着兜帽，在夜晚的寒风中把自己捂得严严实实。不过有些异样，人数比他来以弗所时多出了两倍还不止。不应该啊，以弗所坊间流传，在他任职的这七个月里，他几乎跟个乞丐似的什么都没买。

这位海关官员看着“天谕号”准备扬帆起航。当前副总督递给他过关小费时他没多说什么，只是祝他一路顺风。只有傻子才会多嘴，跑去质疑这些皇室官员。这位巴利斯塔大人目前是不太顺，但是以后的事儿谁又说得准呢？就像缚在轮子上的伊克西翁，前一秒他还在被侮辱被羞耻，后一秒就又得到了皇帝的青睐与恩赐。其实伊克西翁的故事就是在警告世人，在没有百分之百确定之前不要轻举妄动。伊克西翁得到了宙斯的宽恕，在宙斯的餐桌上享用美食，结果这个傻子竟然想勾引宙斯的老婆，结果他都没反应过来，就被永远地缚在了燃烧的轮子上。不，那个海关官员告诉自己，我什么都不会问，今后也什么都不会说。

寒风吹过，天上繁星点点，这是一个平静的夜晚。巴利斯塔看着马克西姆斯走到船尾。天色很暗，不知为何，马克西姆斯鼻子上的伤疤显得格外白，和他黝黑的皮肤形成了鲜明的对比。他俩并排站着，沉默地看着从港口到剧院的五十盏路灯。这设计是以弗所的特色之一。

“狱卒呢？”巴利斯塔问道。

“在去奥斯蒂亚的船上了，他很安全，还拿了不少钱，幻想着在东部的城市娶个新老婆，开始他梦想中的新生活。放心，不会有人找到他。那是个移民城市。”

“天谕号”快到港湾出口了。巴利斯塔向右望去，平缓山坡上的屋子鳞次栉比，灯光像星星般闪烁，陡坡灌木丛中露出的石灰岩在灯光的映照下若隐若现。

“不管怎么说，这次风险很大，比组织暴乱更严重。”马克西姆斯说着。

“谁说不是呢。你怎么打算？”

“以后你就别总逞英雄了。”

“我也只是来个英雄救美，这次只有市场旁边的那个监狱。”

“天啊，你可别再想打其他监狱的主意了。”

风帆鼓起，水手们做好一切准备；船边的海水一片骚动，“天谕号”出港。当所有人都各就各位时，这艘宏伟的船只微微一侧。紧接着“天谕号”正式开始了它的远行，后方的海面上扬起粼粼波光。

巴利斯塔最后看了一眼以弗所，对马克西姆斯说：“你跟他们说他们也可以到甲板上来，不过让他们谨记：如果船员问起，就说自己是朝圣者，要去罗德岛上著名的太阳神神殿进行祭奠。”

“你这人真没幽默感。那个以弗所贵族说他想跟你谈谈。”

“哦，好的。”

这位以弗所议员，罗马骑士，被判刑的基督徒奥卢斯·瓦勒里乌斯·菲斯特斯可当不了一个水手。他小心翼翼地走着，两手紧紧抓着栏杆，颤颤巍巍地穿过倾斜的甲板，来到巴利斯塔面前。

“鄙人谨代表我们基督徒的兄弟姐妹们，对您致以诚挚的谢意。”

“‘我是基督信徒，我想要殉道。’”巴利斯塔说着，“你好像不赞同这个观点。”

“福音书里写着，我主耶稣基督曾说过：‘有人在这城逼迫你们，就逃到那城去。’”

“那些主动选择殉道的人肯定没看那章吧？”巴利斯塔立即接过话茬儿，“我们会在罗德岛放你们下船。那个港口很繁忙，你们可以在那选择自己想去的地方。”

“我们的神父中最博学的圣人奥利金在先帝德西乌斯下令屠杀基督徒时辞世，已与上帝在天堂相伴，他曾写道：帮助基督徒掌权的异教徒有机会免受地狱劫难，因为他相信忠贞的信徒们会为他们祈祷。我会为您祈祷的，大人。”

巴利斯塔围在他身边走着，双目炯炯有神，“我不需要你们的祈祷。我这么做不是为了你，不是为了那所监狱里的基督徒。”

奥卢斯下意识地退了一步，急忙抓住一旁的绳索保持平衡。“那……您为了什么？”

“我不清楚。心里有种东西迫使我这么做。或许是因为身为希腊人的副总督的骄傲吧。或许我想证明我是比你们基督徒、比皇帝和他的侍臣们更好的人。”

奥卢斯更惊讶了。

巴利斯塔为奥卢斯的反应感到好笑。他抬头看着扬起的灰白色风帆和夜空中的繁星。“或许只是因为人类所谓的爱吧。我妻子去年年底给我生了一个孩子，他是我的第二个儿子。我还没见到他。我希望我能像爱我大儿子一样地爱他。当我看见他的时候，我想我会给他同样多的爱。”

“我对此深信不疑。”

巴利斯塔看着奥卢斯，好像看到他还在那里感到很惊讶。“你怎么能知道我的灵魂呢？”

“我确信您是个好人。”

巴利斯塔走上前去摸了摸后支索，它绷得很紧。“天谕号”上的埃及帆手操作技术一流。“如果我成了基督徒，如果有像现在的我这样的人前来逮捕我、折磨我、没收我的家产，还要烧死我，我的儿子会怎么样呢？”

“上帝会保佑他们的。我确定当地的基督教会也会伸出援手。我们必须帮助受苦受难的人。”他说的话似乎并没有实际价值。

“你认为我对你们上帝那虚无缥缈的爱，会超过我对儿子、对妻子、对亲友自然而生的爱？”

“上帝之爱高于众生之爱。如果您愿意，我可以指引您走上朝圣之路，在改变信仰的过程中助您一臂之力。”

巴利斯塔哼笑一声，满带嘲讽，有点嗤之以鼻的感觉。“你不明白。所有的宗教都要求他们的信徒，对遥远的、可能是想象出来的神的爱，要超过对他们真正该爱的人的爱，诸如家人、朋友、孩子。这样的要求冷酷且不人道。所以说，我不觉得我会转变我的信仰，去崇拜你那位钉在十字架上的上帝。在我看来，你们这帮基督徒就是一群教育不全面还填不饱肚子的处子，甚至都不去独立思考而且特别热衷于自残。”

“我会为您祈祷的。”

“如果，正如你所说，你的上帝无所不能，那为什么还需要你指引其他人？不过你想怎么做就怎么做吧。我猜也不会给谁造成伤害。现在你能给我点私密空间，让我一个人静一静吗？前路漫漫，我该好好考虑我回程的事。”

第二十三章

巴利斯塔一进门，就看见门廊上放着一个婴儿，他一点儿也不觉得意外。抵达塞琉西亚时，刚好收到朱莉娅的来信，在信里向巴利斯塔说了些自己的想法。因而当看到这个小小的身影时，巴利斯塔却不由地震惊了。这会儿一切看上去就好像这个孩子被家人抛弃，放在那等死似的。巴利斯塔一直都想不明白罗马人为什么要沿袭这个习俗；他也搞不明白希腊人为何会将抛弃的小孩放在屋外。不管在帝国的哪个地方，随处可见被遗弃的婴儿。在寺庙台阶上，在十字路口，甚至在垃圾堆旁。那些可怜的小东西明明都是人类的后代，却只能在地上哭泣，等待着永远都不会回来的父母。巴利斯塔的族人可不会这么干。在日耳曼尼亚，所有的孩子都会有人抚养。巴利斯塔心想，他们竟然还有脸说我们是野蛮人。

巴利斯塔跨过门廊，看着这个小婴儿在乱踢着小小的双腿，随后又把脚后跟放回毯子上。还好，朱莉娅至少听了他的话，答应将孩子不放在襁褓中。巴利斯塔还记得当他说，不应该把伊桑格瑞姆裹得紧紧的，那时候两人爆发了激烈的争吵。朱莉娅觉得这简直不可思议，所有的罗马婴儿都被包得紧紧的，这样才能保证他们健康成长。但是巴利斯塔很倔，他坚决不同意这样做。在日耳曼尼亚，孩子不会被束缚。无论是贵族还是奴隶，他们的婴儿都一样，在地板上光着身子爬，自由自在地长大。要不然他们的族人怎么会拥有连罗马人都羡慕的修长四肢和高大身材？反正，他不会让自己的儿子包得那么紧。没辙，最后朱莉娅让步了。不过在哺乳喂养这件事上，朱莉娅丝毫不让步。她又雇了一个新的奶妈照顾伊桑格瑞姆，之前那个现在被安排照顾小儿子。这是罗马贵族的传统。所以，巴利斯塔在朱莉娅的强势论辩下选择了让步。

这个彪悍的北方人单膝跪下，俯身看着自己的儿子。他有一双水汪汪的大眼睛，瞳孔深蓝色，睫毛又黑又长。他已经长出来了些许淡金色的卷发。这个小家伙咯咯地笑着，笑声不大。巴利斯塔也发出了咿咿呀呀的声音与之回应。他觉得心里涌上一股暖流。他伸出双臂准备抱起儿子，不过又停下了。伊桑格瑞姆才七岁，他就已经快记不起来该怎么抱婴儿了。你必须拖着他的头，巴利斯塔回忆着，轻点儿，再轻点儿。他用他宽大带有伤疤的右手拖起孩子小小的身子，用手指撑着他的头和肩膀。他的左手托着孩子的屁股。接着，巴利斯塔慢慢地站起身子，用久经沙场、沾满鲜血的双手将纯净无瑕的婴儿举了起来。婴儿微微蠕动着，没有表现出不悦。巴利斯塔吻了吻他的额头，嗅着他身上的香气。

巴利斯塔抬头，看着门上的桂冠装饰，看到路上放满食物，还有一排排长椅以及前来凑热闹的百姓。

“这是我儿子，卢修斯·克洛迪乌斯·德海姆。”

街上的人群中爆发出阵阵掌声。接着有三个男人从人群中走出，来到屋前。门已经关紧了。第一个男人手里拿着一柄斧子，他将斧子举过头顶并砸下去，顿时木屑四溅。他放下手里的斧子退回原位。第二个人手里拿着捣锤，他也朝门砸了过去，发出低沉的闷声。第三个人拿着笤帚，认真地清扫门廊。

伊桑格瑞姆出生后，巴利斯塔曾咨询过很多人关于这个风俗的意义。

当然，他也得到了不同的解释。有人说这可以理解为新生儿的三个阶段：剪掉脐带，健康检查，清洗身体；也有人说是为了驱赶恶灵。巴利斯塔怀疑这些罗马人对此并没有确切的概念，他们只是在沿袭传统而已。

德米特里厄斯来到巴利斯塔身边，递给他一条金色的吊坠，上面是一个护身符。巴利斯塔小心翼翼地戴在德海姆的脖子上。孩子肥嘟嘟的小手把玩起这个护身符。看着孩子想将吊坠含在嘴里，巴利斯塔脸上露出了慈爱的笑容。

随即，巴利斯塔的朋友们根据地位的高低有序地上前送上了祝福。塔西佗将军郑重地吟诵起祷告词：感谢女神朱诺·鲁西娜赐予这个家庭一个新的生命，感谢狄安娜·路西弗娜让孩子顺利降生。奥勒良弯下身子靠近婴儿，他祈祷不可战胜的索尔保护这个孩子。他似乎有些不稳地直起身子，向众人宣布这个孩子看上去非常勇敢，等他长大加入军队定会成为他父亲的骄傲。图皮奥想抱抱这个孩子，难得他的笑容看上去如此真挚。他举起婴儿，那惹人侧目的波斯手镯闪着光，他随即用拉丁文吟诵起祷告词：

孩子，大自然给予的第一份礼物，
是甜滋滋的浆果，
是绿油油的莨菪，
是优雅的蓝百合，
是蜿蜒的常青藤。
哺乳时间到了，
羊群会成群结队，
朝着羊圈进发，
面对狮子的威严，

心中并无畏惧，
而你的摇篮里，
将生出绚烂的花朵，
抚慰你进入，
甜美的梦乡。

原本前来祝福的人会更多，但是大家知道巴利斯塔在以弗所的表现不佳。但凡跟朝廷有关联的人大都不愿意被别人看到和他走得太近。要知道这位仁兄很可能会再次失宠，坐冷板凳。因而送祝福的环节很快就结束了。

朱莉娅迎了上去，作为一名罗马人的妻子，她正式欢迎丈夫归来。伊桑格瑞姆站在母亲身边，神情严肃且庄重，显然他受到了严格的教导，郑重其事地对父亲大人行礼。巴利斯塔瞬间觉得愤怒，他一直都不喜欢朱莉娅向伊桑格瑞姆灌输上层阶级家庭的繁文缛节，让儿子叫自己的父亲“大人”。

巴利斯塔将婴儿递给朱莉娅，他蹲下来对伊桑格瑞姆展开双臂。伊桑格瑞姆迅速地看了母亲一眼，有一丝丝迟疑，最终走进父亲的怀抱。巴利斯塔将头埋进儿子金色的卷发里，闻着他如此想念的味道。

没一会儿，巴利斯塔向后微微调整身子，伊桑格瑞姆盯着父亲。巴利斯塔取下腰间的钱包，打开给儿子看。里面有一片风干的皱巴巴的叶子。伊桑格瑞姆没有任何表示。巴利斯塔向后伸手，德米特里厄斯递过来一个包裹，巴利斯塔把它递给儿子。伊桑格瑞姆打开包裹，脸上绽放出灿烂的笑容。他冲向前紧紧地抱着父亲，开心地笑着，谢谢父亲给了他最棒的礼物。他拿起包裹里的迷你剑，在空中挥舞，只是偶尔停下来欣赏金属折射阳光时发出的色彩。

巴利斯塔将德海姆从他母亲手里接过来，让小婴儿依偎在自己的肩头。他站在门廊里宣布，宴席开始。人群中一片欢呼，大家赶紧冲到长椅上坐好。牧童和园丁争座，小贩和陶工抢食，一时间人头攒动，热闹非凡，大伙儿都想趁这次庆祝新生儿的机会多吃点好的，例如炖肉、蜂蜜蛋糕等等，这些都是他们难得有机会吃到的珍馐佳肴。

巴利斯塔将受邀的宾客引进别墅。院子里有一处软榻，供奉着掌管生育和孩童的神明，皮库姆努斯和皮卢姆努斯。精选的食物放在邻近的桌子上。在祭神宴旁边是一个规模不大的便携式祭台，上面燃烧着圣火。这一切都安排得井井有条，但是巴利斯塔对于朱莉娅的安排还是有些不理解：她不仅把孩子的诞生宴和命名宴安排在一起，还把宴会一直推迟到他回来的时候；她甚至还没有为德海姆注册户籍，要知道根据规定，在孩子降生后的三十天里就应该把这件事办好。不过这就是朱莉娅的处事风格，她性格固执，不走寻常路。巴利斯塔想着，或许嫁给一个野蛮人的后代，作为议员的女儿有必要具备这种性格。

宴请的宾客们被安排分成两拨，他们同时进入两个餐厅。巴利斯塔带着妻子和儿子穿梭在酒席间，对前来的宾客表示感谢和欢迎。问候完毕，一家四口就座，宴席开始。

朱莉娅坐在巴利斯塔软榻旁的椅子上，仪态端庄，落落大方，与他保持着适当的距离。既让他人感到热情好客，又让自己看起来毫不轻浮做作，堪称古典人妻礼仪的完美典范。巴利斯塔很宠爱自己的两个儿子，但他也没忘记照顾客人，尤其是比较重要的那几位。塔西佗和往常一样，吃得很少，正一点点地吃着一小片撒着盐粒和几片生菜叶的面包，酒，几乎未沾。奥勒良顺手把他那份给喝了。他还吃了整整一只野鸡，喝酒自然也是海量。图皮奥吃得也很欢，不过比起奥勒良，文雅多了。作为一名军人，他对礼节的重视程度令人惊讶。他能够恰当地引用当代的诗句使语言更为精彩，他还总是下意识地把玩手腕上的金镯子。

宴会继续进行着。巴利斯塔看着妻子，明明近在咫尺，又似乎遥不可及。他希望宴会早点儿结束。最后总算结束了。

一家人跟宾客们道别，朱莉娅把孩子们交给奶妈并让仆人们退下，牵着巴利斯塔回到卧室。小别胜新婚，夫妻俩在房中缠绵。

结束后，朱莉娅起身给自己和丈夫斟酒。她就赤裸着身子，在昏黄的灯光下将酒杯递给他。“一个得体的罗马女人定是要关灯的，我的妻子真是不一样啊！”

巴利斯塔用手肘半撑着身子，将以弗所发生的种种事通通告诉妻子。他事无巨细，一五一十地向妻子诉说：他为何开始厌恶宗教制裁；他如何组织暴乱让自己有理由推迟对基督徒行刑；他怎么安排市场旁边监狱里的基督徒出逃。他还尽量原原本本地把奎伊图斯的话复述给妻子听，他告诉朱莉娅，他打算觐见皇帝瓦勒良，把马克利亚努斯的阴谋告诉他。

直到巴利斯塔说完，朱莉娅始终不发一言。有那么一瞬间他觉得一切顺利，不会发生什么事。

“你个白痴！”朱莉娅的脸因愤怒绷得紧紧的，“你个野蛮人，傻瓜！”

巴利斯塔没敢说话。

“那群基督徒与你有何干系？他们就是一群狂妄自大、迷信愚蠢的无神论者！你让我们全家置于险境就是为了帮助社会上的那些渣滓污垢？你知道吗？这是叛国大罪！要满门抄斩的！运气好到家了也得没收全部财产，要是运气不好……”朱莉娅突然顿住，接着破口大骂，“野蛮人，你真是个大白痴！”

巴利斯塔越来越生气。他妈的罗马人，动不动就野蛮人、野蛮人地叫他，就算这娘们儿是我老婆。皇帝普皮恩努斯为了奖励他杀死暴君马克西米努斯·色雷克斯赐予我罗马公民的身份，而在大约三百年前，朱莉娅的祖先盖乌斯·尤利乌斯·沃卡提乌斯·加里加尼乌斯帮助罗马征服同族高卢人，尤利乌斯·恺撒因他的贡献授予他罗马公民的身份。沃卡提乌斯·加里加尼乌斯是沃尔卡族阿雷科米契族人，也就是说，朱莉娅那高贵家族的祖先也是来自北方的长发野蛮人。一想到这些，巴利斯塔的怒气也就平复了。

“马克利亚努斯想谋朝篡位，让自己的儿子当皇帝的阴谋，我该不该上报呢？”巴利斯塔希望换个话题能让朱莉娅消消气。可惜事与愿违。

“什么阴谋？真白痴，一火大说了几句气话。根本就没有什么阴谋！”

“我倒觉得这是真的，我应该告诉瓦勒良。”

朱莉娅轻蔑地哼了一声。“那你要怎么做？跑去皇宫，面见皇帝，告诉他，他最信任的朋友，他的首席财政官正预谋篡位，打算推翻他的统治？谁信啊！这么多年过去了，你怎么还是这么傻这么天真？如果没有马克利亚努斯的同意，谁都见不了皇帝。”

“他们的阴谋是真的，我必须采取行动。”

朱莉娅不屑地一挥手，她都没注意手里的酒杯，红酒溅在了床单上。“不要轻举妄动。你在色西昔姆之战中就已经失去了皇帝的垂青，现在你在以弗所彻彻底底地失败了，都不用有人弹劾你，你都只会跌入谷底。”她站起来，放下手中的酒杯，披上长袍向房门走去。她又突然转身说道，“明天我会去皇宫为儿子注册户籍。我要是你，就乖乖待在家里，离皇帝和朝廷越远越好。对，你也离我远点儿。”她离开了。

巴利斯塔依旧躺在床上。那个共和国元老怎么说的来着。“鉴于女人的天性，跟她们结婚过日子真是让人无法忍受，但是单身更惨……”类似的句子吧。要不是为了儿子们……但是巴利斯塔也不是特别生气，只不过为朱莉娅的反应感到不悦。没多久气劲儿就过去了。

的确，没人会相信马克利亚努斯会想要造反想让自己的儿子登基这件事儿，就更不用说自己未经同意直接去找瓦勒良，告诉他说最信任的朋友想要谋害他。巴利斯塔喝了口酒，看着褶皱的床单，想着朱莉娅还需要多久才能消气。

第三部

御前随侍

（公元260年春）

第二十四章

巴利斯塔独自一人注视着天鹅，几乎所有人都对他视而不见。几个月前，酝酿已久的东征波斯之命公布没多久后，一只天鹅就飞到了河中嬉戏。后来这只天鹅被带到了安条克城中心的宙斯神庙。它的翅膀没被砍掉，但是它也没有飞走，一整天就在圣域里大摇大摆地晃来晃去。宙斯化身为天鹅勾引美人勒达，所以这种优雅的鸟儿便与众神之王紧紧联系在一起，因此让天鹅在宙斯神庙里安家更被视为东征波斯的吉兆。

没有人会不喜欢吉兆。最近也出现不少征兆，不过都是恶兆。在达佛涅城，澄澈的天空中突然刮起了一阵狂风，吹倒了好几棵神圣的柏树；巴利斯塔突然想起伊桑格瑞姆曾说过，他要亲自砍下那些树。有人告诉他上次在议政厅议事时，支撑皇宫屋顶的松木横梁竟发出了奇怪的声响，就像灵魂饱受折磨时发出的痛苦呻吟。长廊里伟大的东征者——先帝图拉真的雕塑上，象征着征服世界的球体掉了下来。坊间还流传，这期间有一个严重畸形的婴儿诞生了。

毫无疑问，天鹅的到来受到了极大的欢迎。这是一种体态优雅的鸟，巴利斯塔突然悲伤地想起帝国的农民会把天鹅的眼睛夹住，因为看不见光的天鹅更容易养肥。来到神殿的人越来越多，神圣的天鹅就跑到了户外的圣坛后面。

有人碰了碰巴利斯塔的胳膊肘，他转身看到剃着板寸的奥勒良，后面是图皮奥，依旧一副苦瓜脸。还好，至少不是所有人都抛弃了他。巴利斯塔从以弗所回来到现在已有九个月了，这段日子很难熬。他回来没多久，就有一个禁卫军士兵来敲门，找他要回了亚细亚行省副总督的任命书。之后他坐了整整九个月的冷板凳，直到今天他才得到皇帝的传召。朱莉娅劝他不要跟皇帝申请带着妻儿回到西西里岛，现在这种时候越低调越好。巴利斯塔刚回来那晚说的话，的确把朱莉娅气得不轻。后来，她的气也渐渐消了，又恢复了冷静理智的样子。不过二人之间还是有嫌隙，主要因为朱莉娅不相信老瘸子马克利亚努斯想要谋反。实际上他身边为数不多知道这件事的人也都不相信：奥勒良、图皮奥，甚至包括马克西姆斯和卡尔加库斯。他们都相信奎伊图斯肯定说过这话，但只能算得上是气话而已，不必当真。反正没人会支持像马克利亚努斯那样的瘸子当皇帝，就更不用说让奎伊图斯和马克利亚努斯二世这两个被宠坏的小崽子登基了。此外，朱莉娅还补充说，他们的父亲出身低贱。

庭院里现在聚集着帝国的上层人士，他们都将以高级将领的身份跟随瓦勒良出征。巴利斯塔在想皇帝为何又要召见他。他的朋友和家人都说，在这种时候，一个曾与萨珊王朝大军交过手的将领不会被冷落，但他自己却觉得没底。奎伊图斯当时怎么说的来着？“当父亲总算知道你没有利用价值的时候，我就会亲手杀了你。”他在心里默默立下誓言：别说利用我了，我决不能让那位伟大的首席财政官得逞。说实话这个彪悍的北方人对瓦勒良没有任何感情，但他不愿看到这个年迈的皇帝被一个老瘸子篡位。帝国已经经历了太多次叛变和暴乱，这一次次的打击已然开始动摇帝国的根基。他告诉自己：“是的，有一天，或许不是这次东征，即使要等很长时间，但是总有一天，我会亲手杀死马克利亚努斯那恶心的儿子奎伊图斯。诸神啊，身为沃登的子民，我谨在此立誓！”

传令官高声宣布皇帝的驾临：帝国最神圣的奥古斯都普布里乌斯·利奇尼乌斯·瓦勒良，最高祭司，伟大国父，日耳曼征服者，举世无敌的勇者，世界的重建者。话音刚落，神庙里的所有人都向皇帝行大礼。匍匐在地上的巴利斯塔用余光观察皇帝一行。瓦勒良已经老了，每走一步都颤颤巍巍。同最近在公众场合现身的排场一样，他身后是禁卫军长官苏克西阿努斯和那位首席财政官。马克利亚努斯拄着拐棍，先点一次地，拖着的那条瘸腿往前进一步，那条好腿跟着向前迈一步。就这样，点地、拖腿、迈步；点地、拖腿、迈步。

皇宫里的圣火被郑重地放在宙斯神殿的圣坛前，众人起立，天鹅不知躲在哪里发出了嘶嘶声。

瓦勒良吟诵祷告，向宙斯祈福，愿众神之王祝福这次东征，愿伟大的天神与我们同在。皇帝说话时音调很高，很尖锐。的确已是上了年纪的老人，有一阵似乎都喘不上气了，他望向马克利亚努斯，这位首席财政官微微点头，露出了温暖的笑容，好像在鼓励孩子。

当祭司将圣火放入圣坛时，天鹅出现了。它用小小的黑溜溜的眼珠子观望着众人，眼神里透着疑惑。之后天鹅开始奔跑，宽大的翅膀拍打着，顺利起飞。天鹅飞过时站在前排的高官显要一个个蜷缩着，撩起的风吹动他们的头发和长袍。天鹅经过他们头顶时他们恨不得要找个地方躲起来。

到达庙檐的高度后，天鹅伸着长长的脖子绕着神庙盘旋，边飞边发出低沉忧伤的鸣叫。在绕完第三圈后，它飞到了更高的位置，春日的阳光倾泻在它黝黑的双翼上。它紧接着转向，沿着主道飞过庇亚门，朝着东方飞走，消失无迹。

众人都安静地看着天鹅那渐渐变小的身影时，马克利亚努斯开口了，他用手杖指着那只远飞的天鹅。“看啊，”他大声说着，声音果断而坚决，“吉兆！吾皇诚挚的敬意感动了神明，他们赞同帝国的东征，宙斯亲自引领我们前进！”

大家一片欢呼，他们向后挥着长袍，拍手叫好。有些人拜倒在地，其他人欣喜地跳跃着高喊：“宙斯指引！”“宙斯指引！”

在欢腾的人群中，巴利斯塔直直地站着，没有任何反应。的确，这似乎就是上苍的旨意，但是这意味着什么呢？这只天鹅从宙斯的神庙里跃起，一路东飞，无视地上的人群。这是它的选择：它往东飞去，朝着沙普尔的方向，诸王之王。

图皮奥最近晋升为罗马骑士阶级，并被指派成为皇家野战军宿营长。现在他正坐在马上看着他管辖的队伍：这只行李队绵延好几英里。官方说法是这支军队是从帝国各处挑选的七万壮士组成。因而后勤队伍规模有多庞大，没人说得清楚。图皮奥估计这支队伍至少超过了上次出征的一倍还多。队伍里有各种型号的马车、货车，诸如马匹、骡子、驴子、骆驼之类的役畜，奴隶们，还有无数的商人进献的货物：吃的、喝的，武器。可是以后，队伍里可能就会多了各种尸体。

队伍太过冗长，队尾根本没有秩序可言。图皮奥手里只有一支达尔马提亚骑兵来保证后勤部队的秩序。这队骑兵号称有五百人，实际上只有三百人出头，根本不够用。

目前看来行军还算顺利。他们从安条克出发，经过哈吉奥普里斯和雷吉亚来到幼发拉底河旁的泽乌玛。现在他们向北进发，右边就是奔腾的河水。向前即为萨摩沙塔，到那之前都在帝国的边境以内，基本上可以保证安全。

但穿越萨摩沙塔的幼发拉底河后，就是另一番光景了。他们随时有可能与东方部落相遇。早春时，沙普尔便占领了这片土地。这位诸王之王将军队一分为二，分别包围了美索不达米亚平原上的埃德萨和卡莱。而罗马人的计划很简单。前领事瓦伦斯手下的一支队伍驻守在泽乌玛，防范萨珊兵向西移动侵略叙利亚行省。另一只规模相当大的分遣部队则由首席财政官马克利亚努斯带领，驻扎于萨摩沙塔，守住进入小亚细亚行省的北路。剩下的军队由年迈的瓦勒良亲自带领，朝着萨摩沙塔东南方向进发。如果沙普尔想要拿下埃德萨和卡莱，他们必须正面迎战罗马军。

计划简洁明了，但是图皮奥并不认为这是个好安排。对于罗马人而言，卡莱可不是什么好地方。很久以前，克拉苏的队伍在这里全军覆没，许多士兵死在这里，而更多士兵则在东方势力的囚禁下走向生命的终点。年迈的克拉苏在这里被斩首，他的头颅被当作上演欧里庇得斯剧作时的舞台道具。近些年，就在图皮奥小的时候，先皇卡拉卡拉也是在卡莱附近被杀。卡拉卡拉在前往月神西恩的神庙时下马解手。当刺客靠近他时，他已脱下了裤子蹲在地上。死得真不体面。

不光是卡莱的恶名声让图皮奥停下来思考，军队本身的纪律比行李队强不到哪儿去。瓦勒良似乎不太强调纪律。没有规律性的点名，没有军人之间的体育竞技，没有各单元的实训演习。如果满头银发的老皇帝再不整整纪律，一旦军队从萨摩沙塔离开，后果不堪设想。

图皮奥停在悬崖旁边，巡视着进军的队伍。悬崖下他正前方的大路跨越了幼发拉底河支流的玛尔叙阿斯河。前面有一座修建精良的石桥，桥面很宽，可供十人并排行进。不过对于这支规模庞大的军队而言显然不够。花了整整三天，大部分战士才顺利通过石桥。只有老天才知道这支庞大的后勤部队得花多久时间行军！图皮奥一抬头，就看见了一面巨大的迎风飘扬的紫色旗帜，可以想象皇帝私人行李队在拥挤的桥头缓慢前进时的样子。他观察到左边一排尤加利树前，一群阿拉伯游牧民正张望着。在世界的任何一个角落都能看到这群游牧人，真不知道他们是从哪儿钻出来的。他们就站在那看着，气定神闲。通常他们都是拖家带口，赶着牲畜。但是这次只有十来个男人，在那安静地站着，观察着。

图皮奥疲惫地抹了把脸，象征骑士阶层的金戒指折射出金灿灿的光。他把玩着手里的金戒指，觉得它跟他当年在沙普尔帐篷里顺来的波斯手镯非常搭配，看着这一对他心里觉得很是得意。他再也不是那个卑微的士兵了，不过他不会忘记自己的过去。毕竟，世俗的成功都是短暂的。他突然想起了一首诗：

凡人，
世俗之物乃身外之物，
它们终将离我们而去。
如若不然，
我们终将离它们而去。

好诗，隽永深刻。这首诗的作者叫卢奇安，他就是在萨摩沙塔创作了这首诗。

在桥下附近，图皮奥隐约看到了巴利斯塔高大健壮的身影。他真心为自己的朋友感到不值。巴利斯塔被整整冷落了九个月，总算回到了军营却让他当宿营长的副手，当他以前手下的副手。图皮奥觉得巴利斯塔可能是对的，这就是老瘸子马克利亚努斯的阴谋。不过图皮奥并不觉得这位首席财政官会意图造反。那天奎伊图斯对巴利斯塔说的话也不过是一个被宠坏的小崽子在说些幼稚的气话。这个尖嘴薄舌的小崽子可能是在屠杀基督徒上取得了巨大成功，不过谁会傻到去支持他和他那个骄奢的兄弟，倒还不如去支持他们的瘸腿老子呢。图皮奥也清楚，巴利斯塔身边的人都不信他的那套理论挺让他受伤，即便如此巴利斯塔还是默默地忍受着一切。图皮奥觉得，只要是自己力所能及，他都会想方设法让巴利斯塔好过一些。其实所谓世俗的成功也好，失败也罢，细细想来不过是过眼云烟。

图皮奥发现石桥左侧有些不对劲儿。越来越多的阿拉伯人出现在林子里。他们不光骑着马，还牵着更多的马。原本站在地上的阿拉伯人跳上马后，所有人向石桥冲来，手里拿着长矛和弓箭，至少有二十人。老天爷啊，这帮浑蛋阿拉伯人要偷袭后勤部队。

图皮奥脱下斗篷，把它举过头顶，指示有敌军来袭。他大声咆哮着，可惜桥上挤挤攘攘、人声鼎沸，没人注意到。

尽管是在温和的春天，巴利斯塔还是汗流不止。由于大声叫喊保持队形，他的声音已然嘶哑。他在想究竟是哪个更蠢更倔，一头骆驼还是一个帝国的搬运工？

“妈的！马车排队走听不懂啊！”

那些人用茫然无知的眼神望着他。唉，这一天总算是来了：盎格鲁领袖之子，一个罗马军队指挥官，结果却与一群苦力为伍。巴利斯塔想明白了，让他当宿营长的副手就是变着法地想羞辱他。不过马克利亚努斯认为，如果伤自尊能打倒巴利斯塔，那他真是大错特错了。

“你，牵着皇帝战马的那个，走后面；你，牵着皇室战车的那个，把马车牵回来，到我这边。你们剩下的这些，先等等再走，这桥就这么宽，一次只能走一个。”可惜巴利斯塔的吼叫声被淹没在畜生的鸣叫和嘈杂的人声中了。离他最近的车夫都懒得理他，直勾勾地盯着巴利斯塔身后。巴利斯塔冲着他破口大骂，那车夫就跑到马车另一边去了。突然有什么东西击中了木头，砰砰作响，随即尖叫声四起。

巴利斯塔转身，一支箭直直地向他射来。他一个闪躲，那支箭与他擦身而过。对面有一群阿拉伯人向他们冲来，二十人左右，骑着马，全副武装，飞速前进。他环顾四周，一片混乱。行李员尖叫声连连，四处逃窜，有些人想躲在货车下面，其他人拼命往桥上挤。他身边几个达尔马提亚骑兵跟着他下马，惊讶地张着嘴，杵在原地。他咆哮着让这些骑兵列阵，于是他们笨拙地移动到巴利斯塔两边。这三个士兵都没有头盔、武器或者是盾牌。巴利斯塔只好拔出自己的剑，左手裹着自己黑色的斗篷。他真心希望马克西姆斯在他身边。不过，一个典型的希伯尼安人这时候肯定去看着马匹了。

这些游牧民并没有攻击巴利斯塔。如果不是出于无奈他们不会攻击有武器装备的人。他们就是为了抢劫，享受屠杀不反抗的弱者的乐趣。巴利斯塔右边就是桥头，有超过十二个强盗围住了那辆紫色的战车，车上镶嵌着宝石，由四匹雪白的马牵引着。马夫跑得太慢已经被杀害了。一个阿拉伯人跳上马车，他正想办法牵住缰绳。

巴利斯塔让达尔马提亚骑兵跟着他，直接向那辆马车冲去。一个阿拉伯人掉转马头，举起了手里的矛。巴利斯塔闪身躲过，用左手夺下对方的矛并用力猛拽。那个阿拉伯人向前一扑，半个身子都离开了马鞍。巴利斯塔趁机将剑直直地刺进对方的头颅，头骨传出碎裂的声音，鲜血和脑浆溅到巴利斯塔脸上。

巴利斯塔从惊慌的马匹中穿过，径直跳到了马车上。车上的阿拉伯人一心想抓住舞动的缰绳，根本没注意到巴利斯塔。巴利斯塔将剑刃刺入对手的背部，随即转动手里的剑，再猛地拔出。敌人一声哀鸣，倒向了一旁。那四匹身经百战的白马一动不动地站着。

巴利斯塔转身，发现陷入混战中的达尔马提亚骑兵不见了，他孤身一人被四名阿拉伯骑手包围。他们做好了战斗准备，要为死去的亲人报仇雪恨。有那么一瞬间，这五个人和八匹马似乎在混乱中暂停了。

巴利斯塔注意到左边有一个阿拉伯人举起了长矛。他双手紧紧握着剑，突然一个转身将那支矛打开，当时矛尖马上要戳到他的脸了。巴利斯塔四面受敌，只能站在原地，转动着身体，观察这四个敌人，剩下的三人都不敢轻举妄动。

那个投掷长矛的人趁着巴利斯塔背对他时取下弓，抽出一支箭。他笑了，其他人也阴险地笑了。与浓密的黑胡子对比，他们的牙齿显得格外白。他将箭搭在弓弦上，拉满弓，甚至有一个人笑出了声。

一个达尔马提亚骑兵在混乱中瞥见这一幕急忙赶来，将剑刺入那个即将射箭的阿拉伯人胸口。士兵往后退了几步。那个阿拉伯人紧紧抓着黑羽装饰的箭，摔倒在地。

一阵急促的马蹄声传来，又出现了一个新的游牧民。他高声喊着正和巴利斯塔对峙的那三个人，听上去无比焦急。三人迟疑了一会儿，新来的人又开始对着他们吼叫，并掉转马头，准备退回去。这三人只好无奈地叫骂了几句，骑着马离开了。

图皮奥带领的骑兵小分队在左侧现身，驱赶着这群游牧民，不过并没有意图追杀他们。

巴利斯塔四周一片混乱，人和马的尸体，濒死生命的哀号，扬起的阵阵灰尘，震耳欲聋的声响。桥上瓦勒良的战马显然受到了惊吓，立起身子，疯狂跳跃。它背上的马夫已完全没有办法控制这匹发了疯的马。这匹马的侧面有一道很深的伤口，正在流血。另一个马夫想要过来抓住缰绳。这匹马警觉地睁大眼睛，借用后肢的力量猛地弓背跃起，躲了过去。可是这匹马根本没有停下来的意思，继续狂躁地跳跃着。一眨眼的工夫，这匹马竟越过了桥上的栏杆。

响亮的坠河声。

玛尔叙阿斯河吞没了战马和马夫。

第二十五章

当军队抵达位于萨摩沙塔的帝国总指挥部时，几乎每个人都采取了防护措施，要么随身携带一个草药包，要么把浸透香水的材料卷成卷，插到耳朵和鼻孔里。大家都很害怕。有些参加议事会的大臣显得忧心忡忡，身上特意带了许多护身符。

起初，图皮奥和大多数人一样，根本没把这件事放在心上。军队在跨越玛尔叙阿斯河没多久，营地犬就陆陆续续死掉了。当时所有人都没多想，继续向北行军。右边是绿松石般的幼发拉底河，左边是灰色的峭壁，山顶平坦得令人诧异。当他们穿过幼发拉底河时，其他牲畜也开始发病死亡。在他们决定继续向东，沿着幼发拉底河前进时，部分摩尔轻骑兵抱怨他们的眼睛感染了。不到二十四个小时，这些眼睛感染的人开始神志不清，甚至都不认识自己最亲近的同伴，身体也开始起可怕的脓包。更糟糕的是，其他营队的士兵也被传染了。简朴的坟包点缀在行军道路上，死亡笼罩着整支军队。在大部队到达萨摩沙塔时，没有人对此说过一句。瘟疫太可怕了，但是根据在以弗所烧死的基督教殉道士阿庇安的预言，这仅仅才刚开始。

图皮奥顿了顿，调整着呼吸，爬到建在陡坡上的城堡很费体力。这座城堡实际上是康马格纳行省总督的总督府，瓦勒良临时将它作为司令部。康马格纳曾是一个独立的国家，这里原本就是皇宫。这座建筑很诡异，用钻石大小的石灰岩拼接而成。大门外是不久前新刻上的题字：伟大的福玻斯，光明之神，请让我们远离瘟疫的危害。

图皮奥深吸一口气，继续前进。他不像大多数人那样，在鼻子或者耳朵里塞东西。不过这并不意味着他不畏惧瘟疫。实际上他非常害怕，在前往城堡的路上，只要听到前面的街上有死者出殡时的丧钟声，他就急忙绕道而行，宁肯多走整整一个街区。但是他对气味异常敏感，所以浓烈的草药或者香水，别说塞在鼻孔里，就算靠近耳朵，都会让他觉得难以忍受。

宫殿里宝座和高台还是空的，皇帝和他的近臣尚未到来。其他参加议事会的成员们陆陆续续出现。有一个人出现在他的视野里，图皮奥有些迟疑。的确，做事小心谨慎的人是不会选择站在巴利斯塔身边的。因为巴利斯塔在横穿玛尔叙阿斯河时失职，丢了一匹皇帝的战马，他更不可能获得皇帝的青睐了。

图皮奥走过来，站在巴利斯塔身边，二人点头示意。现在瘟疫横行，没人敢拥抱。图皮奥没有理会其他人的指指点点。当二人初次相遇时，这个北方来的彪形大汉本因贪污罪要被问斩的。但是巴利斯塔选择提拔他，信任他。他明白现在该是报恩的时候了。况且图皮奥很欣赏巴利斯塔，对于他被勒索一事，巴利斯塔从不多问。不过就算问了他也不会透露半个字，他死都不会说的。不过巴利斯塔不问他，他心存感激。

宫殿里处处都挂着月桂，为了防止瘟疫传播。屋子里充斥着月桂的香味，还夹杂着其他的气味，这让图皮奥觉得有点儿反胃。来自多瑙河流域的奥勒良走到他俩身边。塔西佗被派往西部，现在也只有他俩会站在巴利斯塔身边。

传令官宣布皇帝瓦勒良驾到。帝国的上层阶级们行大礼以表尊重。图皮奥注意到地板擦得不是很干净。瓦勒良身上没有护身符，也没有草药的气味。皇帝的胆量毋庸置疑，但是他看上去衰老而脆弱。他搭着马克利亚努斯的胳膊前进着，点地，拖腿，迈步；点地，拖腿，迈步。图皮奥看着这场景，觉得就像是一个征兆：年迈的老人依靠着一个老瘸子。

当皇室成员在高台上坐好后，跟往常一样，议事会的官员们全体起立，高声欢呼，祝愿皇帝身体康健，万寿无疆。

最后，瓦勒良清了清嗓子，开始说话，但听上去就好像说完上句就说不了下句似的："福玻斯·阿波罗将瘟疫之箭射向我们。士兵间流言蜚语不断。有人回顾起过去。一百年前，在巴比伦尼亚一间阴凉的神庙前，罗马士兵撬开一口金棺材，将魔鬼就这样释放出来，噩运笼罩着帝国。迷信就是放狗屁！"他顿了顿，"有人说起了现在。罪犯在深夜出没，摸黑逃窜，手里拿着毒针，杀死无辜的民众。放屁，迷信都他妈的放屁！"

"恶灵到来的原因其实我们都知道。"年迈的皇帝欣赏地看了一眼马克利亚努斯，"基督徒！我们制裁这些异教徒的行动没有彻底地贯彻落实。神明惩罚我们，阿波罗将瘟疫之箭射向我们，这都是因为这些无神论者还逍遥自在地活着。"瓦勒良的音量逐渐提高，声音里竟出现了一种年轻的活力。

"明天，一切都将好转。通过帝国忠心的朋友马克利亚努斯的谦卑诚挚以及弗鲁曼塔里伊长官塞索里努斯的不懈努力，萨摩沙塔所有恶心的无神论者都被揪了出来，人还不少，男人女人都有。明天，他们将被活活烧死，他们的骨灰将在风中飘散。"

皇帝露出了期待的眼神。"之后，一切都会好起来。阿波罗神将把他的箭指向其他方位，仁慈的众神会与我们同在。我们的子民将看到，在广袤平原上玉米穗随风摆动，庄稼已然成熟，还有一望无尽的草原，花香四溢，绿草茵茵。气候将变得温暖湿润。我们的力量将逐渐增强。

那群波斯臭虫看到我们只会疯狂逃窜，直到我们征服他们的土地。让我们在此高歌，只要我们心怀感恩与谦卑，通过祭祀和崇拜，我们的自然神，我们最强大的神明，最终会宽恕罪孽。神明会为我们的努力而感到欣慰，让我们在此高歌！”

宫殿里回荡着众人对皇帝的谦卑和智慧的赞颂声。此时，满头银发的皇帝瘫倒在王座上，显得十分疲惫。在三十五声“神圣的瓦勒良，虔诚而恭敬，神明保佑您，子民爱戴您”之后，宫殿陷入沉寂。马克利亚努斯走上前，倚着那根手杖。手杖的扶手上是亚历山大大帝的银塑。

“禁卫随侍们，奥古斯都的忠实伙伴，关于与波斯人的战争，我们的皇帝需要众人的意见，希望各位畅所欲言。”

大家陆陆续续举起手。马克利亚努斯暗示让自己的朋友美欧纽斯·阿斯提阿那克斯发言。“毫无疑问，陛下的睿智和虔诚将感动上天，破除瘟疫。但是已有五千名士兵死亡，更多的人身陷疾病，他们需要时间医治，军队也需要时间恢复元气。现在不是作战的最佳时机。我们必须驻守在萨摩沙塔进行休整。因此，我们需要使用外交手段，派人前往萨珊王朝军营进行休战谈判。让臣带上贵重的礼品，让如沙普尔一般贪婪的野蛮人会侧目的珍品。”

大家赞同地小声议论着。接着，马克利亚努斯让波姆波尼厄斯·巴索斯发言。一旁看着这一切的图皮奥觉得瘸腿老臣已然扮演了引见官的角色。而真正的引见官站在高台后一言不发，克勒图尼乌斯似乎快气得冒烟儿了。

波姆波尼厄斯·巴索斯摆出了一副演说家的架势。“有时我们该奋力一搏，有时我们要共享和平。有时我们会流汗流泪，有时我们也把酒当歌。”当这位贵族吐出这些说教式的警句时，图皮奥分明听见巴利斯塔恼怒地哼了一声。“有时我们当锱铢必较，有时我们更仁慈大度。”

他又说了四个排比句来支持阿斯提阿那克斯的发言。巴利斯塔忍无可忍地举起手，一旁的图皮奥很是惊讶；更让人想不到的是，马克利亚努斯竟示意让巴利斯塔发言。图皮奥用余光瞥见马克利亚努斯的两个儿子在偷笑。

“臣谨在此对各位的发言表示尊重与赞赏，但是臣不敢苟同。”言毕，宫殿里一片沉默，“谈判就是示弱，而现在，战争迫在眉睫，这种时候提出谈判实为不妥。这只会助长波斯人的嚣张气焰。外交谈判从来都不是罗马人的解决方式。使节由皇帝亲自委派，而他从未指派外交使节与我们谈判。哪一任帝王不是把从印度甚至更远地方派来使节这所谓的外交活动视为屈服？”

充斥着敌意的嘀咕声在宫殿里蔓延。巴利斯塔并没有就此吓跑。“我们不应该驻守在萨摩沙塔。袭击军队的瘟疫该在哪儿还在哪儿。我们应该作战。如果在前往埃德萨的路上，军队能严守纪律，推行严格的卫生制度，挖壕沟厕所，瘟疫可能就不会如此猖獗。”以奎伊图斯为首的一两个人发出了偷笑声。

马克利亚努斯指示让庇索·弗卢基发言。图皮奥想着，又一个老瘸腿的爪牙。“巴利斯塔阁下对于野蛮人和茅坑的见识，鄙人深表敬佩。”他笑了一声，“不过在座的诸位罗马人估计并不需要他这方面的意见。”更多的笑声传来，“臣支持之前的观点。我们需要用那些亮闪闪的玩意儿，为罗马军争取更多的时间。”

众人赞同地高呼，马克利亚努斯转身对皇帝露出慈爱的笑容。瓦勒良费力地站起来，宫殿里瞬间安静了。“我们听取众人的意见，帝国必须下定决心。外交使节将被指派面见沙普尔。他将带上丰厚的礼物，采用恰当的语言，赢得休战协议。我们将以罗马人的方式派出年轻的将领，而非最高位的官员去与这群野蛮人接洽。外交使节将由帝国深受爱戴的高级财政官员提图斯·富尔维乌斯·尤利乌斯·奎伊图斯；骁勇善战的年青将领，来自多瑙河的路奇乌斯·多米提乌斯·奥勒良和马库斯·克洛迪乌斯·巴利斯塔担任。”话音刚落，瓦勒良扶着马克利亚努斯的胳膊离开了。

巴利斯塔和奥勒良目瞪口呆，他们没想到会是这个结果。相反，奎伊图斯一副很高兴的样子。

图皮奥站在门外等着巴利斯塔和奥勒良。现在众大臣在向他们道喜祝贺。图皮奥看着这帮人，心里想着不过是一群狐朋狗友，看你好了就来巴结你，看你倒霉了全当不认识你。城堡下的镇子传来丧钟声，越来越多的人在面临死亡。

图皮奥之前一点儿都不相信巴利斯塔所说的关于马克利亚努斯企图谋朝篡位的阴谋。但是，现在看来，这位首席财政官对于年迈的皇帝的影响力越来越大。这场议事会就是他精心布的一个局，看上去这个老瘸子想怎么样就怎么样。图皮奥在想为什么马克利亚努斯让他的儿子和奥勒良与巴利斯塔一起担任外交使节，这个小人背后一定有阴谋。图皮奥在脑海里浮现了这样的打油诗：

令人厌恶的老瘸子——
马克利亚努斯，
愿土地把您的尸体，
埋得浅点，
再浅点，
给狗省点儿事。

从萨摩沙塔出发，穿过幼发拉底河，通往埃德萨的路经过高地平原和绵延的山峦。这里气候很干，土壤多为黄灰色，有时呈红色。这才四月，土已经变得非常干燥，一揉全成粉末，风一吹全是灰。有时，可以看见在离道路很远的地方，低矮的山峦突然就换成了高山，山上光秃秃的，几乎呈褶皱状。但是，巴利斯塔还是为此处地形的开阔而感到惊讶。不过他并不愉快，他本以为野外的路应该更加崎岖，不适合大规模骑兵行进。他原本以为，当以步兵为主的罗马军总算开始行军，至少在到达埃德萨之前，他们还是有天然庇护的，现在看来是不可能了。

外交使节一行速度很慢。这三位大使每人都带着一部分礼物：奥勒良和巴利斯塔手里没多少，基本都在奎伊图斯那支队伍里。其中有六名翻译，三十匹驮着礼物的马，大约十五名马夫看管马匹。有二十名达尔马提亚骑兵保护他们，防止游牧民的骚扰。队伍里还有一头戴着花环的牛，它走在队伍的最前面，慢慢吞吞，不紧不慢，正是这头笨拙的牛拖慢了整支队伍的行进速度。奎伊图斯总是嘲笑这头牛，不过巴利斯塔坚持带着它。几年前巴利斯塔买的波斯奴隶巴戈阿斯教过他，带着花环的牛是波斯人接受和谈的标志。这也就是为什么他还安排在旗帜下面绑上一包盐。为了确保万无一失，队伍里安排了一个传令官手拿外交杖，跟牛平齐前进。不过，一个文化象征可能在另一个文化国度里没有任何意义。和敌人的首次面谈将会非常危险，巴利斯塔不希望还没来得及说明来意，就全军覆没。

巴利斯塔坐在灰马上缓慢前进，他又开始思考为何要选他做外交使者。一方面，的确，他会说波斯语，但是，队伍里已经配置了大量的翻译。巴利斯塔坐冷板凳坐得太久了，而他这次反对议和的提议也被否决。朝堂上的所有人都觉得，像巴利斯塔这样一个在阿瑞忒城让沙普尔伤透脑筋的家伙，这样一个杀死众多萨珊士兵的家伙，在色西昔姆之战后下令火烧波斯兵尸体的家伙，来到拜火教教徒、萨珊王朝诸王之王的面前，肯定没有好果子吃。

一只野鹤向东南方飞去，基本与罗马外交使节的队伍平行。巴利斯塔望着那只飞翔的野鹤，心中思绪万千。马克利亚努斯完全将议事会玩弄于股掌之间。现在巴利斯塔明白了为什么塔西佗被派往西方，而前领事瓦伦斯驻守泽乌玛。议事会里原本还有这两个人可以与这位首席财政官相抗衡的。然而现在，巴利斯塔一想到没有人，就算是身边最亲近的人，都不相信那个瘸腿的老浑球儿想要谋反、想要背叛视他为心腹的皇帝，心里很是无奈。克勒图尼乌斯甚至都不会再见到巴利斯塔，这个北方人已经不再打算告诉别人这个想法。他心里清楚，再说出来已经没有任何意义，要是再跟朋友提及，还得小心隔墙有耳，还要时刻提防着弗鲁曼塔里伊成员。巴利斯塔看着野鹤消失在山峦之间，心里安慰着自己：马克利亚努斯怎么会让自己的儿子去送死呢！

一声尖叫将巴利斯塔拉回现实。护卫队的达尔马提亚骑兵面向东边，将斗篷举过头顶。

巴利斯塔扫视着连绵的山脊线，山上光秃秃的，只有几株野橄榄树在风中摇摆，其间有六七个骑兵。可是那些骑兵越来越多，渐渐地变成五十人、一百人。

巴利斯塔让队伍停下来，达尔马提亚骑兵自动围住队伍，形成一个保护圈。巴利斯塔从马鞍上拿下头盔，无意中注意到在阿蒙神之角的灌木丛中的维修标志。他随即戴好头盔。

突然，他听到奎伊图斯拔剑的声音。

“别乱动。”

奎伊图斯昂起头。“我为什么要听你的？”这个家伙双腿颤抖，眼睛里充斥着恐惧。巴利斯塔有那么一瞬间觉得自己的机会来了，奥勒良是唯一的见证人，他肯定会站在巴利斯塔这边。巴利斯塔觉得是不是应该就在此刻动手宰了奎伊图斯这个小浑球儿。不过，这也只是一念之间。总有一天我会亲手结束你的性命，巴利斯塔心想，不过不是今天。

“放回去！”奎伊图斯愠怒地笨拙地把剑放回剑鞘。巴利斯塔提高音量，“所有人不许拔剑，不要动用你们身上的任何一件武器。现在开始听我的命令。”

黄灰色的尘土扬起，乌怏怏的一片骑兵向他们冲来。萨珊王朝骑兵们冲下山，正向罗马使节逼近。对方至少有两百名骑兵。当接近巴利斯塔一行时，这支队伍分开行动，将他们团团围住。“上苍啊，头戴金盔的主神，灰胡子，保佑我吧！”巴利斯塔迫使自己镇定。当这群东方佬离他们不到两百步的距离时，巴利斯塔取出弓，将其举过头顶。很明显，弓上什么都没有。

萨珊人的行进速度越来越快，骑兵们绕过灌木丛，宽松的衣服随风飞舞，军旗在身后飘扬，叫喊声不绝于耳。他们每个人都举起弓箭，拉满弓。马蹄声急，这些骑兵从外围的士兵中穿过，在内层围成一个圈，包围罗马队伍。奎伊图斯呜咽着，身后德米特里厄斯祈祷着。

一块石头飞出，萨珊王朝的弓箭兵勒紧缰绳，马匹呼吸急促，摇晃着脑袋。弓箭后一双双深色的眼睛充满敌意。马蹄声渐弱，吼叫声也停了下来，全场一片沉默。巴利斯塔瞟见奎伊图斯将手移到剑柄上，奥勒良侧身制止。波斯骑手正密切地关注着他们的一举一动，一个闪失就会致命。这种紧张的氛围令人喘不过气。

一个波斯人骑着马从队列里出现。他披着黑色的长发，一脸不懈的神情。“我们恭候各位多时了，竟有人胆敢入侵诸王之王沙普尔的土地。”

巴利斯塔骑着灰马上前。“我们不是入侵者。我们是谦逊的罗马皇帝瓦勒良派来的使者，前来探访他正直的兄弟，热爱和平的诸王之王沙普尔。我们还带来了礼物和休战书。”

这个萨珊人对巴利斯塔的波斯语并没表现出惊讶之意，那张英俊的脸上流露出一丝嘲讽。“沙普尔可没有非雅利安血统的兄弟，倒是有非雅利安血统的奴隶。我们的陛下唯一认识的罗马皇帝是玛利亚德斯，他还向我们的朝廷俯首称臣呢。”

当听到“玛利亚德斯”这个名字时，尽管不懂波斯语，巴利斯塔身后的罗马士兵还是躁动起来。玛利亚德斯是从叙利亚逃跑的土匪，沙普尔扶植他成为罗马帝国的“伪君主”，所以当听到这个名字时，士兵们会如此愤慨。巴利斯塔只是接着说道：“人类的造福者，热爱和平的沙普尔，阿胡拉·马兹达之骄傲，绝不会伤害作为使节的我们。”

那个波斯人脸上露出怀疑的神色，他上前仔细观察着巴利斯塔。“看来是真的了。我认识你，我叫瓦尔丹，纳什巴德之子。”

巴利斯塔隐约觉得似曾相识，他没有动。

瓦尔丹倏地拔出剑，剑刃离巴利斯塔只有几厘米。这时，他想起来了。那夜伸手不见五指，他来到了阿瑞忒城城墙外南边的沟壑处，瓦尔丹的剑指着他的喉咙，就跟现在一样。那个波斯人笑了。“看来你记起来了。你耍过我一次，当时我就说过我会找到你，跟你好好算算账。现在你倒是送上门了。”

巴利斯塔尽力克服着他的恐惧。那柄剑依然直直地对着他的脖子。瓦尔丹开口说道：“让你的人把武器扔了。”巴利斯塔照做了，波斯兵上前没收了这些武器。

瓦尔丹流畅地一挥，寒光闪过，剑已入鞘。

“如果沙普尔不认为你是使者，我会要求他把你交给我。在色西昔姆城玷污阿胡拉·马兹达圣火的人，不会死得很痛快。”瓦尔丹胸有成竹地笑了，“今晚我们在这里扎营。明天，我会带你去见诸王之王。”

巴利斯塔无奈地想着：不管去哪儿，总能遇到旧敌。

第二十六章

第二天，巴利斯塔一行来到驻扎在埃德萨城外的萨珊王朝军营。昨夜，瓦尔丹下令宰杀了那头戴着花环的牛，因此巴利斯塔要求队伍全速前进。晌午时分，一行人已到达最后一座山的山顶。眼前波澜壮阔的景象只有在戏剧中才会出现：右边是埃德萨的白色城墙，它紧依西侧的山峰而建，从他们的正前方到左边全是围攻城市的波斯兵。骑兵在平原上来回忙碌，营地一直延伸到远方。无数用风干的粪便做燃料的营火燃烧着，青烟滚滚而上，刺鼻的烟味一直蔓延到北边的山脉。一路上有无数大致呈环形的栅栏，不过还是不能囊括所有的营地。成千上万的帐篷和一排排的战马杂乱地排列着，而营地中心却秩序井然。那紫色的大型帐篷正是诸王之王的临时寝宫。

当众人进入营地，想要早点儿见到沙普尔的念头就被打消了。瓦尔丹粗鲁地要求他们将帐篷扎在营地的最东端，位于大象和茅坑之间。萨珊王朝的军队分布在他们四周。罗马使节们被要求驻守在那里等待沙普尔的传召。于是，他们在那里整整住了十四天，同时也被臭味整整折磨了十四天。萨珊王朝的军队给他们提供的食物则是按照当地穷人的标准配置的：大麦面包、鹰嘴豆、扁豆和葡萄干，酒也没什么味儿，还特别酸。他们每天晚上都被守卫们的歌声吵得睡不着觉。守卫们还讽刺地说卡度斯的国王维纶斯派来的使节当天就受到了接见和款待。卡度斯是一个名不见经传的地方，据说是在里海附近。

奥勒良来回踱步，为波斯人对待罗马上层阶级的恶劣态度愤慨不已。奎伊图斯倒是反常的平静淡定。既然无事可做，巴利斯塔只好坐在那里干等。他又开始阅读色诺芬的《远征记》，这是一本叙述与东方佬作战的经典军事著作。然而，就在此时，他们收到了传召罗马使者觐见的命令。奥勒良说要让沙普尔好好等着，以牙还牙、以眼还眼。巴利斯塔和奎伊图斯都觉得这样做不明智。

三人迅速换上最好的衣服，带着外交礼物出发了。他们被带往希尔托斯河河岸，岸上的太阳伞为高大华丽的王座遮挡了阳光。在这里，沙普尔能很清楚地审视攻城的军队。

当一行人横穿这一平原时，巴利斯塔仔细地观察着这里的情况。埃德萨地理位置很好，典型的易守难攻。城外的果园和旅馆都已被毁，这样敌人就没有掩护之地。干涸的河床位于牢固的城墙之外。南边的高地处有一座堡垒，它被类似于神庙或者宫殿用的圆柱予以支撑。挂在城墙上的草席用以减轻石弹的冲击力。城门用巨大的石块抵住。希尔托斯河入城处的水闸用结实的金属加固保护。

巴利斯塔清楚城里有充足的水源，但是波斯军只能仰仗着希尔托斯河。与此同时，这座城市位于该河流的上游，而波斯军在下游。要是巴利斯塔负责守城，肯定会想办法在河水流经敌军军营之前在水里下毒。而且，他也不会封死城门，因为这样士兵就没办法出城作战了。他分析守城者不够积极勇敢。但是城外敌人也没有安置投射器，堆土堆或者挖坑道。攻城者跟守城者都不积极迎战。这一切看上去不像是一场两军对垒的攻坚战，倒给人一种要把这里封锁了的感觉。

“是谁前来觐见神圣的、高尚的、伟大的沙普尔，雅利安人与非雅利安人之王，诸王之王？”传令官问话，罗马使者随即行大礼，地上全是尘土以及可能故意安排的马粪。

巴利斯塔起立，用波斯语说道：“我们是高尚的、热爱和平的罗马皇帝瓦勒良派来的使者。这两位分别是路奇乌斯·多米提乌斯·奥勒良和提图斯·富尔维乌斯·尤利乌斯·奎伊图斯。鄙人乃马库斯·克洛迪乌斯·巴利斯塔。”

全场一片沉默。巴利斯塔抬头看着眼前的场景。他在阿瑞忒城曾多次见到沙普尔，不过从没像今天这么近。这位萨珊王朝的诸王之王已年近半百，个子很高，身强力壮。他胡子长而浓密，标准骑者的穿着：短装，紫色外套，白色长裤。他头上顶着黄金王冠，耳朵上挂着珍珠，双眼用眼影勾勒着，显得格外有神。膝盖上放着一张收紧的弓。

他的身旁站着一排萨珊王朝万王勇士，个个挺拔高大，武器精良，身着色泽明亮的刺绣罩衫，铠甲闪闪发亮，腰间系有笔直修长的骑士宝剑。另一边的随侍们也一样衣着华丽，只是没有配备武器。这些人是马兹达的祭司。他们的上方飘扬着卡维之旗，萨珊王朝的战旗。再往后，有十头巨型大象排成一列，背上扛着全副武装士兵的转台。

巴利斯塔突然看到沙普尔身边的随侍里竟有两张熟面孔。在这些战士中间，有一个身着波斯服饰的大长脸，双眼之间距离太宽，与他下垂的嘴角真是相得益彰。巴利斯塔想起来了，他在阿蒙神之角见过这张无比熟悉的脸。阿纳穆，他曾是阿瑞忒城的军官，在战争中侥幸生还。现在看来，他显然在萨珊王朝军里谋得了好差事。

而另一个人着实让他诧异。巴利斯塔仔细地观察着他，纤长的体型，浓密的毛发，深色的双眼中并未透露出熟识之意。不，他没看错。在萨珊帝国高级祭司中，有一位巴利斯塔的老相识，他就是巴利斯塔曾经在提洛岛市场上买来的奴隶巴戈阿斯。这个北方人在心里感叹着，这个世界真是小啊，真的很小，却也很复杂，处处都可能隐藏危险。

另一队使者被引过来。他们穿着东方人的经典服饰，走到巴利斯塔一行身边并行大礼。传令官又问起了对方的身份。

“我叫维罗德斯，是塔德莫之主帕米拉国王奥登纳图斯派来的使者。”

沙普尔的手拨弄着弓上的弦，一副很是无所谓的样子。他看着罗马使者，又转身看着新来的这批人，“奥登纳图斯想要什么？”

帕米拉使者露出了儒雅的微笑。“陛下别无所求，只望能与诸王之王结下良好的友谊关系，陛下命我带礼物进献于您。”维罗德斯拍手示意仆人们上前。首先展示的是成捆的丝绸，接着是堆得满满的香料，最后呈上的是一匹雪白的千里马。空气中夹杂着香料的香气和马的体味。

沙普尔面无表情，只是抽出了一支箭。所有人一动不动。他将箭放在弓弦上，拉开并直直地指向帕米拉使者的胸口。在射出的关键时刻他偏离了原先的角度。只见箭上的羽毛在马的脖子上颤抖着。那匹雪白的马仰起头，一步步后退，接着狠狠地摔倒在地。它的肌肉抽搐着、抽搐着，之后逐渐平静下来，黑色的血从伤口处汩汩流出。

沙普尔用弓指着剩下的礼品。“把那些有的没的都扔到河里去。”随从们连忙照办。“告诉奥登纳图斯，如果他希望赢得诸王之王的青睐，别再送些迎合婊子口味的东西。让他戴着镣铐，亲自过来，拜倒在地，跪着求我！现在，你们滚吧！”

帕米拉的使节们急忙跪伏在地行礼，匆匆离开。

巴利斯塔知道奥勒良正窝着火，他自己则很淡定。如果硬要说有什么感觉的话，巴利斯塔觉得在这个节骨眼儿上，沙普尔的举动倒是可圈可点。罗马的使节亲眼见证着帝国东疆的主要盟友企图倒戈。沙普尔想要显示出自己的威严，因而拒绝了他们。这位诸王之王利利索索地破坏了罗马帝国和奥登纳图斯之间的信任，还宣告了萨珊王朝的威严与自信。

沙普尔用弓指着巴利斯塔。“你呢？”他开始说希腊语，“你的基利耶想要什么？”

“他想要议和，基利耶。”

沙普尔笑了。“他想议和？开什么玩笑呢！甚至在我们讲话的这一刻，主神马兹达就正在惩罚亵渎神明的人！驻扎在萨摩沙塔的罗马军队正饱受瘟疫的折磨，不是吗？那么，我们为什么要答应跟你们议和？”

“尊敬的陛下，战事成败谁都说不好的。很多人到后来都发现，与罗马军对垒是件很可怕的事。”

沙普尔笑了。“在萨珊王室有这样一种消遣，能给人带来纯粹的快乐！”他比了个手势，一个又矮又胖、身着类似罗马皇帝服装的男人急忙跑上来。沙普尔打了个响指，他扶植的罗马伪君主玛利亚德斯就立即趴在地上。接着，他踩了上去，把玛利亚德斯当作他的脚踏板。

“我要把你们带来的礼物当作贡品？那些金盘子、银盘子，上面可是刻着东方人对罗马人俯首称臣、卑躬屈膝的虚假图案！”

奥勒良狠狠地吸了口气，巴利斯塔把手放在他的胳膊上，暗示他不要轻举妄动。接着，巴利斯塔指示让随从们呈上礼品，心想着他的好友，这位骁勇善战的将领这么沉不住气，可当不了好使节。

“这还差不多。”沙普尔随意地扫视着这些经过巧妙加工的贵重金属，“我一直特别欣赏罗马使节的这种特质，不管面对怎样的讽刺，都能做到视而不见。”他狠狠地给了玛利亚德斯一脚，玛利亚德斯很自觉地滚开了。

“我接受贡品！”

奥勒良彻底爆发了，巴利斯塔没能拦住。“这是礼物！罗马人从不进献贡品！”

全场一片死寂。沙普尔拨弄着弓弦，笑了。“我听说过你。你的威名可让萨尔马提亚人和法兰克人闻风丧胆。我欣赏你的叛逆。我会送给你合适的礼物。”他一挥手，仆人递给奥勒良一个祭祀用碟，上面刻有太阳神的图案。“我觉得这个挺适合你的。”沙普尔说，“啊，这个应该也还可以。”响亮的一声号响，大地颤动起来，一头巨型大象映入眼帘。“它叫卑路斯，就是胜利的意思。我把它和它的象夫都赠予你。”

奥勒良目瞪口呆。沙普尔又转向奎伊图斯。“我会赐予你们每一个人应得的礼物。你，我将赐予你一袋金子。”奎伊图斯结结巴巴，似乎想要说感谢的话。沙普尔打断了他。

沙普尔用弓指着巴利斯塔。“但是，你。在色西昔姆玷污圣火的野蛮人，在我这儿你什么也别想得到。现在，你是使节，以后若有一天你不再是使节，而我们兵戎相见，我绝不会放过你！”

沙普尔站了起来，所有人急忙拜倒在地。“告诉瓦勒良，我们绝不议和。我很期待和他的较量，我们之间只有战争！而你们，明天就滚回萨摩沙塔。”

风暴还没完全过去，位于幼发拉底河南端的第一支罗马军队正在大路上前进，他们的火把在风雨中忽明忽暗。强劲的南风将雨珠狠狠地甩在巴利斯塔的脸上，凶狠地拉扯着他的斗篷。巴利斯塔正在前往帝国司令部的路上，每走一步路都会踩到水洼，溅得满身泥污。他现在的心情就跟天气一样恶劣。

瘟疫已经平息了，虔诚的自然神信徒们认为这是因为焚烧了那五十三个基督徒。不过如果上苍真的觉得满意的话，今天远征队出发的日子该给个好兆头才对。黎明时分，罗马方面在萨摩沙塔的大本营举行了净化仪式。仪式上，皇帝瓦勒良亲手将又滑又脏、灰色的肠子奉上神台，尽力消除人们由于种种凶兆而产生的疑虑。“尽管满头白发，我依然能握紧宝剑！”言毕，众人半信半疑地欢呼着。瓦勒良转身离开，仆人连忙过去调整他肩上黑色的斗篷。他过了好一会儿才意识到自己的失误，连忙叫人拿来紫色斗篷。

当最后一支队伍穿过幼发拉底河时，风暴来袭，电闪雷鸣，暴雨倾盆而下。一阵狂风将浮桥的一只浮筒吹跑了。“振作起来！”瓦勒良吼道，“我们绝不会这样归来！”大雨如注，士兵们一片沉默。

巴利斯塔刚走出帐篷，第一批补给就送来了，只有扁豆和盐巴。这些可是葬礼上给死人吃的东西啊！巴利斯塔越想越不对劲儿。马克利亚努斯掌管着帝国的后勤补给，但是皇帝的年迈体衰和士兵们的怨愤现在跟他可是八竿子都打不着。

巴利斯塔让骑兵护卫队的士兵们先走。战马们耷拉着头，马背上的骑兵们身着黑色斗篷，猫着腰在雨中穿行。

现在，议事会里站在巴利斯塔这边的只剩图皮奥了。外交谈判失败对谁都没有好处。其实巴利斯塔心里清楚，这次谈判肯定没有好结果。他自己在色西昔姆之战中焚烧了波斯士兵的尸体，信奉拜火教的萨珊人绝不会给他好脸色。奥勒良的火暴脾气众人皆知。奎伊图斯搞不好是派来监视他俩的。沙普尔的反应也着实阴险：他没有回馈罗马皇帝瓦勒良任何东西，倒是赐予奥勒良丰厚的礼品。众人一回到萨摩沙塔，奥勒良就把大象呈给皇帝。但是，瓦勒良对他已心生嫌隙。没多久，奥勒良就被打发到加里恩努斯位于帝国西部的朝堂。

这次外交谈判中，巴利斯塔发现了一些异样。当他们偶遇波斯兵时，瓦尔丹曾说过“我们恭候各位多时了”。沙普尔在送奥勒良刻有太阳神像的碟子的时候也说“我觉得这个挺适合你的”。马克利亚努斯是否和敌人有勾结？这个奸诈的老瘸腿是否希望萨珊王朝之王无视我的使节身份，当场宰了我？！

巴利斯塔感觉又湿又冷，他继续往前走。至少这是出征前马克利亚努斯最后一次参加议事会，之后这个老滑头将安全地留在萨摩沙塔。他的爪牙美欧纽斯·阿斯提阿那克斯和他那恶心的儿子奎伊图斯会像他这样控制着瓦勒良吗？马克利亚努斯若是密谋推翻瓦勒良的统治，他也不至于希望整支远征队全军覆没吧？毕竟他的儿子还在队伍里服役。

皇室营地外，禁卫队士兵见到巴利斯塔，整齐划一地立正敬礼。肃静官护送巴利斯塔进入前厅，他们耳边传来大雨拍打帐篷的声音。紧接着，引见官出现了。“克勒图尼乌斯，咱借个地方说话。”巴利斯塔说。

克勒图尼乌斯机警地四下望着。“我们没什么好说的。”他面露惧色，接着又大声说道：“没话可说！”随后，他便转身引着巴利斯塔进入帐篷内部。

巴利斯塔下跪并亲吻皇帝的戒指。瓦勒良看都没看他一眼。他起立，往后退了几步。这是一个微型议事会，约有十二人参加会议。根据惯例，禁卫军长官站在皇帝右侧。现如今，马克利亚努斯拄着拐杖站在皇帝左侧，也几乎成为习惯了。而在马克利亚努斯身后的人，让巴利斯塔大吃一惊，这个男人发际线已经开始后退，眼角和嘴角都向下垂着，刺绣外套底色为蓝色，带有四瓣黄花图案。苍天啊！阿纳穆那个叛徒怎么会在这儿？

瓦勒良点头示意，马克利亚努斯开始说话：“陛下反对基督徒的虔诚举动使得帝国再次赢得了上苍的青睐。瘟疫消失不见了，天神还赐予我们另一个吉兆：一位忠诚的友人回来了！诸位，你们都知道阿纳穆在抗击萨珊王朝大军中的英勇表现。在阿瑞忒城陷落后，萨珊杂种以他家人的性命相威胁，逼迫他效忠狂妄自大的沙普尔。此外，马库斯·克洛迪乌斯·巴利斯塔可以证明阿纳穆在阿蒙神之角将波斯人引走，救了他一命。”

巴利斯塔怨愤不已，咕哝着阿纳穆明明是跟着波斯人一起逃走的。

马克利亚努斯继续说道：“现在，阿纳穆将他对罗马的爱，对神圣罗马皇帝之忠诚摆在了首位，他继而倒戈前来告诉我方敌军的机密消息。”随后，他示意让阿纳穆上前。

“尊敬的瓦勒良陛下，诸位御前随侍，我给大家带来了好消息。波斯方面，对埃德萨的攻城战陷入了困境，军队一盘散沙。每天，埃德萨的居民们都不知是从哪里钻出来的，手持着利剑发起突袭。波斯士兵陆陆续续地死去，他们还不知道如何反击，在担惊受怕中度过漫漫长夜。现在正是罗马军进攻的大好时机。而且，从萨摩沙塔到埃德萨，一路上凹凸不平，岩石密布，萨珊王朝的骑兵们无法正常行动。在到达埃德萨的平原之前，他们没有办法阻拦我们。而当我们到达目的地时，波斯兵只能抱头鼠窜，一击即破。”

巴利斯塔深吸一口气，走上前来。“此人满口胡言乱语。十二天前鄙人就在埃德萨，城门已用石块封死，那里的居民根本无法出城。从萨摩沙塔到埃德萨的道路根本不像他说的那样崎岖，骑兵完全可以轻松通过。”

奎伊图斯笑着举起了手。“臣当时也在埃德萨。的确，北边和东边的城门已封死，不过现在石块可能已经清空了。巴利斯塔也无法否认，身为使节，我们根本看不到西边和南边的城门。至于前往埃德萨的路，依臣所见并不适合骑兵通过。巴利斯塔习惯性地畏首畏尾，才会使他做出如此的判断。”

阿纳穆接着添油加醋道：“机不可失，时不再来！只要罗马军速度够快，就可以在那群臭虫往东逃到西徐亚或者赫卡尼亚之前，将他们一网打尽！就像拉丁诗人们说的‘及时行乐’，抓住现在！”

瓦勒良举起手，示意大家安静。“今晚，帝国值得信任的朋友阿纳穆将返回敌营，继续跟进敌军计划，与我方保持密切的联系，帝国绝不会忘记他的勇气和忠诚。黎明时分，我方继续行军，必将沙普尔和他那群长着金鱼眼的波斯杂种赶回克泰西封。在神明的帮助下，不管是从巴克特里亚到印度，还是到海洋以外的国度，只要他逃到哪里，我们就追到哪里，誓不罢休！就让那些愚蠢的无神论者们窝在洞里，亲眼看到他们所谓上帝的软弱与无能，亲眼见证真正神明的光荣和力量吧！”

瓦勒良费力地站了起来。议事会结束。

当晚，天气依旧恶劣。暴雨倾盆而下，滚滚雷声在山川间回荡。时机正好，很少有人会在这样的夜晚出门。

巴利斯塔和马克西姆斯躲在帐篷的阴暗处，等着值班的士兵走过。他俩身着黑衣，脸上涂得漆黑，就像夜游神节的幽灵般在各顶帐篷间游走。[1]

他们离皇家营地越来越近，风险也随之提高。要知道，侍臣的帐篷前均有卫兵驻守。

一只狗察觉出响声，它步步逼近，还叫了几声。马克西姆斯给那条狗扔了一块牛肉干。狗满腹狐疑地闻着嗅着，之后放心地吃了它，然后又向二人走来。这个希伯尼安人又给狗扔了块肉，成功地吸引了狗的注意力。紧接着，他又向远处扔了块牛肉干，狗急忙跑了过去。二人急忙开溜。

他俩溜到了皇室营地的背面，小心翼翼地向右侧的帐篷那儿移去，入口处有一个卫兵在巡逻。二人趴在地上，避开卫兵的视线，趁机溜到了帐篷后面。

二人安静地等待着，屏息聆听。除了雨声和雷声外没有其他动静。巴利斯塔抽出小刀，在比自己还高两英尺的位置将小刀刺进帐篷里。接着他停下手里的动作，听着里面的动静，没有反应。于是他从切口处往下割，一直触碰到地面，再从原先的切口下手，割了一条与地面平行的

---

① 夜游神节即古罗马时代驱逐亡魂的节日。——译者注

裂缝。他拉下那个割开的角，将头伸进帐篷里仔细听着，里面只有雨声和一个人打呼噜的声音。

巴利斯塔咬着小刀，从裂口中钻了进去。马克西姆斯在外面将裂口关住。巴利斯塔暂时停止行动，尽量控制自己的呼吸。帐篷里，只有外层房间的一盏灯光穿透内壁而入，所以十分昏暗。巴利斯塔逐渐适应了这里的光线，看清了这个房间的构造：一个抽屉柜，一张折叠椅，一个放置盔甲的架子，而在房间中央，是一张床。

巴利斯塔蹑手蹑脚地爬过去，一只手在前面摸索着，生怕碰到什么东西。床上的男子翻了个身。巴利斯塔安静地站起来，雨滴打在帐篷上。这个男子咳了咳，又开始打起呼噜。

巴利斯塔凑上前去，他隐约可见枕头上那张脸的轮廓。于是，他找准位置，一只手捂住了对方的嘴，另一只手举起锋利的小刀。这个男人惊醒了，双眼瞪得滚圆，巴利斯塔只是在他的眼前晃了晃那柄刀。那个男子下意识地想要爬起来，巴利斯塔把他推倒，将刀刃抵在他的喉咙上。

“不要出声，不然你只有死路一条。”

男子躺在床上一动不动，巴利斯塔能感觉到对方飞速的心跳。“我只是想跟你说点事儿。我一会儿就把手拿开，不要乱叫，不然我会宰了你。”

男子微微点点头，巴利斯塔松开了手。

克勒图尼乌斯大口地喘着粗气。“你他妈的有病啊？跟个鬼魂似的溜进来，我快被吓死了！”这位引见官悄声说话，语气里充斥着惊慌。

“淡定点儿，兄弟。”巴利斯塔微微一笑，“我看你先前都不愿意跟我说话。”显然巴利斯塔并没有把刀移开，克勒图尼乌斯那张不对称的脸上露出了更为惊恐的神色。

“马克利亚努斯要把队伍引到陷阱里。他想推翻瓦勒良的统治，让他的儿子们登基。”巴利斯塔放低声音，语速很快，“你有权面见陛下，你一定要警告他。”

克勒图尼乌斯用手蹭着下巴。“也许你是对的，不过现在我们没有证据。况且就算我们有证据又能怎么样呢？瓦勒良什么都指望着马克利亚努斯，现在行动太危险了。而且现在马克利亚努斯已经争取到了塞索里努斯，皇帝身边真正忠诚的人只剩下我、苏克西阿努斯和骑兵护卫队长官，意大利人奥勒良。我们三人中任何一人离开帐篷去警告瓦勒良，塞索里努斯就会派那群弗鲁曼塔里伊成员盯着我们，捏造一个莫须有的罪名把我们宰了。”

巴利斯塔移开了刀子。“让我跟皇帝说。你只要帮我私下见到皇帝就可以。我跟了他那么久，七年前在斯波莱提乌姆，我还助他平复埃米利安努斯的叛乱，取得王位。瓦勒良曾经十分信任我，这次也许他会听我的。”

克勒图尼乌斯一脸苦笑。“别犯傻了，没用的，你只会被杀，接着仅存的那些忠臣也只剩死路一条。不要死得不明不白。”

“那我们能做些什么呢？”

克勒图尼乌斯很是无奈。“尽好你的本职工作。观察并且耐心等待，祈祷神明的救赎，希望马克利亚努斯露出马脚。”

“苍天啊，这样不行的，”巴利斯塔很是揪心，“我们难道就这样像羔羊一样任凭敌人宰杀？我们必须要采取行动！”

“不要轻举妄动。”

“对这一切视而不见，权当什么都没有发生？”

“什么都没有发生！”

巴利斯塔无奈地离开了，临走前对克勒图尼乌斯说：“抱歉这样把你弄醒。”

“只要不当众跟我说话，怎么样都好。”

巴利斯塔钻了出去，走进雨夜里。

第二十七章

晌午时分，一切归于平静，昨夜的风暴就像根本没有发生过一样。南风吹散了乌云，天空澄澈湛蓝，积水陷入干涸的土地。在阳光和风力的双重作用下，这片高地平原恢复了往日的干燥。

巴利斯塔和图皮奥席地而坐，看着最后一车行李从远征队里运出。今天忙得一团乱。黎明时分，瓦勒良下令，要求军队轻装上阵，除了最基本的行李外，其余都留在萨摩沙塔，交由马克利亚努斯保管。一整个上午，巴利斯塔和图皮奥都在忙活这点儿事，决定什么该带什么不该带，偏偏还时不时地被送信员打断：某某将领要求他们的行李必须带着。

“真是疯了！”巴利斯塔叹了口气。图皮奥玩弄着手里的波斯镯子，意味深长地耸了耸肩，仿佛在说“你还指望什么呢”。巴利斯塔摇摇头。“不呈回字形行军，哎，早晚要出事。”事实是，瓦勒良听信了奎伊图斯和阿纳穆的谗言，认为前往埃德萨的路不适合骑兵行动，况且反正波斯人都要撤退了，于是皇帝下令让远征队呈纵列行军。队伍里的骑兵被分成两部分，一半打头，由波姆波尼厄斯·巴索斯负责管理；中间是瓦勒良亲自率领的步兵队，奎伊图斯也在其中；另一半骑兵跟在步兵后面，以美欧纽斯·阿斯提阿那克斯为首。行李队跟在最后。

“该走了。”图皮奥说。巴利斯塔疲惫地跨上马鞍。昨夜，为了安排实施与克勒图尼乌斯的密谈，他一夜未眠。他的亲信马克西姆斯、卡尔加库斯和德米特里厄斯跟在后面，督促这些搬运工和牲畜保持队形。

在奎伊图斯的催促下，瓦勒良一开始就要求军队全速前进。没多久，行李队旁边都是掉队的士兵。更让人焦急的是，军官们还没来得及安排掉队的骑兵跟上队伍。往后望去，路上的沙漠星罗棋布，隐约可见北边幼发拉底河上飘扬的军旗。

在经过两个小时艰难的行军后，瓦勒良下令全体休息。为了赶进度，士兵们不可擅自离岗，只能站在路过的小溪边吃饭喝水。不过在命令传达到队尾之前，大部分士兵已经吃完了。

一个小时的行军后，骑兵们突然在纵列间来回奔走，他们将斗篷举过头顶。

敌军迫近，全面戒备！敌军迫近，全面戒备！

巴利斯塔心里一沉。他们动身还没多久，波斯人就出现了。不知为何，巴利斯塔此时想起了历史上战死的皇帝：戈尔迪安三世在同波斯人的梅希克战役中阵亡；德西乌斯则在阿伯里图斯的沼泽里被哥特人斩杀。坊间流传，这些皇帝的悲惨结局似乎都跟罗马叛徒有关。但是巴利斯塔不相信这些传言，至少他确信德西乌斯的战败与此无关。人们都说将军加卢斯背叛了皇帝德西乌斯，但是当时巴利斯塔一直跟随加卢斯作战，他可以证明加卢斯的清白。可是，加卢斯将罗马皇帝出卖给野蛮人的说法，已经在很多人心里扎下了根。

号角声响起，罗马军队按照演习时的作战方案，转身向右行进。士兵们排成一队列穿过平原，待命。接着，所有营队一致左转。罗马军的确很好地完成了事先的计划。在不到半个小时的时间里，罗马军成功由行军队形转化为战斗队形。现下由波姆波尼厄斯·巴索斯率领的骑兵队位于右侧，皇帝亲自率领的步兵在中间，美欧纽斯·阿斯提阿那克斯为首的骑兵队护住左翼。理论上讲，罗马军共有四万士兵迎战，其中还有一万名骑兵。然而早在瘟疫发生之前，各个营队兵力就已开始大幅缩水。因而现在，参加这场战斗的士兵只剩两万左右。

巴利斯塔和图皮奥遵照皇帝指令，将行李队呈纵列安排在步兵后。等一切安排妥当，他俩带着几个随从来到左侧，站在一个小高坡上观察战况。

平原对面就是那群波斯兵，目测大概有五六千人。诡异的是敌方都没穿亮色的服饰，全是单调的土色、褐色，这并不符合波斯人的习惯。敌军士兵们挤来挤去，刚好位于弓箭射程之外的临界点。

铜鼓声动地而来，一声如同野鹤般的长鸣打破僵局，萨珊人向罗马军冲来。

罗马方面，战鼓震天响，军官厉声下令。在大约一百五十步的位置，罗马轻装部队开始射击。只见漫天的箭和石块向对手飞去，一部分敌军倒下了。对方也开始射击，利箭乒乒乓乓地砸在罗马士兵的盾牌和盔甲上，部分箭刃击中士兵和牲畜的要害，痛苦的尖叫声不断传出。

随后，这些萨珊兵转身就跑。他们骑得飞快，甚至都忘了回头再补几箭。

尖锐的号角声从罗马军队的中心响起，其他号兵也跟着吹响军号，号声传遍整个队伍。

“妈的，这群兔崽子！”巴利斯塔咕哝着。

“的确，”图皮奥说，“并不像我们预想的那样。”

号兵继续吹响前进的号角，整条罗马战线奔涌向前。不一会儿，骑兵队就将步兵队远远甩在身后。

巴利斯塔看着图皮奥，图皮奥没等他开口，就先说出了答案：“去吧，不能再让他犯糊涂了。”这个北方人一踹马镫，带着马克西姆斯、卡尔加库斯和德米特里厄斯向前加速。图皮奥看着他们一行远去的背影，大声说了几句，感觉像是对自己而不是身边的那几个达尔马提亚骑兵说的。“必须要采取行动了，就算没有好结果，就算那个老糊涂不会听。克洛诺斯之眼正盯着我们，神明就要毁灭我们了。”

巨大的紫色军旗在风中舞动，旗下是一列较小的旗帜，一直延伸到步兵队队尾。巴利斯塔以军旗为指向标，朝大部队赶过去。路上有不少病号和牺牲战士的尸体，还零星分布着毁坏的灌木丛。巴利斯塔让灰马自己从中取道前进。他看到骑兵飞速前进，很快消失在视野里，而队伍中央的各个步兵营队也逐渐拉开了距离。士兵们不再排成队列行进，而是在军旗下扎堆。没有短兵相接的巨大压力，队伍迅速瓦解，真是“训练有素”。

骑兵护卫队的四名士兵拦住了巴利斯塔的去路，恼怒的他只能放慢速度。骑兵护卫队队长、年轻的意大利将领奥勒良赶到巴利斯塔面前，“上级指示，不允许你靠近皇帝。”

巴利斯塔尽力压住不断上升的怒气，焦急地说：“奥勒良，你是一个好兵，能力过硬。你知道现在是怎么回事吗？必须有人跟他讲讲道理。”

这位年轻的保民官有些动摇。

“如果他不撤回军令，我们只有死路一条。”

这个意大利小伙子在军纪和自己的判断中纠结。

“还记得克拉苏的卡莱战役吗？”巴利斯塔苦涩地笑了笑，“瓦勒良的埃德萨之战，比它好不到哪儿去。”

这个军官很不情愿地让开了。

巴利斯塔拍了拍他的肩膀。“别担心。明天搞不好我们就得去地狱报到了。”巴利斯塔向前走的时候在想，或许我能飞到瓦尔哈拉殿堂，据说那比地狱强不少呢！

瓦勒良破天荒地对巴利斯塔露出了大大的笑容。“他们逃跑了。这群臭虫抱头鼠窜。”那是年迈者的笑声，“我们会追着那群懦夫打，打到巴比伦，打到克泰西封……哈，咳，哈哈……到赫卡尼亚，到巴克特里亚！”

“陛下，这不是他们的主力。他们只是派一些轻骑兵给我们下套，让我们乖乖掉进陷阱里。他们的主力，那群可怕的重装甲骑兵，正躲在前方的小山丘中，对我们虎视眈眈。”

皇帝并没有听他说话。“……打到印度，到赛里斯，打到天涯海角！”

巴利斯塔倾着身子抓住了皇帝战马的缰绳。“恺撒，请您听我说！”旁边的护卫们立即握紧剑柄。他直接无视他们，“恺撒，您好好想想。这种不成熟的进攻只会造成灾难！”

“不成熟？你知道什么？！”奎伊图斯从另一边骑着马出现，“陛下，不要听这个胆小如鼠的野蛮人的谗言。如果盖乌斯·阿奇利乌斯·格拉布里奥没有无视他的命令发起进攻，就不会有色西昔姆之战的凯旋。”

年迈的皇帝从他东征的幻想中清醒过来。他狠狠地瞪着巴利斯塔。“放开缰绳。”

奎伊图斯向前一指。“看，陛下，我们的骑兵回来了！”

南边冲来一群骑兵，他们的盔甲在阳光下闪闪发亮。尽管有一定距离，还是可以看清楚他们的穿着——黄色、红色、紫色。那亮丽的色泽似乎成了一道风景线。队伍的正前方浅色的军旗飘扬，旗帜上有狼、巨蟒、奇异怪兽的图腾和一些抽象的设计。

“上苍保佑我们。”皇帝喃喃自语。

萨珊王朝重骑兵像一堵钢铁之墙冲来。两翼是成群的轻骑兵，数量远远超出预期。

“我们该怎么做？”瓦勒良恳切地环顾四周。

“停战。陛下，我们必须跟沙普尔议和。”奎伊图斯一开口就是议和，“我会亲自过去，确保您能和他安全地面对面交流。”

“不可以！”巴利斯塔大声呵斥道，“他们不会听的。他们只会践踏我们的尊严，取下我们的首级。现在，发布军令，形成方阵，或许还不晚！”

禁卫军长官苏克西阿努斯走上前来。“陛下，巴利斯塔是对的。赶快，让士兵们布成方阵队形，准备迎战，击退敌人！”

接着，克勒图尼乌斯、护卫队队长奥勒良都发表了自己的意见，必须迎战。

瓦勒良神秘莫测地看了看奎伊图斯，又看了一眼巴利斯塔。最后，他点了点头。“苏克西阿努斯，下令迎战！”

禁卫军长官高声下令。前进的号声响起，军旗迎风挥舞，军官们大喊着发布命令。

平原上，罗马步兵各个营队停止前进。士兵们向军旗方向移动，百夫长强行迫使士兵们加速行动。

萨珊王朝军队全力推进，双方距离不断缩小。马蹄声声，大地都为之震动。五百步，四百步，步步逼近。

罗马步兵相对缓慢地各就各位。苏克西阿努斯一脸严肃，观察着罗马军后方的情况。方阵前后都已整齐一致，可是两翼的各个营队移动速度太慢，方阵中间部分尚未成型，而面对骑兵进攻，首要的就是形成不可攻破的防线。

敌人越来越近，阳光在锋利的矛刃上跳耀。还剩三百步，只剩两百步！

罗马轻步兵步伐混乱，一簇一簇地聚在一起，奔赴方阵中央以求安全。侧翼的重步兵们笨拙地移动着，总算不断缩小各营队之间的距离，用盾牌封住了缺口。

方阵完成了。

敌方两翼的轻骑兵猛冲过来，对着挤得满满当当的罗马方阵一齐放箭，天空中划过道道弧线。

克勒图尼乌斯对皇帝说：“陛下，您赶快下马吧，让禁卫队的士兵用龟甲型大盾保护您！”

瓦勒良眼神冷漠。“你可真出了个馊主意，朋友。我怎么可能在士兵们为帝国奋力厮杀的时候躲在盾牌下苟且偷生！”在那一瞬间，这个满头银发的老人似乎恢复了当年的所向披靡，“并肩作战，我们将无往不胜！”

波斯军在双方距离约五十步的位置停了下来。敌军大部分士兵都配备弓箭，他们举起弓坚定地开始射击，而更多的箭从两翼飞来。后方，波斯的轻骑兵正逼近行李队。行李队虽然离方阵不远但并不在方阵中，因而队伍里，不管是人还是牲畜都已无路可逃，濒死时痛苦的哀号声四起，已分不清是人还是牲畜在叫喊。

天啊，行李队，图皮奥！巴利斯塔越发担心，急忙在一片混乱中搜寻着图皮奥的身影。他在哪儿？那个浑球儿跑哪儿去了？啊，在那儿！一群穿着淡蓝色外套的骑兵呈楔形前进，是那几个达尔马提亚骑兵；他们的领头人正挥舞着剑全力反击，依稀可见镯子在空中划出金色的弧线。图皮奥想杀出一条血路冲进方阵之中。他身边的骑兵们也在跟着他移动，但是速度非常慢。

不知从哪儿又钻出一批波斯人挡住了他们的去路，图皮奥和这几个骑兵前进的速度变得更慢。越来越多的波斯骑兵围绕在四周，他们不得不暂停移动。突然，一个波斯人抓住了图皮奥的胳膊，猛地把他拽下马鞍。完了！

一个达尔马提亚骑兵迅速反击，将那个波斯人摔下马。图皮奥趁势直起身子回到马鞍上坐好。接下来，只见那个金镯子不停地在他的胳膊上来回滑动。罗马军移动速度起初很慢，但是后来越来越快。最终，罗马军全速前进，成功突围。依据阅兵场的传统，禁卫队解散队列，达尔马提亚骑兵冲进来，接着禁卫队恢复队列。

图皮奥骑着马来到皇帝一行面前，他的头盔已经不见了，外套上面全是血。他笑着敬礼："陛下，臣非常抱歉，但是貌似我们的晚饭没了。"尽管仍有飞箭呼啸而过，皇帝和他身边的战士们还是哈哈大笑。

"陛下！"奎伊图斯可笑不出来了，他的脸吓得铁青，"陛下，我们必须派使节安排停战议和。这是我们最后的希望了！"

"不！绝不！"瓦勒良的声音里充满了威严，似乎又恢复了当年的意气风发，"今天我再不想听到有人跟我说什么议和！"随后，瓦勒良意识到是谁在跟他说话，那张严肃的脸变得柔和了，"我的孩子，我明白你的良苦用心，就像你父亲一样，太为我着想才会这么说。但是议和绝不是现在，战士们的激情已经点燃，今天我们别无选择，必须奋力一搏！"

皇帝转过头看着巴利斯塔。"离埃德萨还有多远？"

"二十英里。"

瓦勒良抬起头观察着太阳的方位。"离天黑还有几个小时。"他背对着巴利斯塔，"前方有水吗？"

"有一条小溪，大约四五英里远。"

瓦勒良点点头。"军队呈方阵行进。我们必须尽快赶到小溪那儿，今晚我们要在那里露营，所有人保持戒备状态。上苍保佑，波斯人会在黑夜到来之前撤退。明天天一亮，我们立即出发。这些东方佬肯定会在路上等着我们。但是只要我们各司其职，严守纪律，坚持我们的信念，再加上上苍的眷顾，我们定能安全到达埃德萨。"他看了一眼禁卫队长官，"传令下去。"

苏克西阿努斯拟定皇帝的命令，并要求传令官将其传达到远征队的每一个角落。御前随侍们围绕在瓦勒良身边，用盾牌和他们的身体保护着这个年迈的老人，展示着他们的勇气和忠诚。

奎伊图斯在瓦勒良和巴利斯塔之间缓慢行进。这个年轻人俯着身子，看不清脸，但是从他的呼吸中可以感知到他的畏惧。他恶毒地窃窃私语："他妈的杂种，你现在已经没有任何利用价值了。"

前往埃德萨的路不好走，很多战士非死即伤。但是一切正如瓦勒良所预计的那样，黄昏时分，在小溪附近的那群波斯人已经撤退。罗马军度过了一个饥肠辘辘的无眠之夜，没有人胆敢擅离职守。不过至少他们有水，关键在于他们有纪律。黎明时分众人出发，而萨珊王朝军队伺机而动，时而像斗犬一般徘徊在他们左右，时而像恼怒的獒般紧随其后，一次又一次发起佯攻。一路上随时都会有利箭飞来，随时都会有痛苦的喊叫声响起。

经过十五英里漫长折磨的行军，罗马远征队总算看到了埃德萨的白色城门。他们发现埃德萨的北门，俗称时间之门，已经打开。而美欧纽斯·阿斯提阿那克斯和波姆波尼厄斯·巴索斯率领的骑兵队已经在那等着他们了。

他们成功了。没有抛下一个伤员的罗马军来到了埃德萨。然而正如图皮奥对巴利斯塔说的那样，他们花了整整两天时间，行军、战斗、冒着生命的危险，只是为了让军队进入一座被围攻的城池，陷入一个更大的陷阱中。

第二十八章

自公元前753年起，罗马帝国建立的第一千零一十二年。这天是五月十七日，是皇帝瓦勒良率兵进埃德萨的第八天，也是麦伊木马节。尽管埃德萨已经被萨珊人包围了，但城里的居民还是打算庆祝这个节日。

一些道德教条的说教者们，不管是信诸神的、信基督的，还是信其他宗教的，都在谴责麦伊木马，认为这个节日无非就是个灯节，没什么实际价值。无论这帮说教者再怎么慷慨激昂，再怎么见多识广，再怎么语重心长地劝说，人们还是要庆祝麦伊木马节。这帮说教者认为除非人类道德有了翻天覆地的变化，比如像基督徒中有人在某一天当上了皇帝这样的，要不然他们无论如何也不会同意让这个春天的节日再持续过下去。可是在拜占庭和底格里斯河之间的大部分城市，人们都在庆祝这个节日。只不过有的地方像埃德萨管灯节叫麦伊木马节，有的地方叫别的名字，但实际上都是一个节日。名字不统一也是没办法的事，因为埃德萨的一些居民认为这个节日是为了纪念早晚星辰神灵的，但是另一些人则认为这个节日是为了纪念月亮女神西恩的，或者叙利亚女神阿塔伽提斯，再不就是认为这是纪念苍天本身，伟大的神灵巴尔的。抛开所有理由，说教者们面临的最大障碍实际上是因为这个节日跟农神节一样，人们可以痛痛快快地去玩。

到了下午，埃德萨的大街小巷和各个门面都被五颜六色的布料装饰得流光溢彩。灯和蜡烛用绳子绑着吊在树上和门廊上。在夜幕降临的时候，到处都挤满了身着白色亚麻布的人群。男人头上包着头巾，女人戴着丝绸面纱。就是为了吓那些胆子大的人，大家都不系腰带。所以无论男女，即使是说教者，都必须衣着宽松。

男男女女一手持花一手拿蜡烛朝河边走去。希尔托斯河岸，从西侧拱门附近的小城到东侧水门河流出口处，霎时间变成了光的世界。人们用蜡烛来敬“跳河神”，并将手里的花朵抛到波光粼粼的、蔚蓝的河面。接下来的时间，人们会回到城市的街道上唱啊、喊啊，尽情地吃吃喝喝，载歌载舞。妇女们虽戴着面纱，但是从眼妆仍可看出她们都是精心打扮过的。很多男男女女选择在这个柔和的春夜约会。麦伊木马节充满了欢乐。

巴利斯塔觉得，埃德萨的人民在庆祝今年的麦伊木马节时，怀有格外的情怀。人们都知道皇帝的部队马上就要离开了，说起来有点儿讽刺，在经历了行军过程中与敌交手的两天地狱般的折磨之后，皇帝的部队终于抵达埃德萨。但他们的到来并没有被当地人视为救世主驾到，反倒被认为是一个巨大的瘟神。

围攻并没有给埃德萨带来多大的影响。城墙很坚固，无论正规军还是当地雇佣军组成的驻防都坚不可摧，城内有大量的水资源和充足的补给。这座城的总督奥里利乌斯·达利斯有胆有谋又受人爱戴。

现在皇帝的部队住在城里，所有的门廊和空地上都有士兵的身影，有的士兵还被安置在居民家。自由民的男孩女孩不光在街上，甚至在自己家里都会遭到士兵的骚扰，有些还被奸污了。今年的麦伊木马节可不是往年那个温文尔雅、充满爱意的节日了，而且当前还有个迫在眉睫的问题：城内平日供居民和驻军过活的补给现在要同时养活将近两万个士兵和五千匹战马。这个姑且不提，最令人担心的还是战势。只要有罗马军的地方，萨珊王朝的军队就肯定会来迎战。虽然他们现在还没围攻突城，可是他们迟早会调来大部队，带着活动梯、投石炮、移动架等一系列作战工具。

所以，埃德萨的居民一听说皇帝部队会在未来七天的某个无月之夜离开埃德萨继续行军的消息后，兴奋激动的心情也就不难理解了。巴利斯塔向圣池里扔了些面包，一条大鲫鱼浮出水面，接着成群的鱼也浮了出来，多得让人觉得可以踩着它们的背在水上行走。

巴利斯塔心情沉重，开始回忆起近来发生的事。在战场上，就在那队重骑兵出现时，瓦勒良仿佛恢复了当年的所向披靡。但是，巴利斯塔所有的乐观幻想都在下一次战争议事会上被砸得粉碎。

阿纳穆又回来了，这个让人满腹狐疑的阿拉伯人现在跟马克利亚努斯那伙人混在一起，那伙人里的骑兵指挥官波姆波尼厄斯·巴索斯和美欧纽斯·阿斯提阿那克斯还有奎伊图斯劝诱老皇帝夜间出发北下向萨摩沙塔撤退。他们的论点更是似是而非，阿纳穆说他知道捷径，而且东方佬们从不喜欢夜间作战。所以此行会畅通无阻，就像在坎帕尼亚乡村散步一样怡然放松。

巴利斯塔心里很清楚，连埃德萨的老百姓都知道部队启程行军的时间了，波斯人怎么可能会不知道，萨珊王朝的军队一定会在那天夜里反攻的，他们会早早地在既定地点等着罗马军。巴利斯塔想到自己在会上的发言不禁冷笑了一下。“只有傻子才会跟着一个阿拉伯人走捷径去地狱。”夜间行军容易引起混乱，一旦敌军袭击，军队必然崩溃。巴利斯塔也注意到他的直言不讳已经适得其反。巴利斯塔这边刚一说完，瓦勒良那边就宣布他会采纳他的良友马克利亚努斯的睿智建议。

“去他妈的！”巴利斯塔骂出了声。一行图皮奥很喜欢的诗句突然浮现在巴利斯塔的脑海里——为恐惧死亡的人哭泣吧。巴利斯塔将手里的最后一点面包也甩到了圣池里。

图皮奥跟其他人一起走出来：巴利斯塔、马克西姆斯、俊俏的德米特里厄斯、又丑又老的卡尔加库斯。他们拿着一皮罐纯酒，一个传一个地喝着。他们去夏宫看哑剧了，剧目是马克西姆斯选的：身为爱神的阿佛洛狄忒女神被发现通奸……演员的舞蹈跳得很好，他们在用自己的身体动作为观众讲故事：阿佛洛狄忒和阿瑞斯（战神）之间的恋情被赫利俄斯（太阳神以前的情人）发现了。阿佛洛狄忒的丈夫，瘸子赫淮斯托斯（火神）于是一直纠缠着妻子和她的情夫，其他神也用猥琐的目光看着这对恋人。

“这剧果然不错。”马克西姆斯边说着边把装酒的皮罐子扔给图皮奥，“不过就像我常说的，一个虔诚的人应该留心神灵们到底想让他感受到什么。现在，兄弟们，是时候上演我们自己的哑剧了。”

“我知道个地方，那里很有当地特色。”德米特里厄斯说道。

巴利斯塔一行跟着希腊男孩穿过希尔托斯河上的小桥，经过冬日人们洗浴的澡堂到了一条小街上。希尔托斯河的河水在灯光的照耀下往两岸反射粼粼波光。图皮奥想起来了，很多天以前的早上，德米特里厄斯带着马克西姆斯和他白白走了很远的路，差不多都快有四分之一个埃德萨了，就为了去找一些上流社会的姑娘。德米特里厄斯说这些姑娘为了完成当地神的旨意，在这里等着陌生人为她们破处。后来，马克西姆斯发现德米特里厄斯骗了他，很生气，不过幸好后来这个希腊男孩给他们找到了一些姑娘，不过质量离处女可差太远了。

他们走到另一条胡同的尽头，德米特里厄斯跟门口的两个健壮的男子说了几句话，给了些钱，这两个男人就让大家进了一个昏暗的院子。院子里还有其他人，都坐在垫子上喝酒。一面白墙前面的空地上方点了一盏灯，香的气味、酒的气味和观众身上的香水味朝图皮奥的鼻腔直扑而来。突然间，所有的灯都熄灭了，在黑暗中，近处划过一丝金属反射般的光芒。

当人们的眼睛适应了黑暗的时候，他们发现灯后面的地方有个年轻人躺在地上，武器就放在他的身旁，而他似乎睡着了。

突然间，一声巨大的鼓声吓了众人一跳，那躺着的年轻人醒了，抓起武器。四面响起了高亢悲泣的歌声，接着鼓声变得越来越有节奏。那个年轻人优雅地站了起来，他用灯里的火点燃了两根蜡烛，头上顶着剑，开始四处张望，似乎在找隐藏的敌人。黑暗中只有三点亮光，一个是那盏灯，另两个就是他手里的蜡烛。在年轻人转身的时候，他的剑反射着烛光，就像港口指引船只的导航塔。

鼓声隆隆，年轻人手里的蜡烛熄灭了，他的剑在空中划出一道弧线。随着年轻人的跳动，锯齿形的弦乐器发出音响，而年轻人时而扭曲时而转向，仿佛击退了那个隐形的敌人。剑被舞得越来越快，只能依稀可见剑反射的光还有剑柄挂着的红色流苏。

接着武器离手，在石地上滑过。年轻人被制服了，他面朝下栽倒在地。音乐停止了，年轻人依旧在地上一动不动。接着音乐又缓慢响起，年轻人开始动了，他试图起来，可是屁股刚抬起，又因虚弱趴了下去。尽管速度越来越快，来来回回试了很多次，最终还是没能站起来。这时灯亮，表演结束。

观众们先是叹息一声，接着鼓起掌来。此时，年轻人也坐了起来。

“还不错，不过我可不打算就这么简简单单地度过今夜。”马克西姆斯喝完最后一口酒，“兄弟们，我觉得咱们还是应该去找点儿世俗的乐子，我可以带大家去。”

德米特里厄斯朝表演的年轻人笑了笑，那个年轻人也朝他笑了笑。“我想我会继续待在这儿。”

“那当然了。”马克西姆斯站起来，揉了揉希腊男孩的头发，“不过小心他手里的剑。”

图皮奥、巴利斯塔和卡尔加库斯跟着马克西姆斯出来了，经过长方形会堂朝北走。这个希伯尼安人说的没错，他很快就带大家找到了一个宽广明亮的庭院。这里有桌子和软座，还有男男女女和女侍从。他们在角落里的一张空桌子旁坐下，侍从给他们端来些薄面包、辣羊肉还有当地的烈酒。

图皮奥发现巴利斯塔今天吃得喝得都比往常多，这个大块头正在试探这酒的劲儿。当然了，他们点了足够的东西。

图皮奥用肘部倚着桌子，开始观察这个庭院：客人里有些是军人，不过大部分还是当地人。四个温文尔雅的女性就坐在附近的桌子旁，其中一个看了过来，面纱下她满眼笑容。图皮奥转过来，皱了皱眉头，“这也太奇怪了。埃德萨的法律规定哪个女人要是通奸了会被处死，连她的情夫也在劫难逃。可是这座城市的居民喜欢庆祝麦伊木马节，这无疑给男男女女提供了恩爱的良机。”

“法律顾问啊，这一点儿也不奇怪啊，”马克西姆斯说道，“人类的陌生感是没有尽头的。那天晚上我跟一个当地的哲学家聊天，他留着大胡子，让人印象深刻。他告诉我再往东部，在塞里斯[①]人生活的地方，就没有所谓的通奸者。在印度，你们这帮信婆罗门的人也不可以过分放纵肉欲，因为即便是维纳斯和战神有染，其他人也都会予以极大的反击。然

① 指中国。——译者注

而在巴克特里亚人的国家，女人们穿着像男人似的，她们的性欲高涨到会热情地跟去他们国家的任何陌生人上床。”马克西姆斯停下来喝了一口酒，“兄弟们，你们是否会对这个故事里的道德而持怀疑态度？”

“事实上，我不怀疑。”巴利斯塔说道。

马克西姆斯没理会他，继续说：“道德对任何人来说都很重要，生为一个婆罗门人或者塞里斯人可真是个惨事，不过作为外国人去巴克特利亚的街道转转肯定爽死了。”

桌旁响起了恐怖的喘息声，卡尔加库斯笑了好半天才停下来说了句话：“你的哲学人生里，无论你在哪儿，你都假装是走在巴克特利亚街道的外国人好了。你应该在你的回忆录里写：走在巴克特利亚的外国人，这标题比什么‘马可·奥勒留的一生’要帅得多。”

笑声淡却后，巴利斯塔问道：“你有没有想过，这个当地的大胡子说这话时，可能并不是认真的。”

马克西姆斯摆了摆手。“我很快就相信他了，因为我从来没见过一个人说话时那么认真。”他脸上突然露出狡猾的笑容，“他还知道其他的事。比如有关日耳曼民族，就是你们盎格鲁人，男人们会为自己的妻子找些帅气的男孩，准备一场特有的婚礼盛宴，而且对此一点儿都不感到羞耻。”

“我靠，我还以为这事别人不知道呢！”巴利斯塔骂道。

马克西姆斯伸了下懒腰。“不管怎么说，只要是讨论关于身体欲望的事，德米特里厄斯就会说这样会破坏灵魂的理性。”他说罢站起身来，有点儿不稳地去跟一个女侍从商量价钱。

“我要回去睡觉了，我可不能再喝了。”巴利斯塔说道。图皮奥和卡尔加库斯站起来跟巴利斯塔道晚安时，两人交换了个眼神。

“这么多年他老婆都快成他的偶像了，就好像他要是睡了别的女人，他在下一场战斗中就得死似的。”卡尔加库斯说。

“他老婆也不过就是个女人啦！”在卡尔加库斯犀利的眼神里，图皮奥继续说，“我可不像马克西姆斯，我只是说说哈，酒后乱说而已。”卡尔加库斯的薄嘴唇挤出了一丝笑意。图皮奥站了起来，“今天可是麦伊木马节，如果你不介意在桌子旁多坐会儿，那就等我一下。我灵魂里不理智的那部分开始召唤我了，不过你放心，就像很多女人之前告诉我的那样，我房事坚持不了多久，所以我很快会回来的。”

完事之后，图皮奥穿上衣服，拍了拍女孩的屁股，给了她一点小费，事实上，这次服务费他早已付给楼下的老板了。离开狭小的房间，图皮奥靠在走廊的第一层栏杆那里站了一会儿，他向下望去，看见马克西姆斯正比画着跟卡尔加库斯解释着什么。

图皮奥到桌子旁边时，希伯尼安人还在说：“我告诉你啊，女人的阴蒂就像弹弓一样。”

“我完事了，想回去了。”图皮奥跟他们两个说完晚安就往回走。

庭院外面的小巷此时显得更为安静。天色已晚，图皮奥有点儿好奇，不光是巴利斯塔，那两个奴隶怎么也可以跟他成为这么亲密的朋友呢？当然了，他们一起经历了那么多风风雨雨，彼此是那么的熟悉。“走在巴克特利亚的外国人”，图皮奥笑了，看来自己是真的醉了。

虽然醉了，可往回走还是不成问题的。图皮奥穿过希尔托斯河的时候看到河岸上的灯大部分都已经灭了。过了鱼池后，图皮奥吃力地爬上峭壁，向南朝驻扎在老皇帝奥斯若恩的冬宫里的营房走去。

到了院子大门口时，图皮奥停下了喘口气。可是他立刻感到有些不对劲儿，残月把空地照得很亮，楼梯口居然没有守卫的哨兵。图皮奥四下看了看，没发现什么人，也没有任何动静。霎时间，他无比清醒。

也许哨兵去解手了呢？图皮奥正想着，便听到有脚步声传来。他迟疑着到底该不该拔剑，要万一真是哨兵解手回来，自己这么一拔剑显得多傻啊？哎，不管了，图皮奥还是拔出了剑。营地太安静了，脚步声听起来很自在却又有些沉重。图皮奥蹑手蹑脚地穿过鹅卵石楼梯，跑到院子的内墙边上。他停下来观察，但似乎一切正常。一楼的走廊里，紧闭的窗子里金色的灯散出闪闪光芒，而营房外的守夜灯此刻也正熊熊燃烧。

图皮奥拿着剑轻手轻脚地上了楼。走到楼梯顶端，他又停了下来，还是什么都没有。黑夜中，他调动起自己的所有器官。图皮奥总感觉自己闻到了什么不同寻常的味道，可是这个味道太轻，说不上来是什么东西。图皮奥就这么等着，处于完全警惕的状态。

那！那有一道额外的光线，从一个微微开着的门里射出来。是巴利斯塔的营房！图皮奥想都没想，毫不犹豫地悄悄靠近巴利斯塔的营房。他蹲在钉窗户的木条下观察，巴利斯塔房间的外间是空的，没人。

图皮奥迅速直起身来走到门口，准备好武器推开了门，外间确实没人，但是有股很强的涂蜡的帆布味。睡房的门半开着，图皮奥三步就走到跟前，踢开门，做出准备格斗的姿势。

屋子里一个高大的男人站在床前，他头戴围巾，身穿披风，手里的剑在灯光下闪闪耀眼。而巴利斯塔在床上一动不动。

图皮奥边语无伦次地吼叫，边冲了上去。蒙面男子回身就是劈头一剑，图皮奥急忙躲开。

第二回合交锋开始了，图皮奥看不到面罩下这个男人的面容，而床上的巴利斯塔依旧一动不动。

蒙面男人假装把剑放得很低却又突然抬起来，图皮奥迅速蹿到右面，头躲开了剑。他双手持剑朝敌人的胃部刺去，蒙面男子一个没留神，就在跟图皮奥脸对脸的时候被刺中了，只见他浑身抽搐，喘着气。

房间里出现了死神的味道。

图皮奥的剑还在蒙面男子的胸前插着，他两只手一起用力将剑拔出。伴着可怕的几声吸气声，血流喷射而出，蒙面男子抽搐成一团，死了，图皮奥把他拉平。就在蒙面男子倒地的时候，面罩掉了下来，露出一张黝黑的脸。

图皮奥赶快看看巴利斯塔，他还活着，只是在一动不动地盯着尸体看。

“你还好吗？”

巴利斯塔勉强吞了口唾液，试着说话，可是发不出声音。

“他打算杀了你，不过现在没事了，他已经死了。”

巴利斯塔又试了几次，还是说不出话，最后只能点了点头。

巴利斯塔的脸上还是透着不确定的恐惧，图皮奥四下看了看，他的剑还在往地毯上滴血，他弯腰拿死者的外衣擦了擦剑。

巴利斯塔掀开被子，双腿挣扎着坐了起来，盯着尸体看。巴利斯塔全身赤裸着，胸部和腿上的毛还是湿漉漉的，也许他刚刚洗完澡。又过了一会儿，巴利斯塔缓过神儿来，轻声地说：“我以为是他。”

“谁？”

巴利斯塔依旧看着尸体，最后缓缓道来：“很久以前，罗马人围攻阿奎莱亚的时候，我杀了马克西米努斯·色雷克斯。我别无选择，如果我不这么做，那么摆在我面前就只有两条路：要么我被皇帝处死，要么被那些阴谋小人杀死。可是我之前在圣事上发誓我要保护皇帝的。在日耳曼尼亚，如果你对战争的领袖发了誓，那么即便领袖死了，你也不可以离开那片土地。可是我杀了他，用铁笔刺穿了他的喉咙。”

好一会儿，巴利斯塔又一言不发了。图皮奥也没说话，陪着巴利斯塔。

“他们把他的头砍下来遣送回罗马。他们肢解了他的尸体。他们拒绝埋葬他，而是让他的灵魂永远游离在世间不得安宁。每到晚上，他的灵魂就会来找我，跟我说着同样的话：‘咱俩会在阿奎莱亚重逢的。’有时它还会笑。”

巴利斯塔抬起头，摇摇晃晃地龇牙笑着，这会他已经恢复了理智。“无论是活着的时候还是死了的灵魂，马克西米努斯·色雷克斯都是个戴着头巾披着斗篷的高大男人。”

图皮奥笑了。

“这事之前只有朱莉娅、卡尔加库斯和马克西姆斯知道，我想保守这个秘密。”巴利斯塔说道。

“当然了。”

巴利斯塔站起来，上前抱了下图皮奥，之后盯着图皮奥的眼睛说了句：“谢谢你。”

第二十九章

这是个月黑风高的夜晚，至少这样的夜晚是符合行军计划的。钟门的铰链已经被提前上油，防止铰链因生锈而发出巨大声响。可是这一切在巴利斯塔看来都是徒劳的，因为想要集合超过一万五千人的军队，无论再怎么小心也不可能不被守在城外的敌人察觉。况且就连市场里卖水的低级商贩都知道部队这几天要行军，萨珊人又怎么可能不知道这个消息？

巴利斯塔手持灰马的缰绳，站在皇帝的侍从旁边，图皮奥站在巴利斯塔旁边。皇帝之前已经下令让图皮奥和巴利斯塔负责行李队，可现在已经没什么行李需要他俩打理了，而且皇帝也不可能再下道命令封他们别的官职，即便有例外，也肯定是叛变罪。皇帝的行李用大约五十匹马驮着，被安排在禁卫队和骑兵卫队的中间，很安全。于是巴利斯塔和图皮奥以及之前活下来的十二个达尔马提亚的骑兵被安排加入皇家骑兵队。

巴利斯塔朝老皇帝看去，他坐在一匹安静但装饰华丽的灰马上。瓦勒良在紧要关头的指令竟是在听马克利亚努斯的建议，这时他们正很认真地讲着话，奎伊图斯、美欧纽斯·阿斯提阿那克斯、波姆波尼厄斯·巴索斯还有塞索里努斯，甚至连身着奇怪宽松的蓝裤子、上面还缝着黄色四瓣花的阿拉伯人阿纳穆也挤进这堆人当中。巴利斯塔脑袋里突然蹦出一个母语词汇——摇尾巴狗。议会仅剩的忠臣禁卫军长官苏克西阿努斯和引见官克勒图尼乌斯就站在不远的地方，不过跟那帮人保持着明显的距离。

皇帝传令下来了，不许吹号角，熄灭火焰，准备出发。骑兵由波姆波尼厄斯·巴索斯和美欧纽斯·阿斯提阿那克斯指挥，打头阵；阿纳穆以及六个所谓的忠心耿耿的引领人会带着大军抵达幼发拉底河，最后安全到达萨摩沙塔。

伴着马蹄的哐当声、马鼻的喘息声和武器的叮当声，骑兵队出发了。拱形大门很宽，足以让五个骑马的士兵并肩穿过，但是队伍一排接一排，一千排人马花了好长时间才全部走出大门。

当骑兵队最后一名士兵也走远了的时候，轻步兵出发了。有些人没打报告，就悄悄溜到小巷里逃跑了。这也是难免的，毕竟藏身在尽管被包围但好歹城防坚固的埃德萨总好过跑去一个充满敌意、生死未卜的国家。不过即使逃跑了几个小喽啰，步兵队还是拥有超过一万的士兵。皇帝被围在皇家骑兵队的正中间，后面跟着禁卫军。

消息传来，轻步兵队人不齐，有缺口，皇帝下令让随从里还没骑上马的士兵去补上缺口。皇家骑兵队出发了，意大利人奥勒良作为指挥官打头，瓦勒良在中间，巴利斯塔和他的兄弟图皮奥还有达尔马提亚的士兵们在后，紧跟着的是禁卫长官率领的行李队，再往后就是护卫队，最后是些剩余的轻步兵。

城外的天空中，无数的星星在眨着眼睛，这是个晴朗的夜晚。小凉风从南面吹来，而东南部的萨珊王朝军营像地毯一样遍布整个平原，这会儿只能看到山南的黑色轮廓，萨珊王朝营地里闪烁的火把已经熄灭了。巴利斯塔心想只有傻子才会不知道罗马军出发了，他们肯定知道我们来了，才灭了火把，没准这会儿连警戒队都撤回去了。他们在引诱罗马军朝南走，等走到高原地带，他们的骑兵就会将我们一举歼灭。

“众神之父啊，请你快睁开眼睛看看我吧，保佑我能看到明天的曙光，保佑我能再看到朱莉娅和我那两个可爱的儿子伊桑格瑞姆和德海姆。”在黑暗中，巴利斯塔做了点儿战前准备。他把右屁股旁挂着的匕首从鞘中拔出来，又合上；把左侧的剑拉到合适的位置，拔出来，又合上，之后摸了摸系在鞘上的幸运石。马克西姆斯、卡尔加库斯和德米特里厄斯在他身后。巴利斯塔做好了充分准备。

队伍还没走出二百步就因为前面的轻步兵停了下来，夜间行军本来就容易引起混乱。令人费解的是队伍停下来时，各分队竟混淆在一起了。接下来同样让人摸不着头脑的是前面的路根本就没什么障碍，可各分队的人一起往前涌，掉队者找不到原来的队伍，纵队出现了很多缺口，整个队伍都快乱成一锅粥了。

巴利斯塔心想：我的老天啊！这样会出大乱子的。他很想喝口酒，不过忍住了。谁知道他什么时候才能有机会碰到水源，可以装满马鞍旁边挂着的水罐啊，还是省省吧！马克西姆斯递过来一块风干肉，还是嚼肉吧！

前面的队伍又开始走了，巴利斯塔他们跟着起身。侧面，好像有黑色的影子从星光下闪过。巴利斯塔警惕地将手放在匕首上，审视着周围。接着他又放松下来，那不过是些逃兵，这帮傻子。明天早上能抓回多少逃兵？行军中的逃兵被抓到了，不是斩首就是火刑，再不就是剖腹。

夜间是很难判断距离的，更别说是当你走在行军队伍里去估计已经走了多远。在队伍中只能看到前面人的后背，除非是站在队伍的边缘，不过也好不到哪儿去。黑暗中有几处地标，不过还没等看清就与之擦肩而过了。如果你长时间盯着那些地标，会发现它们好像在动，后来好像变成了石头或者灌木，再后来就会觉得那些地标好像变成了敌人。所以还是好好保护眼睛，乖乖地目视前方，前面才是你的朋友，会让你在这个恐怖的夜晚找到一丝安全感，所以跟住前面的人，别让他离你太远。巴利斯塔很清楚，黑暗中所有人都会将恐惧抛在脑后，越走越快，队形已经瓦解。

后面禁卫军和行李队突然爆出气愤的叫喊声和兵器碰撞的声音。

巴利斯塔掉转灰马走出队伍，随从们跟在他身后。

当巴利斯塔一行赶到队伍后面时，只看到四五个逃跑的身影，不一会儿就消失在夜幕中。一个驾行李马的禁卫军倒下了，其他人围着他，不止一个人受伤了，巴利斯塔下了马。

“这帮浑蛋士兵。”一个禁卫军骂道。很明显，皇帝这些价值连城的财宝，配上人数较少的守卫，对一些士兵来说是巨大的诱惑。

巴利斯塔检查倒在地上的那个人，一把剑深深地插进了他的胸口，他快死了。现在根本没时间同情他，行李队是被安排在靠后面的位置，前面的队伍根本就没停下来等他们，所以现在队伍中间出现了很大的空隙。巴利斯塔对一个禁卫军说：“做该做的，然后立马归队。”接着巴利斯塔听到了刀从身体中拔出的声音，那是一个死亡信号。

回到之前的位置后，巴利斯塔想到自己刚才又指挥了自己的小分队，图皮奥跟着他没有一声抱怨。这长相古怪的家伙是个好人，不像其他罗马人那样一直维护着自己的尊严，那个可笑的波斯手镯一直戴在他的手腕上。现在要不是周围有别人，巴利斯塔真想跟图皮奥道个歉再说句谢谢，不过他之后会这样做的，这些天来他都没有好好谢谢图皮奥的救命之恩，而且图皮奥还为自己守着马克西米努斯·色雷克斯的秘密。

阿纳穆领着队伍在山的第一块露出岩石的地方右转朝东北方向走去。巴利斯塔记得之前去萨摩沙塔，走的是西北方向的路啊！队伍紧接着走到了一个巴利斯塔从没到过的村子，他怀疑队伍里的其他人都没光顾过这个村子。向右看，巴利斯塔发现一块孤立的巨石，轮廓看起来像一头蹲伏着的狮子。

队伍在夜幕中穿梭，行军步伐频频停止。脚下的路蜿蜒曲折呈上升趋势，最终引领人们来到山丘地带，周围到处都是群山的黑影子。

“准备迎战骑兵！”纵队里有人高喊，虽然没有吹号，可是这一声响足以将死人吵醒。

“哪个方向？”军官们喊道。

“右边。”

“左边。”

黑暗中应答声混成一团。

巴利斯塔尽量做好人员分配：图皮奥和八个士兵面朝左；巴利斯塔本人、马克西姆斯、卡尔加库斯、德米特里厄斯和剩下的四个士兵面朝右。

喊声还是不断响起：“在那儿！”“看到敌人了！”“坚持住！”“不，守住你的位置！”

巴利斯塔听到了马蹄声，他拔出剑，一匹白色骏马映入眼帘。它身上没有马鞍或者缰绳，身上弥散着一种难以形容的美。不过，没一会儿，这匹骏马就扬长而去。

骏马离开后，夜异常的宁静，有一两个人紧张地笑出了声。

“恢复行军路线。”

纵队前面有两个人快马加鞭回到皇帝所在的位置，即便天黑，而且还有一段距离，巴利斯塔依然认出了阿纳穆的那条肥裤子，另一个是罗马军官。巴利斯塔告诉图皮奥让士兵们保持队形后，独自朝队伍前面走去。

走近之后，巴利斯塔看清那个罗马军官是卡米卢斯，他是多瑙河人奥勒良的老部下，第六高卢军团的指挥官，是从莱茵河的美因茨调过来的。巴利斯塔见过他几次，算是个好人。

“不，陛下，我确定没什么值得怀疑的。”卡米卢斯说道，“我的军团走在轻骑兵的前列，我是亲眼所见。就在我们因为那匹脱缰的马停下来的时候，咱们的骑兵先走了，所有的都走了。”卡米卢斯屏住呼吸又重申了一遍，“我再次保证没事。”

“现在怎么办？”瓦勒良哀怨地问道。

“没什么可担心的，陛下。”奎伊图斯说道，“您看看，阿纳穆不还在这儿嘛！”

老皇帝看着这个阿拉伯人，眼神里透出父母与失散孩子重逢时的那份复杂的喜悦。

阿纳穆的长脸上露出笑容。“陛下，走的那些骑兵里有我的人，他们知道路。一旦发现跟我们走散了，他们就会停下来等我们。在到达特洛伊之前无须紧张，我们已经把所有的东方佬远远甩在后面了，方圆几英里之内没什么萨珊人。”

“有没有萨珊人我不确定，但我听到有马匹在队伍后面跟着咱们。”卡米卢斯说道。

“你这样胡言乱语可是会降低士气的。”雇佣军指挥官塞索里努斯轻声插嘴道，“这可是不被允许的呀！”卡米卢斯立刻闭嘴，任何人听到弗鲁曼塔里伊的人抛出隐晦的威胁时都会闭嘴，这个第六高卢军团的指挥官也不例外。

瓦勒良似乎没有意识到雇佣军指挥官和卡米卢斯之间的对话，说了句：“那我们接下来继续行军？”虽然是问句，不过听起来更像是陈述命令。

“陛下，您做了人类历史上最明智的决定。”阿纳穆亲吻了皇帝的指尖，并鞠了一躬。“陛下，如果您允许，我将回到纵队的前面。”接着又转头对卡米卢斯说道，“我想指挥官会跟我一起走的，对吗？”

卡米卢斯向瓦勒良行了个军礼，不情愿地看了看巴利斯塔，让马掉头随阿纳穆而去。

巴利斯塔尽量不引人注目，回到队伍里自己的位置。当队伍再次行军时，巴利斯塔将他刚才听到的话通通告诉了图皮奥。

“脱缰的马，消失的骑兵，可阿纳穆还在。奎伊图斯和塞索里努斯联手？这些都凑在一起，太奇怪了吧？”图皮奥说道。

“也许根本就不是巧合。”巴利斯塔答道。

“没准。”

“不过那匹马真是漂亮。”巴利斯塔说。

“相当了。”图皮奥应道。

黑夜中队伍爬上起伏的山脉，他们停下来再出发，出发了再停下。他们绕过蜿蜒的黑山，先西转又东转，有时候甚至绕一圈回到原地，因为有一次巴利斯塔又看到了那块蹲伏的狮子状石头，只不过这次在左侧。巴利斯塔通过天空中星星的位置，确定他们没回到出发点附近，是向南行军。不，从这儿看他们应该是向北行军。

从皮革发出嘎吱嘎吱的声响和催眠的马步声可以得知，灰马现在肯定累了，巴利斯塔这会儿也开始溜号。他想到了试图杀他的人。几天前奎伊图斯说巴利斯塔已经没什么用处了，不过塞索里努斯的行为已经解开了巴利斯塔心中的所有谜团。两年前，安条克的弗鲁曼塔里伊头子很努力地去找刺杀巴利斯塔的凶手，但是这一次巴利斯塔遇袭，这家伙却无动于衷，而且两年前的塞索里努斯还没跟瘸子马克利亚努斯勾搭在一起。

灰马一个颠簸，巴利斯塔又开始怀疑马克利亚努斯也许是对的，罗马军现在正跌跌撞撞地朝灾难走去，这一切莫非是因为没根除基督徒而惹怒了神灵们，他们已经不再庇护罗马军了吗？难道巴利斯塔在以弗所的国家广场上放了监狱里的基督徒让神灵们不高兴了吗？

但是，换个角度讲，万一那帮基督徒是对的呢？之前的皇帝曾下令，要求在全国范围内大规模迫害基督徒，结果皇帝德西乌斯被哥特人杀了。瓦勒良是第二个下令迫害基督徒的皇帝，他现在似乎会在波斯人手里重演历史的悲剧。难道世上真有那么一个至高无上的万能神?

可是这么看来也不太可能啊，世上有那么多人：罗马人、波斯人、高雅的塞里斯人，还有不贞的巴克特里亚人，一个神怎么可能满足不同民族的需求，让他们遵守不同的道德准则呢？如果真有这么个至高无上的万能神，他又怎么会做这种蠢事，制造出这么多不同种族的人呢？任何一个有怜悯之心的神都不会让他的子民对神的爱超过对自己的父亲、母亲或者孩子的爱。

巴利斯塔这会儿想起了家人，他可不想在这个南风呼啸的夜晚死在这个荒无人烟的高原上。他还想再见到家人：朱莉娅深色的眼睛，迷人的微笑；伊桑格瑞姆的轮廓，蓝色的眼睛还有完美无缺的小嘴；还有每次德海姆挣扎着站起来几秒钟后，圆嘟嘟的小脸露出的胜利的喜悦。

“咱们右侧好像有什么东西，我觉得好像是军队。”马克西姆斯的话一下子将巴利斯塔扯回了现实。巴利斯塔仔细听着：马蹄践踏下沙石飞溅的声音，作战装备吱吱的响声还有动物喘息的声音，除此之外，巴利斯塔没听到其他特别的声音。

“好像在那边。”马克西姆斯小声说。巴利斯塔拉着灰马走出队伍，摘下头盔，将一只手搭在耳朵上，慢慢转着头，朝右侧一百八十度转弯，仔细地听着。还是什么也没听见啊！不远处有猫头鹰在叫，在许多文化里都认为这是不祥的征兆。巴利斯塔不知道为什么，这猫头鹰的叫声，反倒让他觉得有种家乡的亲切感。他在等另一只猫头鹰的回应。可惜，没有。

有金属撞击石头的声音，这个希伯尼安人是对的，就在看不见的后方，离他们并不远。巴利斯塔勉强能听到有士兵走动的声音，是走丢的罗马骑兵们，还是萨珊人？

就在这时，禁卫队传来一连串混乱的喊叫声：“敌人在右面！”“快停下来！”“右面防守！”“投掷器准备！”紧接着，队伍里就传出了盾牌、武器的混杂声。而黑暗中，一支军队的身影开始若隐若现。

“稳住，守住防线！”一个百夫长紧张地朝他的士兵们下达命令。就这样，命令被一级一级传下去。百人队里的所有士兵各守其位，前面每排三人，每人间隔四步距离，投掷石块。士兵们大声怒吼，而对方也大喊应战。

起先的几分钟还好，可后来对方的投掷物就嗖嗖地朝禁卫队砸来，砸在盾牌上、头盔上还有铠甲上叮当作响，霎时间士兵们惨叫连连。

巴利斯塔的小分队暂时无危险，因为来袭的投掷物砸在了行李队后面的队伍里。巴利斯塔交代图皮奥守着队伍让大家不要轻举妄动，他则带着马克西姆斯从左侧向后走。他俩慢跑到皇帝的行李队和禁卫军后面。没有放箭，只是投掷物；没有马的声音，只是些步兵。不是失踪的骑兵也不是萨珊王朝的军队？一块投掷物从禁卫军头顶划过，落在灰马面前。即便是在黑暗中，巴利斯塔还是辨认出那投掷物并不是东方人用的武器。

“百人队停止投击，迅速形成龟状队形。”巴利斯塔上马后，习惯性地发号施令。这些禁卫军们急忙服从这个从后方传来的不知名军官发出的命令。士兵们瞬间将原来的横排分解成几个团，将盾牌并在一起盖在头顶上方。投掷物还是从黑暗中频频袭来，马克西姆斯正咒骂着有一个差点儿砸到他。

“停止投击！”巴利斯塔朝着夜空咆哮嘶吼，“神啊！[①]”之后对方又

---

① 古罗马的一个口号，表示虔诚尊重。——译者注

抛了两块石头后，停了下来。

霎时间仿佛时间静止了，空气也凝结住了，前方一片漆黑，隐约能看到前面有块岩石地面。巴利斯塔骑着灰马在百人队里移动，朝空地走去。太安静了，静得都可以听到远处人们的呻吟声和公马的马蹄声。此刻，巴利斯塔独自一人暴露在空地上，身边没有任何遮挡物。他再次大喊："神啊！"

"和平！"对方传来了正确答案。巴利斯塔终于松了口气，但还是让灰马继续慢慢向前走着。所有人的神经都绷得紧紧的。

"报上名来。"

对方的一个军官从队伍里走出来跟巴利斯塔会面。"马库斯·阿西乌斯，第三凯尔特步兵大队指挥官。你是？"

"马库斯·克洛迪乌斯·巴利斯塔，我身后是禁卫队。"

黑暗中对方军传出喊叫和喝倒彩的声音，禁卫军一直被辅助弓箭手们和军团士兵们视为只供阅兵观赏的娇惯士兵。"安静！"阿西乌斯回头喊道。

巴利斯塔下马，阿西乌斯生气地朝他走来。"这帮禁卫军袭击我们干什么啊？你知道我手下的兵死伤多少吗？这都是他们的错！"

"他们太紧张了，再说你要不掉队不也没这事，所以双方都有错。将你们队伍里那些受伤的士兵安顿在禁卫军后面吧，咱们还有很长的路要赶呢！"巴利斯塔平静地说。

第三十章

不知不觉天亮了。士兵们筋疲力尽，感觉似乎上一秒还是漆黑一片，下一秒就看到地平线上那一抹蓝。再往上看，原本深黑的天空变成了淡紫色，从众人的头顶一直延伸到西边。太阳快升起来了。

罗马远征军暂时停止了行动。巴利斯塔取下马鞍，给灰马减轻负担，同时又给它喂了点儿水和饲料。马克西姆斯拍了拍他的胳膊，指指前方。卡米卢斯正朝皇室的方向骑过去。巴利斯塔将马鞍交给旁边的人，朝卡米卢斯走过去，站在刚好能听到他们对话的位置。

“陛下。”卡米卢斯对瓦勒良敬礼，这位来自第六高卢军团的指挥官看上去十分疲惫，“阿纳穆不见了。”

“很有可能，”奎伊图斯赶快接住话茬儿，“他只是到前面进行侦察了。”

“他彻底不见了。”卡米卢斯厉声呵斥。

“怎么可能……”

“陛下，”禁卫军长官打断了奎伊图斯，“我们遇到更大的麻烦了。”苏克西阿努斯指向东边。

一轮红日从天边冉冉升起，已越过了山顶。远处地平线似乎在摇曳，在移动。罗马军一言不发，惊恐地望着。太阳越升越高，显现出一大片黑影，地平线处站满了萨珊王朝骑兵。在金灿灿的阳光照耀下，他们锋利的矛和结实的头盔闪着光。远远望去，依稀可见波斯兵军旗上那鲜艳的色彩。

“见鬼了。”瓦勒良嘴里咕哝着。

众人四下观察，现在罗马军身处宽阔高地的山谷里，位于幼发拉底河与埃德萨城之间。昨夜的行军一塌糊涂，大家都迷路了，没人具体知道这儿是哪儿。这片山谷四面环山，地上空空荡荡，除了零星地散布着一些旱生灌木丛以外，什么都没有。

东边的山上传出一声号角，声音在山谷间回荡。随后，南边也传出了一声号角。接着是西边、北边。四周的山上出现了无数的波斯兵。恐慌笼罩着整支罗马军队。

“我们究竟做错了什么？上苍为何抛弃了我们？”瓦勒良的声音听上去衰弱无力。

“陛下！”奎伊图斯又开始哄骗这个老人，“您必须和他们议和。”

满头银发的皇帝继续打量着四周的波斯兵。他端了端肩，神情坚定有力，“罗马帝国的君主绝不向敌人低头！苏克斯阿努斯，让轻骑兵护住我们的两翼。诸位，我们向北行军。”

巴利斯塔赶紧回撤。当他在检查灰马是否整装待发时，两侧的掩护部队也做好了准备，他们由美索不达米亚的弓箭手组成，现在剩下的战士已寥寥无几。巴利斯塔跨上马，众人开始向北撤离。

被包围的罗马军艰难行进，一夜未眠更让他们力不从心。而现在留给他们的时间已经不多了。山谷里不断地回荡着雷鸣般的鼓声。这群东方佬正祈求马兹达赐予他们胜利。上千名弓骑兵从山坡上冲过来，整片土地似乎都为之震动。不久，他们就追上了罗马军。

转瞬间，空气中充斥着锋利的箭头飞速划过的簌簌声。巴利斯塔看着利箭像冰雹似的落在前方的骑兵护卫队中间。战马惊慌地后退、跃起，士兵们被狠狠地从马鞍甩下。一支箭刚好从灰马的鼻尖划过，它吓得连连后退，巴利斯塔赶紧安抚他的爱马并用盾牌护住它的身体。马克西姆斯在巴利斯塔的右侧，他右手持盾，也在保护着他的战马。

箭头噼里啪啦地砸在巴利斯塔的圆盾上，他回头看了一眼德米特里厄斯。“撑住，他们的箭快用完了。”这个希腊小伙儿笑了笑。砰的一声，一支箭竟穿透了盾牌，箭头刚好击中巴利斯塔手腕上的金镯子。这是皇帝奖励他从色西昔姆之战凯旋时的奖赏。他扔掉了那支箭。

罗马轻骑兵已经拼尽全力，可惜寡不敌众，士兵非死即伤。一个百夫长躺在路边，一支箭射穿了他两条大腿。他举起挂着钱包的腰带，泪流满面地乞求帮助，愿意把钱都给对方。然而，就算是掉了队的士兵，也只顾着逃命，连将钱抢走的时间都没有。

箭雨总算是平息了。波斯军集合离开。罗马军里传来一阵虚弱的欢呼声。然而，累垮的战士们似乎发现了什么，众人踉踉跄跄地走着，一路上不住地叹息。抬头，隐约可见天边负重的骆驼的身影。这下就算德米特里厄斯也明白了，原来萨珊王朝军队是前往骆驼所在地补箭，他们会再赶回来对着罗马军一通狂射的。他们的诸王之王早已预料到这一点，所以这群东方佬储备了充足的武器。不出所料，簌簌的箭声又一次响彻山谷。

穿越山谷的路实在是太难走了，时间拖得越久越难熬。灌木丛上的刺划破了骑兵的腿，刺伤了战马的蹄。一路上全是血，伤员的哀鸣令人揪心。战士们又累又饿，嘴里全是苦味。太阳升到高空，飞扬的尘土遮住了它的身影。天气还是如此的炎热，让人透不过气。

罗马士兵们仅存的坚忍也被敌人彻底消耗干净，众人已经忍无可忍。这群萨珊兵故意保持一定的距离，就看着罗马兵逃跑，然后破口大骂，最后朝着他们射击，看着他们倒下，看着刺入他们身体的箭杆微微晃动。

这样是撑不了多久的。严明的军纪和求生的渴望能再让剩下的士兵一起奋战多久呢？皇帝下令让士兵们前往右侧的一座孤山，他们将在那里驻扎休息。

罗马军蹒跚着穿过了平原。萨珊王朝军队的攻势更为凶猛了。他们越骑越快，进行近距离射击，掉队的士兵直接一箭毙命。

罗马远征军竟然成功到达了那座山。尽管士兵们饱受磨难，大部分人还是坚持严守军纪。他们将盾牌紧紧地排在一起，形成了一个防御带，可惜他们还是有很大的压力。波斯兵的确往后撤了一段距离，但是困在山上的罗马兵，就好像被堵在剧院里的观众席上一样，所有人聚在一起，而不是像行军时那样零散，使得射击目标更为明确。现在，罗马的轻骑兵早就用完了手里的箭，仅存的那点儿还是冒着生命危险，从战场上捡回来的波斯人的箭。

巴利斯塔牵着灰马，用手里的盾护着自己和爱马的头部，站在较高处眺望着敌人。十二名达尔马提亚骑兵中，已有三分之一不见了踪影，不过剩下的人中只有年迈的卡尔加库斯伤得比较重，他的胳膊上有一道很深的伤口。

又累又渴，绝望不已，大部分的罗马兵都跪倒在地。巴利斯塔在找寻着皇室的旗帜。一转眼就看到那面巨大的紫色旗帜在空中飞舞，很是显眼，在目前情况下，看上去显得十分讽刺。旗帜下，瓦勒良坐在保护他的禁卫兵中间，头埋在双手间。

山腰上传来一阵惋惜的哀叹声，似乎像是看到了自己心爱的战车在二轮战车竞赛中撞毁。敌军的箭雨看似减弱了，巴利斯塔从盾牌后探出头观察前方的情况。一队军团兵在平原上被截住了，该队大约有两百名战士。他们将盾牌重叠组成防御队形，形状好似一只乌龟。而现在，蜷缩在龟壳里的战士们已经被波斯轻骑兵包围了。交战双方距离非常近，波斯人的箭很轻松就穿透了他们的盾牌，很多战士倒下了。剩余的士兵只能继续推进，并将牺牲战士的尸体拖出来以免妨碍行动，那些尸体在他们的脚下形成了低矮的路障。

鼓点的节奏发生了变化，轻骑兵已经退下。被团团包围的军队四周空出了一圈很宽的圆环型空地，地上剩下的是低矮的荆棘、射出的利箭、丢弃的装备，还有被抛弃的尸体。鼓声骤停，广袤的平原上一片沉默。突然有人敲起了一面鼓，所有人的目光都集中到鼓声的源头，对面远处的山坡上。

一面巨大的方形旗帜在天边出现，红、黄及蓝紫色三色交织，旗帜顶端则装饰一颗金球。这面萨珊王室的战旗——卡维之旗在风中飞扬。旗下，一个身着紫色和白色外衣、骑着白色战马的领袖出现，此人正是诸王之王沙普尔，他是前来欣赏胜利果实的。

鼓声变成了双鼓点。一队骑兵从阵阵风沙中现身，不紧不慢地向被孤立的罗马军迈进。他们不再是包围他们的轻骑兵，而是萨珊王朝令人闻风丧胆的重装甲骑兵。他们身着链甲和钢板，手持长矛，排列密集而整齐地出现在众人面前，展现出坚不可摧、攻无不破的气概。骑兵们将手里的长矛由竖状改为前刺，整支队伍的轮廓相应地也发生改变。拜火教主神马兹达的骑士们加快速度，大地在他们的铁蹄下震颤着。

“龟壳”裂开了一条口子，士兵们纷纷探出头来，惊恐地看着萨珊王朝最著名的重装甲骑兵队伍，紧接着迅速地缩了回去。如果不是在你死我活的沙场上，这场景其实相当滑稽。波斯军继续加速，呈现出慢跑的状态。第一个罗马士兵扔下盾牌，转身逃跑，接着第二个、第三个、第四个……一共跑了十一个，“龟壳”已经逐渐变形。当萨珊王朝军队冲过来时，“龟壳”阵型彻底瓦解，几乎所有士兵都逃跑了，只剩最后一小簇士兵停在原地，他们距离山坡上的罗马主力军超过三百步，已经不可能成功逃走了。

波斯重装甲骑兵面对停在原地的一小队士兵时自动分开，目标指向那些逃兵。

巴利斯塔看着眼前的惨景，突然想起柏拉图的一句话，好像是说战争是最高，还是最糟糕的狩猎方式来着。

平原上敌军高举长矛，一击即中，矛头的利刃穿透罗马士兵的脊梁。那些骑兵的脸被链甲挡住，看上去如同雕塑般冷酷无情。

转瞬间战斗结束，荒地上又多出一长排尸体。萨珊王朝士兵默默地走了回去，围绕在那一小堆罗马军团兵的身边。

一个又高又瘦的骑兵从波斯军中走了出来，他的盔甲上披着华丽的丝绸。跟着是一个旗手，他举着一面鲜艳的旗帜，上面画有野兽图腾，是一只老虎，或者是其他什么大型猫科动物。巴利斯塔曾经见过他。在阿瑞忒城之战中，波斯男孩巴戈阿斯曾指给他看过。那人是沙普尔的儿子，不过巴利斯塔具体记不清是他第几个儿子了。

在距离这一小簇罗马兵约有一柄剑长度的位置时，这位萨珊王朝的王子停了下来。他骑在马背上对着他们鞠躬，并将手指放在嘴唇上送给他们一个飞吻。随后，他手一挥，波斯军让出了一条路，直指山上的罗马军。这位波斯王子示意他们可以离开了。

迟疑了一会儿，这些幸存者们慢慢开始移动。剩下的士兵里只有不到二十人没有受伤，他们拖着另外十二个没受致命伤的士兵，举着军团的鹰旗，带着武器，离开了。

当这些罗马士兵穿过敌军的队列时，萨珊王朝骑兵开始吟唱。一开始声音很低，随后越来越响亮。还有些骑兵取下面罩，好让对方能够清楚地听到自己的歌声。

“我靠，真见鬼了。”德米特里厄斯在巴利斯塔耳边小声嘟囔着，“这帮残忍的东方佬到底在玩什么把戏？”

“不，这不是把戏。他们在歌颂这些罗马士兵的勇气，赞扬他们是真正的战士。”

这些幸存者来到山脚下，罗马军打开了盾墙。在这些人中，巴利斯塔很高兴看到了指挥官卡米卢斯的身影，正是他率领着剩下的第六高卢军团的战士们。

对面的山坡上传来阵阵鼓声，山谷里其他的波斯兵也随之应和。萨珊王朝士兵们，无论是重装甲骑兵还是轻骑兵都转身离开了。

德米特里厄斯抓紧了巴利斯塔的胳膊。“就这样了是吗？一切都结束了？他们会放了我们吗？”这个希腊小伙子的声音非常激动，他太希望能够逃出波斯人的包围圈了。

巴利斯塔拍拍他的肩膀。“哎，可惜事实并非如此。他们要吃午饭了。”

更不幸的是，巴利斯塔只答对了一半。一大批萨珊王朝轻骑兵来到罗马人驻扎的山的南边，齐齐下马。不一会儿，一缕青烟从干燥的灌木丛中盘旋而上。这些东方佬随后骑着马转身离开，强劲的南风将火吹向罗马军营。

受伤的卡尔加库斯坐在原地休息，德米特里厄斯和两个达尔马提亚骑兵护着他们的马，巴利斯塔带着其他人磕磕绊绊地下山，来到盾牌防护线前面。他要求旁边的百夫长们过来帮忙，但是他们全当没看见。

灌木丛干燥多刺，用剑很难把这些植物砍断。荆棘割破了巴利斯塔柔软的皮质骑士手套，划伤了他的双手，刺破了他毫无防护措施的前臂。抬起头，他发现卡米卢斯带着手下的几个士兵赶了过来。其他人也在军官的要求下陆陆续续过来帮忙。

滚滚浓烟向罗马军袭来，干燥的灌木丛嘎吱作响，火势不断逼近。斩断灌木丛的活儿并不好做，费时费力。巴利斯塔感觉自己的后背疼痛不已，剑柄因为沾满了血很滑，很难握住。现在，他已经能感觉到滚烫的火扑面而来。

“够了！”马克西姆斯拽着巴利斯塔的胳膊。火离他们只有几步之遥，不过他们已经开辟了一个狭窄空带。由于没有燃料，火没办法烧过来，巴利斯塔放心地跟着众人往回走。

对于罗马远征军而言，午餐就是一场灾难。他们坐在地上，大部分人只能挨饿，甚至连水都没有。马克西姆斯递过来一些风干的牛肉，巴利斯塔嘴里太干，连咀嚼都成问题。众人分享了仅剩的一点儿水。巴利斯塔在嘴里含了一大口水，趁众人不注意，扭头将水喂给灰马喝，然后逼迫自己去咬那硬邦邦的肉干。烟尘飘落，罗马军的盔甲和衣衫更脏了，浓烟熏着他们的眼睛，让他们喘不上气。风力很强，吹过来的小火星点燃了身边的灌木，士兵们只得用脚踩或者用其他东西拍打灭火。剩下的战马们来来回回移动着，非常烦躁。

旁边的萨珊人吃得正欢，他们在山坡上唱歌跳舞，唱的不是什么颂歌，而是喝酒助兴的小调。还有些人在那里奚落罗马军，对着他们挥舞着手里的酒囊、面包和熟肉。

饭后，东方佬在照料他们的马，这时一个骑士离开了卡维之旗下的大部队。他从对面的山坡上骑着马，以小跑的速度下山，在谷底的平原上加速飞奔。他的身后，彩带在翻飞。巴利斯塔在阿瑞忒之战中见过他，他是苏伦王。

巴利斯塔委托图皮奥和剩下的士兵一起，下坡站在瓦勒良身后。其他御前随侍慢慢吞吞地集合。奎伊图斯直到和几个百夫长焦急地耳语完要事后才走过来，他是最后一个到位的。

这个苏伦的领袖将一支未上弦的弓高举过头顶，在罗马军射击范围的临界位置停了下来。他脱下头盔，将其挂在马鞍上。他化了妆，整洁干净的脸蛋甚至如女子般美艳动人，但是他一开口，声音充满阳刚之气，是战士雄浑的声音。

“沙普尔、‘诸王之王’、审视众王的领袖，要求同瓦勒良对话。”苏伦王用希腊语说着，“沙普尔会在两军之间的空地上同瓦勒良会面。一方各派五人陪同，不允许带武器。”

罗马军方面陷入令人窒息的沉默中。瓦勒良端了端肩膀走上前来。“罗马皇帝绝不会听从一个野蛮人的吩咐。”

队伍里议论纷纷，士兵们开始把武器狠狠地摔在盾牌上。有人吼道：“去见他啊！”“你让我们为你卖命攻打他，你他妈的连见他的勇气都没有！”“老懦夫，见他啊！”军官们要求众人保持安静，吼叫着点名，但是根本没用，主要是之前奎伊图斯耳语的那些士兵在闹。“见他！”“见他！”

瓦勒良冰冷地瞪着这些叛逆的士兵。说句实话，这个老人从来不是懦夫。他试图用自己的威严迫使众人停止，可惜事与愿违，人们还是嘟囔着：“见他！”“见他！”

满头银发的皇帝背对着波斯使者，用拉丁语说道：“告诉你的主子我会去见他。半小时后在两军前的空地见。”瓦勒良默默地走开了，只让塞索里努斯和奎伊图斯跟着他，回避了其他的御前随侍。

第三十一章

巴利斯塔在回去的路上听到身后有马匹逐渐靠近的声音。他转过身，奎伊图斯勒住缰绳，将马恰好停在了他的面前。巴利斯塔急忙向后退了几步，否则就会撞到马。奎伊图斯身边的另外三个骑士将这个北方人团团围住。他们都是阿拉伯人，穿着跟阿纳穆一样的衣服：蓝色外套，印有四瓣黄花图案。每人手里还拿着一支短矛，时刻准备进攻。这三人之前在周围的山坡上已经清楚地观察了巴利斯塔的一举一动。

“上马吧！你有幸成为陪伴在奥古斯都身旁的五位御前随侍之一。还有你的那个朋友图皮奥。”奎伊图斯的眼神里透露出获胜的傲慢感。

巴利斯塔往前走了一步，那几个阿拉伯人举起短矛。他停了下来，平淡地说道：“臣谨遵圣旨，时刻待命。”

巴利斯塔的平静惹恼了奎伊图斯，他向前倾着身子，嘲讽地说道：“时刻待命？你这个傲慢的野蛮人。你们这群杂种，生来愚钝自大，刚好你们的弱点被父亲牢牢把控，一举一动都在配合他老人家的安排。尽管你自己都没意识到，你其实就是他最忠心的一条狗！”

巴利斯塔保持沉默。

满含着自己的骄傲和对巴利斯塔的厌恶，奎伊图斯继续说着：“在以弗所，你就没有让父亲失望。你的软弱竟让你像个娘们儿似的同情那些基督徒，停止对他们的制裁，直接给我机会让我走马上任。”

巴利斯塔没有回答。

“你有没有想过为什么你有机会加入这次远征？父亲知道你的狂妄自大会让你在议事会上公然与他老人家作对。恰恰是你的唱反调，让那个老糊涂处处都听父亲的。你想啊，皇帝难道会不听取自己最忠诚的朋友，帝国首席财政官的明智意见而去听一个下三烂，甚至可能对他不忠的野蛮人的话？每一次你开口，就是在把老皇帝瓦勒良往棺材里推啊！”奎伊图斯哼笑着，“当然了，这也说不好，谁知道沙普尔会不会把瓦勒良的头当道具使，或者把他的尸体扔去喂狗呢！啧啧，连口棺材都没有。”

“你的父亲和他的爪牙操纵了皇帝，把战士们往死路上逼。”巴利斯塔提高了音量，“还好，至少你会跟我们一块儿死！”

奎伊图斯真诚地笑了。“哦，天啊，你怎么这么傻呢！我的蛮族朋友啊！刚刚贤明的老皇帝已经派我和塞索里努斯回去萨摩沙塔，跟父亲大人汇报现在的战况呢！”

“波斯人会让你们活着出去吗？！”

“哦，我尊敬的巴利斯塔大人，又犯傻了吧？这一出戏都是这些波斯人的头头安排的。你别说，在阿拉伯人中间，阿纳穆还真是足智多谋、神通广大呢！在瓦勒良和沙普尔言语之间，只要一句‘沙普尔必慎’①，萨珊王朝的巡逻兵们就会乖乖退下，让这一小队罗马骑兵离开，畅通无阻。啊，明儿一早，我们应该就能赶到萨摩沙塔，吃上香喷喷的早餐呢！”

“没有人会接受你和你的兄弟登基。瓦勒良的儿子加里恩努斯掌控着西部的军队，身边有优秀的将领。他会把你、你的兄弟，还有你那个阴

---

① 原词为波斯语“Peroz—Shapur”，意指沙普尔必胜，但是奎伊图斯不会波斯语，将其错发音为“Perez—Shapur”。——译者注

险狡诈的父亲统统斩首示众！”

奎伊图斯耸耸肩。“北部边疆可热闹了，法兰克人、哥特人，还有你家那群长毛怪，我估计他一时走不开啊！哎，跟你聊天真是太欢乐了，可惜我得抓紧时间了，你知道的。明儿在萨摩沙塔还有一顿早餐呢！你说，在萨珊人的监狱里，你们早饭会吃些什么呢？”

“我是以使节身份过去的。”

“嗯，是啊，上次这个身份还救了你一命。不过这次，我就不好说啦！你在色西昔姆把那群虔诚拜火教徒的尸体全给烧了，不知道诸王之王会不会对你大发慈悲。现在真是庆幸啊，我在埃德萨找的那个刺客跟在安条克的那个一样没用。哎，我得抓紧赶路啦！”奎伊图斯掉转马头，“等我回到了安条克，我会亲自登门拜访您的夫人。”

还没等他动手，阿拉伯人的矛就对准了巴利斯塔的胸口。

巴利斯塔看着奎伊图斯远去的身影。“总有一天，虽然不是现在，但是总有一天，我会亲手宰了你！”

奎伊图斯没有回答。等他走远了，阿拉伯人才放下手里的矛。

巴利斯塔转身向另一个方向走开了。

巴利斯塔回到自己人身边。为了不显眼，他走了过去，众人围在他身边。“备马，我们得走了。别弄出什么动静，不要引起别人注意。”

剩下的八名达尔马提亚骑兵去整理马鞍，巴利斯塔示意让图皮奥和自己的亲信留下来。“图皮奥，我俩不幸地被选中陪瓦勒良去谈判，我们就不要带武器了。”

图皮奥看着巴利斯塔，什么表情都没有，然后点点头走开了。

“马克西姆斯，你就没好好待过你的马。把你的马给我吧，你骑着灰马离开。”

这个希伯尼安人没有说话，卡尔加库斯和德米特里厄斯也保持沉默。巴利斯塔转身把马鞍放在马克西姆斯坐骑的背上，检查完毕后，他翻起自己的口袋，拿出了一个文件袋。他示意让他的三个伙伴靠近他，然后用他们几人刚好能听到的音量说：“卡尔加库斯，你主事儿。等我跟图皮奥去找瓦勒良时，你就带着他们去山的南端。尽量不要引起其他人的注意。当看到皇室的人准备会面时，你们就穿过去，应该不会有谁敢拦着你们。如果真被人拦住了，就编个理由，说身上有密令。走出去后，绕着往山较远的那边走，一直往北到幼发拉底河。萨珊王朝的巡逻兵接到命令，说出通关密语‘沙普尔必胜’的小队罗马兵可以放行。但是上级指示他们只有一队人马通过，所以可能得费点口舌。不过马克西姆斯会说波斯语，他可是希伯尼安人呢。”巴利斯塔开了个玩笑，但是没人笑得出来，“如果一切顺利，今晚你们就可以到达萨摩沙塔。”

“你觉得跟沙普尔谈判就是个陷阱吧。”卡尔加库斯说。

巴利斯塔点点头。

“你得告诉皇帝啊。”德米特里厄斯很焦急。

“或许吧，谁知道呢！告诉他估计也不会有什么好结果。他不会听的。”

马克西姆斯有些疑惑。“那你就跟我们一起走啊！我们曾经成功突围，再难也能克服。”

“这次我得缺席啦！皇帝让我过去，如果我不在，他们就会来找我，那么我们谁都跑不了。如果他们不直接杀了我，也许我还能挺过来呢。我的波斯话说得不赖，可能对那位诸王之王还有一点儿利用价值。”

言毕，巴利斯塔打开那个文件袋。他拿出了三个密封的纸卷，一一递了过去。“解放奴隶书记官，完全符合法律，我在安条克就准备好了。你们自由了。”

德米特里厄斯难以自持，扑通一声跪下了，握着巴利斯塔的手亲吻着。“谢谢，谢谢您，基利耶！”

巴利斯塔拉起他来，吻了吻他的两颊，然后抱紧他。“别太忘乎所以啊！你们毕竟是我释放的自由人，罗马人会认为你们对我还是要尽义务的。”

剩下两个人都没有动。“该走了。”巴利斯塔说道。

马克西姆斯将纸卷扔在地上。“我不要这破玩意，我绝不会离开你。”他看上去非常气愤。

巴利斯塔捡起纸卷，把它放进这个希伯尼安人的铁链衣里。“你得收好它，也得赶快走。”

“妈的！”

“你是挺恶心的。”巴利斯塔拥抱马克西姆斯，对他耳语，“我的儿子，他们更需要你。等到了萨摩沙塔，一定想办法回到安条克，像照看我一样照看伊桑格瑞姆和德海姆。”

马克西姆斯哭了，他说不出话，只能不住地点头。巴利斯塔感觉到泪水在他眼眶里打转。他紧紧地又一次抱住了他，吻了他的脸颊，拍了拍他的胳膊。“照看好灰马。我很喜欢这头畜生。要是它出事了，我他妈的绝不会放过你。”

“若有人胆敢伤害您的孩子，除非他先杀了我。”

“我知道的。”

巴利斯塔转身看着卡尔加库斯，他解下捆着剑鞘的腰带递给他，二人紧紧相拥。“到北方，替我问候父亲。我会想办法回来的。”

那张苍老的脸上勉强挤出一个笑容。“你福大命大，当然会回来。就像野草一样，吹风吹又生！”

图皮奥牵着马。“得上路了。”

巴利斯塔和图皮奥骑着马穿过已烧焦的山坡，一路沉默不语。普布里乌斯·利奇尼乌斯·瓦勒良，蒙神眷顾的罗马皇帝骑在马上。满头银发的老皇帝眺望着对面的敌军，随行的五位御前侍卫在他身后。

“陛下，”巴利斯塔打破沉默。年迈的皇帝似乎快认不出他是谁了。“陛下，我曾跟随您在斯波莱提乌姆作战，助您取得皇位。我为您服务了整整七年！”

这张衰老的脸看着巴利斯塔。“你在以弗所的表现很令人失望。”

“陛下，这场和谈就是陷阱！”

瓦勒良疲惫地抹了一把脸。“或许吧！不过我们还有什么选择吗？士兵们无法行军，只要我们一下山，萨珊人就会开始大屠杀。可是这里既没水也没食物，我们不能待在这儿。”

“陛下，如果我们撑到晚上，可以尝试从北侧突破。”

瓦勒良摇摇头。“士兵们不会支持的。”

“护卫队里还剩一百多名骑兵，还有其他人。只要奋力一搏，是可以实现突围的。”

“我们不可能到达幼发拉底河。”年迈的皇帝苦笑着，“我的战士们可能会叛变，但是我不能抛弃他们。而且，忠诚的小伙子奎伊图斯告诉我沙普尔在野蛮人中算个绅士，他很喜欢欧里庇得斯的作品。我们必须和他对话，或许我们有可能为战士们争取一个好的结局。现在已经别无选择了，我们出发吧！”

巴利斯塔沉默了，现在无须多言。

六人成两队行进。瓦勒良打头，旁边是禁卫军长官苏克西阿努斯，中间是引见官克勒图尼乌斯和骑兵护卫队长官奥勒良，图皮奥和巴利斯塔收尾。

谷地的平原显得宽敞而空旷。六人走了没多远就听到对面萨珊王朝军里传来阵阵欢呼，而他们的背后则是一片沉默。

六个波斯骑兵从大部队出发，一路沿坡小跑下山。队伍中间的那个人身着紫色和白色的外衣，身后彩旗飘扬，头上戴着金色的王冠。没错，那人就是萨珊王朝的骄傲，尊贵的诸王之王沙普尔。

眨眼间，波斯的骑士们就来到了空地上。沙普尔骑着他的尼萨马停在瓦勒良对面。其他的几个波斯骑兵将罗马代表围在中间。

没有人开口说话，一片沉默。风势渐起，传来了什么东西燃烧的气味，刚刚停下的马蹄旁盘旋着沙尘。

沙普尔画着眼线的深色双眼观察着对面满头银发的瓦勒良。最后，这位诸王之王笑了笑，很是愉快。“这位率领着罗马精兵的白发老者是谁啊？”他用希腊语说着，“你跟他们形容的一模一样。”

巴利斯塔想要移动到皇帝的位置，可是被苏伦王挡住了。苏伦王也骑着一匹高大健壮的尼萨马。

“沙普尔，阿尔达希尔一世之子。”瓦勒良用希腊语答道，“今天真是个吉利的好日子。”

“我猜，对你而言好像会更吉利吧？”沙普尔笑得非常得意。

“罗马皇帝和萨珊王朝之王的第一次会见，相信我们之间有很多事情需要商讨。”

沙普尔摇了摇头，耳上的珍珠晃来晃去。“我必须遗憾地告诉你，老人家，谈话结束。”

诸王之王的坐骑向前猛冲过去。沙普尔天生是个骑士，他向前一侧身便抓住了瓦勒良的双腕，接着猛地向上一拽，差点儿把瓦勒良从马上扔出去。

巴利斯塔急忙用脚后跟侧踢着战马加速，但是他的坐骑被对方高大的马匹吓到了，突然停了下来。巴利斯塔由于惯性向前一冲，失去了平衡，苏伦王趁势扼住了他的喉咙。绝望之下，巴利斯塔疯狂地用手摸索着对方的脸，他抓住了对手的胡子，猛地一拉。二人扭打在一起。

喧闹中，沙普尔的声音传来：“瓦勒良，罗马皇帝，今日我亲手将他生擒。”

巴利斯塔看到苏伦王身后萨珊王朝骑兵蜂拥而下，自己背后有马的嘶鸣声。马蹄声汹涌而来，苏克西阿努斯在混乱中被扔到了地上。

苏伦王越掐越紧，巴利斯塔已经无法呼吸，他的视线开始模糊。此时，波斯骑兵已将他们团团包围。

“放弃吧，我的将领们。”瓦勒良的声音传来，“投降吧！”

巴利斯塔停止攻击，苏伦王也松开了手。这个北方人抬起头，刚好看到了瓦勒良，他正无比懊悔地摇着头叹息着：“我就是个傻子啊！我怀疑你的忠诚，忽视你的意见。现在，我遭报应了。”

萨珊王朝人在罗马残余部队对面的山坡上举起黄金宝座。沙普尔坐在上面，士兵们举着遮阳伞为他挡住烈日。萨珊王朝强大的领主们跟在后面，这些高大魁梧的领主骄傲地站着，脸上的妆容干净清爽。他们将手放在了佩剑的剑柄上。而在这群人的头顶，正飘扬着巨大的卡维之旗。

那六个罗马人站在一旁，双手被缚，身上都是尘土，在太阳下暴晒着。在那群萨珊王朝贵族中间靠近王座的地方，巴利斯塔一眼就认出了苏伦王。他在更远一点的位置看到了叛徒阿纳穆，他依旧身着蓝色的刺绣外套，上面印着四瓣黄花。另一边站着拜火教祭司，他旁边存放着燃烧的圣火。巴利斯塔惊恐地发现马兹达的祭司们将铁锅置于圣火之上，锅里面不知放了些什么，正冒着泡。他回忆起在阿瑞忒城罗马囚犯的惨状：萨珊人将沸腾的橄榄油倒进囚犯的眼睛里……那场面实在是惨绝人寰。现在，巴利斯塔正尽力控制自己的恐慌。

沙普尔手里拿着一个上了弦的弓弩正指向瓦勒良。两个重骑兵立即将这个老人推了出去，他的脸着地狠狠地摔在土里，接着猛地一拉，他又跪在地上。

“瓦勒良，曾经的罗马皇帝，如今萨珊王朝的阶下囚，你能让你那些蜷缩在山上的士兵乖乖缴械投降吗？”

“绝不。”

“可惜了。他们得受多大苦啊。”沙普尔立即回应，“今天早些时候，我的儿子，萨珊王朝的骄傲，王子瓦拉什向你们展示了我们王室的仁慈，他没有攻击留下来选择英勇奋战的罗马士兵。不过，现在看来你们需要一些惩戒，一些反面教材。让他们看看，如果他们不从山上下来乖乖投降会是什么下场！”

沙普尔示意把剩下几个囚犯拖出来。他们一个接着一个地被扔倒在地，被逼迫着说出自己的名字和官衔：禁卫军长官苏克西阿努斯、引见官克勒图尼乌斯、骑兵护卫队保民官奥勒良。

巴利斯塔被推了出去，双腿被猛地踢了一脚，完全失去了平衡。尽管双手缚在身前，他还是狠狠地摔倒在地。他摔得太猛，连摔倒时产生的风都似乎给了他一拳。突然有人凶狠地往后拽着他的长发，紧接着他跪倒在地。

沙普尔举着弓弩，向前倾着身子。“这家伙我认识啊。阿瑞忒城的那个屠夫，还在色西昔姆将真诚信徒的尸体焚烧，玷污圣火，亵渎神明。就他了。”

“不！”图皮奥尖叫着。

转眼间，图皮奥也被推倒在地，身后的重骑兵再次将他猛地拉起，让他重新跪倒。

“他在阿瑞忒城英勇奋战，在色西昔姆与你的人光明正大地交锋，一个真正战士应当被给予尊重！”图皮奥吼道。

沙普尔弯下腰，饶有兴致地看着这个男人，已经沦为阶下囚，还胆敢公然反抗诸王之王。然而，他的表情变了。他直起身子，猛地从座位上站起来，向前一个跨步，抓住图皮奥的右臂。手臂上那华丽的金镯子正闪着光。

“你从哪里弄来的这个？”萨珊王朝之王声音软了下来，恐吓道。

图皮奥没有说话。

“你，你就是那个刺客，在我睡觉休息，在我寻欢作乐的时候差点儿刺穿我的喉咙！”

沙普尔往后退了一步，他侧着头喊道：“吾儿瓦拉什！”

穿着印有凶猛猫科动物外套的年轻人走上前来，他又高又瘦，手里握着一柄长剑。沙普尔指着图皮奥。“就他了。在山脚下把他干掉，让那些罗马人亲眼见证他是怎么死的！”

“不，你个浑球儿，你不能杀了他！”巴利斯塔挣扎着，拼命想站起来。

某种重物狠狠地击中了巴利斯塔的头部，强烈的刺痛感袭来。只见尘土飞起，他重重地摔倒在地。沙粒似乎被放大了一般，异常清晰地在他眼前飞舞。

突然，眼前一片漆黑。

尾　声

（公元260年春）

剩下的大约五千名罗马士兵又撑过一天一夜。到了晚上，部分士兵尝试突围。其中很多人被杀，剩下的大部分还是回到了荒芜的山坡上。有一小队人马从山谷中逃走，萨珊王朝的骑兵队往北追去。剩下的士兵依旧在波斯人的掌控之中。

在投降后的第二天，囚犯们被胁迫着往南撤离，不能走路的当场杀死。波斯人安排这些囚犯按照罗马凯旋时的队列行进，模仿得相当拙劣：皇室的成员聚在一起；“扈从”骑在骆驼上；波斯人还将在罗马军人身上搜到的钱包以及一些色情物件和象征权力的束棒挂在一起，罗马皇帝跟在他们后面。普布里乌斯·利奇尼乌斯·瓦勒良，恭顺、蒙神眷顾、战无不胜的罗马皇帝，现在正骑在一头驴上。他穿着奴隶的衣服，头上顶着王冠。引见官克勒图尼乌斯在他身边走着，对他耳语：“请您记得，我们不过是凡人。”剩下的士兵跟在皇帝后面。由于铁链太重，站在排头的罗马军官踉跄地走着。

在离开萨珊王朝营地之前，巴利斯塔的脚踝就因戴着沉重的脚镣擦伤，在不停地流血。现在，他不得不艰难地穿过这片沙漠。他的靴子也被拿走了，荆棘刺伤了他的脚。现在的他思绪万千。他希望他的伙伴们卡尔加库斯、马克西姆斯和德米特里厄斯已经成功逃走了。上天眷顾的话，他们现在应该已经到萨摩沙塔了。奎伊图斯呢？那个混账小兔崽子也到那儿了吗？巴利斯塔反复想着他在以弗所许下的誓言，那天在荒山上他又说了一遍："总有一天，虽然不是现在，但是总有一天，我会亲手宰了你！"

巴利斯塔为这几乎不可能实现的复仇感到热血沸腾，但是一想到自己的家人，那股热血当下就冷却了。朱莉娅和孩子们现在正远在安条克。他可能这辈子再也无法见到他们了！不能看到伊桑格瑞姆和德海姆茁壮成长，不能看到儿子们以后会变成什么样的男人。不，不可以！众神之父，亡灵之王，戴着宽边帽的男人，欲望之主啊，请倾听沃登子民的祷告：我愿意付出一切，做出任何牺牲。不管付出什么代价，只要能让我回到他们母子身边！

巴利斯塔一个踉跄，脚踝处的刺痛感将他拉回现实。囚犯们现在正在穿过河谷的平原，平原被火烧过，一片荒芜。

当靠近南边的山峦时，巴利斯塔看到荒芜的地平线处竖着一支长矛。这支长矛横穿一个男人的右臂，臂上那个华丽的金镯子格外显眼；矛顶上插着男子的头颅。巴利斯塔心下松了口气。还好，至少他死得痛快。是斩首，而不是把烧开的油浇在他的眼睛里。巴利斯塔停下来，最后看一眼他的朋友。图皮奥那典型的嘲弄神情不见了，取而代之的是一种释然，似乎都没有意识到发生了什么。这种表情总会让悼念逝者的亲友们感到讶异。

一支矛击中了巴利斯塔的背部，他无奈地蹒跚着，继续前进。此时，图皮奥最喜欢的诗句在他的脑海中浮现：

不要为快乐的亡者悲痛，

为惧怕死亡的人哭泣吧？

附　录

历史后记

公元3世纪历史

除了本系列小说的第一卷《东方战火》，B. 迪娜 和 E. 温特所著的《晚古时期的罗马和波斯：邻居与敌人》（剑桥，2007）也为翻译提供了可供参考的信息。

人　物

巴利斯塔

本系列小说的第三卷《烈日雄狮》中将涉及更多关于巴利斯塔（在本书中时而称为克洛迪乌斯）的重要内容。

马克利亚努斯和他的儿子们

相关内容将会在《烈日雄狮》中做详解。

地　点

安条克

G. 唐尼所著的《从西流古王朝到阿拉伯征服的叙利亚安条克史》（普林斯顿，1961）是了解安条克的信息和灵感的不竭之源。除这本书之外，尽管由 J. H.W. G. 利贝许茨所著的小说《安条克：后罗马帝国时期的城市和国家统治》（牛津，1972）集中描写的是罗马帝国后期的情况，本书也提供了很多借鉴。C. 康多雷昂编辑的展览目录《安条克：失落的古城》（普林斯顿，2000）中文章和图片则具有强大的感召力。公元 4 世纪演说家利巴涅斯的《演说 XI，歌颂安条克》为我们讲述了很多有关安条克的故事（其由 G. 唐尼翻译，在《美国哲学社会发展进程》中出现）。

希拉波利斯

有关坐落于黎巴嫩的圣城希拉波利斯以及城内居民信奉的阿塔伽提斯的信息，源于公元 2 世纪的希腊作家卢奇安笔下的《黎巴嫩女神》。另外，J. L. 莱特福特的杰出学术研究著作《黎巴嫩女神，编辑、介绍、翻译和评论》(牛津，2003) 也提供了大量参考。

以弗所

对于以弗所的历史古迹探索，最好是从 P. 谢勒所编的《以弗所：新的指南》(土耳其，继维恩 1995 年德语版本后的 2000 年英文修订版）中了解。H. 凯斯特主编的《以弗所：亚洲都市》（剑桥，马萨诸塞州，1995）对近期有关以弗所的学术研究和解释进行了归纳总结。

文中第十七章，巴利斯塔对塞尔苏斯图书馆以及其周围环境的想法描写是以 R. R. R. 史密斯的《罗马研究 88 期》（1998）中所写的“从人体雕塑中看出的公元 2 世纪希腊东部的文化选择与政治认同”为出发点。

在以弗所那些关于阿波罗尼奥斯的故事依据于公元 3 世纪的历史小说，菲洛斯特拉托斯的《提亚纳人阿波罗传》（剑桥，马萨诸塞州，1969），这一版之后在洛布古典丛书中由 F. C. 科尼比尔译为英文，共两卷；另一个更新的是洛布的版本（剑桥，马萨诸塞州，2005），由 C. P. 琼斯译成英文，共两卷。此外，G. 波特和 J. J. 林德曼的《布林莫尔经典回顾》(2005）为本书提供了批评视角。

埃德萨

J. B. 西格尔的《埃德萨：蒙福之城》(牛津,1970）中首次提及该城。现在，关于埃德萨的相关信息已补充完善，但 S. K. 罗斯在《罗马－埃德萨：在罗马帝东疆的政治与文化，公元 114—242 年》(伦敦和纽约，2001）中对这些研究成果提出质疑。

第二十八章中，图皮奥、马克西姆斯和巴利斯塔关于埃德萨习俗文化的离奇观点的描写，是以近当代作品《国家法律》(或《命运对话》)为依据的，本书出自埃德萨人巴戴桑，经由 H. J. W. 德里费亚思翻译（阿森，1964）。

事　项

战车竞技

J. H. 汉弗莱的现代典范著作《古罗马杂耍：战车竞技场》(伦敦，1986)。A. 卡梅伦在《杂耍派系》(牛津，1976）中将很多关于战车竞技的学术上或常见的误解一扫而空。在 H. A. 哈里斯的《希腊罗马的运动》(伦敦，1972）中也可找到部分对战车竞技的介绍。

第三章中关于比赛时间的敲定主要依据奥维德的《阿莫雷斯》和西多尼乌斯·阿波利纳里斯的作品。

古代战争

本人认为这一话题最好的研究依据是哈里·西德博特姆（即作者）的《古代战争简史》(牛津，2004)。

色西昔姆之战和巴利斯塔的军队

A. K. 鲍曼、P. 加恩西和 A. 卡梅伦编著的《剑桥古代史》(剑桥，2005）中，J. 德林克沃特提到“罗马在色西昔姆附近可能取得了多场胜利”。

巴利斯塔指挥的军队原型为小说《奥古斯都史：奥勒良篇》中奥勒良的军队。

巴利斯塔行军命令和作战计划的灵感，源自于查尔斯·欧曼爵士在《中世纪的战争艺术史，卷一：公元 378—1278 年》(伦敦，1924）中对十字军阿索夫之战的描写。

对基督徒的迫害

除了《东方战火》里介绍的作品外，G. 克拉克的《基督教和罗马社会》(剑桥,2004）对这一事件进行了详细的专题介绍。而 G. E. M. 德·圣克鲁瓦在《过去和现在》(1963）一书中的“为什么早期基督徒遭受迫害”，M. I. 芬利编著再版的《古代社会研究》(伦敦以及波士顿，1974）和 T. D. 巴尼斯的《德尔图良：历史和文学研究》(牛津，1971）中的“迫害”与“殉难者”都是关于宗教迫害的现代学术经典之作。

正如本书第十三章中瓦勒良所说的那样，在公元 3 世纪中叶之前，除了尼禄，宗教迫害实际上是由于大量异教徒施压使得当局必须做出反应。直到公元 3 世纪中叶，皇帝德西乌斯以及之后的瓦勒良开始了全帝国范围内的迫害（即“自下而上”与“自下而上”模式相结合），情况发生变化。尤西比厄斯于公元 4 世纪写下了《基督教会史》(多年来我一直希望大学生们认为，这本书值得一读)，但是作者本人被基督信仰蒙蔽了双眼，认为只有暴君才会迫害基督徒，因而尤西比厄斯认为在罗马皇帝德西乌斯下令进行全国范围内的宗教迫害之前，针对基督徒的迫害都应归咎于基督徒自身。这一观点显然是错误的。

对于我所描绘的殉道细节和期间的对话，来源于 H. 穆里洛的《基督徒殉道者：介绍、文本和翻译》(牛津，1972)。罗马人对殉道的态度，包括他们认为任何与之打交道的其他民族的人实际上都屈服于罗马的妄自尊大的想法，都在 P. 萨宾、H. 梵 · 维斯和 M. 惠特比编著的《剑桥史之希腊罗马之战，第二卷：从共和晚期到帝国晚期的罗马》(剑桥，2007) 一书中，哈里 · 西德博特姆（即本书作者）对“国际关系”的探讨中得以体现。

公元260年瓦勒良东征

为避免剧透，有关这部分内容将在本系列小说下一卷《烈日雄狮》的后记中进行讨论。

早期历史小说

本系列的每部小说中都包含着向以下几位小说家致敬的元素，他们的作品深深地启发了我，也给了我很多乐趣。

第一章的开头是对伯纳德 · 康维尔的《夏普的堡垒》(伦敦，1999)

的开篇部分的效仿。当思考现代历史小说的时候，康维尔作品的普及度很高，却反而容易被人们所忽视。他写了很多不同历史时期的佳作。他之所以可以远远凌驾于众模仿者之上，是因为那些珍贵的历史细节，也只能出自于像他这种拥有真才实学，并对历史满怀热情的人之手。

本书尾声部分出现的两个人物：第三凯尔特步兵队指挥官阿西乌斯和第六高卢军团的卡米卢斯的名字出自阿尔弗雷德·达根的作品《冬季营房》(伦敦，1956)，本书也给对高卢民族的描写提供了参考。读达根作品的最大乐趣之一就是欣赏他细致入微的人物刻画。

引 用

巴利斯塔想起的荷马史诗《伊利亚特》，源自于企鹅经典系列中罗伯特·菲格尔斯的英译本（纽约，1990）。

文中图皮奥引用的希腊警句来自于彼得·杰伊编撰的《希腊诗选》(哈蒙兹沃斯，1981)。序言中匿名引用，巴利斯塔在尾声中也回忆起来的那句名言，是源于彼得·波特的译本（775 号），卢奇安那句源于埃德·温摩根（627 号），阿米亚努斯那句源于彼得·杰伊（593 号）。

图皮奥对维吉尔的《牧歌 IV》的“希腊翻译”出自于哈里·西德博特姆。

人物列表

为了避免泄露情节，此处人物描述与在《诸王之王》中第一次出现时的身份相符。

阿西乌斯：指挥官，第三凯尔特步兵大队指挥官。

阿奇利乌斯·格拉布里奥（1）：全名盖乌斯·阿奇利乌斯·格拉布里奥，年轻贵族，公元256年安条克皇家议会成员，在河岸指挥官统领的色西昔姆之战中被任命为重骑兵指挥官。

阿奇利乌斯·格拉布里奥（2）：全名马库斯·阿奇利乌斯·格拉布里奥，盖乌斯的弟弟，在担任第四西徐亚军团副军团长、阿瑞忒军团分遣队指挥官时殉国。

阿德文图斯：全名马库斯·奥克拉提尼乌斯·阿德文图斯，担任过弗鲁曼塔里伊的头目，公元217年卡拉卡拉大帝死后被提名为皇帝。

埃利乌斯·斯帕提阿努斯：色西昔姆城的护民部队指挥官。

埃米利安努斯：参议员，掌管伊比利亚行省，基督徒的迫害者。

阿尔比努斯：第三帕提亚波斯帕尔米拉重骑兵队指挥官。

阿纳穆：护商使者，阿瑞忒城议员。

安提斯提乌斯：奥勒良的奴隶。

提亚纳的阿波罗尼奥斯：公元 1 世纪哲学家，是创造奇迹的人。

阿庇安：亚里斯泰迪斯的儿子，一个基督教徒。

阿特拉斯：以弗所附近鸽岛的渔民。

奥卢斯·瓦勒里乌斯·费斯图斯：以弗所参议会的成员，拥有罗马骑士的军衔。

奥勒良（1）：全名路奇乌斯·多米提乌斯·奥勒良，来自多瑙河流域的罗马军官，被称作“攻无不破的战士”。

奥勒良（2）：皇家骑兵队指挥官，被称作“意大利人”“另一个奥勒良”。

奥里利乌斯·达利斯：埃德萨的管理者。

巴戈阿斯：“波斯男孩”，巴利斯塔在提洛岛上买的奴隶，他声称自己做奴隶之前的名字是霍尔米兹德。

巴利斯塔：全名马库斯·克洛迪乌斯·巴利斯塔，原名德海姆，盎格鲁军事长官、战争指挥官伊桑格瑞姆之子；罗马帝国的外交人质，公元 238 年已经获得罗马公民身份和骑士地位，公元 245 年在非洲（多瑙河的最西端以及流域内）的罗马军团中服役。小说开头，他刚刚从安条克回来。

巴格斯：巴利斯塔的旗手。

芭思希芭：护商使者伊阿海的女儿。

卡尔加库斯：原属于伊桑格瑞姆的喀里多尼亚裔奴隶，后作为巴利斯塔的贴身侍从追随他到罗马帝国。

卡米卢斯：第六高卢军团的指挥官。

卡拉卡拉：全名马库斯·奥里利乌斯·安东尼努斯，他后来成了罗马皇帝（公元 211—217 年在位）。

卡斯特里西乌斯：第四西徐亚军团的一名士兵。

加图：全名马库斯·波卡斯·卡托，被称作“老加图”或者“卡托检察官”，是罗马共和国时期的道德家。

塞索里努斯：全名路奇乌斯·卡尔普尔尼乌斯·庇索·塞索里努斯，雇佣军指挥官，弗鲁曼塔里伊头目。

克勒图尼乌斯：皇帝瓦勒良的引见官。

康米尔斯：蓝队选手。

科尔乌斯：以弗所治安官。

克拉苏：全名马库斯·利西尼·克拉苏，在公元53年率部队在卡莱战役中战败。

克罗伊斯：小亚细亚富裕古国的国王，大富豪，人们常使用“像克罗伊斯一样富有”来比喻财富。

库皮多：前角斗士，朱莉娅雇佣的侍卫护从。

德西乌斯：全名盖尔斯·梅西乌斯·昆塔斯·德西乌斯，罗马皇帝（公元249—251年在位），第一个下令全国范围内迫害基督徒的皇帝，在抵抗哥特人的战争中殉国。

德米特里厄斯：“希腊男孩”，朱莉娅买来给丈夫巴利斯塔做贴身书记官的奴隶。

德海姆（1）：巴利斯塔以前的名字。

德海姆（2）：全名卢修斯·克洛迪乌斯·德海姆，巴利斯塔的二儿子。

狄俄克勒斯：绿队选手。

图密善：全名泰特勒·弗拉维乌斯·图密善，罗马皇帝（公元81—96年在位）。

厄洛斯：希腊奴隶，奥勒良的贴身仆人。

法拉森：在北非，他发起了原住民的一场造反运动。

弗拉维乌斯·达米亚诺斯：以弗所簿记官，是一个与之同名的著名诡辩家的后裔。

弗洛里安努斯：全名马库斯 · 安尼乌斯 · 弗洛里安努斯，塔西佗（2）同父异母的兄弟。

菲列迪根：博拉尼国王。

盖乌斯 · 瓦勒里乌斯 · 菲斯特斯：以弗所参议会的成员，罗马骑士的军衔，是奥卢斯 · 瓦勒里乌斯 · 菲斯图斯的兄长，但他不是基督徒。

伽列里乌斯 · 马克西姆斯：参议员，被任命为非洲地方总督，基督徒的迫害者。

加里恩努斯：全名普布里乌斯 · 利奇尼乌斯 · 英格纳提乌斯 · 加里恩努斯，罗马皇帝，公元 253 年与他的父亲瓦勒良共同执政。

吉洛：奥勒良的奴隶。

哈杜达：伊阿海的雇佣兵队长。

汉尼拔：一个来自北非的弗鲁曼塔里伊成员的外号，巴利斯塔的一个簿记官。

赫拉克连：基督教的异教徒。

伊桑格瑞姆（1）：盎格鲁军事长官、战争指挥官，巴利斯塔 / 德海姆的父亲。

伊桑格瑞姆（2）：全名马库斯 · 克洛迪乌斯 · 伊桑格瑞姆，巴利斯塔和朱莉娅的大儿子。

朱莉娅：尼姆苏斯的参议员盖乌斯 · 尤利乌斯 · 沃卡提乌斯 · 加里加尼乌斯之女，巴利斯塔之妻；被家里人称为宝拉，丈夫巴利斯塔使用爱称宝露拉。

拉皮尔斯：第一帕提亚重骑兵队临时指挥官。

卢奇安：公元 2 世纪作家、讽刺家。

马克利亚努斯（1）：全名马库斯 · 富尔维乌斯 · 马克利亚努斯，“老瘸子”，瓦勒良皇帝的亲信。

马克利亚努斯（2）：全名塔西佗·富尔维乌斯·马克利亚努斯，马克利亚努斯（1）的儿子马克利亚努斯二世。

美欧纽斯·阿斯提阿那克斯：中年议员，马克利亚努斯的爪牙。

马可·奥勒留：罗马皇帝，公元161—180年在位，是一位很有智慧的君主，同时也是一个很有成就的思想家，有以希腊文写成的著作《沉思录》。

玛利亚德斯：安条克的精英阶层中的一员，后落草为寇，然后投奔了萨珊王朝。

马克西米努斯·色雷克斯：全名盖乌斯·尤利乌斯·维鲁斯·马克西米努斯，公元235—238年在位的罗马皇帝，人们称其为“色雷克斯人”(因为他出身卑贱)。

马克西姆斯：巴利斯塔的贴身侍卫，原为希伯尼亚战士，名叫“漫漫长路上的穆尔塔夫”，后被卖给了奴隶贩子，成为了拳击手、角斗士，后又被巴利斯塔买走。

穆卡波尔：年轻的多瑙河指挥官，奥勒良的朋友。

马斯克勒斯：蓝队选手。

尼科马库斯·尤里安：亚细亚行省总督。

尼格尔：第一帕提亚重骑兵队指挥官。

奥登纳图斯：全名塞普蒂米乌斯·奥登纳图斯，帕米拉/塔德莫之主，罗马帝国的附庸国的统治者。

庇索·弗卢基：盖尔斯·卡普尔尼乌斯·庇索·弗卢基，参议员，马克利亚努斯的支持者。

柏拉图：雅典著名哲学家（公元前427—公元前347年）。

小普林尼：全名盖尔斯·普林尼·赛坎达斯，罗马参议员、作家，写了十本《书信集》以及一本《颂词》来记录关于皇帝图拉真的生平。

波姆波尼厄斯·巴索斯：全名马库斯·波姆波尼厄斯·巴索斯，老贵族。

普皮恩努斯：全名马库斯·克洛迪乌斯·普皮恩努斯，公元238年成为罗马皇帝。

奎伊图斯：提图斯·富尔维乌斯·尤尼乌斯·奎伊图斯，马克利亚努斯的大儿子。

罗慕路斯：第二十步兵大队的骑兵，后被任命为巴利斯塔的旗手。

路提勒斯·鲁弗斯：第三费利克斯军团指挥官。

萨洛尼乌斯：全名普布里乌斯·科尼利厄斯·利奇尼乌斯·萨洛尼乌斯·瓦勒良努斯，加里恩努斯的二儿子，命恺撒在公元258年杀死自己的哥哥瓦勒良二世。

桑达瑞欧：多瑙河指挥官，奥勒良的朋友。

考彭斯：红队选手。

塞扬努斯：全名卢修斯·挨里乌斯·塞扬努斯，皇帝提比略的禁卫长官。

沙普尔一世：萨珊王朝第二任诸王之王，阿尔达希尔一世的儿子。

苏克西阿努斯：瓦勒良的皇家禁卫军指挥官。

苏伦：帕提亚贵族，苏伦家族的领袖，沙普尔的诸侯。

塔西佗（1）：全名科尼利厄斯·塔西佗（公元55—120年），伟大的拉丁历史学家。

塔西佗（2）：全名马库斯·克洛迪乌斯·塔西佗，公元3世纪罗马参议员后裔，很可能是皇室或者伟大的历史学家后裔，不过这些也许不是真的。

特雷斯：白队选手。

塞勒斯：白队选手。

提比略：全名提比略·尤利乌斯，罗马皇帝（公元 14—37 年在位）。

提图斯（1）：全名提图斯·弗拉维乌斯·维斯帕西亚努斯，罗马皇帝（公元 79—81 年在位）。

提图斯（2）：巴利斯塔投石队的士兵。

图皮奥：全名提图斯·弗拉维乌斯·图皮奥，第二十步兵大队的首列百夫长。

瓦拉什：王子，“沙普尔欢乐之源”，沙普尔的儿子。

瓦勒良（1）：全名普布里乌斯·利奇尼乌斯·瓦勒良努斯，一位年长的意大利议员，公元 253 年成为罗马皇帝。

瓦勒良（2）：全名普布里乌斯·科尼利厄斯·利奇尼乌斯·瓦勒良努斯，加里恩努斯的长子，瓦勒良的孙子，公元 256 年登基成为罗马皇帝。

瓦尔丹：苏伦手下的一名军官。

维纶斯：卡度斯的国王，沙普尔的诸侯。

维罗德斯：奥登纳图斯的首席大臣。

韦德里克：博拉尼国的国王菲列迪根的儿子。

韦拉迪厄斯：河岸指挥官军队里的撒拉逊弓箭手指挥官。

色诺芬：希腊士兵、作家，《远征（前进的国家）》的作者。

芝诺比阿：帕米拉奥登纳图斯的妻子。

巴利斯塔远征路线

1.	Ephesus	以弗所
2.	Cnidus	尼多斯
3.	Kos	科斯岛
4.	Syme	锡米岛
5.	New Paphos	新帕福斯
6.	Cythera	基西拉岛
7.	Seleuceia in Pieria	皮埃里亚的塞琉西亚
8.	Antioch	安条克
9.	Zeugma	泽乌玛
10.	Samosata	萨摩沙塔
11.	Edessa	埃德萨
12.	Carrhae	卡莱
13.	Hierapolis	希拉波利斯
14.	Circesium	色西昔姆
15.	Chaboras	查波拉斯河
16.	Arete	阿瑞忒城
17.	Euphrates	幼发拉底河
18.	Emesa	埃美萨
19.	Palmyra	帕米拉

公元3世纪上半叶的罗马皇帝列表

公元193—211年	塞普蒂米乌斯·塞维鲁
公元211—217年	卡拉卡拉
公元211年	盖塔
公元217—218年	马克里努斯
公元218—222年	埃拉加巴卢斯
公元222—235年	亚历山大·塞维鲁
公元235—238年	马克西米努斯·色雷克斯
公元238年	戈尔迪安一世
公元238年	戈尔迪安二世
公元238年	普皮恩努斯
公元238年	巴尔比努斯
公元238—244年	戈尔迪安三世
公元244—249年	阿拉伯人菲利普
公元249—251年	德西乌斯
公元251–253年	加卢斯
公元253年	埃米利安努斯
公元253—260年	瓦勒良
公元253—268年	加里恩努斯

致 谢

本人谨在此对以下相关人士致谢，我亦深感荣幸。

首先，感谢我的家人，他们给予了我爱和支持。我的妻子丽萨，如果没有她的支持，也就没有今天这本小说。我的儿子汤姆和杰克，在我创作之中为我带来了很多乐趣。我还要感谢我的母亲弗朗西丝、伯母特里和伯父托尼对我始终不渝的热情支持。

我也要感谢我的朋友们：杰里米·廷顿，赋予了马克西姆斯这个人物生命。史蒂夫·比林顿对网站的贡献。迈克尔·法利提供了办公室和其他设施。彼得·科斯格洛夫提供了有关以弗所和其他地点的知识。奥兹戈·卡维斯安排的土耳其之旅以及在旅途中开车的伊博和拉马森。另外还有兽医阿迪·内尔，他让我了解了杀马的过程。

然后是各学院及那儿的诸位朋友：牛津大学的玛利亚·斯达玛托玻娄，林肯学院的“公子哥”安德鲁·博蒙特，方济会学堂和圣博奈兹学堂的约翰·艾丁诺和华威大学的西蒙·斯万，牛津学生安德鲁·弗里德曼、山姆·肯尼迪和罗伯特·斯特劳德。伴随着小说结尾，他们也出色地完成了学业。

最后要感谢的是企鹅出版社的专业人士：亚历克斯·克拉克、安西娅·汤姆森、汤姆·奇肯、卡佳·希普斯特、安娜·玛利亚·里韦拉和珍·多伊尔以及编辑莎拉·戴和代理人詹姆士·吉尔。

哈里·西德博特姆

伍德斯托克